广东哲学社会科学十一五规划基金资助

高校社科文库
University Social Science Series
教育部高等学校
社会科学发展研究中心

汇集高校哲学社会科学优秀原创学术成果
搭建高校哲学社会科学学术著作出版平台
探索高校哲学社会科学专著出版的新模式
扩大高校哲学社会科学科研成果的影响力

中外散文诗比较研究

A Comparative Study of Chinese & Foreign Prose Poem

黄永健/著

光明日报出版社

图书在版编目（CIP）数据

中外散文诗比较研究 / 黄永健著 . -- 北京：光明日报出版社，2013.1（2024.6 重印）

（高校社科文库）

ISBN 978－7－5112－3765－1

Ⅰ.①中… Ⅱ.①黄… Ⅲ.①散文诗—比较诗学—中国、国外 Ⅳ.①I106.2

中国版本图书馆 CIP 数据核字（2012）第 306436 号

中外散文诗比较研究

ZHONGWAI SANWENSHI BIJIAO YANJIU

著　　者：黄永健

责任编辑：曹美娜　　　　责任校对：傅泉泽

封面设计：小宝工作室　　责任印制：曹　净

出版发行：光明日报出版社

地　　址：北京市西城区永安路 106 号，100050

电　　话：010-63169890（咨询），010-63131930（邮购）

传　　真：010-63131930

网　　址：http://book.gmw.cn

E - mail：gmrbcbs@gmw.cn

法律顾问：北京市兰台律师事务所龚柳方律师

印　　刷：三河市华东印刷有限公司

装　　订：三河市华东印刷有限公司

本书如有破损、缺页、装订错误，请与本社联系调换，电话：010-63131930

开　　本：165mm×230mm

字　　数：355 千字　　　　印　　张：18.5

版　　次：2013 年 1 月第 1 版　　印　　次：2024 年 6 月第 3 次印刷

书　　号：ISBN 978－7－5112－3765－1－01

定　　价：78.00 元

序 一

在比较的视野中打量散文诗

——序黄永健《中外散文诗比较研究》

作为诗歌的样式之一，自从引进中国之后，散文诗就一直受到诗歌界的关注，很多人实验写散文诗，甚至在上世纪20年代形成了一股散文诗创作热潮。但是，就现代文学和现代诗歌的发展看，散文诗又似乎只是其中的一个小文体，除了鲁迅等少数人之外，好像没有出现过载入史册的散文诗大师。上世纪80年代以来，从事散文诗创作的人很多，出现了专门的散文诗民间社团和组织，出现了专门的散文诗报刊，出版了大量的散文诗作品集，但在整个新时期以来的文学中，散文诗仍然处于边缘地位。也许正是因为这样的处境，虽然很多人在呼吁，但散文诗研究一直显得比较零碎，除了散文诗作家的创作感受和个别学者的专著外，长期坚持散文诗研究的学者并不是很多。在为数不多的学者中，黄永健应该算是比较突出的一位，他不但在大学里开设了散文诗创作和鉴赏的课程，而且在2006年1月出版了散文诗研究专著《中国散文诗研究》。该书分为两编，上编从史的角度探讨了中国散文诗的发展轨迹，下编则对散文诗的文体特征进行了讨论，是一部具有特色和深度的著作。如今，他又完成了新著《中外散文诗比较研究》，从新的视角对散文诗的文体特征、演变历程、创作成绩等进行了比较系统的打量。

和中国现代文学的观念和手法一样，现代意义上的散文诗也是从国外引进的。换句话说，没有外国散文诗理论、作品的启迪，中国的散文诗现在是什么样子，可能还是一个未知数。因此，在中国文学研究中，对中外文学进行比较研究的专家很多，成果也不少，甚至有一个专门的学科叫“比较文学与世界文学”。比较文学研究有理论研究和实证研究两个重要的向度，黄永健的《中外散文诗比较研究》主要属于实证研究，就是对中外散文诗作品、理论、观念等进行比较，分析其异同，讨论其不同的艺术和美学趣味。类似的工作其实早就有人开展，王光明教授的《散文诗的世界》被认为是中国当代第一部散文诗研究专著，他在书中就谈到了中外散文诗的比较。而且，在比较系统的散文诗研究中，人们几乎都会涉及一些著名的外国诗人，比如波德莱尔、纪伯伦、屠格涅夫、泰戈尔、圣・琼・佩斯等等，会谈到他们在散文诗创作上的成就和对中国散文诗的影响。这些都属于中外散文诗比较研究的范畴，只是有时没有冠以“比较”的名义而已。

比较文学作为一个学科已经被学术界认同和接受。即使撇开这个学科，我们也会发现，随着全球化时代的到来，随着国家之间文化、艺术交流的日益频繁，相互之间的借鉴、影响越来越明显，作为研究方法的比较也受到广泛的接受，它已经渗透到社会、生活和艺术、学术的各个领域。比较是鉴别真伪、评价高低和成效的有效方法之一，它通过从不同角度对相比较的事物进行条分缕析的解剖，可以在某些方面评价出对象的不同价值、不同地位和作用。对于中外散文诗研究来说，它们之间可以比较的话题很多，相互影响的比较、诗学观念的比较、文化背景的比较、艺术手法的比较、审美效果的比较、社会影响的比较、和其他文体之间的艺术特征的比较，等等，都可以成为深入研究散文诗发展的角度。而且，通过比较，我们可以在一定程度上了解外国散文诗和中国散文诗发展的不同路径，为未来散文诗的发展提供有益的艺术和学术营养。

和其他既有的研究成果不同的是，黄永健试图对中外散文诗进行比较系统的研究。从其设想看，他以既有散文诗的研究成果为基础，拓展散文诗研究领域，在世界范围内打量散文诗的演变历程，视野是开阔的。按照他自己的总结，这种系统的研究至少具有以下几个方面的意义：

1. 进一步廓清现代散文诗发生、传播、变化的脉络，包括现代散文诗在我国文学史上发生、传播和变化的脉络，以便给我国现当代文学史的叙述提供宏观的散文诗美学视野。

2. 为当前散文诗理论界、诗歌理论界以及散文理论界有关文体特征的论辩提供域外的学术信息，深化散文诗理论界对于散文诗文体特性的探讨，为当代散文理论及新诗理论建设提供一个重要的参照体系。

3. 在当前全球化语境之下，人文社会学科的跨文化研究日益显示出它的优越性，这种研究方法以及由其而带来的研究成果有利于文化的多元共生，有利于促进不同文化之间的对话和融合，散文诗作为一种独特的艺术表现形式，在其传播、演变的过程中实际上已成为跨文体写作的先锋文类，它在实质上对应全球文化融合、话语兼容并蓄、多声部对话共存（巴赫金）的时代潮流，因此进行散文诗的跨文化、跨学科比较研究，实际上是在寻绎世界文化传播、融合的脉络，为当前的人类文化建构提供一个独特的支撑点。

4. 通过比较研究引入当代国际上散文诗的新型文本以及审美范式，为我国的当代散文诗创作提供交流、学习、互动的平台。

任何的比较都必须有目的，有向度，不是随便将两种对象放在一起讨论一番就有价值了。中外散文诗的比较也是如此。一般来说，对于中国学者，对中外散文诗进行比较的基本目的，是了解别国和中国散文诗的得失，尤其是了解别国散文诗最突出的优点以及取得这些成就的主要原因，结合中国的文化、艺术特征，为中国散文诗的发展提供新的观念、手法，使中国散文诗的艺术探索更加深入有效，也使其成为世界散文诗家族中具有特色、影响的文体。可以看出，作者所总结的四个方面，立足点是全面打量中外散文诗，最终落脚点是丰富中国散文诗的艺术来源，强化中国散文诗的艺术品质，提升中国散文诗的艺术地位。这种具有针对性的研究，是很多中国学者所认同的，也是可以真正切中中国散文诗发展方式的。

除了“绪论”和“结语”，《中外散文诗研究》包括五章，分别是“散文诗的发生学问题”、“散文诗的文类演化”、“中外散文诗的审美内涵比较”、“中外散文诗理论研究”、“中外散文诗作家论”，主体部分应该是前四章，选择了和散文诗文体、发展有关的话题进行比较，可以说涉及散文诗之所以成为散文诗而不是其他文体的基本命题，探讨中外散文诗在不同文化背景、语言环境、社会氛围中的演变历程，可以看出作者是熟悉散文诗的文体规律和发展历史的。而且，在讨论中，作者收集了大量的作品和理论资料，对它们进行尽可能深入、细致、全面的解读，是其所是，非其所非，使不少观点显得新鲜，也使研究成果给人比较扎实的感觉。比如，关于散文诗的文类演变，作者概括出散文诗的自由演化特征，指出了文类交叉与文类再生的一些规律性认识；关于中国散文诗的“现代性”，作者概括出了一些新的看法，“反现代的‘现代性’”、“世俗现代性或中产阶级的现代性”、“轻性现代性”、“被遮蔽的现代性”、“革命的现代性”、“多重现代性”、“新现代性”等说法虽然在学术界不属于新的发明，但在散文诗研究领域却是不多见的；关于散文诗的理论研究，既从宏观上概括了中外散文诗理论发展的大致脉络，又对在外国影响下发展起来的中国散文诗理论进行了较为详细的描述，还涉及散文诗的争鸣，因为视野比较开阔，这对于我们比较全面地把握、评价和进一步发展中国的散文诗理论是有价值的。

当然，任何的学术研究都只是研究者从自己的角度对一些学术话题发表的意见，不一定都是真理。黄永健的这部《中外散文诗比较研究》也是如此。如果苛刻一点来要求，他提出的有些话题和得出的有些结论还值得进一步推敲。比如，在使用比较方法的时候，比较的对象之间应该尽量求得平衡，也就是要考虑对象所具有的可比性，他们的作品在艺术质量和影响上应该大体相当，我们暂且不说金斯伯格的《嚎叫》和《人行天桥》究竟是否属于散文诗还值得商榷，只看作者将开创美国一代诗风、具有世界性影响的金斯伯格与正在成长中的郑小琼进行比较，而且主要是成就比较而不是前者对后者的影响，似乎就显得不够妥当，比较对象之间的成就和影响的差异是很明显的。为了对书中讨论的话题进行补充，作者在有些章节之后增加了附录，收入作者讨论这一话题的其他文章，这种做法在很多学者那里都有过，并没有什么不妥，但是，如果附录的文字和主体内容相差太大，甚至是另外的话题，就可能显得比较别扭，比如，本书中的“中外散文诗理论研究”一章是专门讨论散文诗理论的，其中也涉及方文竹的“难度写作”观念，但附录所列的却是研究方文竹散文诗创作的文章，似乎和主体内容不很协调。

在世纪之交那些年，因为一些特殊的机缘，我花了很多精力收集散文诗方面的资料，写了一些关于散文诗的文章，还出版过一本专门的著作。现在出版《中国散文诗研究》，永健就以这个理由叫我帮忙写个序，我当时没有推辞的理由。最近这些年，虽然我偶尔还是要参加一些散文诗的活动，但是很少再写关于散文诗的文章，有时觉得和散文诗逐渐疏离了，甚至对于一些新的作者、新的作品都有些陌生了。前些日子，永健在完成这部书稿之后，还是叫我写个序言，他的理由很简单：既然为前一本写了，为了保持连续性，这一本还是要写的。这个理由其实不成其为理由的，他如果找一个更有名的专家来推荐，肯定可以有更大的影响。不过，当时正好是暑假开始的时候，因为相对集中的自由时间就要到来，我最终还是答应了他。没有想到的是，这个暑假的炎热实在出乎我的意料，尤其是进入八月份之后，重庆几乎天天接受40度左右高温的烘烤。我只有在空调的陪伴下读完了书稿，而且是断断续续读完的，读得比较粗疏，因此，我所谈的意见也许不一定准确，甚至可能误解了作者的初衷。

永健布置的任务是完成了，还希望他和朋友们对我说得不对的地方提出批评和建议。对散文诗，我仍然爱在心中，希望今后能够继续为散文诗的发展做点力所能及的事情。这是永健的坚持对我个人的鼓励。

蒋登科

2011 年 8 月 19 日，在重庆之北

序 二

中国散文诗研究的历史性拓展
——黄永健《中外散文诗比较研究》序

早在1999年12月，黄永健出版了他的第一本散文诗理论专著《深港散文诗初探》，2006年，他出版了又一部27万余字的散文诗理论专著《中国散文诗研究》，到这本《中外散文诗比较研究》，已是他的第三本散文诗理论专著了。

如果说黄永健由《深港散文诗初探》到《中国散文诗研究》是从地方的视角扩展到全国，那么，《中外散文诗研究》无疑是具有世界性的眼光了。

就在这十余年间，黄永健实现连跨三大步的学术研究，在目前的中国散文诗理论界是超前的，也是很有现实意义的。

贯穿他整个研究过程的，是一个严谨的学者科学的求是精神和前瞻性、开拓性。

他在写作《中国散文诗研究》有关“史论”部分的时候，并不满足于已有的案头资料，而是独自一人风尘仆仆地来到湖南益阳，找到《散文诗》编辑部及本人进行实地采访，获取一手资料。由此他在该书中对以前一般散文诗理论专著极少提到或语焉不详的有关散文诗刊物、报纸、书籍等传播媒体的历史状况，及其在中国当代散文诗发展中起到的作用，作了比较详细准确的论述，成为该书一个鲜明的特点。此书曾获2006年度“深圳青年文学奖”。

值得一提的是，黄永健还把他的治学之道和搜集资料的路径传予他的同道。2009年12月，留学北大、有志于研究中国散文诗的美国学者安敏轩（Nick Admussen）在与黄永健取得联系之后，按照他的提示，又来到益阳实地采访。尔后，安敏轩也对他写作这本《中外散文诗研究》提供了许多切实的帮助。可以说，黄永健的这部散文诗理论专著的出版，既体现出他一贯的治学精神，也从一个侧面反映出中外散文诗理论家密切交流与合作的良好开端。

散文诗从上世纪20年代引入中国以来，即与本土文化（包括“新文化”与传统的古典文化）迅速结合，经过90余年的衍化，形成了当前中国散文诗蓬勃发展的独特景观。然而，由于历史的原因，散文诗的真正发展、繁荣还是近30年间的事。散文诗理论研究相对滞后，是很明显也是很紧迫的现实。黄永健凭借他通晓外语又有散文诗创作实践经验的优势，通过本书打开了我们的视阈，将中国散文诗放到世界文学的广阔空间去考察，让我们对于散文诗的发生、发展及其未来有一个更明晰的认识和更清醒的把握。

这本书有一个显著特点：它不仅为我们提供了许多新鲜的国外散文诗发展的史料，还将史论、文体论、比较论与诗学、发生学、语言学以至哲学诸多方面的概念、方法综合运用于散文诗研究领域，另辟蹊径，也形成此书特有的宏阔生动的气势。

世间一切事物都是相比较而存在的。有比较才有鉴别，才有科学研究。黄永健的这本书，既有中外散文诗作品之间的比较，当代散文诗与现代散文诗作品之间的比较，也有散文诗与分行新诗、当代散文诗与古代类散文诗之间的比较；甚至还有同是波特莱尔作品的《恶之花》与《巴黎的忧郁》之间的比较，跨时空的金斯伯格的《嚎叫》与“打工文学”代表性女诗人郑小琼作品中常见的“嚎叫”之间的比较，等等。本书《引言》第一章“散文诗共识”第一节就引用了好几篇古体诗、新诗、散文诗，分别作不同的分行、分段处理，而后进行比较，用以论证散文诗“散文其形，诗其内质”的本质特征，既生动活泼，又有说服力。由此得出“所以这种从自由分行诗中转化生成出来的新诗体还是诗，不是散文”的结论也就是水到渠成的了。

他从发生学的角度阐述散文诗的产生也很独到：“作为知识结构和观念形态的散文诗，其发生学意义上的上限只能限定在波德莱尔等象征派诗人所处的19世纪中后期，也即本雅明所谓的‘发达资本主义时代’，文体内部历久求新的蜕变机制固然是散文诗发生的重要缘由，可是相对而言，时代的变化以及资本主义时代人性的扭曲所引发的新的抒情欲求，才是散文诗应运而生的主要原因。”

“从形式上看，它是散文与自由分行诗这两种先在文体交叉融合所生发出来的一种新文体，但从本质上看，它是时代的审美心理结构和艺术精神的

‘异质同构’对应物，它是人类步入现代文明以来适应了现代人审美心理结构和现代审美诉求的一种新诗体。”他又指出：“新起的文类，是一个知识考察对象，不是一个考古勘查对象，散文诗起源学无法解释散文诗知识结构的生成机制。”

黄永健对散文诗的跨文化、跨学科比较研究的方法富有启发性。这种方法也可应用到我们研究中国散文诗从产生到发展的各个历史阶段的阐述上：我们在关注一些重大的标志性的人物、作品或事件的同时，或可更多地去关注这些人物、作品或事件所处的历史环境或展开的过程。

关于散文诗“诗”的本质与“现代性”这两个中国散文诗面临的迫切课题，在黄永健的这本著作中都有精彩独到的论述。我曾在《新中国60年文学大系·60年散文诗精选》一书的《引言》中指出，在中国散文诗面临的诸多“变革中，对散文诗‘诗性’的确认和现代审美意识的确立最为紧要”。这里所说的“现代性”主要是指“现代审美意识”，而非仅仅是指写作题材或是结构形式。现代性应该指向多元，在鼓励创新、探索、关注当下的同时，也并不排斥个人内心的抒发和向中外一切优秀的文化传统有选择地学习、承继，并在此基础上有所创新。对此，黄永健有一番颇有深度的论述：“也不可能只是模仿西方‘发达资本主义时代’的审美现代性模式和文体范式的‘复制品’（本雅明），散文诗引进中国之后，从审美内涵到文体模式都发生了新的变化，20世纪中国散文诗既有追溯散文诗源头，与现代性大唱反调的惊心之作，如早期王独清、李金发以及80年代以后的都市题材散文诗，同时也衍生了启蒙主义、新古典主义、浪漫主义、写实主义的散文诗作品，我们不能就散文诗而论散文诗，散文诗作为一种具有人类学意义的现代文学文本，应该在相对宏阔的历史视野之内得到学理性的阐释。”

这本书的整体架构和立论的基本点，都着眼于文体创新。这是十分可贵的。既然承认散文诗这一新兴诗体的开创者“波德莱尔也是一个破体者”；那么，我们今天来研究散文诗，也就绝不能仍然停留在波特莱尔的时代。

诚然，作者对于“腾固和郭沫若关于散文诗的形式主义的论断”的“负面影响”的论述以及散文诗“不排除或许换一个名称”的良好设想等，尚有可斟酌之处，这里不多谈及。对于学术问题，我以为留下一些讨论、探索的空间，会有益处。

黄永健说：散文诗文体和散文诗理论是“各国散文诗作家共同建构”的。诚如斯言！作为散文诗人和散文诗理论家的黄永健，以他的三部散文诗理论专著已经为散文诗理论的建构做出了重要的贡献；愿这本书出版之后，会有更多的散文诗人及诗学专家参与散文诗理论的建构。

邹岳汉

2012年2月1日于益阳

序 三

诗人与学者的双重行为

by Nick Admussen（安敏轩），Princeton University

黄永健的新作《中外散文诗比较研究》为散文诗的比较研究做出了很大的贡献。它开辟了新的理论和研究思路，提供了新的研究方法，描述了现当代散文诗写作在各个国家的情况和相互之间的影响，并用诗歌来思考我们现代社会的文化和文学。这本书还有一个似乎不易被察觉的优点：即这是一位诗人写的书。黄永健写过三本诗集，他不仅是一位散文诗评论家，同时也是散文诗创作者。

黄永健同时进行创作和评论的双重行为很少见，但并非新现象。现代文学起源之前，全球文学创作和评论还没有严格意义上的区分。当时，各个国家的文人既写诗歌又写文学批评和理论作品。譬如，萧统既编过《文选》也写过古乐府；菲利普·锡德尼（Philip Sidney）不仅写过《爱星者和星星》也写过《诗辩》。在他们的时代，这种双重行为很普通。但是在现代经济背景下，专业化和专门化让文人的身份变得更加单一，或为作家、或为批评家或为编辑，其分工越来越细，思想范围这么广博的学者并不多见。包括陈平原在内的许多学者认为这种专业化潮流对文学的影响是负面的，我很赞同这种看法。从未写过诗歌的人如何讨论诗歌的创作？而没有能力分析文学作品的人岂能深入理解自己写的诗歌？文学的传统和现实的要求都呼唤兼具创作和评论能力的全才。我认为黄永健教授就是我们需要的那种全才。

初读《中外散文诗比较研究》我就知道这是诗人写的研究作品。我个人不把“诗人”这个名称视为一种身份。我今天写诗，明天可能就会放弃。毕竟，写诗是一种行为或者习惯，还不是少数人的灵魂自然流露出的语言魔术。黄永健的评论不是诗歌，但是全书以写诗的经验来分析诗歌，反映出作者深谙写诗的过程。该书第一章提出了如下几个问题：若杜牧的诗用散文写，结果将如何？如果痖弦的诗采用自由诗的形式，效果会不一样吗？这些问题是诗人写诗的时候必然会提出的问题，而这些问题会帮助读者更深刻地接理解诗歌的本质。比如说，纯评论家会把形式和意义的相互反应看成诗歌评论逻辑性的基础。这看似有理，但是形式首先是诗人一系列选择的结果，要理解形式是如何产生的，评论家应该思考诗人所思考的问题：当前的出版环境如何，读者对某种形式会有什么样的态度，某种形式对个人表达有哪些限制。只有像黄永健这样有诗歌创作体会的评论家才可以真正按照自己的经验，在分析形式和意义关系的同时分析诗人的个人创作过程。

黄教授对散文诗的研究与其创作行为有着深刻的关系。这本书和他的其他学术著作，都是为提高散文诗创作水平、传播散文诗而作。其实，很多文学家对他们自己所研究的领域都抱有主观的态度，但是因为他们已经被“专业化”了，成为了所谓的“客观”的专家，他们便常常重复他人已经写下来的所谓的“客观”的观念，隐瞒自己的真实想法。我的意思不是说每个学者都有永恒不变的美学立场：我的意思是我们的个人经验、个人感觉，在对诗歌的研究过程中，是不可避免的，而且是不应该避免的。一般来说，现代专门化的学者只要戴上“专家”这个面具，说的就不一定是自己的话，写的也未必是自己的看法。诗人绝对不会这样。诗人的责任是表现自己的心灵、意愿、信仰和个人意识形态。研究诗歌跟创作诗歌一样：两者都是行为。中国、美国、欧洲，全世界的学术界都充斥着缺乏个人原因和动机的研究行为。我认为最好的文学批评和研究需要最深刻的动机：学术界的专业要求和组织的原因不够。

因为黄教授的研究有个人的原因——提高散文诗的写作水平——其研究就有了一些难得的特点。如果要“客观”地描述中国现当代的散文诗，就不需要太认真地去学习国外的散文诗：因为中国散文诗有它的独立性，读波德莱尔、屠格涅夫、泰戈尔就差不多了（有的学者连这三个诗人的作品也不看）。如果一位外国的散文诗专家的角色只是分析西方文学作品，他也不需要学习中国的散文诗。但是黄永健和少数研究者认为如果你关注散文诗的前途，重视散文诗的变化方向，你就必须关心其他国家的诗人创作散文诗的方法。我在中国的时候发现对外国文学最感兴趣的中国人一般是诗人。这不是因为他们盲目崇拜外国来的东西，而是因为他们要把没见过的认为可借鉴的文学方法运用到自己的创作中。我个人学习中国文学的原因之一就是改进自己的诗歌创作，我认为学习中国这个伟大的诗歌传统将使我受益无穷。作家寻找新鲜的创作素材不限于遥远国家的文学和文化，他们甚至跨越到科学、数学、哲学、宗教等领域，在那里寻找灵感。这样的态度才会产生优秀的文学研究作品。“客观”的学者在学习散文诗的时候，常常局限于历史学、影响学和现况的描述；黄永健和其他的诗歌创作者则会开拓散文诗创作的新领域：它的将来、形式和创作行为的新领土。

其实，散文诗这个混血儿的文体也经常把研究者和创作者的行为混合起来。比如柯蓝、郭风、徐成淼、刘再复、王光明、邹岳汉等都写过非常重要的文学批评。诗人也应该是有鉴赏力的读者，而写散文诗的诗人知道怎么写有吸引力的散文。这些诗人为什么要参加学术活动？我认为他们知道现当代文学的弱点之一就是对读者的教育：为了懂得并欣赏散文诗，为了读懂所有的当代诗歌，读者需要有一个共同的起点。古代诗歌和古代教育制度的关系就很密切，而现代的诗歌，尤其是新文体，也需要一种通过教育建立起来的基础。柯蓝、徐成淼、黄教授等通过写评论文章或学术文章来支持散文诗，希望找到一个共识来做这个基础。因为他们的贡献，我们现在不必问“散文诗是不是一个独立文体”，以及“散文诗是不是一个欧洲文体”这两个问题。这些研究者热爱散文诗，他们会将解决散文诗的诸多问题以及教读者如何读散文诗作为己任。

散文诗首先是个文学形式，谁都能用它来进行文学创作。但是它也关联着一个团体，一个互相负责、互相支持的人群。这个团体包括诗人、学者、读者、编辑等等。黄永健教授的例子向我们证明，诗人可以同时做评论家，评论家和诗人当然也能做编辑，读者同样可以写自己的诗。在某种意义上包括你我在内，我们都是没有角色之分的散文诗的参与者。这样的团体概念是文学创作的未来：因为我们现在有博客、微博、短信，读者与作家之间的距离越来越小，而学者和编辑的角色也会慢慢地变化。网络每天都会为我们提供取之不尽的学术资源，自学、个人出版的可能性也慢慢增加。“专家”这个角色会民主化，经济和社会组织条件也会改变，在这种情况下，文学的将来属于所有喜爱读书和写书的人，而引领未来读者的先锋是积极参加文学活动的、知识广博的文人，这种新文学不会服从国家地理界限、经济身份差别或专家系统的制约。

散文诗和诗歌都是人类共同的文学遗产。虽然每个人参加的原因各异，但是我们的目标是相同的。黄永健教授的作品已经超越了专门化的分类限制，也超越了国家地理的界限以及文化和历史的界限。他努力去理解不同文化之间的差别，追求互相了解并力求达成共识，我认为在现代的全球化的、身份多元的环境中，他会帮助所有的文学追求者亲自参与文学的无限丰富。

目 录

引　论

一、散文诗共识

1. 散文其形，诗其内质

我国台湾新诗界称其为分段诗，在散文的篇章之内，分若干段落，段落之内再分若干句群、句子；而自由诗的篇章之内，分若干诗节，诗节之内再分若干诗行，散文诗被形象的诠释为：穿着散文的衣衫，跳诗歌的舞蹈。有人将散文诗按句分行排列，变成了自由分行新诗，有人将自由分行新诗重新组段排列，变成了散文诗，都无不可，但是散文诗分段展开，就好像宋词上下阕分合成篇一样，自有它逻辑上的理由。

杜牧的《清明》诗：

清明时节雨纷纷，
路上行人欲断魂。
借问酒家何处有？
牧童遥指杏花村。

经重新剪裁变成了以下四种长短句（词），各自摇曳生姿，但是毕竟不及原作七言四行的绝句形式那样妥帖生动。

其一：

清明时节雨，纷纷路上行人，欲断魂。借问酒家何处？有牧童，遥指杏花村。

其二：

清明时节雨，纷纷路上行人，欲断魂。借问酒家何处？有牧童遥指，杏花村。

其三：

清明时节，雨纷纷路上行，人欲断魂。借问酒家何处？有牧童遥指，杏花村。

其四：

清明时节雨，纷纷路上，行人欲断魂。借问酒家，何处有牧童？遥指杏花村。

我国台湾文晓村先生曾将他的两首自由分行诗取消分行变为散文诗，其中一首《溪头行》为：

不再去乌来，撕瀑布为手帕，揩我们湿湿的双足。也不再去阴阳山，躺在情人峰下，枕一下午的流泉。——约会已经结束。

这是第一度，我们张开脚掌的翅膀，若比翼之鹣鹣。飞向南方，飞向森林的深处，看松涛的风韵，听蝉鸣的琴音。

纵然夜寒如水，浸透我们的肌肤，季候雨的千丝万缕情，把我们织进锦缕网里；那低低的风韵，柔柔的琴音，依然伴随在我们的前后左右，在溪水的尽头。

艾青的自由分行新诗《礁石》：

一个浪，一个浪
无休止地扑过来
每一个浪都在它脚下
被打成碎沫，散开
它的脸上和身上
像刀砍过的一样
但它依然站在那里
含着微笑，看着海洋

我们也可以把分行取消后变成了散文诗：

一个浪，一个浪，无休止地扑过来，每一个浪都在它脚下，被打成碎沫，散开；

它的脸上和身上，像刀砍过的一样，但它依然站在那里，含着微笑，看着海洋。

同样我们可以将痖弦的散文诗《盐》再行分行变成自由分行新诗：

二嬷嬷压根儿也没见过陀思妥耶夫斯基。

春天她只叫着一句话：

盐呀，盐呀，给我一把盐呀！
天使们就在榆树上歌唱。
那年豌豆差不多完全没有开花。
盐务大臣的驼队在七百里以外的海湄走着。
二嬷嬷的盲瞳里一束藻草也没有过。
她只叫着一句话：
盐呀，盐呀，给我一把盐呀！
天使们嬉笑着把雪摇给她。
一九一一年党人们到了武昌。
而二嬷嬷却从吊在榆树上的裹脚带上，
走进了野狗的呼吸中，秃鹫的翅膀里；
且很多声音伤逝在风中，
盐呀，盐呀，给我一把盐呀！
那年豌豆差不多完全开了白花。
陀思妥耶夫斯基压根儿也没见过二嬷嬷。

可见在讲究节奏、韵律、意象、意境等“诗性”元素的诗歌文本中，语言的外在形式固然重要，但是其外在形式所负载的那些“诗的内核”则更为重要。散文诗虽然和散文一样分段展开文本，但是它依然讲究“诗的内核”——节奏、韵律、意象、意境等“诗性”元素，宋词的上下阕犹如上下段，但是其中的每一句都有讲究，否则它就不是古诗的变体，而可能就直接是分段的古文了。

2. 散文诗是被“建构”起来的新文类

世界散文诗以及中国散文诗与中外古典诗体既有传承关系，又有反叛挣脱的态势。散文诗从一开始（波德莱尔）就是表示对现代异化社会（阿多诺、马尔库塞）的强烈质疑和审视，并在这种情感态度剧烈冲突孤绝的文本中表示现代人对生命的本真状态的呼唤和寻觅，当然现当代的其他文体如小说、散文和戏剧也同样表现这种审美的现代性，但是似乎散文诗表现得更突出、更强烈，从自由分行再显形为语言上更加自由、舒展，并以叙述、描写入诗，也是现代人类内在诗情和外在诗体进一步解放（换一个角度或可看成是人类学意义上的人类的情感回归现象）的具体体现。中国散文诗几经变异，在不同时期，这种惊遽、冷峻、孤绝风格的散文诗有时得到强化，有时又因时代语境的制约而转变风格，对于散文诗在中国社会的风格变异，仅从文体上看可以认为它们依然是散文诗，即以散文的形式（分段、叙述、白描、议论、说明……）写出诗的情思，同时又有诗的特征：音韵之美、节奏之感、顿挫起伏之态（即诗的传统意义上的整齐律），从散文诗这种与其他现代艺术文本同其魂魄的“现代主义”美学取向来看，它们就不是发生学意义上的散文诗，但是它们依然是散文诗，近年有人（包括我自己）对于郭风、柯蓝的散文诗提出批评，认为他们的《叶笛集》、《早霞短篇》过于浪漫，以田园牧歌情调美化现实，因此相对于具有审美现代性取向的散文诗来说，它们的价值就要大打折扣，这种观点在20世纪80、90年代“纯文学”一统天下的话语环境之下有它的合理性，可是进入新世纪，当中国的现代化被看成是全世界“复数的现代性“（复数的现代主义）之一极的学术语境之下，① 当”纯文学”不再具有其普世的有效性，这种对于“战歌”、“牧歌”、“颂歌”式散文诗的“批评”就重新成为了反思的对象。

虽然散文诗确实是散文和诗歌交叉融合的产物，也确实有偏向于散文的散文诗和偏向于诗歌的散文诗，但是散文诗是诗还是散文的争论渐渐平息，因为文学史上从来就没有一种先在的文类，所有的文类（文体）都是作者、批评家和文学接受者共同建构起来的。近代以来，知识谱系进一步细化，学科体系进一步细化，文学类型和文体也在细化之中，散文诗既然已经有了跨越三个世纪的文体实践历史，聚集了一些可以建构自身的标准和特征，那么将散文诗看作随现代化应运而生的一种新文类、滋生文类，自在情理之中。②

3. 散文诗的源头——波德莱尔

中国散文诗和其他国家的散文诗都是受到法国的波德莱尔（Charles Baudelaire，1821～1867）的影响才逐渐草创起来的。波德莱尔是世界上第一个使用“散文诗”这一文体概念的诗人，其散文诗集《巴黎的忧郁》堪称世

① “复数现代性”理念目前基本上成为学术界共识，现代性理论运用于中国现当代文学研究出现了不同的批评模式，已有学者通过对一些有代表性研究成果的归纳，总结出七种现当代文学研究中的现代性理论范式。它们分别是：1. “轻性”现代性；2. 世俗现代性或“中产阶级”的现代性；3. 反现代性的现代性：积极的和否定的；4. 被遮蔽的现代性或审美现代性问题；5. 革命的现代性：功能与代价；6. 多重现代性的省思；7. “新现代性”（新世纪文学）。参见“张志忠：《现代性理论与中国现当代文学研究转型》，载《文艺争鸣》，2009年第1期。

② 美国当代学者斯蒂夫·蒙特（Steven Monte 1967～）2000出版专著讨论散文诗在法、美两国被“建构”的历程，本书取名《看不见的篱笆——法国、美国文学中作为一种文类的散文诗》（《Invisible Fences: Prose Poetry as a Genre in French and American Literature》，2000，University of Nebraska Press.

界散文诗的开山之作。1861 年，波德莱尔在法国《幻想派评论》上发表了九章散文诗，以《散文诗》为总题；1862 年 8、9 月间，他又在《新闻报》上发表了二十章散文诗，题名为《小散文诗》。波德莱尔是世界上第一个自觉地从事散文诗创作的诗人，他于 1869 年出版的散文诗集《巴黎的忧郁》（又名《小散文诗》）是第一部真正意义上的具有文体创新价值的散文诗集。

由于波德莱尔公开表明他受到其前辈诗人贝特朗的影响甚大，所以有的诗人学者将散文诗的发生上限推追溯至法国浪漫主义诗人阿洛修斯·贝特朗（1807～1841），认为其散文诗集《夜之卡斯帕尔》才是世界散文诗的开山之作，当代散文诗诗人许淇认为，“严格意义上散文诗的开山鼻祖应是贝特朗，这位 34 岁便夭折的作家，一生仅有 19 岁写的散文诗集《夜的狡狯》（或译作《夜间的卡斯帕尔》），这是一本名副其实的浪漫主义散文诗集，给后来的波德莱尔、马拉美、兰波以极大的影响。”① 实际上贝特朗的散文诗诗风包括表现主题都与波德莱尔形成呼应关系，如其名作《月光》写都市人的孤寂、落寞，已逼近现当代都市人的“异化”性情感体验，不过贝特朗描绘的是梦幻和想象中的“古典幽境”，而波德莱尔重在表现“一种更抽象的现代生活”，因此，从文学与生活相互对应以及散文诗文体特征的现代性规定两个角度来看，阿洛修斯·贝特朗的散文诗集《夜之卡斯帕尔》只能是世界散文诗的发轫之作。②

现当代许多诗人、作家都曾对散文诗这种文体进行过探索和尝试，出现了一批以散文诗创作而享誉世界文坛的作家，包括若干诺贝尔文学奖获得者，比如俄国的屠格涅夫、普里什文、邦达列夫、高尔基、柯罗连科，意大利的邓南遮，印度的泰戈尔，黎巴嫩的纪伯伦，西班牙的阿佐林、希梅内斯、阿隆索，法国的纪德、佩斯、亨利·米修、列那尔、雅可布、彭热、夏尔，智利的米斯特拉尔、聂鲁达，墨西哥的帕斯，阿根廷的博尔赫斯，德国的尼采，奥地利的里尔克、卡夫卡，波兰的米沃什，英国的王尔德、罗斯金、毛姆、史密斯，美

① 许淇：《外国散文诗鸟瞰》，载许淇等主编《中外散文诗鉴赏大观》，桂林：漓江出版社，页3。

② 有的学者认为散文诗的源头甚至可以往前追溯至法国作家蒙田（1533～1592），英国培根（1561～1626）与兰姆（1775～1834）以及美国散文大师华盛顿·欧文（1783～1859），郭沫若认为我国古代诗体散文如屈原的《卜居》、《渔父》诸文，以及庄子《南华经》中多少文字都可以以看成是‘散文诗’，笔者认为散文诗作为现代主义语境下一种通过特别命名的文体存在，应该从其审美现代性的内核来判定其文体发生和存在的理由，而不能仅仅从“诗性散文”和“散文诗化”的文本外部构形来判定其文体特性，因此散文诗这种现代诗体的发生学上限止于波德莱尔。参见王珂：《论西方散文诗的文体源流》，载《廊坊师范学院学报》，2002 年 9 月，第 3 期，页 5～11。

国的梭罗、惠特曼、桑德堡、比肖普、布莱、金斯堡、布罗茨基、布莱、玛丽·格丽娜、威廉姆斯、阿舍贝利，加拿大的布洛克，日本的东山魁夷、德富芦花、大冈信，西班牙的麦斯特勒加，保加利亚的斯米尔宁斯基，中国的鲁迅、刘半农、徐玉诺、高长虹、焦菊隐、许地山、于赓虞、高歌、韦丛芜、何其芳、李广田、缪崇群、丽尼、陆蠡、陈敬容、郭风、柯蓝、彭燕郊、流沙河、痖弦、商禽、苏绍连、渡也、徐淇、邵燕祥、刘湛秋、昌耀、耿林莽、李耕、徐成淼、刘再复、叶梦、灵焚等。他们的创作不仅把散文诗这种新生的文体推向了读者，丰富了世界近现代文学宝库，也将散文诗文体不断推向成熟，使散文诗成为当代文学家族中不可忽视的一种文类存在。

当然，也有学者指出，中国新诗或散文诗并不是外来影响的产物，而是新的生活经验造成了语言与诗歌形式的紧张，最终使得人们不得不放弃旧的语言以至旧的形式，于是新诗和散文诗坦然出场，波德莱尔当年虽说受到了贝特朗的影响，但是这个影响是次要的，关键还是波德莱尔自己所说的那种现代生活经验——“这种逡巡不去的理想特别产生于和大城市的接触之中，产生于它们的无数关系的交叉之中”（《给阿尔塞纳·胡赛》），是现代生活经验促成了散文诗的诞生，关于新的生活经验与散文诗的发生学关系容后文展开论述。

附：

月光

阿卢瓦西于斯·贝特朗

在一天和另外一天分界的时候，整个城市都寂静地睡着，我在一个冬天夜里陡然一惊地醒来，我听到身旁有个声音在叫我的名字。

我的房间是半明半暗，月亮，披着一件烟雾似的长袍，像一位缟素的仙女，正在透过窗子，凝视我的睡眠，并且对我微笑。

一个夜巡兵正在街上走过，一条无家之狗在幽静无人的十字路口狂吠，一只蟋蟀在我的火炉旁边吟唱。

不久，这些嘈杂声逐渐地轻下来。夜巡兵已经走远了。一户人家开了门。让那条可怜的被遗弃的狗进去，蟋蟀也唱倦了，入睡了。

至于我呢，刚刚摆脱了一个梦，眼睛还给另外一个世界的种种奇观眩惑着，在我周围的一切东西，好像是一个梦。

啊，在半夜里醒来，这是多么甜美呀！当那个神秘地流到你床上来的月亮，以一个忧郁的亲吻唤醒你的时候。

头发中的半球

波德莱尔

让我长久地、长久地闻着你的头发吧！让我把整个脸庞都埋在里边吧——就像一个口渴的人把头伸进一股泉水里；让我用手抚弄你的头发吧，仿佛挥舞一方散发着香气的手帕，让回忆在空中飘荡。

啊！如果你能知道在你的头发中我所看到的一切，感到的一切和听到的一切！我的心灵在香气上漫游，就像别人的心陶醉在音乐之中。

你的头发里藏着整整一个梦。到处是白帆，到处是桅杆。这里更有浩瀚的海洋；大洋上的季风吹动着我，奔向令人心醉神迷的地方，那里的天空更加湛蓝、更加高远；那里的空气浸透了果实、树叶和人体皮肤的芳香。

在你密发的海洋里，我瞥见一个小港，充满着哀伤的歌声，拥挤着各民族的强壮的汉子；在永远被炎热笼罩着的广阔天空下，各式各样的船只停泊在那儿，显出那精致的复杂的构造。

啊！抚摩着你浓密的长发，我又感到长久的忧郁和寂寞——美丽的船儿在水波上轻轻地悠荡着，舱房里，我久久地坐在沙发上，一边是几盆花，一边是几只凉水壶。

在你这火炉般炽热的头发中，我又呼吸到掺有糖和鸦片的烟草气味了；在你头发的静夜里，我看到热带蓝色的天空在闪耀；在你毛茸茸的头发的海滩上，我又沉醉在柏油、麝香和可可油的混合气味之中。

让我长久地衔住你乌黑粗大的辫子吧！当我轻嚼着你这倔强的、富有弹性的头发时，我仿佛在吞食着回忆……

二、中外散文诗比较研究的学术价值

1. 研究的意义

中国散文诗理论界目前所取得的研究成果主要在创作史疏理、文体论研究及重要作家如鲁迅、郭风、柯蓝、刘再复、徐成森、流沙河、许淇、耿林莽、商禽、苏绍连等以及外国散文诗作家如泰戈尔、纪伯伦、屠格涅夫等作品的研究，就文体论研究而言，国内学者在散文诗语言、散文诗结构、散文诗的本体、散文诗的审美功能以及散文诗的文体地位等问题上已经形成了比较一致的看法，即认为散文诗是一种不同于自由分行新诗，又不同于抒情散文的一种独立的文体，并且散文诗又不同于古典抒情文如赋体、骈体文或极短篇抒情小品，散文诗是一种具有审美现代性的现代文类。当代学者谢冕、吕进、孙绍振、孙玉石、刘再复、王光明、徐成森、张彦加、蒋登科、王珂、黄永健、王幅明、徐治平、龙彼德、李标晶、王志清以及台港学者叶维廉、林以亮、陈巍仁、莫渝、秀实等都对中国现代散文诗理论研究做出了建设性的贡献。就中外散文诗比较研究而言，我们所做的工作主要局限于影响研究，即外国散文诗的文体写作方式及其审美特征如何从国外进入我国并直接引发出了“五四”时代中国文学大观园里的一种新型的文学文类，而在平行对比研究方面，即散文诗这种文体被引进到中国之后所产生的形式上的变体及审美观念上的变化未曾给予文化学意义上的阐释，也即是说，我国目前的散文诗文体特性及审美特性的阐释还局限于“影响—反应”式的阐释模式，尚未能从比较文化的角度对中外散文诗做出纵深的、具有哲学意味和文化意味以及艺术范式意义上的阐释。

散文诗产生之后在世界范围产生了广泛的影响，从西欧、北美到南美、日本、印度以至中国都有影响深远的散文诗作品得到了世界人民广泛的认同与喜爱，与其同时，不同民族的文学理论家也在对散文诗的理论问题进行探讨。除上述的本雅明之外，现当代西方诗人如艾略特、金斯伯格以及美籍华人学者李欧梵、印度诗人泰戈尔、南美诗人博尔赫斯都对散文诗进行过研究，仅当代美国就产生了一些专门研究散文诗的学术专著，如 Jonathan Monroe 的《A Poverty of Objects：The Prose Poem and the Politics of Genre》（1987），Margueritte S. Murphy 的《A Tradition of Subversion：The Prose Poem in English from Wilde to Ashbery》（1992），Steven Monte 的《Invisible Fences：Prose Poetry as a Genre in French and American Literature》（2000），① 但是对散文诗进行跨文化比较研究的毕竟很少，在我国的散文诗理论界，可以说散文诗的跨文化比较研究、综合研究还是一个空白点。

散文诗作为一个独立的文类得到了广泛的认同，散文诗诗人曾数度获得过诺贝尔文学奖。在我国当代文坛，散文诗创作、散文诗研究、散文诗期刊发行、散文诗全国性的学会活动、散文诗年度文选都在发生着重要的影响力，散文诗易于与广告、手机文学、影像文学文本融合无间，这些都说明散文诗是我国现当代文坛一个不可否认的艺术存在，是我国现当代文学史叙述中不应忽略

① 笔者最近认识了美国普林斯顿大学东亚研究系在读博士生安敏轩（Nicholas Admussen），目前他正在撰写一篇有关中国现当代散文诗的博士论文，上述几本专著皆由安敏轩为作者从美国购得。美国当代汉学界开始关注中国的散文诗起码透露给我们两个信息：1. 散文诗得到当代高层次文学研究者的关注；2. 中国当代散文诗创作和批评已经在国外产生了一定的影响。

的一个重要的组成成分，因此我们对中国散文诗进行跨文化研究，意义至少有以下四个方面：

进一步廓清现代散文诗发生、传播、变化的脉络，包括现代散文诗在我国文学史上发生、传播和变化的脉络，以便给我国现当代文学史的叙述提供宏观的散文诗美学视野。

为当前散文诗理论界、诗歌理论界以及散文理论界有关文体特征的论辩提供域外的学术信息，深化散文诗理论界对于散文诗文体特性的探讨，为当代散文理论及新诗理论建设提供一个重要的参照体系。

在当前全球化语境之下，人文社会学科的跨文化研究日益显示出它的优越性，这种研究方法以及由其而带来的研究成果有利于文化的多元共生，有利于促进不同文化之间的对话和融合。散文诗作为一种独特的艺术表现形式，在其传播、演变的过程中实际上已成为跨文体写作的先锋文类，它在实质上对应全球文化融合、话语兼容并蓄、多声部对话共存（巴赫金）的时代潮流，因此进行散文诗的跨文化、跨学科比较研究，实际上是在寻绎世界文化传播、融合的脉络，为当前的人类文化建构提供一个独特的支撑点。

通过比较研究引入当代国际上散文诗的新型文本以及审美范式，为我国的当代散文诗创作提供交流、学习、互动的平台。

2. 方法论、难题及研究思路

本著为汉语诗学界首创之作。虽然在小说、诗歌、散文、戏剧等领域国内都有人进行过系统的影响研究、平行研究和综合研究，但散文诗作为一种边缘文体和分支文类，目前国内尚无学者从比较文学的角度和视野对其进行学术性的描述。本课题将主要研究中外散文诗审美的共性及差别，探讨不同文化语境对散文诗这种新型文类的影响，尤其注意探讨散文诗在中国现代汉语语境之下的形式变化及其独特的语言表现方式，将采用比较文学影响研究、平行研究和综合研究的方法对有关作品及理论诠释进行整合、归纳、提炼和升华，以使研究的结论准确、恰当、完整并且具有较强的现实针对性。重点对散文诗的审美现代性进行宏观的把握和描述，难点是对多民族不同文化语境之的散文诗的变体进行学理上的阐释，如对长篇散文诗等跨文类文学文本的阐释等。

散文诗是一种典型的现代新型文类，它产生于西欧资本主义都市文化语境中，带有强烈的“新感性”色彩（马尔库塞），在“现代化”的全球性蔓延过程中，人类普遍地感受到了现代主义理念对人性的压抑和扭曲，因此散文诗成为当今人类处于现代后现代社会表情达意的一种极为有效的文学载体，成为一种对应着人类“新感性”之原真状态的突出样式，散文诗在我国的发生、传播和演变既说明现代性和现代主义对我国人民个体和集体心灵的巨大影响，同时也说明中华民族本土文化对于西方现代主义具有强大的消化和融合能力。散文诗从一个侧面说明中华文化具有生生不已、生生不息的生命活力。

本著面对的难题：一是以文化学的方法，即以文化理念疏理、文化传播整合的视野审视、分析、阐释中外散文诗的典范文本和审美嬗变过程，以文化诗学方法论证散文诗的历史地位及其独特的存在价值；二是首次对中外散文诗进行全面的考察，这种考察必然会给我国现代新诗研究和现代散文研究提供新的信息并对其中的某些判断给予必要的纠正。

本著的研究思路：在本人从事的中国散文诗整体研究成果的基础上，进一步将研究的范围扩大至世界散文诗史论、文体论、比较论等领域，当然其前提是散文诗文体的存在已经是不争的事实。散文诗具有其不可取代的审美功能，散文诗写作和传播是当今散文化时代一种重要的表达手段，由于跨文类写作越来越显现为文类演化的大趋势，从比较文学的角度来讨论世界范围内的散文诗，有助于我们深入探讨文体演化的内在规律，即各种不同的文体之间如何“越界”、“吸收”、“化合”、“归并”。通过系统深入的比较研究，更加鲜明地彰显出中国散文诗的独特性，并进一步认识中国现代化进程的复杂性和独特性。

第一章

散文诗的发生学问题

一、欧美散文诗的发生及相关问题

1. 散文诗发生学与散文诗起源学

“发生”与“起源”是两个不同的概念。“发生”主要指观念的发生，“起源”主要指事件的发生，前者强调主观认识，后者强调客观现象，因此，发生学研究人类知识结构的生成，而起源学研究事件在历史中的出现；发生是逻辑推理概念，而起源是历史时间概念。① 任何事情的起源从来就没有绝对的开端，以事件的发生作为起源，必然导致起源的绝对化，并且无法解释知识结构的生成机制。艺术起源学关于艺术起源有多种假设，但截至目前，没有任何人可以说清楚艺术起源于人类历史上的哪一个时刻。同理，散文诗的起源也没有一个绝对的开端，波德莱尔出版散文诗集《巴黎的忧郁》（又名《小散文诗》）是在1869年，可是1861年，波德莱尔在法国《幻想派评论》上发表了九章散文诗，以《散文诗》为总题；1862年8、9月间，他又在《新闻报》上发表了二十章散文诗，题名为《小散文诗》。波德莱尔之前更有贝特朗的《夜之卡斯帕尔》，贝特朗之前复有蒙田、费奈隆等。大多数学者认为刘半农1918年发表的《晓》是中国的第一章散文诗，可是1915年刘半农转译发表了屠格涅夫的散文诗，中国散文诗绝对的时间开端难以确认，因此，我们讨论散文诗既不能漫无边际地将它的开端追溯至柏拉图、《道德经》和《庄子》，也不可以绝对认定散文诗起源于历史上的某年某月某日，散文诗作为一个新起的文类，是一个知识考察对象，不是一个考古勘查对象，散文诗起源学无法解释散文诗知识结构的生成机制，而散文诗发生学研究观念的发生恰恰能弥补起源学研究事件发生的不足。

---

① 汪晓云：《人文科学发生学：意义、方法与问题》，载《光明日报》，2005年1月11日。

观念的发生（发生学）强调知识结构生成的过程，也就是事物从一个阶段过渡到另一个阶段，这一阶段性的过渡不以事件和时间进行实证，而以观念进行推理，从而有效解决了起源研究将起源绝对化以及无法解释知识结构生成机制的问题。①

因此在进行中外散文诗对比研究的时候，对待世界散文诗和中国散文诗我们用发生学的方法（跨学科研究、知识结构的建构），“通过逐步接近而困难地达到”散文诗的本质界定，总比就散文诗论散文诗，就散文诗的历史论散文诗的历史要可靠得多。

当代文体学有所谓“理论文体学”与“历史文体学”之分，所谓“理论文体学，即对各种文体结构方式作静态的、横向的比较、分析、归纳，对各种不同的文体，包括不同作品的文体、不同作家的文体，不同文学类型——如小说、诗歌、散文、戏剧——的文体作共时水平上的区分，因此又称为“共时文体学”；“历史文体学”（又称“历时文体学”）则从动态的、纵向的角度描述历史上处于不同时间维度的文体结构的转化、兴替、变易，描述文体演变的各种现象并总结其规律。对于文体的建构和文学史的描述来说，历史文体学（历时文体学）则显得更为重要，因为历时文体学所描述阐释的文体是一种文学话语体式和文本结构方式，并由文本结构方式的转换生成深入到审美心理结构和艺术精神结构，对于文体建构来说，这种描述和阐释具有本体建构的意义。历史文体学所描述阐释的文体史是文学史必不可少的构成部分，文体史从文体结构深入到不同时代不同的审美心理结构和艺术性结构，从而揭示出艺术的感受——体验模式和艺术反映世界的方式的历史，因此，文体史最集中地体现了文学史的特殊性。②

散文诗在“共时文体学”和“历时文体学”的视角之内，都已具备了独立文体的地位和价值。与同时代不同文类相比，散文诗的结构表现了它的独特性，散文诗的结构在意象层面上为一种立体交叉式或网络状扩展性发散演绎的意象组合，这与现代自由分行新诗跳跃性纵向推进的意象组合为两种截然不同的视觉表象，与现代散文单向平面性的情感组合（意象组合）为截然不同的两种内视觉表象，其与小说、戏剧、影视文学、寓言、童话、杂文、电影剧本、戏曲、话剧、传记文学、报告文学、小品文、随笔、美文、微型小说等现

① 汪晓云：《人文科学发生学：意义、方法与问题》，载《光明日报》，2005年1月11日。

② 陶东风：《文体演变及其文化意味》，昆明：云南人民出版社，1995，页10。

代文体，都表现出结构上的差异，比如极易与散文诗混为一谈的小品文、随笔、美文、微型小说等现代文类，在意象组合的诡异性、复杂性和矛盾性上皆不及散文诗那样显著。

在“历时文体学”的视角之内，散文诗无论是在世界文学史还是在中国文学史上都有其特殊的文体价值和文体地位。在世界文学史上，散文诗伴随西方 19 世纪象征主义诗歌思潮，从现代自由分行诗中，挣脱分行、音节、顿数、节奏、意象经营等形式要求，以自由舒缓的散文语句描绘和叙述现代情感的曲折微妙以及具有反讽意味的细节部分，因而形成了一种新的诗体，这种诗体在西方第一个自觉创作散文诗的波德莱尔看来，具有自由分行诗体（如《恶之花》）无法取代的表现功能和审美价值。自波德莱尔以降，散文诗融入西方现代主义诗歌主潮，扩散到世界各国，并产生了象马拉美、兰波、纪德、蓬热、泰戈尔、纪伯伦、王尔德、希梅内斯、里尔克、尼采、屠格涅夫、普里什文、邦达列夫、鲁迅等具有世界影响的散文诗作家，其中有数人以散文诗荣膺诺贝尔文学奖。散文诗这种立体交叉或网络状组合的意象结构本身归根到底是由历史境况决定的，历史进入现代文明社会，科学理性主义、价值理性主义以及极端的功利主义使现代人感受到了从未体验过的精神压力，新的意象经验的激烈刺激使人类的传统认知结构和审美心理结构产生了巨大的变化，因此，人们需要一种更自由、更舒展、更具细节展开性的诗体来观照现代人的情感结构状态，来表现现代抽象的生活——灵魂的抒情性的动荡、梦幻的波动和意识的惊跳（波德莱尔），来观照颇具反讽意味和荒诞意味的生存现状，因而散文诗应运而生，并通过前赴后继的创作实践以及天才散文诗大家们的创造性转化，逐渐确立文体的范式和不可替代的文体地位。从形式上看，它是散文与自由分行诗这两种先在文体交叉融合所生发出来的一种新文体，但从本质上看，它是时代的审美心理结构和艺术精神的“异质同构”对应物，它是人类步入现代文明以来适应了现代人审美心理结构和现代审美诉求的一种新诗体。历来讨论散文诗的本质属性大体的共识为：散文的外衣，诗的灵魂（郭沫若谓取散文的形式而专挹诗的神髓），是符合散文诗与散文及诗的内在关联的。它比较通俗地说明了散文诗与散文及诗之间的转化、变易关系：先有诗（自由分行诗），只不过现代的诗情已然胀破了自由分行诗的结构形式，有一些带着浓郁诗意诗情的情感细节部分，必须以描写性的语句充分展开、交并、对应、组合，才足以显示现代诗情的真实状态，于是散文式的描述语句和叙述句群出现在原来意义上的诗行或诗节里，从而使这种新的诗体在外形上有似散文的分段式手法，而外形上的相似实不同于本质属性（内涵）上的相同，所以这种从自由分行诗中转化生成出来的新诗体还是诗，不是散文。这样散文诗的文体地位就很清楚了，它是较为晚出的（和现代自由分行诗相比）现代自由诗体，它虽然接受、继承了自由分行诗的某些文体要素（内在律、隐喻和暗示的技巧等），但既从它确立了自身的文体范式之后，它已取得了独立的文体地位。这就像诗、词、曲之间的转化、变易关系，词、曲都是严格意义上的古典抒情诗，但当词、曲迎合了特定历史时代的审美需要，并与当时人们的审美心理结构取得和谐和共振的同构对应关系，它们就会从诗里独立出来，并有取代先在文类的趋势，散文诗的文体地位有类宋词元曲，但目前还没有发展到取代其先在文类（现代自由分行诗）的程度，只是仍处于并行不悖的发展状态而已。

散文诗发生于欧美，有诸多方面的原因，首先是文体自身翻新求异的内在演变机制促成了散文诗的诞生，王国维《人间词话》中指出："四言弊而有楚辞，楚辞弊而有五言，五言弊而有七言，古诗弊而有律绝，律绝弊而有词。盖文体通行既久，染指遂多，自成习套，豪杰之士，亦难于其中自出新意，故遁而作他体以自解脱，一切文体，所以始盛终衰者，皆由于此。"中国古代文体演变有其自身翻新求异的内在原因，即以散文诗而言，也是在古典主义盛行，当时波德莱尔、马拉美、兰波、魏尔仑、瓦莱里等诗人起而反叛，在既有诗体内部再图新变，"遁而作他体以自解脱"的结果，17 世纪西欧文艺进入古典主义时期，法国基本上成为当时文化的中心，由官方推行崇尚古代传统、尊重权威、讲求共性和规则的古典主义文艺思想，法国诗歌也走向保守，强调遵循传统规则，迷信古代诗体。在这些古典思想的压迫下，一些人奋起反抗，如圣·艾弗蒙（Charles de Saint – évremond，1610 ~ 1703）尖锐地指出："荷马的诗永远会是杰作，但不能永远是模范。"① 理性主义和古典主义压迫越厉害，诗歌规则越森严，渴望文体自由和创作自由的反抗就越激烈。18 世纪西欧资产阶级继文艺复兴以后又一次掀起一场反对封建教会的文化启蒙主义运动，法国成为中心，1789 年法国爆发反对专制的资产阶级革命，更为散文诗的萌发创造了条件。伏尔泰针对当时作诗法则对诗人的束缚，明确指出："几乎一切的艺术都受到法则的束缚，这些法则多半是无益而错误的。……诗如不能比散文表

① 圣·艾弗蒙：《论古代和现代悲剧》，载伍蠡甫：《西方文论选》（上），上海：上海译文出版社，1979，页 272。

达得更充分、更有效、更迅速，那就是拙劣的诗。”①

诗人兰波的自由分行新诗有意打破作诗法的残酷的枷锁，法语诗要求的四音节、六音节、八音节、十音节和十二音节等格律，兰波都打破了，待到兰波创作《地狱一季》、《彩图集》时，干脆放弃了分行排列的诗歌形式，采用散文诗的形式，兰波一生也是在不断突破诗歌的现成的文体形式而进行新的尝试，拓展了诗的可能性和表现空间，开创了最自由、最灵动、最潇洒的法语诗歌风格。② 世纪浪漫主义运动更是将诗人的创作自由及文体自由推向最高极致，正如波德莱尔所言：“我们当中谁没有在他怀着雄心壮志的日子里梦想过创造奇迹，写出诗的散文，没有节律，没有脚韵，但富于音乐性，而且亦刚亦柔，足以适应心灵的抒情的冲动、幻想的波动和意识的跳跃?”象征主义理论和创作方法的集大成者马拉美认为当时诗歌创作革新的最直接的原因是：人们明白诗的旧形式并不是唯一的、一成不变的绝对形式，它不过是有把握写出好诗的一种方法而已。“人们认为不遵循公认的规则一样可以写出诗来，我相信他们是有道理的。因为语言里本来就有诗存在，语言除了商业广告和日报第四版以外，都是有节奏的。在散文这种文学样式中，也有富于节奏的诗句，而且常常不乏好诗。散文其实不存在，散文既然是字母组成的，那么其中必然有诗句存在。”③

波德莱尔创作了《恶之花》，复又在1857年后的七八年间写作50首散文诗，结集为《巴黎的忧郁》。他在本书的序言中指出这种新的文体具备诗集《恶之花》所不可能拥有的“自由“和“完整”的美德：这本书，不能说它没头没尾，这样说，是不公道的，因为，恰恰相反，书中的每一篇，都同时是头，也是尾，相互交替。请仔细想想，这样的组合给大家、您、我和读者提供多少方便啊。我们都可以随意中断，我，中断我的幻想，您，中断看稿，读者，中断阅读；因为，我不把读者倔强的意志牵在由极细致的情节交织成的没完没了的线上。去掉一节椎骨，这曲折的幻想分开的两段会毫无困难地又连接在一起。把它分割成无数片断，您会看到每一片断都可以单独存在。王国维所谓“文体通行既久，染指遂多，自成习套，豪杰之士，亦难于其中自出新意，

---

① 伏尔泰：《论史诗》，载伍蠡甫：《西方文论选》（上），上海：上海译文出版社，1979，页318。

② 参见高骧：《天才诗人的精深乐章》，晶报，2009年11月14日，B10。

③ 马拉美：《文学的进展》载伍蠡甫：《西方文论选》（上），上海：上海译文出版社，1979，页261。

故遁而作他体以自解脱”的文体蜕变说，用于散文诗的发生学考察上，不无它的一定的说服力。

不仅是散文诗，当时的西欧美术界，同样发生了“文体”的内在蜕变，当代学者王珂撰文指出：影响波德莱尔散文诗创作的有三个重要来源：贝尔特朗在文体上的直接影响，法国印象派画家在创作手法上和创新意识上的直接影响，美国诗人埃德加·爱伦·坡（Edgar Allen Poe，1809～1849）把唯美主义、形式主义纳入宗教神秘的非理性主义框子，在创作题材上的直接影响和创作体裁上的间接影响。[①] 实际上文学和艺术同体连枝，当一时代的文学受到环境的刺激行将进行内在的蜕变之同时，艺术同样也会闻风而动，反之亦然。印象派挑战正统的古典学院派，那是因为古典学院派日益落入僵化俗套、矫揉造作的陷阱，莫奈、雷诺阿、毕沙罗、西斯莱、德加、塞尚这些绘画天才在接受荷兰、英国、西班牙、日本、中国等国家绘画风格的影响，复又受到现代科学，尤其是光学的启发，奋起当先，以一种全新的绘画来表达艺术家的“新感觉”和“新印象”，当时莫奈的油画《日出·印象》饱受非议，但是莫奈和其同道欣然接受社会封给他们带着嘲笑味道的称号——“印象派”，印象派及后期印象派的经典之作如马奈的《草地上的午餐》、莫奈的《日出·印象》、梵高的《向日葵》，最终成为美术史上的名作，印象派从非主流画派变为主流画派，并成为欧美现代主义绘画的源头。散文诗与印象派绘画的崛起说明文体（艺术形式）内部确实是存在着“影响的焦虑”（布鲁姆），文类变化翻新是常态，守成不变是“畸态”，抱残守缺必至枯窘湮灭。

2. 散文诗与历史语境

散文诗发生于欧美，文体自身翻新求异的内在演变机制固然很重要，但是相对来说，当时的社会历史语境的影响则具有决定性的作用。中国古代文论家刘勰认为文学兴衰和文体演变既受到当时的政治环境的影响，即“歌谣文理，与世推移，风动于上，波震于下”，统治者的性情爱好以及前代文学体裁的笼罩和规范会影响到文学的盛衰起伏：“爰自汉室，迄至成哀，虽世渐百龄，辞

---

① 王珂：《散文诗文体为何首先问世于法国——兼论波德莱尔成为散文诗创始人的原因》，载《东疆学刊》，2002年12月第4期。波德莱尔认为：“现代诗歌同时兼有绘画、音乐、雕塑、装饰艺术、嘲世哲学和分析精神的特点；不管修饰得多么具体，多么巧妙，它总是明显地带有取之于各种不同的艺术的微妙之处。”参见《波德莱尔美学论文选》，郭宏安译，北京：人民文学出版社，1987，页135。

人九变，而大抵所归，祖述楚辞，灵均余影，于是乎在。”① 可是相对来说，“世情”和“时序”对于文学“染”（浸染）和“系”（关涉）才显得尤为重要，刘勰在谈到西晋以后的文学时指出：“自中朝（西晋）贵玄，江左（东晋）称盛，因谈余气，流成文体。是以世极迍邅而辞意夷泰，诗必柱下之旨归，赋乃漆园之义疏。故知文变染乎世情，兴废系乎时序，原始以要终，虽百世可知也。”所谓“世情”和“时序”按童庆炳的解释就是特定历史时空的政治状况、社会状况、学术风气、君主的提倡等，但也可以理解得窄一些，“世情”就是“世态人情”，“时序”即时间的次第、先后，因此用现代术语说，也可以把“世情”和“时序”理解为一种在一定时间内人们的社会心理，社会心理对文学变化的作用最为直接，经济、政治对文学的作用都要通过社会心理这个中介环节。② 社会心理的更替及其在作家身上的浸染式的内化，其结果就创作出在文学思潮上相似的作品（相同或相类的文体）。

欧美散文诗发生在现代化的西方社会，而不是发生在同时期的中国（其时流行崇尚宋诗的同光体），用统治者的政治影响或前代文学的笼罩延伸来解释似乎都不能令人信服，但将散文诗看成是社会心理的更替及其在作家身上的浸染式的内化所产生的结果则颇具有说服力，波德莱尔所处的19世纪的法国，现代性理念经由文艺复兴、工业革命、启蒙运动和法国大革命的培育和推波助澜，已经成为时人尤其是生活在都市里的现代人群的生活准则，现代价值观——自由、人权、平等、法制、科学、理性、功利主义（实用主义）所营造出来的社会制度和社会环境，渐次形成了一个困扰着现代人的“理性的铁笼”（韦伯），首先被现代性现代化了的西欧都市里的现代人群看起来从“宗教—神本位”的理性主义解脱了出来，实际上却陷入了人类自己设计的另外一种理性铁笼，试看波德莱尔笔下发达资本主义时代（本雅明语）的巴黎人群：

人群

波德莱尔

并不是每一个人都可以在人群的海洋里漫游。要知道享受人群的美味是一门艺术。而只有这样的人才能做到：与所有同类人不同，他生机勃勃、食欲旺盛，在襁褓中，神仙就使他染上了乔装改扮、戴纱掩面的癖好，又为他造就了

---

① 童庆炳：《〈文心雕龙〉“质文代变”说及其启示录》，载《江海学刊》2008年第5期。

② 同上。

厌烦家世喜欢出游的毛病。

人群与孤独，对于一个活跃而多产的诗人来说，这是两个同义词，它们可以互相代替。谁不会使孤独充满人群，谁就不会在繁忙的人群中独立存在。

诗人享受着无与伦比的优惠，他可以随心所欲地使自己成为他本身或其他人。犹如那些寻找躯壳的游魂，当他愿意的时候，他可以进入任何人的躯体中。对他自己来说，一切都是敞开的；如果说有什么地方好像对他关闭着，那是因为在他眼里看来，这些地方并不值得一看。

孤单而沉思的漫游者，从普通的一致中吸取独特的迷醉。他很容易地置身于人群当中，尽尝狂热的享乐。这些狂热的享乐，是那些像箱子一样紧闭着的利己者，和象软体动物一样蜷曲着的懒惰者永远也得不到的。他接受任何环境给予他的任何职业、任何苦难和欢乐。

与这些难以形容的狂喜、与献身于诗歌和怜悯的灵魂、与突如其来的一切历险、与陌生的过路人相比，人们常说的爱情是多么的渺小、有限和虚弱啊！

不妨告诉那些世上的幸运儿，哪怕只是为了煞煞他们愚蠢的骄气，天底下还有比他们的更大、更广、更深的幸福。殖民地的拓荒者，人民的牧师和浪迹在世界另一端的传教士们，也许会尝到一些这神秘的沉醉吧？他们置身于为自己的天性而建造的广阔的家庭之中，有时会笑那些为他们不安定的命运和朴素的生活而抱怨的人们。

在波德莱尔的笔下，巴黎大街上人群的集体性现代气息表现在：繁忙、麇集（人群的海洋）、茫然（不安定的命运和朴素的生活）、愚蠢、陌生、孤独。是什么使得古典静谧、秩序井然的巴黎大街变得如此焦虑、浮躁、繁华而又冷漠？诗人波德莱尔敏锐地感受到了人群和街道的这种逼人的气息，可是，身处其境的波德莱尔未必就能道出其中的玄机，波氏无暇反思而后人反思之，1927年本雅明——一个具有波德莱尔式浪荡子天性的诗人兼思想家，开始了他的巴黎流浪和写作，本雅明发现现代都市中央的一个精神性秘密，他称之为“shock”（震惊），此后他在《发达资本主义时代的抒情诗人》一书中，以历史学家的眼光和寓言家的洞察为我们揭示出波德莱尔以及所有现代人的这种个体性体验背后的原因，说到底是因为现代（西方）人的精神世界遭遇了现代社会（资本主义社会）的双重颠覆：其一，“宗教—神本位”的理性主义遭遇了现代科学理性的颠覆和解构；其二，人类其前的与理性世界尚称平衡的感性世界遭遇了现代物质、技术和金钱的颠覆和解构，尤其是第二种颠簸足令现代人苦不堪言，第一重颠覆是打倒神权，建立科学理性的新神位，看起来是人类的解放和自由的福音，可是科学理性这个新神祇以及由这个新神祇所化身出来的物质主义、技术主义、社会科层结构、拜金主义、价值理性等现代社会的主流意识形态对于人的感性世界（自由天性）进行着“合理”的压抑和肢解，“谁不会使孤独充满人群，谁就不会在繁忙的人群中独立存在”此句诗语道尽了现代人的隐痛，现代人群表象繁忙实则孤独，失去了感性活力之后的人群哪有能力感受这份“孤独”但是人群中的特别敏感者（感性十足的诗人）其超乎众人之上的感性直觉能够穿透人群的麻木，清醒地认识到这个孤独的可笑与悲凄，因此在繁忙的人群中，众人皆醉我独醒，作为孤单而沉思的漫游者，从普通的一致中吸取独特的迷醉，就能够顽强保持个体鲜活的情感能力，在现代理性巨人面前放浪不羁，并且，以情窥真，揭示出个人以及众人所面对的这种“新感性”体验，这个人就是繁忙的人群中的“独立存在”，这个独一无二的特立独行者其实是清醒的，而在迷醉了的众人看来这个人“迷醉”了。殖民地的拓荒者、人民的牧师和浪迹在世界另一端的传教士们，为什么会尝到一些这神秘的沉醉呢？因为在那些地方（世界的另一端），资本主义势力尚未撒野，人们依然保持着鲜活的情感能力，相比之下，这种鲜活的情感能力从发达资本主义势力笼罩下的欧美都市消失了，这种更大、更广、更深的幸福只能让波德莱尔深深地怀想。

3. 浓缩放射性的意义结构

波德莱尔是先写成了象征主义诗集《恶之花》（1857），然后觉得意犹未尽，复用散文形式写成散文诗集《巴黎的忧郁》（1869），在《给阿尔塞纳·胡赛》（《巴黎的忧郁》序）一文中，波德莱尔道出创作这种与象征主义诗歌殊途（文体不同、修辞不同）同归（同写现代都市人特有情绪）的初衷：在那怀着雄心壮志的日子里，我们哪一个不曾梦想创造一个奇迹——写一篇充满诗意的、乐曲般的、没有节律没有韵脚的散文：几分柔和，几分坚硬，正谐和于心灵的激情，梦幻的波涛和良心的惊厥？《恶之花》可以看作第一部具有象征主义特质的诗作，象征主义是在反叛以孔德为代表的实证主义哲学和以左拉为代表的自然主义文学的基础上所形成的诗歌流派和艺术流派，象征主义诗歌在题材上侧重描写个人幻影和内心感受，在艺术方法上否定空泛的修辞和生硬的说教，强调用有质感的形象和暗示、烘托、对比、联想的方法来创作，此外，象征主义文学作品多重视音乐性和韵律感，这些特点在《恶之花》中，皆有所表现，如《致一位交臂而过的妇女》：

大街在我的周围震耳欲聋地喧嚷。

走过一位身穿重孝、显出严峻的哀愁
瘦长苗条的妇女，用一只美丽的手
摇摇地撩起她那饰着花边的裙裳；
轻捷而高贵，露出宛如雕像的小腿。
从她那孕育着风暴的铅色天空
一样的眼中，我像狂妄者浑身颤动，
畅饮销魂的欢乐和那迷人的优美。
电光一闪……随后是黑夜！用你的一瞥
突然使我如获重生的，消逝的丽人，
难道除了在来世，就不能再见到你？
去了！远了！太迟了！也许永远不可能！
因为，今后的我们，彼此都行踪不明，
尽管你已经知道我曾经对你钟情！

此诗主题：现代都市情爱的短暂虚妄。这个交臂而过的妇女可能确实存在过，不过在这首诗中，她是一个心灵化了的“幻影”，这个女子的形象颇具质感——瘦长苗条、雕像的小腿、身穿重孝、饰着花边的裙裳、严峻的哀愁，周围“孕育着风暴的铅色天空”、“震耳欲聋”的街市，电光一闪的外在环境都在发生着暗示和烘托的作用，多重对比——我与她的情绪反差、大街与我的情绪反差、女子与人群的位势反差、白日大街与黑夜幻觉的色彩反差等以及源自交叉想象所产生的自由联想——畅饮销魂的欢乐、电光一闪……随后是黑夜、她那孕育着风暴的铅色天空一样的眼，这些“象征性”诗歌元素合在一起共同构成了一个自足的象征的场域——隐藏在现实世界背后的另外一种实相。

以波德莱尔、魏尔伦、兰波和马拉美所代表的前期象征主义主张反浪漫主义、唯美主义、现实主义和自然主义，力图重新把握文学的特征，努力探求主客观之间的契合点，他们认为，在可感的客观世界深处，隐藏着一个更为真实的、真正永恒的世界，人们只有凭本能的直觉才能领悟，艺术地传达出这种秘密便是诗人的最高任务。我们知道，象征派诗歌的风格特色是朦胧和神秘，文本多象征、暗示、隐喻、富有乐感，诗意飘忽，半明半暗，留下更多品味余地，这种诗歌风格固然新颖独辟，反叛传统，标新立异，但是过于私人化和神秘化，必然会产生晦涩昏暗难以索解的弊病，到了后期象征主义时期，法国的瓦雷里继续着马拉美“纯诗”的道路，在追求音乐性的同时，更增加了哲理的思考，象征派诗歌更加抽象晦涩，如T·S·艾略特（1888～1965）的巨作

《荒原》（1922）被誉为有史以来最伟大的英语诗歌之一，诗人将象征派诗法发挥至极致，意象繁复密织，使用了大量神话传说和象征意象，并运用了多种古语言和现代语言，尽管诗人自己为之加注了50多条注释，依然难以索解。①

叶维廉在《散文诗——为“单面人”而设的诗的引桥》一文中指出，波德莱尔等人尝试用散文的结构和散文的叙述性语言来抒情达意，原因有二，其一，19世纪以来（西方诗歌）作假不真的修辞遭到人们厌恶，诗人呼吁回到自然语，甚至回到散文，作为诗的媒介；其二，大众在语言的认知上单纯化、平面化，面对当时象征主义诗歌语言的浓缩、多义和歧义性，便有“隔”和“难懂”之意，于是波德莱尔等人尝试用散文的、接近一般传达的语态，包括平平的说明与叙述，不会马上用逻辑的飞跃，而慢慢地把读者引进一个由浓缩放射性的意义或复旨复音构成的诗的中心。② 我们认为这种解说具有相当的说服力，也就是说，在现代话语情境之下，发生在现代社会的一些足以引人惊心忧思的场面，运用古典诗体或象征主义诗体，都不能恰当地加以表现，如波德莱尔在“给阿尔塞纳·胡赛”一文中提到的“玻璃匠”的那种尖厉的叫声，波氏在《巴黎的忧郁》用“恶劣的玻璃匠”为题再次以散文诗笔法来表现“于无数关系的交叉之中”他与那个玻璃匠的恶作剧式的邂逅，语言是散文的，包括平平的说明与叙述，并未用逻辑的飞跃将语言陌生化，在叙述都市种种变态行为之后，突然用这种平平的说明与叙述，把我们带入一个惊心荒诞的场面——这个被都市挤压近乎疯狂的人，竟然随手从七楼阳台上抓起一个小花盆，丢向楼底下的玻璃匠：

我把这小炸弹丢了下去，正好落在他身后货物的边缘上。“啪!”撞击后跌倒了，背上所有的玻璃都摔得粉碎；那剧烈的声响，好像一个水晶宫被惊雷炸毁了。

此时，我沉浸在疯狂之中，狂怒地向他叫道：“美好的生活！美好的生活!”

实施了如此损人不利己的高空抛物恶作剧后，竟然狂呼“美好的生活！美好的生活!”恶劣的不是这个无辜的玻璃匠，恶劣的是这个“使人群孤独且在人群中自我独立”的诗人波德莱尔，但是波氏依然在散文诗中称他是“恶

① 参见《象征主义文学概述》，http：//baike. baidu. com/view/47994. htm。

② 叶维廉：《散文诗——为“单面人”而设的诗的引桥》，载王幅明主编：《90年中国散文诗》，郑州：河南文艺出版社，2008，页1280～1291。

劣的”，种种悖谬足以引人惊心忧思，这样一个由浓缩放射性的意义或复旨复音构成的诗的中心——发生在都市中央的惊心场面，实在无法以格律谨严的古典诗体或语言高度抽象的象征主义诗语加以表现。

附：

给阿尔塞纳·胡赛

波德莱尔

亲爱的朋友，我现在给您寄去一件小小的作品。人们如果说它没首没尾的话，那将是不公正的；恰恰相反，这里所有的篇章都同时是首，是尾，而且每篇都互为首尾。

请注意，这样的组合为我们大家——您、我和读者们提供了何等的方便啊！我们可以随意地把它切割，我——在幻梦里；您——在手稿上；读者——在阅读中。这也是因为我不愿把读者倔强的意志系在一根没完没了的极细腻的情节线上。去掉“一节椎骨”吧！您将发现这支幻想曲的两端会毫不费力地连接起来；把它砍成无数的小段吧！

您也会发现它们每段都可以独立存在，自成一体。我很希望这里有某些生动的段落能够使您满意、开心，所以才敢于把这整整“一条蛇”都奉献给您。

这里，我要对您坦白一下：我是在至少第二十次翻阅阿洛修斯·帕特兰的著名的《黑夜的卡斯帕尔》（你和我以及我们的几位朋友都知道这本书，难道还不可以说“著名”吗?）的时候，才想起也试写一些同类之作，以他描绘古时风光的如此珍奇秀丽的形式，来描写一下现代生活，更确切地说，描写“一种更抽象的现代生活”。

老实说，在那怀着雄心壮志的日子里，我们哪一个不曾梦想创造一个奇迹——写一篇充满诗意的、乐曲般的、没有节律没有韵脚的散文：几分柔和，几分坚硬，正谐和于心灵的激情，梦幻的波涛和良心的惊厥?

这种逡巡不去的理想特别产生于和大城市的接触之中，产生于它们的无数关系的交叉之中。你本人，我亲爱的朋友，不是也曾设想把“玻璃匠”的那种尖厉的叫声试着谱写成一首“歌曲”吗?您不是也曾试想把这透过街道的浓雾和直冲顶楼的叫声中所包含的极端悲哀都表达在一篇抒情散文中吗?

可是，说真的，我对帕特兰的羡慕，恐怕并没有给我带来任何快乐。当我刚刚开始这件事时，我就发现我不仅离那种神秘而光辉的模特儿甚远；而且我还做出了个别的和意想不到的玩意儿（如果这可以被称作“玩意儿”的话）。对于这种意外，除了我大概任何人都会感到骄傲的；但是这对于视准确实现自己计划为诗人最大荣誉的人来说，却是一种深深的羞辱。

恶劣的玻璃匠

波德莱尔

有些人的习性是纯粹思维性的，并且完全懦于行动。可有时，他们会在一种神秘力量的促使下，做出某种异乎寻常的行为，其迅速的程度连他们自己也觉得是不可能的。

比如，有的人由于害怕从传达室里得到什么坏消息，自己就在门外怯懦地徘徊个把小时也不敢走进们去；或者，手里拿着一封信，半个月也不敢打开；还有的人在一年前就需要着手的事情面前，要等上六个月才不得不去行动。

可是，他们有时却感到被一种不可抵抗的力量促使着诉诸行动，就像一支箭被弓弦发射一样。伦理学家和医生认为自己什么都懂，可他们也无从解释在这样懒散、这样浪荡的心灵里，从哪儿突然冲来这么一股疯狂的力量；一个不能够去做最简单、最要紧的事的人，又是如何在一定时期内，会有一股巨大的勇气去做一些最荒唐而常常是最危险的事情。

我有一个朋友，可以说是世界上最老实的、只会做梦的人，可是有一天，他却在森林里放开了火，他说是为了看看这火是否和人们常说的那样容易燃烧起来。他一连点了十次，都没有成功，但第十一次，大火可烧了个不亦乐乎。

另外一个朋友，跑到一个火药桶旁边去点燃自己的烟卷，说是为了看看，为了体验，为了碰碰运气；还说是为了强迫自己证实自己的勇气；为了好玩，为了体验一下恐慌的快乐；或者，什么也不为，只是由于一时任性，由于游手好闲。这是一种从无聊和梦幻中产生的力量。发生这种情况的人，多数像我刚才所说的那样，是最最懒散和想入非非的人。

还有一位朋友，羞怯到在男人面前也要把头低下的地步；甚至要把全身所有的一点可怜的勇气都集中起来，才能走进咖啡馆，或穿过戏院门口，那儿的检票员对他来说有着米诺斯、埃阿克和哈达莫德的神威。可有时，他会突然跑过去搂住一位过路老人的脖子，并当着惊呆了的众人，狂热地亲吻他。

为什么？因为……是因为这张脸型对他有一种不可抗拒的诱惑力吗？也许。但更合情理的设想则是他自己也不知为什么。

我曾经不止一次地成为这种冲动和发作的牺牲品，这使我不得不相信是调皮的恶魔溜进了我们的躯体，在我们毫无意识的情况下，指使我们执行它们那荒唐透顶的旨意。

有一天早晨，我起床后，觉得心情阴郁忧伤；感到一种无所事事的疲惫，并且觉得被迫要做一种不寻常的事情，一个惊人的举动；于是，我打开了窗户，唉！（请注意，某些人精神上的一时玄虚，并不是某种工作或某些撮合的结果，而是一种偶然的灵感所导致。它带有很大的情绪——医生们人认为这是歇斯底里的情绪；而稍许比医生会思考的人则认为那是邪恶的情绪，这种情绪不由分说地促使着我们去做出一些疯癫的、危险的或不合时宜的举动。）

我看见街上的第一个人，是一个玻璃匠。他那刺耳的尖叫声，穿过巴黎混沌、沉闷的空气，一直刺入我的耳中。当时，我对这可怜的玻璃匠突然充满了一种霎时的、专横的仇恨，但我绝不可能说出为什么来。

“喂！喂！”我叫他上来。这时，我不无快乐地想到屋子是在七层楼上，而且楼梯又十分狭窄，这个人爬上来肯定要遇到不少困难，并且他背上易碎的货物肯定也会在很多地方碰挂。

他终于上来了。我好奇地察看着他所有的玻璃，对他说：“怎么，你没有彩色玻璃，没有天堂里的玻璃？你真无耻！你竟敢在贫困的街区游逛，去没有让人把人生看成是美好的那种玻璃！”

我使劲把他向楼梯推去。他低声地抱怨着下去了。

我来到阳台上，手里抓起一个小花盆。当那人在门口出现时，我把这小炸弹丢了下去，正好落在他身后货物的边缘上。“啪！”撞击后跌倒了，把背上所有的玻璃都摔得粉碎；那剧烈的声响，好像一个水晶宫被惊雷炸毁了。

此时，我沉浸在疯狂之中，狂怒地向他叫道：“美好的生活！美好的生活！”

然而，这种神经质的玩笑并不是没有危险的，经常要付出高昂的代价。但是，永久性的惩罚对得到一秒钟的无限乐趣的人来说，又算得了什么呢？

通过以上的梳理和分析，我们认为，作为知识结构和观念形态的散文诗，其发生学意义上的上限只能限定在波德莱尔等象征派诗人所处的19世纪中后期，也即本雅明所谓的“发达资本主义时代”，文体内部历久求新的蜕变机制固然是散文诗发生的重要缘由，可是相对而言，时代的变化以及资本主义时代人性的扭曲所引发的新的抒情欲求，才是散文诗应运而生的主要原因。

正如象征主义在各个国家、地区的发展不尽相同，散文诗通过英国诗人奥斯卡·王尔德（1854～1900）、俄国伊凡·谢尔盖耶维奇·屠格涅夫（1818～1883）、奥地利的莱纳玛·利亚里·里尔克（1875～1926）等人的创作传播，渐次得到了欧美文坛和非欧美国家文坛的认知和接受，19、20世纪以来欧美诗人如瓦雷里、马拉美、兰波、列那尔、纪德、佩斯、米修、蓬热、希梅内斯、尼采、黑塞、卡夫卡、显克微支、博格扎、卡尔维诺、米沃什、柯罗连科、高尔基、普里什文、邦达列夫、梭罗、惠特曼、桑德堡、布莱、米斯特拉尔、聂鲁达、博尔赫斯、帕斯、纪伯伦、泰戈尔、德富芦花、井上靖、东山魁夷、大冈信等著名诗人、作家、哲学家等都有散文诗传世，但是正如现代化在全球的非等质性推进一样，散文诗这个带着强烈的审美现代性的文类，在不同的国度和不同的时代，都产生了不同的变体，不能因为高尔基的《海燕》不同于波德莱尔的抒情风格，就否定其散文诗的文体身份，更不能因为它走的不是反讽抒情的审美现代性的路子，而否定其艺术价值。

二、中国散文诗发生的原因

1. 现代生活经验催生出新诗和散文诗

林岗先生在《海外经验与新诗的兴起》一文中指出，从晚清黄遵宪、林鍼、斌椿、何如璋、张斯桂开始，中国文人就开始感觉到了旧诗的语言材料和海外经验之间的不相适应，“诗语一方面跟不上它要表达的事物，另一方面即使能够跟上，旧诗的韵律、节奏、意象亦难容这种为了表现新经验而造出来的新语言。”① 黄遵宪的“新派诗”号称“旧瓶装新酒”，用他自己的话说是“吟到中华以外天”，实际上这个旧瓶因为必须要装洋酒，结果弄得这个中国古瓶黯然失色美感不再，而洋酒又必须用旧瓶子来装，结果弄得醇度大跌，企图中西合璧，结果“中西合瓦”（徐悲鸿语），如其《春夜招乡人饮》中写哥伦布发现新大陆的一段：“或言可伦布，索地始未获。匝月粮惧罄，磨刀咸欲杀。天神忽下降，指引示玉牒。巨鳌戴山来，再拜请手接。狂呼登陆去，炮响轰空发。人马合一身，手秉黄金钺。野人走且僵，惊辟罗刹鬼。即今牛货洲，利尽西人夺。金穴百丈深，求取用不竭。”旧诗的意象语言无法与哥伦布发现新大陆的航海业绩相互接榫，设想西人如将黄遵宪的这首诗翻译成西语，谅也很难信、雅、达三全其美。

新诗（自由诗）最终通过海外留学生胡适等人的尝试，② 由最初的羞羞答答不登大雅之堂，终于取得了主导地位，用白话写诗，听凭诗的“内在律”（情感节奏）的导引，从此，自由分行新诗蔚然大观。林岗先生认为，由于胡

---

① 林岗：《海外经验与新诗的兴起》，《文学评论》，2004 年第 4 期。

② “新诗”与“自由诗”名异实同，早期一般把不讲格律和使用“白话”写的诗称做“新诗”而不叫自由诗，但实际上他们是两个可以互换的称谓。参见王光明：《现代汉诗百年演变》，石家庄：河北人民出版社，2003，页 122。

适等人将海外经验（实即现代生活理念）充分地内在化，由内而外，现代生活经验——丰富的材料，精密的观察，高深的理想，复杂的感情，终于活化为中国的自由分行新诗。胡适等人所做的也很简单，他们并没有刻意去模仿西方的现代新诗，只是让语言和形式贴近感觉经验而不是感觉经验去迁就语言形式，① 因此，新诗兴起的诸多原因中，海外经验是最直接、最重要的主导原因。

当然，中国现代白话新诗、自由诗的发生得力于西方现代派诗歌——象征主义、意象派的影响，这也是不可否认事实，胡适用白话翻译美国女诗人梯斯黛尔（Sara Teasdale，1884～1933）自由诗“Over the Roofs”，兴奋地宣称这首译作是他的“新诗”成立的纪元。

Over the Roofs

I

Oh chimes set high on the sunny tower
Ring on, ring on unendingly,
Make all the hours a single hour,
For when the dusk begins to flower,
The man I love will come to me! . . .
But no, go slowly as you will,
I should not bid you hasten so,
For while I wait for love to come,
Some other girl is standing dumb,
Fearing her love will go.

II

Oh white steam over the roofs, blow high!
Oh chimes in the tower ring clear and free !
Oh sun awake in the covered sky,
For the man I love, loves me I . . .
Oh drifting steam disperse and die,
Oh tower stand shrouded toward the south, —
Fate heard afar my happy cry,

① 林岗：《海外经验与新诗的兴起》，《文学评论》，2004 年第 4 期。

And laid her finger on my mouth.
III
The dusk was blue with blowing mist,
The lights were spangles in a veil,
And from the clamor far below
Floated faint music like a wail.
It voiced what I shall never speak,
My heart was breaking all night long,
But when the dawn was hard and gray,
My tears distilled into a song.
IV
I said, " I have shut my heart
As one shuts an open door,
That Love may starve therein
And trouble me no more."
But over the roofs there came
The wet new wind of May,
And a tune blew up from the curb
Where the street - pianos play.
My room was white with the sun
And Love cried out in me,
"I am strong, I will break your heart
Unless you set me free."

这是一曲相当浪漫的爱情咏叹调，这个美国姑娘由伤感、苦闷、忧郁最终发出爱的呼唤，与中国古典爱情故事中女性压抑、悲哀、决绝（如苏小小、冯小青）的悲情表达形成对照。胡适翻译这首小诗的第四部分，似乎与他当时的情感体验不吻合，原本是个女性在渴望爱情，呼唤爱情的到来，他可能借题发挥要表达他“文学革命”的意愿，因此他把原文中没加引号的 Love 这个词加上了引号，由此这个“爱情”实际上变成了一个象征性的喻体。而且诗的最后两句翻译文意未足，爱情在我的体内发出呼唤：“我本强大，足以震破你的心胸；——给我自由。”胡适翻译成：“我是关不住的，我要把你的心打碎了。”“给我自由”（set me free）漏译，自由在原诗里是爱情的自由，可是在胡适这儿是文学自由、诗歌自由的“言外之意”，或许呼唤文学自由、诗歌自由阻力很大，不便直译，胡适的译诗就是有意隐而不发。

关不住了

胡适

我说“我把我的心收起，
像人家把门关了，
叫‘爱情’生生地饿死，
也许不再和我为难了”
但是五月的湿风，
时时地从那屋顶上吹来；
还有那街心的琴调
一阵阵地飞来。
一屋子里都是太阳光，
这时候“爱情”有点醉了，
他说：“我是关不住的
我要把你的心打碎了！”

另有一个文言翻译版本如下：

爱情

摄心如闭门，防彼情来袭。
春风不解事，又送琴入声。
春晖淡荡中，爱情为我说：
不让我自由，便使你心裂。①

王光明将胡适的白话译诗与此相对照，指出白话的译本胜利了，但是这不是胡适翻译水平的胜出，也不是诗歌感受力理解力的胜利，而是“白话”胜利了，更准确地说，是用现代白话传达现代思想感情的胜利。文言译本的失败是败在语言形式的僵化与非常自由、个性化的情感存在着尖锐的矛盾，胡适通过现实中流动的白话和自由诗的形式解决了这种矛盾和对立，它使诗歌变得与感情经验可以和平共处了。② 这也就是说看起来当时的新诗（自由诗）是受到了西方自由诗的影响，但是这种影响不足以催生出白话新诗，是新的时代人们

① 胡怀琛：《小诗研究》，上海：商务印书馆，1924，页12。
② 王光明：《现代汉诗百年演变》，石家庄：河北人民出版社，2003，页81。

所感受到的非常自由、个性化的情感（迥异于传统文化语境中的生活经验和生存感受）要求诗歌放弃已然僵化的，束缚自由天性的诗歌格律和意象体系，让新的生活经验和生存感受借鲜活的口语达到理想之表现。

“五四”之后，留学海外的这批知识分子的生活经验，或者说现代化（西化）所带来的现代生活经验和生存感受进一步普及神州大地，文言和格律诗语言因为远离生活实际而不能担当文学载体之职责，就只能退居次要位置。①如果我们从文化人类学的立场加以打量，或许可以认为，新诗（自由诗）的出现也是一种文化返祖现象，当一个自足的文化模式（中华大国）在外来文化的涵化②之后，作为这种文化的最为凝练的表达形式的诗歌失去了它的自足性，于是诗歌必须重又回到口语里去，自下而上地重新摸索建构新的话语体系和话语模式，实际上，现代汉诗目前何尝不是处于摸索和重建的道路上？

2. 新诗的再解放

在中国文学史上，王国维首次使用“散文诗”一词，1906 年王国维在《屈子文学之精神》一文中首次使用“散文诗”这一新造词：

然南方文学中，又非无诗歌的原质也。南人想象力之伟大丰富，胜放北人远甚。彼等巧于比类，而善于滑稽：故言大则有若北溟之鱼，语小则有若蜗角之国；语久则大椿冥灵，语短则蟪蛄朝菌；至放襄城之野、七圣皆迷；汾水之阳，四子独往：此种想象决不能于北方文学中发见之，故庄、列书中之某部分，即谓之散文诗，无不可也。

由此观之，北方人之感情，诗歌的也，以不得想象之助，故其所作遂止于小篇。南方人之想象，亦诗歌的也，以无深邃之感情之后援，故其想象亦散漫而无所丽，是以无纯粹之诗歌。而大诗歌之出，必须俟北方人之感情，与南方人之想象合而为一，即必通南北之驿骑而后可，斯即屈子其人也。

王国维所说的“散文诗”是指庄子、列子南方想象力丰富的诗化哲学散文，因此和我们今天所说的散文诗内涵有别，因为想象富丽、音节优美、声调顿挫起伏，这种散文好像是诗歌，但又不分行、押韵、调平仄，只能称之为散

① 尽管如此，20 世纪以来文言和格律诗作为白话和自由诗的对话者，一直顽强地存在着，并以其深厚的的文化积淀和成熟的形式语言，警示着作家和诗人，作为新文学之根，它们随时为中国的当代各个文类的演化成长提供必要的营养成分。

② 当有着不同文化的一些群体开始频繁而直接接触的时候，其中一个或两个群体原有的文化模式内部随之发生极大的变化，这就叫作涵化。参见威廉·A·哈维兰：《文化人类学》，翟铁鹏、张钰译，上海：上海社科院出版社，2006，页 464。

文形式的诗，但不是诗，或不及诗的纯粹、精致和伟大。王国维这儿的散文诗带有原始（原发）诗歌的味道，即先有散文诗，散文诗糅合北方人之感情（纯粹诗歌）、再发展演化成为屈原的“大诗歌”，这儿，散文诗（南方原始诗歌）与纯粹诗歌（北方人文教化诗歌）相对，惟屈子糅合二者，兼取南北之长，成就了“大诗歌”。

1915 年 7 月，《中华小说界》2 卷 7 期上，发表了北大教授刘半农翻译的屠格涅夫的四章散文诗，这可算是中文报刊上最早出现的散文诗，但译者其时没有注明这是散文诗，而且又是以文言翻译，因此这还不能算作严格意义上的中国散文诗。1917 年 5 月，刘半农在《新青年》3 卷 3 号发表了《我之文学改良观》，将“散文诗”作为一种诗体加以诠释，并倡导中国诗人发挥自己的本领魄力，更造它种诗体：

第二曰增多诗体吾国现有之诗体，除律诗排律当然废除外，其余绝诗古风乐府三种，（曲、吟、歌、行、篇、叹、骚等，均乐府之分支。名目虽异，体格互相类似。）已尽足供新文学上之诗之发挥之地乎，此不佞之所决不敢信也。尝谓诗律愈严，诗体愈少，则诗的精神所受之束缚愈甚，诗学决无发达之望。试以英法二国为比较。英国诗体极多，且有不限音节不限押韵之散文诗。故诗人辈出。长篇记事或咏物之诗，每章长至十数万字，刻为专书行世者，亦多至不可胜数。若法国之诗，则戒律极严。任取何人诗集观之，决无敢变化其一定之音节，或作一无韵诗者。因之法国文学史中，诗人之成绩，决不能与美国比。长篇之诗，亦破乎不可多得。此非因法国诗人之本领魄力不及某人也，以戒律械其手足，虽有本领魄力，终无所发展也。故不佞于胡君白话诗中《朋友》、《他》二首，认为建设新文学的韵文之动机。倘将来更能自造、或输入他种诗体，并于有韵之诗外，别增无韵之诗，（无韵之诗，我国亦有先例。如诗经“终南何有，有条有梅。君子至止，锦衣狐裘。颜如渥丹，其君也哉”一章中，“梅、裘、哉”三字，并不叶韵，是明明一首无韵诗也。朱注，“梅”叶“莫悲反”，音“迷”，“裘”叶“渠之反”，音“奇”，“哉”叶“将梨反”，音“赍”，乃是穿凿附会，以后人必押韵之“不自然”眼光，无端后人。古人决不如此念别字也。）则在形式一方面，既可添出无数门径，不复如前此之不自由。其精神一方面之进步，自咳嗽有一日千里之大速率。彼汉人既有自造五言诗之本领，唐人既有造其七言诗之本领。吾辈岂无五言七言之外，更造他种诗体之本领耶。

这段文字集中表达了刘半农诗学观点，虽然有些观点（如散文诗是增多诗体带来得结果，法国文学史中，诗人之成绩，决不能与美国比）在今天看来有商榷的余地，但它成为刘氏日后“花样翻新”创作无韵诗、散文诗，后来的用方言拟民歌，拟“拟曲”，不断翻新诗歌体裁的思想源头。

1918 年 5 月《新青年》4 卷 5 期上，刘半农翻译印度歌者拉坦·德维的散文诗《我行雪中》，附有翻译导言：

两年前（1916 年）余得此稿于《VANITY FAIR》月刊，尝以诗赋歌词各种试译，均为格调所限，不能竟事。今略师前人译经笔写成之，取其曲折微妙处，易于直达。然也未能尽惬于怀，意中颇欲自造一完全直译之文体，以其事甚难，容缓缓尝试之。

根据美国这本月刊的附言：“下录结构精密之散文诗一章，为有名之 RAJVT 歌者拉坦·德维作。”（刘半农译）① 我们可以推知，此诗原文已由美国人翻译成英文发表在《VANITY FAIR》月刊上，而刘半农又依据中国古人译经之笔法，取其曲折微妙处翻译成“直达”的汉语散文诗体，根据刘半农在附言上的说明，他这儿所说的“直译”实际上相当于我们今天所谓的“意译”或“曲译”，因为他取其曲折微妙处，又颇欲自造一新文体。“散文诗”这一名称又一次出现在《新青年》杂志上，中国的文学史和文体史上，在世界文坛上，1861 年波德莱尔以《散文诗》为总题，在法国《幻想派评论》上发表了 9 章散文诗，1862 年 8、9 月间，以《小散文诗》为题发表了 20 章散文诗，1869 年其散文诗集《巴黎的忧郁》又名《小散文诗》，也就是说，散文诗这个文体名称的出现，或者说中国散文诗的发生比法国散文诗的发生迟来了 54 年，差不多半个世纪左右。

刘半农翻译的这篇散文诗出现在 1918 年 5 月《新青年》杂志上，而在这之前，即 1918 年 1 月 15 日出版的《新青年》第四卷第一期上，刊登了包括胡适四首、沈尹默三首、刘半农二首共 9 首新诗作品，被认为是我国文学史上最早问世的一批新诗作品，其中沈尹默的《月夜》被愚庵（康白情）称为“第一首散文诗而具备诗的美德”。《月夜》如下：

霜风呼呼地吹着月光明明地照着，我和一株顶高的树并排立着，却没有靠着。

这是一首未分行的散文诗，为什么说它是散文诗原因有三：

① 据陈巍仁先生考订，拉坦·德维只是演唱过这首散文诗的歌者，其作者为 Sri Paramahansa。参见陈巍仁：《台湾现代散文诗新论》，台北：万卷楼图书有限公司，2001，页 43。

其一，不分行，形式上是散文的铺排；其二，具有诗凝练，节奏等美感特性；其三，它的感觉也就是它抒发的情感是现代的，孙玉石在《中国现代诗导读》中指出，这是觉醒了的一代人的声音，“诗人笔下外在自然景观，体现的崇高感与独立感和谐统一，寄托了内在心灵景观，赞美人格独立的情怀，……这情怀是个人的，也是一代人的声音。”① 这儿的和一株顶高的树并排立着却没有倚靠它的抒情主体的形象具体寄托着当时知识分子普遍的忧世情怀，是文化危机时代的知识分子精神孤绝的象征，有象征派诗人的表现性特征。

如果说世界散文诗主要得力于资本主义社会新的话语情境的催发，那么中国散文诗同样得力于文化碰撞以及随之而来的中国现代话语情境的催发，中国新诗首先得力于海外经验的推动和改造，胡适是新诗革命的先行者，与此相平行，中国散文诗也是得力于现代经验的推动和改造，刘半农是散文诗革命——“新诗革命的革命”的先行者，周作人说刘半农的诗为“一种融化”，“自由之中自有节制，变化之中实合清涩，把中国固有特质因外来影响而益美化”②，刘氏虽不像胡适那样先是在海外感受到了现代生活的冲击以及意象派诗人的创新意识，从而勇敢尝试，与五四先贤一道冲破古诗藩篱，以白话新诗一举占领文坛制高点，但是刘氏显然在五四之前开始接受新文化思潮的熏陶，③ 并自觉地将时代感受化入自己的小说和诗歌创作，刘半农主张“增多诗体”，“我在诗的体裁上是最会翻新鲜花样的。当初的无韵诗、散文诗，后来的用方言拟民歌，拟‘拟曲’，都是我首先尝试的。”他认为“诗体愈严，诗体愈少，则诗的精神所受的束缚愈甚，诗学决无发达之望”，他十分欣赏“英国诗体极多，具有不限音节不限押韵之散文诗，故诗人辈出”，大声疾呼“更造他种诗体”，在五四诗坛，他是一个“翻新花样”的能手。我们今天理解他所说的“向假诗挑战”，实际上就是向格律甚严的律诗挑战，他所谓的“当求诸骨底，不当求诸皮相”，从“性灵中意识中讲求好处”，以及不应当在“字句上声韵上卖力”的主张都与现代散文诗的审美诉求若相凑泊。我们来看一看他的那篇曾经被称为现代散文诗的第一篇成熟之作的《晓》：

火车——永远是这么快——向前飞进

① 孙玉石：《中国现代诗导读》，北京：北京大学出版社，1985，页23。

② 陈孝全、周绍曾：《胡适、刘半农、刘大白、沈尹默诗歌欣赏》，页13。

③ 1917年夏，刘半农受聘担任北京大学预科国文教授，主要得力于《新青年》主编陈独秀的的大力推荐，同时执教的还有钱玄同、周作人、胡适等人，刘半农时龄26岁，开始参与《新青年》的编辑工作。

天色渐渐地亮了；不觉得长夜已过，只觉得车中的灯一点点的暗下来。

车窗外面：——

起初是昏沉沉一片黑，慢慢露出微光，露出鱼肚白的天，露出紫色，红色，金色的霞来。是天上疏疏密密的云？是地上的池沼？丘陵？草木？是流霞？辨别不出。

太阳的光线，一丝丝透出来，照见一片平原，罩着层白蒙蒙的薄雾。雾中隐隐约约，有几墩绿油油的矮树。雾顶上，托着些淡淡的远山，几处炊烟，在山坳里徐徐动荡。

这样的景色，是我生平第一次见到。

晓风轻轻吹来，很凉快，很清洁，叫我不甘心睡。

回到车中，大家东横西倒，鼾声呼呼，现出那干枯——黄白——很可怜的脸色！

只有一个三岁的女孩，躺在我手臂上，笑眯眯的，两颊像苹果，映着朝阳。

这篇散文诗具有诗人自己主张的“真”以及从“性灵意识中讲求好处”等诸多诗的元素在里面，它缓中有急，意象的呈现很能表露出作者在生命过程某一特定场景中的内心意绪的流淌，漫漶不居，色彩强烈，采用散文的句式而又在章法上很讲究错纵参差配合内在情绪走向，它真实地刻画了人间世相的悲剧性特征。波德莱尔等人尝试用散文的、接近一般传达的语态，包括平平的说明与叙述，不会马上用逻辑的飞跃，而慢慢地把读者引进一个由浓缩放射性的意义或复旨复音构成的诗的中心，此作主要也是为了表现现代生活情景之中发生的一个“震惊”性场面——火车飞驰，人群冷漠，火车厢里东横西倒，鼾声呼呼，干枯、黄白脸色的人群中，突然，一个三岁小姑娘天真烂漫的笑容于焉跳出，于是这一场景构成了一个由浓缩放射性的意义或复旨复音构成的诗的中心。刘半农此作糅合泰戈尔散文诗的自然主义审美意趣与屠格涅夫的悲悯情怀，而试图表现一个中国现代心灵所能感受到的那种困惑和希望，① 因而在哲理上具有独到之处，这大概就是评论者认为它是成熟的散文诗的主要原因。

从“有韵乃诗“、“不韵非诗”到“不韵亦诗”再到“不分行亦诗”，中国诗歌在中西文化碰撞时代，发生了革命性的反转，五四时代著名文学家郭沫若、鲁迅、周作人、胡适、沈尹默、刘大白、刘半农、许地山、冰心、焦菊隐、高长虹等都有散文诗流传于世，作为一个文化群体，他们集中代表了那个时代觉醒了的心灵对于时代精神的敏锐感应，时代的精神气质发生了变化，旧体诗的语言和意象系统无法承载新的信息、感受和意境，于是，汉语诗歌必得“别造新体”，其实，正如刘半农指出的那样，诗“当求诸骨底，不当求诸皮相”，从“性灵中意识中讲求好处”，所谓“别造新体”看起来不外乎两条路径：横移西方自由分行新诗，散文诗；直抒胸臆，自由为诗。看起来五四先贤是选择了第一条路径，可是实际上，从他们的言论可以看出，五四时代的新诗人是在觉悟了诗的“神髓”之后，选择了第二条路径。

对于自由分行新诗和散文诗理性认知，以高长虹的论说最有说服力，高长虹在《什么是诗》和《诗和韵》这两篇并不太长的论文中，集中探讨了新诗和散文诗的问题，他认为诗不能没有形式，而形式不外为分行写、押韵、调平仄者，但诗意也有它的形式，对于一个写诗的人，它是诗的内容的一种先天的形式；诗的形式有限，而诗意和诗的内容无限，诗的内容比诗的形式复杂得多，好比人的行动比人的身体复杂多了一样。

由于诗意和诗的内容比诗的形式丰富多样，因此，到了一定时候诗人为了诗意的表达而不得不对形式进行突破，诗人写诗，有时候会宁可形式不好。这种做法，发展到一定的限度时，就产生了没有诗的形式的诗，这就是所说的散文诗了。说它是诗，因为它的内容是诗，好比便衣警察也是警察是一样的道

① 1915年7月，刘半农在《中华小说界》二卷第七期上以题为《杜瑾讷夫之名著》，发表了自己翻译的屠格涅夫的散文诗，包括《乞食之兄》、《地胡吞我之妻》、《可畏哉愚夫》、《嫠妇与菜汁》共四首。这四首散文诗是刘半农根据英文转译过来的，由于散文诗形式自由，又不讲究韵律，所以他把这四首散文诗当成了短篇小说介绍给了中国读者。这四首散文诗虽然被刘半农误认为小说，用文言翻译过来发表在小说杂志上，但读者仍然可以从翻译中看到屠格涅夫原文的风格，犀利深刻的语言里有着对生命苦难的痛苦探索、对人性的深入开掘，所有这些与强烈的人道主义精神交相辉映。1918年刘半农又在《新青年》五卷二号上和五卷三号上发表了泰戈尔散文诗的译作共四首：《恶邮差》、《著作资格》、《海滨》和《同情》，新青年》五卷三号上还刊登了他翻译的屠格涅夫散文诗二首：《狗》和《访员》，题为《屠格涅夫散文诗二首》，参见刘向朝：《刘半农和中国散文诗》，载《现代语文》，2006年第3期。

理。他还指出：

无韵诗、散文诗，也是诗的一种形式，无韵诗脱落了诗的押韵的条件，散文诗又脱落了分行写的条件，但音节（在《诗和韵》一文中，高长虹指出音节就是一句中字与字之间的节奏。但句与句之间也要有节奏，句与名之间的节奏是一首或一段诗的韵）的条件，它们都还保存着，因此，无韵诗是诗，散文诗也是诗。可见高长虹在这儿所命意的韵已非传统诗律意义上的“押韵”之韵，而是一种情绪的节奏，情感的起伏所形成的广义之韵了，波德莱尔说，他梦想着创造一种奇迹写出诗的散文，没有节律（如西洋古诗的音节之间的种种清规戒律），没有脚韵（相当于中国古诗里的韵脚），但富于音乐性，而且亦刚亦柔，足以适应心灵的抒情性的动荡，梦幻的波动和意识的惊跳，可见波氏在那些“怀着雄心壮志的日子”里所要创作的这个奇迹——散文诗，正是高长虹所说的诗意要脱出形式的牢笼而作自然本真的流露的诗体。高长虹说：“散文家写诗，音节（字与字之间的节奏，往往是诗人苦吟所得，作者按）总不会很好，音节变成了诗的桎梏，有时候就会以脱出为快（不顾字与字之间节奏，而只顾句与句之间的节奏——韵），都盖纳夫（屠格涅夫）是这样，波德莱码（波德莱尔）也非例外。”①

郭沫若从诗的本质特征——情绪的自然消涨来说明散文诗的文体特征，他说，“内在的韵律（或曰无形律）并不是什么高下抑扬，强弱长短，宫商徵羽，也并不是什么双声叠韵，什么押在句中的韵文，这些都是外在的韵律或有形律（extraneous rhythm）”，诗应该是纯粹的内在律，表示它的工具用外在律也可，便不用外在律，也正是裸体的美人。散文诗便是这个。② 郭沫若提出“内在律”与高长虹提出的“句与句之间也要有节奏，句与名之间的节奏是一首或一段诗的韵”同一旨趣，散文诗依然是诗的理论依据也在这儿，诗人需要表现某种情意结尤其是现代人的震惊性场景体验，无暇顾及音节之间的律动——高下抑扬、强弱长短、宫商徵羽、双声叠韵，而情绪段落与情绪段落之间的律动——起伏跌宕、回环往复、直落直入、骤行骤止，则构成诗情诗歌意的主脉，这时候，散文诗自然从情绪的本根处生发出来。

实际上 20 世纪散文诗的不少名家是从诗歌过渡至散文诗，20 世纪 30 年代的何其芳和 90 年代的昌耀可作为代表。尽管《画梦录》的文体身份不甚明

---

① 山西省盂县政协编写：《高长虹文集》，北京：中国社会科学出版社，页 549 ~ 562。

② 吴奔星、徐鸣放编：《沫若诗论》，成都：四川人民出版社，1984，页 25。

确，但是何其芳本人认为，《画梦录》是从诗过渡到散文的产物，诗其质，散文其形，“从《画梦录》中的首篇到末篇有着两年多的时间上的距离，所以无论在写法上或情调上，那些短文章并不一律，而且严格地说来，有许多篇不能算作散文。比如《墓》，那写的最早的一篇，是在读了一位法国作家的几篇小故事之后写的，我在写的时候就不曾想到散文这个名字。由比如《独语》和《梦后》，虽说没有分行排列，显然是我的诗歌写作的继续，因为它们过于紧凑而又缺乏散文中应有的联络。”①

昌耀的诗歌成就得到了现代汉诗界的认可，这位饱受世纪（20 世纪）忧患的诗人，以他的冷峻的诗风、孤傲的理想和奇特的意境博得世人的激赏，晚年昌耀创作了数量可观的散文诗作品，有论者指出：“1950 年代以来一直把生命融入诗歌的形式与节奏的昌耀，到了 90 年代，似乎觉得形式感极强的诗歌节奏与韵律，已经容纳不下自己紧张矛盾的内心世界，因此游离了诗歌的表达形式而用散文诗传达个人内心参差的韵律。他把社会转型时期的现代时间之伤和精神之痛，转换成了鲁迅《野草》式的梦魇世界，充满着现代经验的恐怖与渴望，充满奇特的意象和怪诞之美。”② 尽管也有人不同意这种观点，如西川认为昌耀晚年的散文诗写作难以定性，是诗和随笔的糅合，是一种“诗文”（poessay）——诗化的随笔，“通常人们是用‘散文诗’（prose－poetry）的概念来指称介乎诗歌与散文之间的文字的。据说这个概念来自历史上的翻译实践。例如但丁的意大利语韵文的《神曲》被王维克翻译成了散文的《神曲》，这散文的《神曲》就成了‘散文诗’。19 世纪中期以后，西方有几个诗人利用了这一翻译行为对文体的无意发明，有意识地使“散文诗”成为了一种写作的体裁。但‘散文诗’的概念在中国一方面隔离了古代许多富含诗性的散文作品作为诗歌写作的资源，另一方面它又在近百年来的具体写作实践中被过分美文学化了。昌耀所写的不分行文字有时更像随笔（essay），比我国古代的笔记文具有更多的主观性，我姑且称这种诗化的随笔为‘诗文’（poessay），

① 何其芳：《何其芳散文选集》，天津：百花文艺出版社，2007，页 240。

② 王光明、孙玉石：《二十世纪中国经典散文诗》，武汉：长江文艺出版社，2005，页 364～365。

英文也完全是我自造的一个词。"① 可是无论如何，这种随笔是从诗歌过渡而来，是诗情、诗意的解放（相对于格律诗）和回归（相对于人类的情感本真状态）。当年波德莱尔、马拉美、兰波以及写出名诗《海滨墓园》的瓦雷里的诗歌都是分行写作的，但是当其苦闷的心思和澎湃的感受性受到分行写作的限制时（某些讽刺性细节无由割舍），便自然会让自己的诗情诗意去到散文里继续流淌，最典型的例子如波德莱尔在完成《恶之花》之后，又写成《巴黎的忧郁》，并称后者还是《恶之花》，不过更自由、细腻、辛辣，如《头发》一诗，在散文诗集《巴黎的忧郁》里复又以散文的形式写成《头发中的半球》（又名《头发中的世界》，两相对比可以看出，分行写作的《头发》一诗由于受每行的音节数量的限制，必须对具体动作和情节进行压缩和剪接，一些细节（细腻的部分）被化约了，显示出情绪上语感上的跳跃和凝练之美，而以散文的叙述展开这些部分，则又显得更有力度，反讽的效果更为明显。

《头发》第一节：

哦，浓密的头发直滚到脖子上！
哦，发髻，哦，充满慵懒的香气！
销魂！为了今晚使阴暗的卧房
让沉睡在头发中的回忆住上
我把它像手帕般在空中摇曳。

《头发中的半球》与《头发》对应的第一段：

让我长久地、长久地闻着你的头发的芳香，把我的面孔整个地埋在你的头发里面，像一个口渴的人把头伸到泉水里，同时，用我的像香手帕一样的手摇晃你的头发，以便把无数回忆抖到空中。

其中加着重号的动作细节在分行写作的时候被化约了，《头发》的韵律之美超过了后者，可是后者的自由、细腻和辛辣超越了前者。

---

① 西川认为昌耀在90年代初所写的散文诗的确是"散文诗"，正如王光明所言，它们令人联想到鲁迅的《野草》，像《我见一空心人在风暴中扭打》(1993)、《一种嗥叫》(1993)、《灵语》(1994)等。《空心人》中吊在摩天阳台上的白色连衣裙很像鲁迅的"无常鬼"，《嗥叫》的情绪和《灵语》的对话形式近似于鲁迅的《影的告别》。这些作品一如鲁迅的作品，是矛盾、焦虑、挣扎的产物，带有噩梦的品质。除此之外，从语言的角度看，它们出现在昌耀的笔下一点也不奇怪。我们可以视之为昌耀长诗行、长句子的延伸。其长诗行从诗歌首先延伸到散文诗，然后延伸到诗文。参见西川：《昌耀诗的相反相成和两个偏离》，载《青海湖》2010年第3期。

附：

一种嗥叫

昌耀

夤夜，一个梦游人——灵魂的受难者沿着街边的阴影踯躅、蹒跚。他懑闷极了，于是，无视后果地耸起双肩，老狼似地对着空疏的长街嗥叫一声：“嚎——”这声音拖得极长极长，这声音拖得极惨极惨，正是灵魂在命运的磨石上蘸着血水磨砺时发出的那种痛苦的声息。

对着深夜的大街嗥叫，较之站立荒原对着群山嗥叫有何不同呢？

如果你有一双望穿金石的眼睛，此刻，你会发现街屋不过是钢筋编织的众多立方箱笼。而奇迹发生了，那些自我禁闭在格子笼里的人形动物听到了那声嗥叫忽有了顷刻的苏醒，倒卧的身子稍作蠕动而侧转头去，谛听，感觉到了灵魂的召唤。

灵魂的受难者是在天地的牢笼游荡。他的对着昏睡的街道施行的嗥叫，较之于对着关闭在岩峰的山魂又有何不同呢？

囚禁在天地之牢笼，较之于囚禁在颅腔、棺木又有何不同呢？嗥叫啊……

黑夜里两个吵架的人

西川（《出行日记》）

我吸烟。烟雾被窗外的黑夜吸走。黑夜寂静，鼓励无眠的人们发出声响。于是我就听见了两人吵架的声音。吵架声来自另一个窗口（我看不见的窗口）。我忽然觉得每一个窗口后面都有人倾听。我听见男人高喊：“你给我滚！”我听见女人毫不示弱：“这房子是我的！”我听见男人长篇大论地谩骂，我听见女人长篇大论地啼哭。……黑夜。黑夜。黑夜。我学了声鸡叫，天就亮了。吵架的人终于住口。

罪过和罪过

西川（《出行日记》）

内急使我急不择路，内急释放使我舒畅。哆嗦了一下，我才看见——在没有隔断的公共厕所——怎么回事？——左右两个女孩，也站着撒尿。那场景令我惊讶：那两个女孩竟敢激进反抗她们撒尿的传统。我正想夸她们勇敢，她们迅速摆出良家妇女的做派。她们从隔壁招呼来男人把我扭送派出所。我作为流氓轰轰烈烈地穿过大街。我问警察是我误进女厕所的罪过大，还是女人站着撒尿的罪过大。警察答不上这个智力难题，就把我放了。

小结：散文诗发生与现代性蔓延

前文指出，在进行中外散文诗比较研究的时候，对待世界散文诗和中国散文诗我们用发生学的方法（跨学科研究、知识结构的建构），“通过逐步接近而困难地达到”散文诗的本质界定，总比就散文诗论散文诗，就散文诗的历史论散文诗的历史要可靠得多，散文诗的边界确实是开放的，但是散文诗确实又有它的一些本质规定性，这些本质规定性决定了散文诗是大千世界万千色相中的一种独特的、独立的类的存在，佛家认为名相非虚，乃实相的外显，“散文诗”作为一个观念，其发生学意义上的内涵（实相）正是其与现代主义文学同一旨趣。

当代学者杨春时在《现代性视野中的中国文学思潮》一文中指出，伴随着欧洲启蒙运动，欧洲渐次出现启蒙主义、新古典主义（17 世纪）、浪漫主义、现实主义以及现代主义的文学思潮，新古典主义是对建立现代民族国家的肯定性回应，启蒙主义是对现代性的肯定性回应，浪漫主义、现实主义以及现代主义是对现代性的否定性回应。中国五四文学思潮和新时期文学思潮属于启蒙主义，革命现实主义（包括“两结合”）本质上是新古典主义，而在五四以后和新时期也产生了现实主义、现代主义文学现象。① 发生学意义上的散文诗（波德莱尔）的美学追求不同于新古典主义、启蒙主义以及浪漫主义，学术界大致认为，以象征主义为起点，自西方漫延至整个世界的现代主义文学思潮，基本上可以表述为对于“工业革命以来现代化的社会运动，以及与之相应的追求现代性的心理模式和思想文化的质疑、反省和批判”②。试看当代学者张新颖对于“现代意识”这个歧义丛生的语词的阐释：

它主要指的是以现代主义的文化思潮和文艺创作为核心的思想和文学意识。这样一来，就基本上可以表明，它是对工业革命以来的现代化的社会运动，以及与之相应的追求现代化的心理模式和思想文化表达的质疑、反省和批判，它是时代进程中的不和谐音和无组织的捣乱行为（那些能量足够大的捣乱者的破坏性甚至是致命的，会摇动某种文明的基础），这些令人扫兴的声音和举动，往往来自于从历史大趋势中脱离出来固执地走上岔路和迷途的不合时宜的少数和孤独的个人。

所谓“现代意识”，也即人类身处现代文化环境之下所产生的心理感应，

① 杨春时：《现代性视野中的中国文学思潮》，《天津社会科学》，2006 年第 2 期

② 张新颖：《20 世纪上半期中国文学的现代意识》，北京：三联书店，2001，页 2。

现代化所造成的“铁笼”，让神性黯然无光，人性横遭宰制，于是人类产生了“恶心”，这种恶心归根到底是人的感性对于现代科技理性的反弹和叛逆，人性觉醒反抗神性是启蒙现代性的表现，人性本真对于现代科技理性的反弹和叛逆是审美现代性的表现，发生学意义上的散文诗代表作《巴黎的忧郁》伸张《恶之花》的审美内涵，且将人类遭遇的这份孤独感、疏离感、荒诞感和心灵悸动，借助都市中央的惊心触目场景加以定格和强化，散文诗尝试用散文的、接近一般传达的语态，包括平平的说明与叙述，慢慢地把读者引进一个由浓缩放射性的意义或复旨复音构成的诗的中心，从人类学的角度来看，是人的感性和理性失衡之后的人类感性的自然反弹和控诉，没有现代化以及现代化所铸造的生存秩序——现代化，也就无所谓反现代化的“现代意识”、“审美现代性”的出场和流变。散文诗作为现代主义文学运动中所产生的一种文类其精神重在自由——散文化、民主化、多元化，所谓“诗”还是重在其思想指向——反现代性、反现实、反科技理性以回归初民的感受性和人性的完整，散文诗虽则倡扬西方人人性和神性双重失落之后有意反抗现实的“不和谐音和无组织的捣乱行为”，但是，一旦作为一种精神追求的向度，而得到现代化（全球化）时代不同文化模式的主体心灵的认同和附和之后，就会产生强大的再生创化能力，因此，在它伴随现代化一路“高歌猛进”的历程中，自然会产生从内容到形式的不同的变体。

“现代化”是一个同质化（Homogenization）的过程，即在时间和空间上由西方到非西方渐次全面推行现代性理念和现代性实践，如都市化、工业化、科学技术、信息传播、金融制度、移民等等，各种不同的文明、不同的地域逐渐趋同，甚至可以画出一个单向发展的轨迹：西欧—美国—北欧—东亚—拉美—伊斯兰世界、非洲。“现代化”跃跃欲试，大有削平不同文化主体、文化模式独特个性的趋势。可是到了“全球化”（Globalization）时代，“现代化”这种锐不可当的文化“同质化”力量和趋势遭到了不同程度的扼制，它的突出表现就是不同文化价值观、文化模式在广泛的面对面的交流、对话和碰撞之中产生了主体性的文化自觉和文化身份意识，世界上不同民族、不同地域、不同阶层的文化都在“全球化”语境中有意伸张自己的价值观和文化理念，这也就是全球化过程中出现的未曾预料到的“地方化”（Localization）、“本土化”（Indigenization），“全球化”加强了“地方化”，“地方化”在很多地方使得“全球化”多元多样，“全球化和地方化是同步的，有全球化就一定有地方化，地方化和全球化是互动的关系”。如麦当劳作为西方饮食文化的代表在全球化进程中不得不本土化为印度式的素食麦当劳，夏威夷的面食麦当劳，在中国又有中国的特点。①

散文诗的发生与西方文艺复兴以来的人文精神大解放不无干系，但是以文艺复兴所带动起来的启蒙运动和全球性的现代化进程，又并不是一个“等质化”的历史运动，与现代化构成一种“对话性”关系的审美现代性运动包括散文诗的创作和勃兴，也不可能只是模仿西方“发达资本主义时代”的审美现代性模式和文体范式的“复制品”（本雅明），散文诗理念进入中国之后，从审美内涵到文体模式都发生了新的变化，20 世纪中国散文诗既有追溯散文诗源头，与现代化大唱反调的惊心之作，如早期王独清、李金发以及 80 年代以后的部分都市题材散文诗，同时也衍生了启蒙主义、新古典主义、浪漫主义、写实主义的散文诗作品，我们不能就散文诗而论散文诗，散文诗作为一种具有人类学意义的现代文学文本，应该在相对宏阔的历史视野之内得到学理性的阐释。

① 杜维明：《对话与创新》，桂林：广西师范大学出版社，2005，页 34。

第二章

散文诗的文体演化

一、被“建构”起来的新文类

1. 散文、诗、散文诗

中国古代为区别于韵文、骈文，将凡不押韵、不重排偶的散体文章，包括经、传、史书在内，一律称之为笔，以区别于有韵之“文”，桐城派姚鼐对我国古代散文文体加以总结，分为13类，包括论辩、序跋、奏议、书说、赠序、诏令、传状、碑志、杂说、箴铭、颂赞、辞赋、哀奠。现代散文的表现形式多种多样，杂文、短评、小品、随笔、速写、特写、游记、通讯、书信、日记、回忆录等都属于散文的亚类。西方的“prose”大约有四个特点：（1）“prose”（散文）的兴起远在韵文之后（约纪元前5世纪），人类童年时代的文学作品诉诸记忆，采取格律形式便于记忆（In early times when writing was in its infancy and literary compositions survived by being committed to memory, those written in metrical form were easier to memorize (in Greece, writing was reintroduced at the end of the eighth century)①。（2）散文不刻意使用诗或韵文（verse）的格律、措辞、押韵等技巧。（3）散文又通过必要的修辞手段如平衡、节奏、重复和对比等超出应用文（lifeless composition）和日常口语之上。（4）散文作为一种表达形式常常被运用于故事、小说、随笔、信札、史书、传书、布道文、演说辞等文体形式之中。② 可见中西对于散文这个文体的认知大致相同，从人类学角度来看，口头文学文本中的韵文以及以书面语记录下来的韵文（诗歌），应该比散文要早得多，汉族初民的歌谣俚曲早于《诗经》，《诗经》的口传文本早于书面文本，如果我们认为甲骨文中的记录是中文最早出的散文，在甲骨文之前应早就有口传韵文的存在。

---

① Classical Literature Companion: Prose. http://www.answers.com/topic/prose.

② 同上。

由于散文诗采取散文的形式进行诗情和诗意的呈现和表达，而散文本身又是涵盖多种亚文类的文体形式，所以历来散文诗或被看作散文的一个亚类（与小品文、杂文、札记、随笔等平行并立），或被看作诗的一个分枝（分行的是自由诗、不分行的是散文诗），或看作是一个独立文类（与报告文学、小小说、儿童文学、寓言等并立），散文诗的始作俑者波德莱尔的论说就颇为暧昧：

老实说，在那怀着雄心壮志的日子里，我们哪一个不曾梦想创造一个奇迹——写一篇充满诗意的、乐曲般的、没有节律没有韵脚的散文：几分柔和，几分坚硬，正谐和于心灵的激情，梦幻的波涛和良心的惊厥？

这种逡巡不去的理想特别产生于和大城市的接触之中，产生于它们的无数关系的交叉之中。你本人，我亲爱的朋友，不是也曾设想把“玻璃匠”的那种尖厉的叫声试着谱写成一首“歌曲”吗？您不是也曾试想把这透过街道的浓雾和直冲顶楼的叫声中所包含的极端悲哀都表达在一篇抒情散文中吗？（《给阿尔塞纳·胡赛》）

在这篇著名的序文中，波氏称这些“小散文诗”是充满诗意的、乐曲般的、没有节律没有韵脚的散文、抒情散文，但是波德莱尔又认为，《巴黎的忧郁》还是《恶之花》，“总之，这还是《恶之花》，但更自由、细腻、辛辣”，也就是说，《巴黎的忧郁》还是诗，是一种特殊的诗体，从词语结构来看，“散文诗”是一个偏正式合成词，“散文”作为限定成分，起修饰限定作用，“诗”才是中心语素，也就是说，“散文诗”作为一个类的存在，其类的本质是“诗”，不是散文，① 在当代汉语场域中，散文诗俨然与杂文、随笔、小小说、报告文学、新诗、短篇小说等文体相与并列，成了一种独立的文类，中国文坛大多认为它是现代新诗的分枝，台湾省文坛有人认为是“分段诗”，在世

① 当然，这是就汉语翻译过来的新名词而言，其实英语原名“Poem Prose”直译应为“诗散文”，法语原义指“带有诗意的散文”，不过，西方语境中的“Poem Prose”通常被看作是自由诗，因为他使用各种诗歌技巧，“Prose Poetry”与“Poem Prose”实际上是历史上出现过的同一种文类，“Prose Poetry”（Poem Prose）是生命自足的抒情诗，汉译“散文诗”一词是准确的。严格地说长篇叙事中不时出现的诗化散文“poetic prose”，不是散文诗。相关解释：Prose Poem（poème en prose）. A prose piece whose brevity produces the rhythmic poise and acoustic structuring, the expressive elisions and condensed imagery, normally associated with verse. Among the possible sources of the prose poem might be mentioned poetic prose from Fénelon to Chateaubriand, prose renderings of foreign lyrics, and biblical prose; as the site of contradictory forces, it relates to Romanticism's mélange des genres. 参见 http://www.answers.com/topic/prose-poem。

界散文诗历史上，有先写诗后进入散文诗写作的如法国象征主义诗人群体，里尔克、泰戈尔、布莱、何其芳等，也有先写小说、散文后进入散文诗的写作的如屠格涅夫、高尔基、鲁迅、柯蓝等，当然也有直接进入散文诗写作的如我国台湾的苏绍连，因此，自从波德莱尔首首倡散文诗以来，散文诗在文类大分大合的时代潮流中，产生了众多变体。

2. 在《恶之花》与《巴黎的忧郁》之间

其实波德莱尔以贝特朗描绘古时风光的如此珍奇秀丽的形式，来描写“一种更抽象的现代生活”，实际上就是以贝特朗那种时空穿梭、高度抽象、辛辣嘲讽的自足性的短散文，来表现现代都市中央的茫然、惊悸、孤独、冷漠、颓废和荒诞意识，波德莱尔以他特殊的敏感和自觉来写作这种“小散文诗”，在他看来这种抒情散文与格律诗包括以其为代表的象征主义诗歌（《恶之花》当然有区别，仅从外形上看一分行展开，一分段展开，不仅如此，这种“小散文诗”与传统的散文如随笔（培根、蒙田）、与带有诗意的散文体作品（费奈隆 1651～1715）也有很大的区别，因为这种“小散文诗”所抒发的情感，所要表达的意念是培根、蒙田、费奈隆以及他所崇拜的爱伦·坡（1805～1849）的时代还未曾发生的情感和意念（当时法国巴黎为西方资本主义世界的中心，波德莱尔时代的美国，资本主义未称发达），因此上述作家虽然运用了这种“小散文诗”的形式进行写作，但是他们所要表现的主题和情绪内容与波德莱尔时代的有所不同。用今天的话来说就是资本主义社会的价值理性的无情宰制所导致的人类心灵的痛苦状态，这些惊心触目通常带有戏剧性的场景细节，以“纯诗”的表现方式似有不足，必须以一种似文似诗、亦文亦诗的作品来加以表现和抵达。《巴黎的忧郁》50 篇散文诗除《快陶醉吧》这一篇分行排列之外，仅从形式上看全是散文（鲁迅的《野草》中也有一篇分行的打油诗《我的失恋》，显得颇为另类），波氏称它们是“充满诗意的、乐曲般的、没有节律没有韵脚的散文”，可是这些散文相对来说篇幅不大，如《狗和香水瓶》全文 234 个字，表达作者对于现代社会所造就的都市人群的特殊认知：被削平了个性和生命力的人群是一个愚蠢的存在，他们集体性地失去了判断力，智商仅如一只嗜粪的小狗，设想原本充满活力和智慧的人类一旦讹变成善恶莫辨的群盲（法国社会学家古斯塔夫·勒庞称之为“乌合之众”），这是多么惊心怵目的景象：

“我美丽的小狗，我的好小狗，我可爱的杜杜，快过来！来闻一闻这极好的香水，这从城里最好的香水店里买来的！”

狗来了。这可怜的动物摇着尾巴，大概是和人一样表示微笑吧！它好奇地把湿滑的鼻子放在打开盖的香水瓶口上。它惊恐地向后一跳，并冲着我尖叫着，发出一种责备的声音。

“啊！该死的狗！如果我拿给你一包粪便，你会狂喜地去闻它，可能还会把它吞掉。你呀！我的忧郁人生的可鄙的伙伴，你多么象公众啊；对他们，从来不能拿出最美的香水，因为这会激怒他们，而应该拿出精心选择的垃圾。”

《镜子》这篇小散文诗141个字：

一个丑陋的男人走进屋子，在镜子面前照起来。

“您为什么还要照镜子呢？既然这只能引起您的不愉快？”

那丑陋的男人回答我：“先生，根据八九年（法国大革命，作者按）的不朽规则，人人权力平等。所以，我也有权照镜子，至于愉快还是不愉快，这只关乎我的良心。”从理智上来说，我也许是对的；但从法律角度来讲，他也没有错。

《巴黎的忧郁》50篇散文诗中篇幅最长的是《英勇的死》（2400字）、其他篇幅较长的散文诗如《天赋》（2020字）、《诱惑，或者色，财以及荣誉》（1900字）、《慷慨的赌徒》（1910字），大多数在百字到千字之间，波德莱尔有感于现代都市无数关系的交织难以以抽象、跳跃、隐喻的诗行加以揭示，其中有些颇具反讽滑稽的生活细节和新鲜活泛的日常生活口语，也无法纳入有字数、韵脚等形式约束的诗行和诗节之内，这时，以分段的形式加以敞开，让生活细节随内在诗情起伏流转，成为必然的选择。因此，不是诗人选择了散文诗，而是那种紧随细节粘着于细节的内在诗情的起伏流转选择了散文诗这种文学载体，试看《穷人的眼睛》：

什么？你要问我今天为什么会恨你吗？你当然很难明白，还是我来解释更容易。因为你是世界上最令人捉摸不透的女性！

我们曾一起度过整整一天，可那天对我来说是多么短暂。我们曾许诺说，我们俩所有的想法都属于我们俩，我们俩的心灵从今以后只是一个。总之，一个没有任何特别之处的梦想。说到底，一个所有的男人都有过的，然而没有任何人实现过的梦想。

那天到了晚上，你有点累了，想到街口的一家新建咖啡馆前坐一坐。那条街也是新建起来的。到处还洒着泥灰，已经开始神气地显露出它的华丽。咖啡馆闪烁着光芒，汽灯光灿灿地用它新兴行业的特有热情燃烧着。在灯光的照耀下，四周的墙壁通明刺眼，一面面镜子反射着银光，大厅内处处装点着金银珠宝；脸蛋胖鼓鼓的侍从们手里牵着狗，太太们挑逗着落在她们手上的隼鸟，女神和仙女们头上顶着水果、点心和野味；赫柏们和加尼米德们手中擎着盛满奶茶的双耳坏，有的端着色彩斑斓的尖碑一样的冰淇淋……所有的历史和神话都活跃在这闪射的灯光下，都用来为贪吃的人们服务了。

这时，在我们前边的马路上，站着一个约莫四十岁的人，他疲惫的脸上长着灰白的胡须，一只手领着一个小男孩，另一只手还抱着一个不能走路的小生灵。不用说，他正充作保姆，晚上领着孩子们出来散步。他们虽然衣衫褴褛，神情却十分严肃，六只眼注视着这崭新的咖啡馆，欣赏的程度一样，而年龄的不同却使欣赏的角度有所区别。

父亲的眼睛在说："真漂亮！真漂亮！好像这可怜世界的金子都镶在这墙上了。"

男孩的眼睛在说："真漂亮！真漂亮！可这房子只有和我们不同的人才能进去。"

至于最小的孩子的眼睛，却已经看得入迷了，只表现出一种深深的愚蠢的快乐。

歌儿里说，愉快使人心地善良，感情温柔，这对这天晚上的我来说可是说对了。我不仅被这一家人的眼睛所感动，并且我还为那比我们的饥渴更大的酒瓶和酒杯而感到有些羞愧。我转过头来看着你的眼睛，我亲爱的，我想从中发现"我的"想法。我探测着你这对如此美丽的眸子，这双奇特的充满柔情的绿眼睛，爱神在这里居住，月神赋予它们灵感……

可这时，你对我说："这些人像车门般睁开的大眼睛真使我难受，你不能请店老板把他们从这里撵走吗?"我亲爱的天使，人与人之间多么难以互相理解，思想是多么难以沟通，即使在相爱者之间！

这篇"小散文诗"写生活在都市的人群的相互冷漠，它当然表现了诗人的审美现代性感受，但是除了这份"都市的荒诞感"之外，这篇"小散文诗"也表示作者对于深不可测的人性幽暗面的打探和玩味的兴趣，通过对比两本集子我们发现除了《头发》和《头发中的半球》，波氏还以《遨游》为题，在他的诗集《恶之花》和散文诗集《巴黎的忧郁》之间，进行诗和散文诗的文本对照写作，在散文诗《遨游》中，波德莱尔将分行自由诗《遨游》无法展开的景物描写、人物外貌和心理活动的细节描摹用分段形式加以展开，这种展开不是漫无边际的随意的叙述，它遵循内在情绪起起伏波动的节奏，精选情节和细节，提炼意象，展开、回旋、纠缠、相互激荡，两相对比，方可体会波氏所说的分行自由诗无法抵达的审美效果——“心灵的激情，梦幻的波涛和良心的惊厥”。

遨游（自由诗）

孩子，小妹妹，
想想多甜美
到那边共同生活！
尽情地恋爱，
爱与死都在
和你相像的邦国！
阳光潮湿了，
天空昏暗了，
我爱你眉目含情，
种种的魅力，
那样地神秘，
照亮了珠泪莹莹。
那里，是整齐和美
豪华，宁静和沉醉。
家具亮闪闪
被岁月磨圆，
装饰我们的卧房；
最珍奇的花，
把芬芳散发，
融进琥珀的幽香，
绚丽的屋顶，
深邃的明镜
东方的辉煌灿烂，
都对着心灵
悄悄地使用
温柔的故乡语言。
那里，是整齐和美
豪华，宁静和沉醉。
看那运河上，

船儿入梦乡，
流浪是它的爱好；
为了满足你
最小的希望，
它来自天涯海角。
——西下的太阳，把金衣紫裳
盖住整座城市，
原野和运河；
世界睡着了，
在温暖的光明里。
那里，是整齐和美
豪华，宁静和沉醉。

邀游（散文诗）

有一个奇妙的国度，人称乐土，我梦想着和一个老情人去游历。奇特的国度，淹没在我们北方的浓雾中，可以称作西方的东方，欧洲的中国，炽热而不羁的幻想可以在那儿纵横驰骋，耐心而执著地装饰着繁杂精致的奇花异草。

一块真正的乐土，那里一切都美丽、富饶、平静，令人满意；那里，豪华乐于反映在条理之中；那里，生命显得丰腴和甜蜜；那里，混乱、嘈杂和意外皆被排除；那里，幸福与寂静结缘；那里，连饮食都同时是诗意的、肥厚的、刺激的；那里，一切都和你相像，我亲爱的天使。

你知道这种在冰冷的不幸中攫住我们的热病吗，这种对于不了解的地方的怀念吗，这种好奇心引起的焦虑吗？那是一个与你相像的地方，在那儿一切都是美丽、富饶、平静、令人满意的，在那儿幻想建立和装饰了一个西方的中国，在那儿生命是甜蜜的，在那儿幸福与平静结缘。正是那儿应该去生活，正是那儿应该去死啊呀！

是的，正是那儿，应该去呼吸、梦想、用感觉的无限来延长每一个小时。一位音乐家写过《来跳华尔兹吧》；谁来写《邀游》呢，可以献给钟爱的女人、选中的姐妹呢？

是的，就应该生活在这种氛围中——那里，更缓慢的时光包含着更丰富的思想，时钟用更深沉、更富有含义的庄严报告着幸福。

在闪光的壁板上，或者在金色的、绚丽而幽暗的皮革上，悄悄地活跃着一些恬静的、安详而深沉的画，正像创造了它们的艺术家的灵魂。落日的光辉照得餐厅或客厅金碧辉煌，透过美丽的窗帘或精工制作的、由铅条分割成无数方格的高窗而变得柔和。家具宽大、奇特、怪异，装有锁和秘密，犹如精细的心灵。镜子、金属件、金银器和陶瓷器皿为眼睛演奏着一阕无声而神秘的交响曲；从所有的东西中，从所有的角落里，从抽屉的缝隙中，从帷帘的褶皱里，都散发出一种奇特的花香，一种苏门答腊的“闻了还想闻”的气味，这正是房子的灵魂。我对你说，这是仿佛一套精美的餐具，仿佛一件光彩夺目的金银器，仿佛一件五颜六色的首饰！世界上的珍宝汇聚此地，仿佛汇聚在一个勤劳的人的房间里，他配拥有整个世界。奇特的国度，优于其他的国度，正如艺术高于自然，自然在这里被梦想改造，它在这里被修正、美化、再造。

让他们去找吧，让他们再去找吧，让他们不断地把幸福的界限往后推吧，这些园艺学的炼丹术士们！让他们拿出六万或十万弗罗林给那些能解决他们的野心勃勃的问题的人吧！而我，我找到了我的黑色郁金香和我的蓝色大丽花！

无与伦比的花啊，重逢的郁金香，寓意的大丽花，正是在那里，在这个如此安详、如此梦幻的国度，应该去生活，去开花，是不是？你不是应该在你的类似物中活动吗？你不是应该在你自己的应和中映照你自己吗，像神秘主义者说的那样？

梦！永远是个梦！心灵越是有抱负，越是微妙，梦就越是使它远离现实。每个人身上都带有天生的鸦片，不断地发散和更新；从生到死，我们有多少小时充满了积极的快乐，充满了成功的、果断的行动？我们能够生活在、我们能够进入到我的精神所画的这幅画里、这幅与你相像的图画里吗？

这些珍宝，这些家具，这种豪华，这种秩序，这些分芳，这些奇花异草，就是你呀。这些大河，这些平表的渠水，还是你。巨大的船顺流而下，满载着财宝，船工们唱着单调的歌，那是我的思想沉睡在或者翻滚在你的胸膛上。你轻柔地把它们引向大海，大海就是无限，同时在你美丽的心灵的清澈中反映着天空的深度；——当它们因海浪、因满载着东方物品而疲倦的时候，它们回到了出发的港口，还是我的丰富了的思想从无限之中向你回归。

对比这两篇诗章，自由诗《邀游》在字数、行数、格律等形式要求的限制之下，必须首先精选意象，对原本纷繁缤纷的生活经验和各色物象进行筛选，它所达到的抒情效果是自由、流畅，但是它显然未能抵达心灵深处的波涛汹涌；我们再读散文诗《邀游》，《邀游》虽然也注意语言的节奏感甚至每个诗句的格律，但是，它的段落参差展开遵循的是心灵（情绪）的起伏波动，一个段落就是一个情感波涛，在每个段落之内，可以用散文的语句让触发情感潮流的纷繁物象渐次出没浮沉，让曲折回旋的情感逻辑折冲迂回，掀起一阵阵现代人所感受到的“激情”、“梦幻”和“惊厥”，如第六段对于情人和自己同居的房间的描述，如果用分行自由诗是容不下这么多奇幻的想象所展开的生活细节和缤纷物象的，最后一段，因诗人跨越时空的想象力，造成了物我互幻，人我互幻，人物互幻，时空穿梭，情感激越不羁的复杂状态，这种状态用短短的诗句难以承载，无法表达，整个最后一段是一个情感波涛，不能轻易以诗句将其切割成片段，就只能以貌似散文的语段形势来舞之蹈之——着散文的外衣，跳诗的舞蹈。

3. 散文诗的两大优势

自从波德莱尔创立了现代散文诗的范式，散文诗的两大优势得到了充分的发挥。其一，克服诗歌形式镣铐（节奏、韵律、音步、音节、体式等）对于人类自然情感的束缚，① 使诗歌这一表情达意的艺术形式从人类自己设计出来的诗歌模式中解脱出来，实现人类学意义上的回归。

自然和自由是诗歌的精神依归，中国古代哲人程颐说：“喜怒哀乐之未发谓之中，中也者，言寂然不动者也，故曰天下之大本。发而皆中节谓之和，和也者，言感而遂通者也，故曰天下之达道。”② 人类情感通过语言表现，只要自然而然——“中节”，就能达到“和”的最高境界，和而通，通达道，试想人类早期的诗歌哪有什么形式规范，《弹歌》：“断竹，续竹；飞土，逐肉。”《击壤歌》：“日出而作，日落而息。凿井而饮，耕田而食。帝力于我何有哉！”这两首中国先民诗歌来自生活现场，脱口而出，它们并不在乎形式而以情感节奏外化为自在自为的语言形式。事实上古今中外许多大诗人面对各种诗歌形式的限制，都会有意无意在创作时实施语言的突破，以成功的事实来颠覆既定的形式规范。李白身处律诗已然发达的盛唐，可是《蜀道难》、《将进酒》、《梦游天姥吟留别》诸篇无视形式约束，恣情畅意，杂错成章，龚自珍身处律诗滥熟的清中叶，西郊赏花，情不自禁，一任胸怀洒落，想象联翩，成《西郊落花歌》：

西郊落花天下奇，古人但赋伤春诗。
西郊车马一朝尽，定庵先生沽酒来赏之。

---

① 人类自然情感指人类处于不同社会状态和文化模式所产生的生理、心理反应，如当代美国的“深层意象派”诗人罗伯特·布莱（Robert Bly 1926— ）着意表现的现代原始情感，现代人在外部压力之下所产生的潜意识情感涡流，依然是人类的自然真实的情感状态。

② 朱熹：《近思录》，台北：金枫出版有限公司，1997，页7。

先生探春人不觉，先生送春人又嗤。
呼朋亦得三四子，出城失色神皆痴。
如钱塘潮夜澎湃，如昆阳战晨披靡；
如八万四千天女洗脸罢，齐向此地倾胭脂。
奇龙怪凤爱漂泊，琴高之鲤何反欲上天为？
玉皇宫中空若洗，三十六界无一青蛾眉。
又如先生平生之忧患，恍惚怪诞百出无穷期。
先生读书尽三藏，最喜维摩卷里多清词。
又闻净土落花深四寸，瞑目观赏尤神驰。
西方净国未可到，下笔绮语何漓漓！
安得树有不尽之花更雨新好者，三百六十日长是落花时。

《西郊落花歌》主要以七言成句，但时有情怀激荡的细节内容无法纳入古歌行体整饬的形式，于是突破、变形，定庵先生目睹落花，别生非凡意象，感情激烈到了无以复加的程度时，他干脆就用“安得树有不尽之花更雨新好者，三百六十日长是落花时”这个散文句式，来表现他的这个特殊的发现，说他出奇制胜、自然取胜皆无不可，但是他绝不是以形式取胜。散文诗的“散文”精神正是人类在现代体制操控之下，性情本体骚动不安，而试图对外在压制进行反叛和颠覆的人文征候，散文诗的“散文”精神其矛头所向，是各民族成熟的诗歌格律，是现代社会压抑人性的体制现代性。

中国散文诗的创始人刘半农在《我之文学改良观》一文中指出要对古代韵文进行改良，原文：

韵文之当改良者三韵文对于散文而言，一切诗赋歌词戏曲之属，均在其范围之内。其赋之一种，凡专讲对偶，滥用典故者，固在必废之列。其不以不自然之骈俪见长，而仍能从性灵中发挥，如曹子建之《慰子赋》与《金瓠哀辞》，以及其类似之作物，如韩愈之《祭田横墓文》、欧阳修之《祭石曼卿文》等，仍不得不以其声调气息之优美，而视为美文中应行保存之文体之一。

刘氏此文提出的一些建设性的意见，如古代散文改良三策的破除迷信、文言白话相互融通、不用不通之文以及诗体改良三大措施的坏旧韵重造新韵、增多诗体、提高戏曲对于文学上之位置等，直至今天仍然具有现实的针对性。中国古代韵文（诗赋歌词戏曲）必须改良（不是革命），即使是专讲对偶滥用典故而必须废除的“赋”，其中不是以形式取胜，而是从性灵中发挥，能够发挥诗歌自然和自由精神（散文精神）的特殊变体，如曹子建之《慰子赋》与

《金瓠哀辞》，以及其类似作品，如韩愈之《祭田横墓文》，欧阳修之《祭石曼卿文》等，也应该加以保存，因为这些古典散文诗（类散文诗、前散文诗），克服了“赋”体的形式镣铐对于人类自然情感的束缚，使诗歌这一表情达意的艺术形式从人类自己设计出来的诗歌模式中解脱出来，实行了人类学意义上的回归。

其二，对于审美现代性的张扬。波德莱尔自称模仿贝特朗，波氏模仿其形，却变换其质，《巴黎的忧郁》阴郁、乖张、甚至显得有些精神裂变（如《把穷人打昏吧》、《恶劣的玻璃匠》），现代人在都市所遭遇的“震惊”、“失神”、“张皇无措”、“恶心”、“颓废无聊”、“犯罪冲动”等等现代的喜、怒、哀、乐、爱、恶、欲和色、香、声、味、触、法（七情六欲），在波德莱尔的“小散文诗”里得到了经典性的表现。当然，现代主义艺术的主旨也即今天我们所说的审美现代性，现代小说家卡夫卡、加缪、萨特，现代诗人里尔克、艾略特、庞德、桑得堡、金斯伯格，现代剧作家贝克特，现代画家爱德华·蒙克等都在小说、诗歌、戏剧和绘画中加以张扬和突显，可是波德莱尔既为现代主义的鼻祖，而其《恶之花》、《巴黎的忧郁》又可以看作现代主义文学的先声，因此，发生学意义上的散文诗便因为抒发现代之情（张扬审美现代性）而具有了其特殊的抒情内容和抒情风格，事实上直到今天世界散文诗的主流包括当代的后现代散文诗还是波德莱尔式的——内倾、反叛、矛盾、冷嘲热讽、忧伤不已。

散文诗倡导散文精神，以散文的形体舞蹈，在波德莱尔那儿，并没有字数、段数、音节、音调、押韵、对偶等形式上的规定，因此，这种短小的（相对长诗、散文、小说而言）、“充满诗意的、乐曲般的、没有节律没有韵脚的散文”，必然会在张扬散文精神的同时产生文类变体，也就是说散文诗这种由散文和诗歌糅合而成的，被偶然命名（波德莱尔）后来又不断被批评家“建构”起来的新文类，由于自身的包容性、可塑性而导致其外部形制和内部思想的多重演变，散文诗文体演变的情形可以从共时和历时两种视域加以观审。

二、散文诗文类的共时性演变

1. 散文诗演变的可能性

散文诗被波德莱尔命名，又被跨越三个世纪（19、20、21 世纪）的批评家“建构”起来以后，一般认为散文诗发生学意义上起点是 19 世纪 60 年代。

1861 年，波德莱尔在法国《幻想派评论》上发表了九章散文诗，以《散文诗》为总题；1862 年 8、9 月间，他又在《新闻报》上发表了二十章散文诗，题名为《小散文诗》。波德莱尔于 1869 年出版的散文诗集《巴黎的忧郁》（又名《小散文诗》）是第一部真正意义上的具有文体学价值的散文诗集。散文诗从波德莱尔开始确立基本的文体范式以来，流布世界，产生了不同的变体，有些变体如果以波德莱尔的散文诗理论来加以衡范，恐怕很难说是散文诗，全球范围内不同国家现代化的起始时间以及现代化过程中人的主体心灵感受是不同的，加上各国文化背景、诗歌传统、人文心理结构以及诗歌意象系统的千差万别，使散文诗这种着重呈示近现代人类心灵图式的文体在各国产生不同的变体，虽然它们可能变得不似或不是原来意义上的散文诗，但散文诗更自由、更舒展，更灵活的文体特征（包括语言和结构两方面）适合近现代以来诗体大解放的总趋势。波德莱尔之后，各国散文诗依循诗的散文化这一总趋势，与自由新诗一起，构成现代诗的合唱，或同奏，或变奏，精彩纷呈，充满活力。

我国散文诗发生于 20 世纪 20 年代。1906 年王国维于《屈子文学之精神》一文中开始使用“散文诗”这一新造词，此“散文诗”非舶来品，也非时人之创作，而是古代的浪漫主义散文杰作，王氏认为想象富丽丰赡的庄、列散文跟诗一样优美，因此可以看成是用散文写出来的“诗”，这个看法跟郭沫若“古已有之”的看法大致相当。1917 年 5 月，刘半农在《新青年》3 卷 3 号发表了《我之文学改良观》，将“散文诗”作为一种诗体加以诠释，并指出英国有这种诗体，言外之意，域外的诗歌形式可以引进，并身体力行翻译外国散文诗，创作现代汉语散文诗，使得散文诗这种现代文体之形、质（思想倾向）在新文学运动中得到了广泛的认知与传播。

在我国文坛，五四时期白话自由分行诗与散文诗是同时登上中国现代文学舞台的，1918 年一月，《新青年》第四卷第一期刊载了新诗九首，分别是胡适的《鸽子》、《人力车夫》、《一念》、《景不徙》，沈尹默的《鸽子》、《人力车夫》、《月夜》，刘半农的《相隔一层纸》、《题女儿小蕙周岁日造像》。其中沈尹默的《鸽子》与《人力车夫》都未分行，应该算是我国新文学史上最早出现的散文诗，当然，也有人认为这两首散文诗包括沈尹默稍后发表的《三弦》还带着韵脚，加上《新青年》杂志的排版问题（当时对新诗分不分行不太重视），因而不是严格意义上的散文诗，但刘半农 1918 年连续在《新青年》上发表的《卖萝卜人》、《窗纸》、《晓》应该是现代意义的散文诗。20 世纪 20 年代中国出现了重要的散文诗作家和作品如鲁迅的《野草》（1927）、高长虹

《心的探险》（1926）、徐玉诺《将来之花园》（1922）、许地山《空山灵雨》（1925）、焦菊隐《夜哭》（1926），不仅如此，当时的散文诗理论研究也取得了重要的突破，高长虹、郭沫若、滕固、西谛、王平陵就散文诗的文体特征进行解释和论证，初步确立散文诗作为新文学大家族中一种新文体的独立地位。

散文诗在中国经过了一百多年的发生、演变历程，正如上文所指出的那样，各国文化背景、诗歌传统、人文心理结构以及诗歌意象系统的千差万别，使散文诗这种着重呈示近现代人类心灵图式的文体在各国产生不同的变体，西方散文诗历史上出现的散文诗变体如中长篇散文诗，在中国文坛皆有所呈现。散文诗文体不断演变翻新这一事实说明散文诗是一种自由开放的文体存在形式，也正是因为它不断地演变翻新，导致学术界和批评界对它的质疑甚至否定，因此，透视散文诗文体结构上所出现的不同样式，分析新样式出现之背后的原因，找出共同点和它的文体演化规律，对于散文诗理论建设和散文诗文类身份的确立具有重要意义。①

2. 散文诗文类标志及共时性变异

一般来说，“文体”与“文类”这两个词可以通用，不过“文体”主要指文学作品的体式、结构、风格和技巧，而“文类”的外延要宽泛一些，“文类”除了指文学作品的体式、结构和风格而外，甚至也将文本所表现的特殊内容（content，subject）作为区别性标志，由于“文类”这个词的外延宽泛，而近代以来文学的分类更加细化，所以用“文类”来指称不断演变的文艺文本形式（体式、结构、风格、内容）则更为恰当。英文对于文类（genre）的解释如《牛津高级英汉双解词典》：

A particular type or style of literature, art, film, or music that you can recognize because of its special features.

相关的权威性解释如：A class or category of artistic endeavor having a particular form, content, technique, or the like: the genre of epic poetry; the genre of symphonic music. ②

《朗曼当代英语词典》：

---

① 这儿所说的“文体”，指“具有特殊形式、技巧或内容的艺术努力的一个范畴或种类”，也即作为文学作品一套结构模式和形式规范，又可称为文类文体，文类文体是文学类型划分的主要依据，相对来说，个体文体、时代文体和民族文体皆不足以给文学文本进行本质上的归类。参见陶东风著：《文体演变及其文化意味》，昆明：云南人民出版社，1995，页10。

② 参见 http: //dictionary. reference. com/browse/genre

A class of works of art, literature, or music made by a particular style, form, or subject: many of his finest works belong to the genre of nature poetry.

当代有学者将文类（文体）放在共时和历时两个坐标轴上进行理论梳理，以此建立“理论文体学”与“历史文体学”之分野，所谓“理论文体学”，即对各种文体结构方式作静态的、横向的比较、分析、归纳，对各种不同的文体，包括不同作品的文体、不同作家的文体，不同文学类型——如小说、诗歌、散文、戏剧——的文体作共时水平上的区分，因此又称为“共时文体学”；“历史文体学”（又称“历时文体学”）则从动态的、纵向的角度描述历史上处于不同时间维度的文体结构的转化、兴替、变易，描述文体演变的各种现象并总结其规律。对于文体的建构和文学史的描述来说，历史文体学（历时文体学）则显得更为重要，因为历时文体学所描述阐释的文体是一种文学话语体式和文本结构方式，并由文本结构方式的转换生成深入到审美心理结构和艺术精神结构，对于文体建构来说，这种描述和阐释具有本体建构的意义。历史文体学所描述阐释的文体史是文学史必不可少的构成部分，文体史从文体结构深入到不同时代不同的审美心理结构和艺术性结构，从而揭示出艺术的感受——体验模式和艺术反映世界的方式的历史，因此，文体史最集中地体现了文学史的特殊性①（也即文学史的文学性，作者按）。但是强调文体史的重要性，不等于可以忽略“理论文体学”（共时文体学）对文学文本的结构主义描述，因为“理论文体学”所描述阐释的文学话语体式和文本结构方式，正是我们建构动态的结构史的基础。总之，作为话语体式和结构方式，文体的变易表现为结构与结构之间以及结构内部的转换、兴替、交叉等关系，表现为解构——建构的双向动态过程，这是文体演变所采取的基本形式。②

散文诗在“共时文体学”和“历时文体学”的视角之内，都已具备了独立文体的地位和价值。与同时代不同文类相比，散文诗的结构表现了它的独特性，散文诗的结构在意象层面上为一种立体交叉式或网络状扩展性发散演绎的意象组合，这与现代自由分行新诗跳跃性纵向推进的意象组合为两种截然不同的视觉表象，与现代散文单向平面性的情感组合（意象组合）为截然不同的两种内视觉表象，其与小说、戏剧、影视文学、寓言、童话、杂文、电影剧本、戏曲、话剧、传记文学、报告文学、小品文、随笔、美文、微型小说等现

① 陶东风：《文体演变及其文化意味》，昆明：云南人民出版社，1995，页5。
② 陶东风：《文体演变及其文化意味》，昆明：云南人民出版社，1995，页5。

代文体①，都表现出结构上的差异，比如极易与散文诗混为一谈的小品文、随笔、美文、微型小说等现代文类，在意象组合的诡异性、复杂性和矛盾性上皆不及散文诗那样显著。

上文已经指出，发生学意义上的散文诗之所以能够从文体之林中生长出来，与波德莱尔天才地捕捉到了现代人的内心体验并开创性地用这种特殊的抒情散文成功地加以表现有着极大的关联，清代诗论家叶燮谓独创性作家“才、胆、识、力”缺一不可，散文诗在波德莱尔手上初步确立了基本的文体面貌，既属偶然，也是必然。时代演化到了现代都市社会，其间发生了无数关系的交织，现代人处于都市中央，每每被一些“震惊”性的场面所感动，原始记忆混融着时代意象，结果生成了一种新的情感模式和情感结构，这种情感模式和情感结构在波氏看来具有它不可磨灭的价值，这是波氏的“巨眼卓识”，波氏“才、胆、识、力”四能皆备，散文诗这种隐形文体（文本）由波德莱尔加以定型和命名，恰似地底的奔泉借助适时的井口喷薄而出，我们可以设想，如果没有波德莱尔，那么只要出现另一个“井喷”式人物，散文诗还是会通过这个历史选择的主体横空而出。

既从波德莱尔以《巴黎的忧郁》为现代散文诗塑形，散文诗实际上确立了它的一些共时性文类特征，也就是说通过波德莱尔以及他的同时代诗人还有一个多世纪以来的各国散文诗诗人共同努力，围绕审美现代性这个主题（Content/Subject）散文诗获得了一些属于它自身的结构上、风格上、内容上和技巧上的区别性标志，这些区别性标志大致可以分析为：

（1）由浓缩放射性的意义或复旨复音构成的诗的中心②

这是发生学意义上的散文诗的构形形式，同时也是散文诗在共时层面上区别于其他文类的重要标志。浓缩放射是现场感——身处现代都市中央，在人性神性皆被放逐的压力之下，人性自身的情感能量自由突围，由现代人类所观照感应的都市景观时空重叠，关系密织，这是科技文明和现代制度文明对人类的感觉系统进行控制而造成的一种短暂的晕眩感，波德莱尔、马拉美和兰波的散文诗强化这种现场的感受性，马拉美的《白色的睡莲》、《秋天的哀愁》，特别是兰波的《地狱一季》可以说将这种现场感受性推演到了极致，即使到了20

① 童庆炳：《文体与文体的创造》，昆明：云南人民出版社，1995，页118。

② 叶维廉：《散文诗——为“单人”而设的诗的引桥》，载王幅明主编：《90年中国散文诗》，郑州：河南文艺出版社，2008，页1280~1291。

世纪的博尔赫斯，也还是以现代人的这种现场晕眩感来结构其散文诗，试看博尔赫斯的散文诗《博尔赫斯和我》：

有所作为的是另一个人，是博尔赫斯。我只是漫步于布宜诺斯艾里斯的街头并且说不定已经是下意识的会在一处拱门和门洞前踯躅逗留。我通过邮件获得关于博尔赫斯的消息并在候选教授的名单或人名辞典中看到过他的名字。我喜欢沙漏，地图，18 世纪的印刷术，词语的来源，咖啡的香味和斯蒂文森的散文；博尔赫斯也有同样的嗜好，不过有点虚荣的将那些嗜好变得想演戏。说我俩不共戴天，未免言过其实；我活着，竟然还活着，只是为了让博尔赫斯能够致力于他的文学，而那文学有反证了我活着的意义。我无需隐讳的承认他确实写了一些有价值的东西，但是那些东西却救不了我，因为好东西不属于任何人，甚至也不属于他，而是属于语言或者传统。此外，我注定要销声匿迹，只是某个瞬息可能会藉他而超生。我尽管知道他有歪曲或者美化的恶癖，却还是逐渐将自己的一切全都转赠给了他。斯宾诺莎认为万物都愿意保持自己的形态：石头永远都愿意是石头，老虎永远原意是老虎。我将寄生于博尔赫斯而不是我自己（假如说我还是个人物的话），不过，跟他的著作相比，我倒是在别的许多人的著述里或者甚至是在吉他的紧拨慢弹中更能找到自己的踪迹。很多年前我就曾经企图摆脱他而独处并从耽于城郊的神话转向同时光及无限的游戏。然而，那游戏如今也成了博尔赫斯的了，我还得另作打算。因此，我的命运就是逃逸，丧失一切，一切都被忘却或者归于别人。我不知道我们俩当中是谁写下了这篇文字。

众所周知，博尔赫斯不太遵守文体的既定规范，他频繁地模糊或废除短篇小说与随笔形式之间的界限，博尔赫斯彻底否认诗与散文之间有任何本质的不同，《博尔赫斯和我》是其 1950 年代创作的散文体诗歌，① 不过这篇散文诗与波德莱尔的散文诗不同之处在于，它所表现的不是一种外在的现场感，而是一种内在的现场感，外在的现场感通过都市中央某一惊心场面展开诗性叙述，内在的现场感看似虚构，其实还是外在的现场感的折射——“漫步于布宜诺斯艾里斯的街头并且说不定已经是下意识的会在一处拱券和门洞前踯躅逗留”，这个叙述语句于想象中呈现，作者本人生活在布宜诺斯艾利斯，漫步现代大都市布宜诺斯艾利斯，即使作为盲者，现代科技文明和现代制度对人类的感觉系

① 豪·路·博尔赫斯著，陈东飚、陈子弘等译：《博尔赫斯文集：诗歌随笔卷》，海口：海南国际新闻出版中心，1996，页 177。

统进行控制而造成的一种短暂的晕眩感，势必造成了其心灵的震撼，在这短暂的出神、失神状态之下，多种关系多重矛盾交叉叠合，表现在文本里形成模糊暧昧、网络交叉的情绪组合。

波德莱尔当年认为 lyric 是象征主义诗歌最重要的“诗质”，lyric 不可简单地称为抒情诗，它的运作思路：把包含着丰富内容的一瞬间抓住，用这一瞬来含蕴、暗示这一瞬之前、之后的多线发展。常常用一个具有魔力（或强烈感染力）的形象、事件将读者抓住，使读者一时间理不出其间的走势及意义层次，读者必须在其间进出游思，才能体会其中意旨。lyric 本来是象征主义诗歌的创作运思方法，也是象征主义诗歌最重要的“诗质”。lyric 可运作于分行自由现代诗，也可运作于分段的散文诗，运用于分行自由诗，由于每行字数的限制，其叙述、描写部分就不能尽想象之触角所能尽情展开，因而在心理轨迹上呈现出一浪浪向前推进的态势，而用之于散文诗，由于取消了分行，在一段段的语段（句群）之内可尽想象之触觉四出游徙，因而在心理轨迹上呈现片状的、发散性的情绪相互濡染沾连的态势（所谓扩展性发散演绎的感情，情绪状态）。[①] 把包含着丰富内容的一瞬间抓住，用这一瞬来含蕴、暗示这一瞬之前、之后的多线发展，这种诗歌运思路径势必造成诗歌文本多种声音、语调、语气（多种情境）的“复调性”、“对话性”共存的态势，即所谓叶维廉所说的复旨复音。

散文诗强调的这种现代都市体验以及由这种都市体验所造就的浓缩放射性的意义或复旨复音构型，成为散文诗一百多年来重要的结构形态，这种结构形态在 20 世纪现代美国诗人的散文诗作品里得到了有力的强化，桑德堡、金斯伯格的散文诗，都是以这种批判性的、反讽性的情感组合申述人类在新的经验刺激之下的生活感受，试看桑德堡的成名之作《芝加哥》：

世界的宰猪屠户，机床制造者，小麦堆垛工，铁道运动员，回家货运的装卸手，暴躁的健壮的喧闹的阔肩膀们的城市：

人们告诉我你邪恶，我相信，因为我看见你涂脂抹粉的女人在煤气灯下勾引农家少年。人们告诉我你不正直，我说，不错，这话果真，我看见枪手杀人，逍遥法外，又再次杀人。人们告诉我你残酷，我回答，在妇女和儿童的脸上我看见饥饿肆虐的痕迹。

这样答复过后，我再转过身去，向我的这座城市发出讥诮的回报以讥诮，

① 黄永健：《中国散文诗研究》，北京：中国社会科学出版社，2006，页 231。

对他们说：来吧，请让我见识一下，还有哪一座城能这样昂首高歌，为充满了生命活力，粗犷、灵巧而自豪。在辛苦忙碌的劳动间隙，吐出富有磁性的诅咒，半裸着身躯、热汗淋漓，这是一位魁梧强悍的拳击师，矮小软弱的城镇形成鲜明对比；象舔着舌头伺机出动的狗一样凶猛，象与荒原作斗争的野蛮人一样灵巧，光着头颅，挥着铁锹，破坏，设计，建造，摧毁，再建造。浓烟下，满嘴灰尘，露出洁白的牙，哗笑着，在可怕的命运重轭下，象哗笑着的年轻人一样哗笑着，象哗笑着的战无不胜、不知天高地厚的斗士一样哗笑着，为腕上的脉搏、肋下的心脏是人民的而夸耀着，哗笑着，哗笑着，哗笑着，青春的暴躁的健壮的喧闹的哗笑，半裸着身躯，热汗淋漓，由于是宰猪户，机床制造者，小麦堆垛工，铁道运动员和国家货运的装卸手而自豪。

桑德堡的原作分行，不过诗行长短不一，有的只有一个词，有的长达几十个词语，如最后一行“Laughing the stormy, husky, brawling laughter of Youth, half - naked, sweating, proud to be Hog Butcher, Tool Maker, Stacker of Wheat, Player with Railroads and Freight Handler to the Nation”。这种白话自由诗风格（plain - speaking free verse style）上继惠特曼，下启金斯伯格（Allen Ginsberg），不讲究押韵，但是诗行之间犹如波德莱尔的散文诗的段与段之间存在着源自内在情感节奏的韵律感——广义上的节奏，因此，可以看作是散文诗的美国变体。桑德堡的散文诗嬉笑怒骂，还主要从正面肯定现代都市的进取精神，而金斯伯格的以语段呼吸吞吐为诗句长短准绳的自由体新诗，则可视为在一个世纪之后对于当年波德莱尔的震惊性城市体验的延伸性叙述，其长诗《嚎叫》突破分行建制，以语段的呼吸吞吐为节奏标志，实际上是当年波德莱尔所创设的“小散文诗”的延伸和扩张：

是什么水泥合金的怪物敲开了他们的头骨吃掉了他们的头脑和想象？

火神！孤独！秽物！丑恶！垃圾箱和得不到的美元！孩子们在楼梯下的尖叫！小伙子们在军队里抽泣！老人们在公园里哭泣！

火神！火神！火神的噩梦！得不到爱神的火神！精神的火神！惩治人类的判官火神！

火神这无法理解的牢狱！火神这骷髅股骨自由化没有灵魂的监狱这忧患的会合处！火神他的高楼是审判！火神这战争的巨石！火神这不省人事的统治！

火神他的思想是纯粹的机械！火神他的血液是流淌的金钱！火神他的手指是十支军队！

火神他的胸脯是吃人的发电机！火神他的耳朵是冒烟的坟墓！

火神他的双眼是一千扇堵死的窗户！火神他的摩天大楼沿街矗立像数不清的耶和华！火神他的工厂沉睡在雾中，喊叫在雾中！火神他的烟囱和天线耸入城市上空！

火神他的埃是不尽的油料和石头！火神他的灵魂是电力和银行！火神他的贫穷是天才的鬼魂！火神他的命运是一团无性的氢气！火神他的名字叫意志！

火神我孤独地坐在其中！火神我梦想天使在其中！在火神中疯狂！在火神中放荡！在火神中丧失爱情和男性！

火神他钻入我幼小的灵魂！火神在其中我是没有形体的意识！火神他吓跑了我天生的乐趣！火神我抛弃他！在火神中觉醒！光明泻出天空！

火神！火神！机器人寓所！隐形的郊区！骸骨宝物！盲目的资本！魔鬼工业！幽灵国家！

不可救药的疯人院！花岗岩阴茎！怪兽原子弹！

他们累断了脊梁送火神上天！砖石路，树木，无线电，吨位！把城市举向无处不在的天堂！

梦境！凶兆！幻影！奇迹！狂喜！没入美国的河流！

梦想！崇拜！光亮！宗教！一整船敏感的谎话！

决口！泛过河岸！翻腾和十字架上的苦刑！倾入洪水！高地！显现！绝望！十年的动物惨叫和自杀！头脑！新欢！疯狂的一代！撞上时光的岩石！

多么神圣的笑声在河里！有目共睹！那圆睁的眼睛！神圣的叫喊！他们摇手道别！他们跳下屋顶！奔向孤独！摇手！带着花儿！沉入河流！没入街道！

20世纪80年代以来，中国快速步入现代化（全球化）轨道，现代化带来的现代压力无可避免地降临到了中国人的心灵之上，在中国的现代都市中央同样发生了波德莱尔式的“惊心”场面——面对物质压力和现代都市文明对于人性的冲击，中国散文诗诗人几乎是自发地运用这种“浓缩放射性”的文本结构来抒发内心的时代感触，徐成淼、许淇、刘虔、桂兴华、方文竹、韩嘉川、灵焚以及一大批生活在不同城市的中青年散文诗作者，或与城共舞，或与城对峙，创作了一大批都市景观散文诗，而这其中以许淇的作品较有代表性，试看：

我是城市

许淇

这是个充满了芳香和刺鼻的涂料气味的城市。我用高楼丈量城市的脚步。

日光搅拌着尘埃，我是滚烫的路，忌怕沙沙擦响的车辆长队，梗塞了硬化的动脉。雷似的钢铁机械起博我的心脏。灰色的混凝土是我的陈旧的衣著。我是驶上高速的飞轮，让命运不断地磨砺和撞击。

什么时候城市有了广场有了喷泉？往昔罗马的雄辩家和法兰西的革命家辞藻泉喷，在广场还是大殿？

我是我们新城市的广场、喷泉、草坪；夜晚草坪上浮着唧唧哝哝的私语，犹如喷泉和海底沉钟的尾音。

我记录下一个又一个故事。我是夜总会金钱的奴隶，被肉体折磨得筋疲力尽。我是都市病患者，比桥堍洞健康的老乞丐更甚无奈。我是被“双规”的贪官，经历了犹同“拉奥孔”毒蛇缠身痛苦挣扎的两天三夜，最后在凌晨四时，爬出窗口一跃，成“自由落体”……

我是城市的宏大叙事。一人一世界，构成同时态的非英雄的日常史诗。

从遥远的地球的另一端，来了新奥尔良的爵士，还有蹦蹦跳跳的“猫王”，带来最新的“流感”，使一部分人温度升高。全世界都少不了追星族和发烧友。连狂热的金斯堡都皈依佛陀。然而此情此夜，布鲁士、摇滚、踢踏……不用摇头丸的兴奋剂，高潮捅破高潮，精液四处溅射。然而同时，在音乐的圣殿，“偶像派”钢琴大师的梅特纳奏鸣曲，被称为凄艳的绝美，隔着一条竖琴的森林河流，潺潺地在城中淌过。我犹如这支交响体积小的定音鼓，简单沉重而具张力，在休止的一刹那，将其金属的节律抽空。

我是摩天楼，大玻璃窗全方位吸纳广袤。栉比鳞次的屋顶连屋顶，将颅盖打开，只见地狱和天堂的复杂迷宫，何处有一枝飘摇的思想芦苇？

我是江海关大厦的电子钟。谁望着我的面孔便一片惊慌。我无情且多情地宣告：有的过时了，有的即将来临。

我是这同一时刻已经来临的无数新生儿！

我是春天匠师亲手制作的美丽风筝，凭藉一对饱含希望的眼睛，愿成为希望的眼睛的磁黑引力之凝聚点。

更高再高，我愿是越城市凌空而过的航天梦，银翼扯一块白云拭拂蓝天。

我是血红的木棉。絮白的雪。报刊上的快餐文化。展览会里平庸的构思。一尊抽象的雕塑的符号和数。

我是电火，我是激光，我是超声波，

是氟，是铀，是铌，是镭锭和稀土……。

我

是城市的

一首诗！

我国台湾的苏绍连六十篇“惊心散文诗”，每篇选取现代生活的一个实景——如车祸现场、男女拥吻、母亲为儿子量体裁衣、蜘蛛结网、学子熬夜苦读等，加以诗境的虚拟和诗意的扩张，实际上也是以这种浓缩放射的结构方式和复旨复音的情绪流来抒发前所未有“惊心”体验。如《车祸印象》：

一条路经过一个车祸的起点，车轮在眼睛里转动两三下，停息，便有两道轮痕如泪水一样地流出，经过尸体的脸颊、胸膛、腹、两腿，流得又远又长，去了，去了，流入尽头的月亮里。

尸上的月光湿湿的，是一种无味的口水，那大概是我呕吐的吧？快吐，吐，吐，吐，吐不完啊，形象散乱在胃里，吐出来是一具人体。我不能禁住口水，一直往外吐，从喉咙，提升于舌下，浸蚀齿根，吞下，再浮升，浮成一滩月光，被我一口一口吐出。吐不完的口水，吐得胃都痛了，吐光呀！把尸体的印象吐光呀。

这篇散文诗短短的一百多字，叙述的是一个发生在都市中央的车祸事件，以及由此而引发的多重心理感受，“车祸”既是现代都市的常见景观，同时它又是一个特别的能指符号，象征着“车”——现代文明整体，给人类带来的祸害，没有现代文明何来声光化电和交通猛兽，一场车祸看似渺小，实际上它是整个时代的痛苦的缩影，现代精神文明和科技文明对于人类的肉体和性灵的戕害，使得人类的感受性七零八落，不复完形，车祸现场犹如一个浓缩放射的意义中心，引发旁观者的恶心感受无边蔓延，这种体验是中国古人不曾经历过的，以散文诗加以表现可以说是恰到好处，从尸体上的湿湿的月光到目击者恶心的口水之间的大跨度的联想，属于超现实主义服膺的所谓“心理的综合缩影”，用散文叙述语句无法表现这种紧张感，语法无误语义准确的散文语句与现代人的这种“焦虑”（anxiety）意识貌不合神且乖违，以分行新诗跨越式推进进行叙述，无法展开细节，波德莱尔式的“小散文诗”应该是表现这种题材的较为合适的文类形式。台湾省已逝诗人林燿德的散文诗不是选取一个现场，而是通过捕捉特殊的“移情”对象，来“浓缩放射”的抒发都市里荒原意识，试看其《都市的猫》：

猫并非这个都市的主题，也不必是。从某个角度来看，它们不过是一些活动的苔藓，就像晨昏定时出现在阳台上的老人，似乎和这个社会没有什么真正的关联。它们默默地横过巷道、横过我们的面前，老练地耸着肩，有时还一边转头向人狞笑一回；然而没有人会过分地在意，不是吗？有多少人数过路上遇见了几只猫？

野猫甚至没有"穷极权"，翻拣垃圾时，常会有些教养良好的孩子踢打它们一顿，因此我们不能苛责好流浪的雌猫，是环境促使它们变得不负责任。有时我看到罗丹的幼猫，便轻轻地唤着"喵——"它圆睁着羼杂恐惧和怀疑的眼神生怯地应着，两者沿路唱答，幼猫娇弱不堪地退几步、进几步，又停顿一会。当它闪亮的圆眼珠渐渐变得充满依赖时，我的同情心也就到此为止。"游戏已经结束了。"我向焦急地跟随的小猫说，然后大步离开。

妻子是独立于女人之外的一种音色；家猫则独立于家畜之外，特别是它们总和饲主站在平等地位的这一点。生活在大厦中的这些宠物，无须利用谄媚或讨好的表情和行动来混饭吃，它们只需优雅地缩紧肛门，然后将长尾绕住脖子，静静瞪大绿眼，坐在沙发间、磅秤上，或是任何视觉不及的角落，在吃饭的时间准时地现身。它们不像野猫必须终身扮演搜集者和逃亡者的角色，它们只是一种群超越时空的观察者，活生生地出现在人类的过去和现在。它们那种看似高贵的冷漠，正是都市精神的所在。

又一次演习，不知情的我走出交通管制的巷口，整条新生南路上杳无人车，一片死寂。阳光很大，路面变得异常宽敞，只有几只花猫托着黑而短的影子懒散地横过，登时我感到一种强烈的荒凉。

一般来说，抓住一个惊心场景或一个中心意象，用浓缩放射和复音复旨的结构方式来构筑散文诗文本，不可能形成较大的篇幅，波德莱尔称之为"小散文诗"，《巴黎的忧郁》50篇大多短小精粹，鲁迅散文诗集《野草》抒发所谓小感慨，因此篇幅不大。散文诗诗人柯蓝先是呼吁将散文诗篇幅限制在500字之内，其后又提出将散文诗篇幅限制在1000字之内，不是没有他的一定的说服力，因为散文诗采取散文的形式展开文本，如果篇幅较长或很长，首先在外部形制上（视觉表象）容易与散文难解难分，这是迄今散文诗难以确立其文体独立性的最为主要的负面因素。

（2）内倾、反叛、矛盾、冷嘲热讽、忧伤不已的诗语风格

诗歌风格犹如人之神态千差万别。刘勰曾把文章风格分为典雅、远奥、精约、显附、繁缛、壮丽、新奇、轻靡八类，司空图概括的二十四种诗歌风格分

别为雄浑、冲淡、纤秾、沉着、高古、典雅、洗炼、劲健、绮丽、自然、含蓄、豪放、精神、缜密、疏野、清奇、委曲、实境、悲慨、形容、超诣、飘逸、旷达、流动。宋词有所谓豪放、婉约二派，绘画有写实、写意之别，这些形容文艺的语言表现风格和整体精神特征的词语，用来表示人的风度气质，或竟用来表示自然山川的风度气质，皆无不可，春山淡冶而如笑，夏山苍翠而欲滴，秋山明净而如妆，冬山惨淡而如睡，① 在中国人文话语情境之下，人文合一，物我合一，诗歌风格实乃诗人的人品格调的语言外化，诗歌风格也是所咏之物的内在生命气象的浑然流逸。在西方话语情境中，风格即人（布封 1707～1788），风格与人格相互关照，早成写作常识，由于移情作用（立普斯 1851～1914），文艺表现的对象在作家诗人的人格气质的关照之下复具有了情感格调，因此，可以说在东西方话语情境中，风格都可以用来指称人物、事物和文学艺术作品的精神品性，不过诗文风格必须还要通过语言文字的组合搭配才能显示出来，风格是具体的语感，它渺不着色却委实存在于作品之中，语言文字的组合搭配（syntactical structures, diction, and figures of thought）直接关乎风格的凝形。②

生活情境的变化带动诗体自身运动演化，格律诗运动变现成为散文诗，散文诗的语感——内倾、反叛、矛盾、冷嘲热讽、忧伤不已。说到底是散文诗诗人内在情绪结构的外部呈现而已，在资本主义都市这种被压抑的情感体验是人类未曾经历过的，正如上文已指出的那样，科学理性对于神性的解构极其带来的惶恐倒在其次，科学理性对于人性的挤压极其带来的反叛、反弹（捣乱行为）蔚然凝聚为现代人的情绪主流，当代美国学者默费（Margueritte S. Murphy）在其所著《颠覆的传统：从王尔德到阿舍贝利的英语散文诗》一书中指出："散文诗是一种颠覆性的，或者可以说是一种超级颠覆性的文学文类，它将持续进行新的试验，尤其在法兰西之外，……诗人们使用这种似乎易于操作的危险的形式来释放他们的创作能量，修正语言，并且把散文的话语力

① 语出北宋郭熙《山水训》："真山之烟岚，四时不同。春山淡冶而如笑，夏山苍翠而欲滴，秋山明净而如妆，冬山惨淡而如睡。"

② Writing style: the manner in which a writer chooses among different strategies to address an issue and an audience. A style reveals the writer's personality or voice, but it also shows how he or she sees the audience of the writing. The writing style reveals the choices the writer makes in syntactical structures, diction, and figures of thought. Similar questions of style exist in the choices of expressive possibilities in speech. 参见 http://en.wikipedia.org/wiki

量带入诗歌之中。”① 实际上整个20世纪现代艺术的主要风格可以用“反叛”、“焦虑”、“反讽”、“怪诞”等颜色暗淡的词语加以指认，达达和超现实主义绘画可以说这股艺术潮流的典型例证，波德莱尔虽然不是艺术家（画家、音乐家、雕塑家等），但是现代主义艺术诸流派公认波氏为鼻祖，这本身已说明波德莱尔式的抒情风格具有建构性和开拓性，波德莱尔的《恶之花》冲破西方浪漫主义审美思维定势，开象征主义诗歌之先河，其《巴黎的忧郁》携带着《恶之花》的颠覆势头，在诗歌语言上再次颠覆格律诗歌的形式羁绊，表面上看来是诗歌本身的革命，可其内里却是人类的情感对于理性压制和诗歌形式压制的双重革命，被压抑的情感犹如被层层障碍阻断的河流，它要突破、渗透、冲决、绕过层层障碍，必然变形、甚至变得畸形、扭曲，《巴黎的忧郁》里借助典型细节所表现出来的那种情感，实际上是诗人内在自然情感的扭曲和畸形的表达，如在《把穷人打昏吧》、《恶劣的玻璃匠》、《慷慨的赌徒》《汤与云》等篇章中表示出来的对于他人的，以及他人对于我的异乎寻常的感情态度。

汤与云

我发疯的小恋人请我吃晚饭，透过餐厅开着的窗子，我凝视着上帝用气体造的活动建筑，不可触摸之物的绝妙建筑。我在沉思中对自己说：“所有这些幻景几乎和我的恋人一样美丽，我那绿眼睛的可怕的小疯子。”

突然，我背上狠狠地挨了一拳，我听到一个沙哑的、迷人的声音，一个歇斯底里的、像被烧酒弄哑的声音，我那亲爱的小恋人的声音，说：“你要马上喝汤吗，怪家伙，云彩贩子？

《把穷人打昏吧》、《恶劣的玻璃匠》、《慷慨的赌徒》等篇章里，诗人对他人无端发泄怒火或突然无条件地拜倒在赌徒的脚下，而在《汤与云》这篇短小的叙事散文诗里，是这个美丽的绿眼睛的小恋人，突然将她的莫可名状的扭曲了的情感倾斜在我身上，这个小恋人的歇斯底里——发疯，看起来好像是女人古怪脾气的自然显露，但是放在《巴黎的忧郁》这本散文诗集的语境之中加以透视和放大，她实际上成了一个象征，象征着广大的现代人群、人群中的每一个个体在现代都市的理性力量压制之下，都成为了郁闷的载体，心灵负累重重，不择时地，潜意识就要突破意识和前意识突围而出，像这个小姐潜意

① Margueritte S. Murphy: A Tradition of Subversion: The Prose Poem in English from Wilde to Ashbery. The University of Massachusetts Press, 1992, P. 198.

识根本不喜欢这个约会的男人，但是社会理性（意识、前意识）强迫她喜欢这个男人，这样在某种特殊的触媒的激发之下，潜意识訇然迸溢而出，令人不可思议。现代人大多处于这种压抑状态之中，所以卡夫卡的《变形记》才得到了那么多人的情感认同，爱德华·蒙克的油画《呐喊》不过是以绘画的方式，极其夸张地表现了这一主题而已。波德莱尔将现代人类心灵负累的罪魁祸首——现代理性，比做压在每个人后背上的"怪兽"，试看波氏这篇具有广义象征意味的散文诗《每人有他的怪兽》：

头上是空阔而灰蒙的天空，脚下是尘土飞扬的大漠，没有道路，没有草坪，没有一株蒺藜菜，也没有一棵寻麻草。我碰到好多人，驼着背向前行走。

他们每个人的背上都背着个巨大的怪物，其重量犹如一袋面粉，一袋煤或是罗马步兵的行袋。

可是，这怪物并不是一件僵死的重物，相反，它用有力的、带弹性的肌肉把人紧紧地搂压着，用它两只巨大的前爪勾住背负者的胸膛，并把异乎寻常的大脑袋压在人的额头上，就像古时武士们用来威吓敌人而戴在头上的可怕的头盔。

我向其中一个人询问，他们这样匆忙是向哪里去。他回答我说，他也一无所知；不但他，别人也不知道。可是很明显，他们定是要去什么地方。因为，他们被一种不可控制的行走欲推动着。

值得注意的是，没有一个旅行者对伏在他们背上和吊在他们脖子上的凶恶野兽表示愤怒，相反，他们都认为这怪物是自己的一部分。在这阴郁的苍穹下，大地也像天空一样令人忧伤，他们行走着，脚步陷入尘土中，脸上呈现着无可奈何的、被注定要永远地希望下去的神情。

旅行者的队伍从我身边走过，没入遥远的天际。由于行星圆形的表面，人类好奇的目光消失在那里。

好长时间，我一直力图揭开这个谜；可是不久，不可抗拒的冷漠控制了我，于是，我显得比被怪兽压迫的人们更加疲惫。

这篇散文诗通篇写的是幻境，是一种广义象征文本，这个怪兽不是人类身上的动物性，"这怪物并不是一件僵死的重物，相反，它用有力的、带弹性的肌肉把人紧紧地搂压着，用它两只巨大的前爪勾住背负者的胸膛，并把异乎寻常的大脑袋压在人的额头上"，这个怪兽是时代的产物，说白了它就是现代理性和现代的生活制度，现代理性不可抗拒地成为了我们每个人自己的一部分，想要摆脱它回归我们当初鲜活圆满的感性本身何其艰难也哉！于是每个人只能被这个新的道德律令捆绑着茫然前行，鲁迅的散文诗《过客》里的那个“三四十岁，状态困顿倔强，眼光阴沉，昂了头，奋然向西走去”的过客也是被一种特别的压力捆绑着艰难疲惫一路前行，不过捆绑着这个中国过客的不是波德莱尔所揭示出来的现代理性，而是文化启蒙时代作为思想家的鲁迅的“启蒙意识”和“使命感”，这个过客和波德莱尔笔下的现代人一样，因为压抑、负累而身心疲惫，只不过这个过客是满怀着希望往前赶路，他的前头有希望在召唤，而波氏笔下的那些“被怪兽压迫的人们”的行走是茫然的，犹如行尸走肉一般可悲可叹，可以说鲁迅散文诗所表现的思想内容有别于波德莱尔，可是其语言上和抒情格调上所表现出来的阴郁、反叛、冷嘲热讽、忧伤不已则有过之而无不及。

过客时：或一日的黄昏地：或一处人：老翁——约七十岁，白头发，黑长袍。女孩——约十岁，紫发，乌眼珠，白地黑方格长衫。过客——约三四十岁，状态困顿倔强，眼光阴沉，黑须，乱发，黑色短衣裤皆破碎，赤足著破鞋，胁下挂一个口袋，支着等身的竹杖。东，是几株杂树和瓦砾；西，是荒凉破败的丛葬；其间有一条似路非路的痕迹。一间小土屋向这痕迹开着一扇门；门侧有一段枯树根。〔女孩正要将坐在树根上的老翁搀起。〕翁——孩子。喂，孩子！怎么不动了呢？孩——〔向东望着，〕有谁走来了，看一看罢。翁——不用看他。扶我进去罢。太阳要下去了。孩——我，——看一看。翁——唉，你这孩子！天天看见天，看见土，看见风，还不够好看么？什么也不比这些好看。你偏是要看谁。太阳下去时候出现的东西，不会给你什么好处的。……还是进去罢。

孩——可是，已经近来了。阿阿，是一个乞丐。翁——乞丐？不见得罢。〔过客从东面的杂树间跄踉走出，暂时踌躇之后，慢慢地走近老翁去。

客——老丈，你晚上好？翁——阿，好！托福。你好？客——老丈，我实在冒昧，我想在你那里讨一杯水喝。我走得渴极了。这地方又没有一个池塘，一个水洼。翁——唔，可以可以。你请坐罢。〔向女孩，〕孩子，你拿水来，杯子要洗干净。〔女孩默默地走进土屋去。〕翁——客官，你请坐。你是怎么称呼的。客——称呼？——我不知道。从我还能记得的时候起，我就只一个人，我不知道我本来叫什么。我一路走，有时人们也随便称呼我，各式各样，我也记不清楚了，况且相同的称呼也没有听到过第二回。翁——阿阿。那么，你是从哪里来的呢？客——〔略略迟疑，〕我不知道。从我还能记得的时候起，我就在这么走。翁——对了。那么，我可以问你到哪里去么？客——自然可以。——但是，我不知道。从我还能记得的时候起，我就在这么走，要走到一个地方去，这地方就在前面。我单记得走了许多路，现在来到这里了。我接着就要走向那边去，〔西指，〕前面！

〔女孩小心地捧出一个木杯来，递去。〕客——〔接杯，〕多谢，姑娘。〔将水两口喝尽，还杯，〕多谢，姑娘。这真是少有的好意。我真不知道应该怎样感谢！翁——不要这么感激。这于你是没有好处的。客——是的，这于我没有好处。可是我现在很恢复了些力气了。我就要前去。老丈，你大约是久住在这里的，你可知道前面是怎么一个所在么？翁——前面？前面，是坟。客——〔诧异地，〕坟？孩——不，不，不。那里有许多许多野百合，野蔷薇，我常常去玩，去看他们的。客——〔西顾，仿佛微笑，〕不错。那些地方有许多许多野百合，野蔷薇，我也常常去玩过，去看过的。但是，那是坟。〔向老翁，〕老丈，走完了那坟地之后呢？翁——走完之后？那我可不知道。我没有走过。客——不知道?！孩——我也不知道。翁——我单知道南边；北边；东边，你的来路。那是我最熟悉的地方，也许倒是于你们最好的地方。你莫怪我多嘴，据我看来，你已经这么劳顿了，还不如回转去，因为你前去也料不定可能走完。客——料不定可能走完？……〔沉思，忽然惊起〕那不行！我只得走。回到那里去，就没一处没有名目，没一处没有地主，没一处没有驱逐和牢笼，没一处没有皮面的笑容，没一处没有眶外的眼泪。我憎恶他们，我不回转去。翁——那也不然。你也会遇见心底的眼泪，为你的悲哀。客——不。我不愿看见他们心底的眼泪，不要他们为我的悲哀。翁——那么，你，〔摇头，〕你只得走了。客——是的，我只得走了。况且还有声音常在前面催促我，叫唤我，使我息不下。可恨的是我的脚早已经走破了，有许多伤，流了许多血。〔举起一足给老人看〕因此，我的血不够了；我要喝些血。但血在哪里呢？可是我也不愿意喝无论谁的血。我只得喝些水，来补充我的血。一路上总有水，我倒也并不感到什么不足。只是我的力气太稀薄了，血里面太多了水的缘故罢。今天连一个小水洼也遇不到，也就是少走了路的缘故罢。翁——那也未必。太阳下去了，我想，还不如休息一会的好罢，象我似的。客——但是，那前面的声音叫我走。翁——我知道。客——你知道？你知道那声音么？翁——是的。他似乎曾经也叫过我。客——那也就是现在叫我的声音么？翁——那我可不知道。他也就是叫过几声，我不理他，他也就不叫了，我也就记不清楚了。客——唉唉，不理他……。〔沉思，忽然吃惊，倾听着，〕不行！我还是走的好。我息不下。可恨我的脚早已经走破了。〔准备走路。〕孩——

给你！〔递给一片布，〕裹上你的伤去。客——多谢，〔接取，〕姑娘。这真是……。这真是极少有的好意。这能使我可以走更多的路。〔就断砖坐下，要将布缠在踝上，〕但是，不行！〔竭力站起，〕姑娘，还了你罢，还是裹不下。况且这太多的好意，我没法感激。翁——你不要这么感激，这于你没有好处。客——是的，这于我没有什么好处。但在我，这布施是最上的东西了。你看，我全身上可有这样的。翁——你不要当真就是。客——是的。但是我不能。我怕我会这样：倘使我得到了谁的布施，我就要象兀鹰看见死尸一样，在四近徘徊，祝愿她的灭亡，给我亲自看见；或者咒诅她以外的一切全都灭亡，连我自己，因为我就应该得到咒诅。但是我还没有这样的力量；即使有这力量，我也不愿意她有这样的境遇，因为她们大概总不愿意有这样的境遇。我想，这最稳当。〔向女孩，〕姑娘，你这布片太好，可是太小一点了，还了你罢。孩——〔惊惧，退后，〕我不要了！你带走！客——〔似笑，〕哦哦，……因为我拿过了？孩——〔点头，指口袋，〕你装在那里，去玩玩。客——〔颓唐地退后，〕但这背在身上，怎么走呢？……翁——你息不下，也就背不动。——休息一会，就没有什么了。客——对咧，休息……。〔但忽然惊醒，倾听。〕不，我不能！我还是走好。翁——你总不愿意休息么？客——我愿意休息。翁——那么，你就休息一会罢。客——但是，我不能……。翁——你总还是觉得走好么？客——是的。还是走好。翁——那么，你还是走好罢。客——〔将腰一伸，〕好，我告别了。我很感激你们。〔向着女孩，〕姑娘，这还你，请你收回去。〔女孩惊惧，敛手，要躲进土屋里去。〕翁——你带去罢。要是太重了，可以随时抛在坟地里面的。孩——〔走向前，〕阿阿，那不行！客——阿阿，那不行的。翁——那么，你挂在野百合野蔷薇上就是了。孩——〔拍手，〕哈哈！好！翁——哦哦……

〔极暂时中，沉默。〕

翁——那么，再见了。祝你平安。〔站起，向女孩，〕孩子，扶我进去罢。你看，太阳早已下去了。〔转身向门。〕客——多谢你们。祝你们平安。〔徘徊，沉思，忽然吃惊，〕然而我不能！我只得走。我还是走好罢……。〔即刻昂了头，奋然向西走去。〕〔女孩扶老人走进土屋，随即关了门。过客向野地里踉跄地闯进去，夜色跟在他后面。〕

一九二五年三月二日

这个“三四十岁，状态困顿倔强，眼光阴沉”的男人，对于中国传统是如此的决绝，他对“翁”和“孩”全然拒绝，对于他们的“布施”（让人想到了佛家的六波罗蜜之一）冷嘲热讽并拒绝接受，背负巨大的使命感，不顾疲惫、夜色甚至死亡的威胁，毅然前行寻找“出路”，这种紧张关系表现在新旧文化“思想”的碰撞之际，给人以窒息感，可是，尽管这个犹如民族启蒙者和拯救者的男人（实际上是作者鲁迅的化身）背负沉重，孤独寂寞，阻困重重，但是他的寻找是有希望的，全文结束时，这个孤独的“寻路人”跌跌撞撞继续赶路，“夜色，跟在他后面”，夜色依然跟他纠缠不清，但是，夜色毕竟被他甩开了。这篇散文诗有点像剧本，可是通体具有极其强烈的象征意味，因此“诗意诗味”很浓，加上篇幅不大，可以认为它是一种特别的散文诗。这种冷色调的散文诗抒情风格延续至今，如今在欧美、亚非拉各国尤其是欧美的后现代散文诗文本中，大量存在着类似冷色调的散文诗，美国诗人罗伯特·布莱（Robert Bly）发起具有开拓意义的“深度意象诗”（新超现实主义）运动，其散文诗依然可以看成是现代人那种压抑情绪的深度表达，波德莱尔、马拉美直至桑德堡、金斯伯格都是紧扣记忆表象、借用记忆表象来抒发审美现代情感，当代美国诗人罗伯特·布莱、约翰·阿舍贝利、加拿大的布洛克（Michael Bullock）以及拉丁美洲和现代日本的博尔赫斯、帕斯、大冈信等人，是在用超现实主义的“心象”（潜意识意象）来冷抒情风格的散文诗写作。试看罗伯特·布莱的散文诗名作——《用白色芦苇茎造的小鸟窝》：

这是白色的鸟窝！白得如同大海冲击岩石时激起的泡沫。光线透进鸟窝，我们感到它像维多利亚式门上浑浊的气窗，或如克里米亚病房里长期认真值夜班的女护士乱蓬蓬的灰白色头发。这是造了以后又被忘掉的东西，仿佛我们自己的生命，将被我们在坟墓里全忘光。那时候，我们飘浮着，恍恍惚惚，一片黑暗，接近我们将要得到新生的岸边。

此诗以白色的小鸟窝的命运隐喻现代人类的生存境遇，在繁忙的日常生活中，一个光鲜可爱的“白色的鸟窝”自潜意识中冉冉升起，它穿透时空，附着生活和历史的重重印记，凝聚成一个十分伤感的意象符号，为什么“白色”、“坟墓”、“黑暗”、“病房”“浑浊的气窗”纷纷从记忆的深处浮现出来？为什么要彻底忘掉这个东西？为什么渴望新生的彼岸？原因是现实不理想，现实对于人类的自然生命压力太大。罗伯特·布莱的许多作品如《上升之月和下降之月》、《坐在夏维海湾中的一些岩石上》、《散步在犁过的田野上》、《疾行》等都是运用阴冷怪异的内在心象表达现代人的不愉快和对于原始自由的向往，《坐在夏维海湾中的一些岩石上》这篇散文诗描写一个现代社会的孤独者独坐海湾岩石，让思绪进入人类原始记忆中，以原始人的心思反观现实，可是现实不愉快也不自由，尽是一些失落感，就爱而言，“我仍未能找到我在从前某种生活中爱过的女人——我怎能找到，当我在这块岩石上只爱过一次，尽管在月光中爱过两次，在涨起的水中爱过三次”（《坐在夏维海湾中的一些岩石上》），发自人性的自由自然的爱已经被现代生压迫至死，因此我不怕死，甚至想往幻觉中的死亡——“在这些岩石上，我不害怕死亡，死亡有如我们飞行时一架飞机的马达声，那声音如此稳定而令人安慰”，两个小女孩手臂挥动着向我跳跃而来，一只长翅之鸟向我飞来，恍惚之际，它仿佛是在围绕地球飞行，好几个世纪了，长着瘦腿，奔跑，大笑，并且把我毛衣纽扣和柔软的衣袖归还给我。① 再如日本当代散文诗大家大冈信的带有后现代特征的《青春》：

没有目标的梦的过剩，从一个爱中夺走了梦。在傲慢的心的角落，有少女额上的伤疤般的裂痕。好似从抛弃在防波堤下金枪鱼头吹来的血烟，远远地，真切地，悲哀从那里吹来。

摇摇晃晃的街景上，走过几个年幼的面孔。眼睛直直地全都钻入墙中。他们已经没有脚步的动静，只有养得肥大的耳朵，在风中摆动。

城市的潮气，没有养育向日葵，却养育了地苔，在人们的心灵。地苔上撒着玻璃。流着血。寂静的夜，水溢出了烧瓶。淋透地苔。培育地苔。它比血还清澄。

肿起的天空。肿起的水。肿起的树。肿胀的肚子。肿胀的眼睑。肿胀的嘴唇。瘦的手。瘦的牛。瘦的天空。瘦的水。瘦的地。肥的壁。肥的锁。谁肥。谁。谁瘦。血瘦。天空是救。天空是罚。它比血还清澄。天空比血还清澄。

没有目标的梦的过剩，使我的爱失去了梦。

散文诗作家徐淇在评论这篇作品时指出：散文诗《青春》，不能从语言的表象来解读是否“表现”了“青春”这一题目，而是从人类内部显现出的青春的烦恼，依托于肉感的和魔幻的意象来构筑语言的世界。第二节写现代城市青年的无为状态比较“写实”，他们并没有前进，只能让人看到“肥大的耳朵”。

第三节说阴暗潮湿的城市，是养育不了向日葵的，只有厚厚的苔藓，还不是自然状态，掺杂现代工厂的玻璃产品的文明碎片，使人们的肌肤和心灵都淌着血水。

第四节：浮肿。“肿”是超现实主义画家和诗人笔下常会出现的幻想。肿

① 张吉武秦兆基：《中外散文诗经典作品评赏》，西安：陕西人民教育出版社，1999，页331。

胀是十分可怕的，使人联想到肿胀的死尸。然后是瘦，是肥。天空、水、树、人，都肿、瘦、肥。这畸形的青春，难道不正是“新新人类”的几个侧影吗?①大冈信的这篇《青春》充满了矛盾性的意象之间的对峙，青春本来是唯美的，可是整篇散文诗传达给我们的是“血烟”和“悲哀”，青春失去灵气和灵性，“没有脚步的动静，只有养得肥大的耳朵，在风中摆动”，后现代都市的青春体验大致如此，诗人在现实环境中所感受到的那份“失落感”，实际上可以与当年波德莱尔的都市生命体验遥相呼应。

（3）现代情绪体验为主要内容

上文指出，通过波德莱尔以及他的同时代诗人还有一个多世纪以来的各国散文诗诗人共同努力，围绕审美现代性这个主题（Content/Subject）散文诗获得了一些属于它自身的结构上、风格上和内容上的区别性标志，即在结构上表现为由浓缩放射性的意义或复旨复音构成的诗的中心，在风格上表现为内倾、反叛、矛盾、冷嘲热讽、忧伤不已，在内容上散文诗主要是表现生活在现代话语情境之中的现代情绪，现代情绪不同于传统的人文情绪，它是人类在前所未有的现代化（西方化）过程中产生出来的，西方人的现代情绪表现为神性失落、人性分裂、信仰危机，东方国家以及全世界其他的非西方国家的现代大众，在现代化这个推土机面前，未必遭遇神性失落的苦恼，却无疑感受到了人性分裂、信仰危机的苦恼，可以说整个20世纪全球不同的文化群落都不同程度地遭遇了发轫于西方的这场现代化运动的“洗礼”②，这个过程可谓波澜壮阔、蔚为大观，现代情绪体验发端于西方资本主义早期，可以想象当机器大工业生产代替传统的手工业生产，随着产业工人、现代商贸、现代都市的出现，现代生活模式随之发生，当资本运作模式和资本理性战胜传统的生活规范和价值模式之后，西方人首次遭遇人自己所设计的理性铁笼对于人自身的围困，而当西方的这种价值模式和生活方式随着炮舰和传教士面向全球进行扩张，非西方世界各国民众也就会像感受原子弹的冲击波一样，逐步感受到了这种价值理性的无可推拒的诱惑和宰制，因此我们说现代性的经验意象积极参与了传统的认知结构，从而引起人类情感趋向繁复、细密，波德莱尔在写出了《恶之花》

① 许淇：《大冈信散文诗“青春”赏析》，湖南益阳《散文诗》杂志，2004年第3期。

② 基督教的入教仪式。主礼者口诵经文，把水滴在受洗人的额上，或将受洗人身体浸在水里，表示赦免入教者的“原罪”和“本罪”，并赋予“恩宠”和“印号”，使其成为教徒。在现代汉语文学作品中，“接受科学洗礼”、“接受‘五四’新文化运动的洗礼”、“接受思想运动的洗礼”的话语可谓连篇累牍。

之后，觉得意犹未尽，又雄心勃勃地去“创造诗的散文的奇迹”，这种“诗的散文”具有特别的优势，它适合表现现代繁复、细密的情感。用自由分行诗来表现现代的、更抽象的心灵真实，用自由分行诗来表现现代人的感觉、情绪和想象有所欠缺，因为分行、讲究节奏和意象经营的形式化限制，使得立体交叉组合或网络状组合的现代情感受到人为的限制而不能更自由地呈现出来。

由于现代情绪体验首先来自都市生活，因此散文诗一开始就专写“发达资本主义时代”的巴黎众生相，波德莱尔借都市边缘人群——异乡人、老妇、疯子、玻璃匠、野女人、寡妇、卖艺老人、穷人、醉汉……来表现生活在资本主义都市人的情感的繁复性，如《巴黎的忧郁》的那篇《哪一位是真的》：

我认得一位叫贝内蒂的姑娘，她生得异常美丽，使周围的气氛充满理想。她两眼流露出对伟大、光荣和一切使人联想起永生不朽之物的向往。

可是，这位奇迹般的姑娘，生得太美了，因而不得长寿。果然在我结识她后不久，她就死去了。那天，春风飘着浓香，一直伴我到她的坟地上，是我亲手为她盖紧了像印度宝箱一样永不朽烂的檀木香棺，亲手把她埋葬……

当我双眼盯住我的宝物消失的地方时，我突然看到一个与死者特别相像的小人儿，奇怪地、歇斯底里地用力踏着新覆盖的泥土狂笑着，说道：“我才是真正的贝内蒂克塔，我是一个著名的下流女人；为了惩罚你的疯狂和盲目，我是怎样，你就要怎样爱我。”

当时，我真是大发雷霆，叫道：“不行！不行！决不行！！”同时，为了高喊我的反对，我拼命地跺着脚，以致我的腿在坟地里陷到了膝盖，我像一只掉入陷阱的狼，可能要永远地陷入理想的沟壑。

这个具有古典美的姑娘生活在现代都市巴黎，“她”与这个新兴的巴黎如此格格不入，以至于早夭，可是从这个“宝物”——美丽的贝内蒂身上生长出来的“小人儿”，已经讹变为一个著名的“下流女人”——波德莱尔冷嘲热讽的现代都市，“我”打内心不喜欢这个女人，可是这个女人的下流也是疯狂盲目的我所无法拒绝的，于是，我在大发雷霆的同时内心却又深陷于她的蛊惑，明显是陷阱、沟壑，可是它又是“理想”的所在，我无法不接纳她、拥抱她、拥抱残酷的都市现代生活，“我”看似温良纯善，可是陷于暧昧糊涂的情绪之中，恰似一匹狼，这是何等复杂古怪的情感。这种特殊的情绪体验对于人的压迫如此之大，以至于令人无法忍受，而欲逃离现实，试看波德莱尔的另一篇散文诗《哪儿都可以》：

人生就是一个医院，这里每个病人都被调换床位的欲望纠缠着。这一位愿意到火炉旁边去呻吟，那一位觉得在窗户旁病才能治好。我觉得我还是到我所不在的地方去才好；对于这个总想调换地方的问题，我一直在和自己的心灵讨论着。

“告诉我，心灵，冷漠的心灵，去里斯本居住怎么样？那儿天气一定很暖和，你会像一个蜥蜴一样恢复活力；那城市地处海滨，大家说它是用大理石建造的；那儿的人民憎恨植物，把所有的树木一律拔掉了。你看。这幅风景正合你的口味，景色全由光明和矿物组成，并且还有水来映照。”

我的心灵不语。

“既然你这么喜欢休息，而且还喜欢在观赏运动的同时休息，那你是否愿意去荷兰住呢？那真是一块安宁恬静的地方呀。你曾常常在博物馆里欣赏这个国家的风景画，那你也许可以在那里得到愉快吧？喂，鹿特丹怎么样？你这么喜欢林立的桅杆和停泊在房前屋后的航船。”

我的心灵依旧哑然。

“巴达维亚更合你的心意？而且我们还会在那儿得到与热带美景结合为一体的欧洲精神。”

一言不发——我的心灵是不是死了？

“难道你已经麻木到了如此的程度，只想待在自己的痛苦之中吗？如果真是这样，那我们就逃往那与死亡类同的地方吧。可怜的心灵，我负责咱们的旅行，去准备行李到多尔纽。要不，再远点，到波罗的海最远的边际去。再离生活远一点，如果可能的话，咱们去北极点安居。在那里阳光只是一年斜扫过那么一次，白天和黑夜的交替也十分缓慢，这就使得大地毫无生息。那儿一半是乌有，一切都单调如一，而单调就是虚无的一半。在那儿，我们可以长期地沐浴在黑暗之中，同时，我们还可以观赏不时出现在地平线上的北极晨曦，一束束玫瑰色的红光就像地狱里放的焰火，时而飞舞在我们身旁……”

终于，我的心灵爆发了，它冷静地叫道：“哪儿都可以，哪儿都可以，只要不是在这个世界上。”

这篇散文诗可谓振聋发聩，它将现代人情感细节充分展开，再加以收拢，它要表现的是现代人失去精神家园之后的荒诞无助感，这种荒诞无助感在西方语境中可以理解为上帝（欧洲精神）已死、信仰失落所带来的情感创伤，现代化造成的人类情感上的繁复多变种种样态，在现代中国以至其他的非西方国家散文诗中多有呈现。20 世纪 20 年代中国散文诗也是回荡着“徘徊”与“彷徨”的情感主旋律，高长虹、郑振铎、郭沫若、许地山、焦菊隐、郑振铎、徐玉诺、冰心、王独清、徐志摩、李金发、庐隐、瞿秋白的散文诗，表现主题有异，但都在不同程度上，呈现着“亢奋中的焦虑”和“焦虑中的亢奋”，“五四”所引发的文化启蒙情结，在当时的散文诗文本中，郁结成极其沉重、阴暗甚至有些神秘的诗歌品格，徐玉诺的《将来的花园》（1922）、焦菊隐的《夜哭》、高长虹的《心的探险》（1926）和鲁迅的《野草》（1927）四本具有代表性的散文诗集，仅从题名上即反映出出文化裂变时代知识分子内心的痛楚和挣扎。20 世纪 30、40 年代的茅盾、丽尼、何其芳、陆蠡、李广田、王统照、马国亮、刘宇、缪崇群、唐弢、莫洛、公刘、陈敬容、郭风的散文诗，以至于改革开放以来的中国散文诗文本中，存在着大量以这种现代情绪体验为表现内容的散文诗文本。如果我们将《野草》作为中国文学中散文诗创作的一座高峰来看待的话，那么《野草》中所表现出来的“审美现代性”（现代人繁复矛盾的情感形态及其表现），在 20 世纪以至 21 世纪的现代汉语语境中依然具有代表性，它实际上承续了《巴黎的忧郁》里的荒诞感、震惊和颓废意识，不过鲁迅以及中国散文诗作家，一直以来在他们的散文诗文本中所表现出来的荒诞感、震惊和颓废意识，不同于西方以至于其他非西方国家散文诗作家，因为这些压抑性情感是在当时中国的历史情境（历史时空）中产生的，外来价值（包括马克思主义）对中国传统价值的挑战和改写，使得中国心灵、中国人的传统情感结构产生了前所未有的震动和骚动，尤其是在 20 世纪 20、30 年代，旧的价值体系受到彻底拷问而新的价值体系尚未建立的间隙，中国知识分子所遭遇的心灵困局，其痛楚的程度比之波德莱尔时代的法国人、比之桑德堡时代的美国人，比之博尔赫斯时代的南美洲人，皆有过之而无不及，西方人、美国人面临上帝之死而产生了莫可名状的失落感，① 南美洲人可能因为本土文化价值被时代的浪潮所颠覆而辗转徘徊，如卢本·达里奥（尼加拉瓜）、翁萨·瓦叶霍（秘鲁）、豪尔赫·博尔赫斯（阿根廷）、奥克塔维奥·帕斯（墨西哥）。

中国人因儒释道三位一体的价值结构遭遇外来文化的挑战和颠覆而不断产生荒诞感、震惊和颓废意识。鲁迅的《野草》中梦、黑暗、影子、虚无、冰谷、死火、墓碣、孤坟、鬼影、尸衾、恶鸟影像联袂出没，杂错连缀禅佛意象如：大乐、三界、剑树、曼陀罗花、大罗网、火聚、牛首阿旁，以及基督教意象如

① 荒诞感：缺乏目的，怀疑目的自身。参见王晓华：《西方戏剧中的终极追问和荒诞意识》，载胡经之编：《艺术创造工程》，北京：中国社会科学出版社，2001，页 138。

以色列、十字架、祭司长、神之子等，而他本人并不将禅佛理念或基督教信仰作为其价值评估的终极依据，在《求乞者》这篇散文诗中，这种夹杂着荒诞、无助、自嘲和不甘的复杂情绪随着夸张的语言态势一路奔泻，汪洋恣肆：

微风起来，四面都是灰土。另外有几个人各自走路。

灰土，灰土，……

……

灰土……

鲁迅的这种灰暗的情绪很有代表性，它象征性地代表着当时中国人的情绪体验。虽然20世纪30年代开始，中国的散文诗文本中开始出现（革命）浪漫主义情怀，20世纪50年代出现郭风、柯蓝的社会主义浪漫主义情怀以及文革之后的政治义愤书写（如朔望的《只因——关于一个女共产党员的断想》），但是整个20世纪的中国散文诗的主要内容还是现代情绪，中国的现代化既表现为西方资本主义思想和制度的本土化，也表现为马克思主义的本土化，虽然这两种现代化唱的是对台戏，但是它们对于中国本土文化的冲击以及这种冲击所带来的困惑、矛盾、挣扎有目共睹，因此我们在矛盾、瞿秋白、郭沫若等较为“左倾”的文学家的散文诗《黄昏》、《雾》（矛盾），《一种云》、《暴风雨之前》（瞿秋白），《冬》、《大地的号》（郭沫若）散文诗文本中，还是可以看到他们情感的“狂飙动荡”、“愁云惨雾”，隐约透露出革命理念与根深蒂固的传统价值的紧张关系。

附：

失掉的好地狱

鲁迅

我梦见自己躺在床上，在荒寒的野外，地狱的旁边。一切鬼魂们的叫唤无不低微，然有秩序，与火焰的怒吼，油的沸腾，钢叉的震颤相和鸣，造成醉心的大乐，布告三界：天下太平。

有一个伟大的男子站在我面前，美丽，慈悲，遍身有大光辉，然而我知道他是魔鬼。

“一切都已完结，一切都已完结！可怜的魔鬼们将那好的地狱失掉了！”他悲愤地说，于是坐下，讲给我一个他所知道的故事——

“天地作蜂蜜色的时候，就是魔鬼战胜天神，掌握了主宰一切的大权威的时候。他收得天国，收得人间，也收得地狱。他于是亲临地狱，坐在中央，遍身发大光辉，照见一切鬼众。

“地狱原已废弃得很久了：剑树消却光芒；沸油的边缘早不腾涌；大火聚有时不过冒些青烟；远处还萌生曼陀罗花，花极细小，惨白而可怜——那是不足为奇的，因为地上曾经被焚烧，自然失了他的肥沃。

“鬼魂们在冷油温火里醒来，从魔鬼的光辉中看见地狱小花，惨白可怜，被大蛊惑，倏忽间记起人世，默想至不知几多年，遂同时向着人间，发一声反狱的绝叫。

“人类便应声而起，仗义执言，与魔鬼战斗。战声遍满三界，远过雷霆。终于运大谋略，布大罗网，使魔鬼并且不得不从地狱出走。最后的胜利，是地狱门上也竖了人类的旌旗！

“当魔鬼们一齐欢呼时，人类的整饬地狱使者已临地狱，做在中央，用人类的威严，叱咤一切鬼众。

“当鬼魂们又发出一声反狱的绝叫时，即已成为人类的叛徒，得到永久沉沦的罚，迁入剑树林的中央。

“人类于是完全掌握了地狱的大威权，那威棱且在魔鬼以上。人类于是整顿废弛，先给牛首阿旁以最高的俸草；而且，添薪加火，磨砺刀山，使地狱全体改观，一洗先前颓废的气象。

“曼陀罗花立即焦枯了。油一样沸；刀一样銛；火一样热；鬼众一样呻吟，一样宛转，至于都不暇记起失掉的好地狱。

“这是人类的成功，是鬼魂的不幸……。

“朋友，你在猜疑我了。是的，你是人！我且去寻野兽和恶鬼……”

一九二五年六月十六日

死火

鲁迅

我梦见自己在冰山间奔驰。

这是高大的冰山，上接冰天，天上冻云弥漫，片片如鱼鳞模样。山麓有冰树林，枝叶都如松杉。一切冰冷，一切青白。

但我忽然坠在冰谷中。

上下四旁无不冰冷，青白。而一切青白冰上，却有红影无数，纠结如珊瑚网。我俯看脚下，有火焰在。

这是死火。有炎炎的形，但毫不摇动，全体冰结，像珊瑚枝；尖端还有凝固的黑烟，疑这才从火宅中出，所以枯焦。这样，映在冰的四壁，而且互相反映，化成无量数影，使这冰谷，成红珊瑚色。

哈哈！

当我幼小的时候，本就爱看快舰激起的浪花，洪炉喷出的烈焰。不但爱看，还想看清。可惜他们都息息变幻，永无定形。虽然凝视又凝视，总不留下怎样一定的迹象。

死的火焰，现在先得到了你了！

我拾起死火，正要细看，那冷气已使我的指头焦灼；但是，我还熬着，将他塞入衣袋中间。冰谷四面，登时完全青白。我一面思索着走出冰谷的法子。

我的身上喷出一缕黑烟，上升如铁线蛇。冰谷四面，又登时满有红焰流动，如大火聚，将我包围。我低头一看，死火已经燃烧，烧穿了我的衣裳，流在冰地上了。

“唉，朋友！你用了你的温热，将我惊醒了。”他说。

我连忙和他招呼，问他名姓。

“我原先被人遗弃在冰谷中，”他答非所问地说，“遗弃我的早已灭亡，消尽了。我也被冰冻冻得要死。倘使你不给我温热，使我重行烧起，我不久就须灭亡。”

“你的醒来，使我欢喜。我正在想着走出冰谷的方法；我愿意携带你去，使你永不冰结，永得燃烧。”

“唉唉！那么，我将烧完！”

“你的烧完，使我惋惜。我便将你留下，仍在这里罢。”

“唉唉！那么，我将冻灭了！”

“那么，怎么办呢？”

“但你自己，又怎么办呢？”他反而问。

“我说过了：我要出这冰谷……”

“那我就不如烧完！”

他忽而跃起，如红彗星，并我都出冰谷口外。有大石车突然驰来，我终于碾死在车轮底下，但我还来得及看见那车坠入冰谷中。

“哈哈！你们是再也遇不着死火了！”我得意地笑着说，仿佛就愿意这样似的。

一九二五年四月二十三日

《野草》题辞

鲁迅

当我沉默着的时候，我觉得充实；我将开口，同时感到空虚。

过去的生命已经死亡。我对于这死亡有大欢喜，因为我借此知道它曾经存活。死亡的生命已经朽腐。我对于这朽腐有大欢喜，因为我借此知道它还非空虚。

生命的泥委弃在地面上，不生乔木，只生野草，这是我的罪过。

野草，根本不深，花叶不美，然而吸取露，吸取水，吸取陈死人的血和肉，各各夺取它的生存。当生存时，还是将遭践踏，将遭删刈，直至于死亡而朽腐。

但我坦然，欣然。我将大笑，我将歌唱。

我自爱我的野草，但我憎恶这以野草作装饰的地面。

地火在地下运行，奔突；熔岩一旦喷出，将烧尽一切野草，以及乔木，于是并且无可朽腐。

但我坦然，欣然。我将大笑，我将歌唱。

天地有如此静穆，我不能大笑而且歌唱。天地即不如此静穆，我或者也将不能。我以这一丛野草，在明与暗，生与死，过去与未来之际，献于友与仇，人与兽，爱者与不爱者之前作证。

为我自己，为友与仇，人与兽，爱者与不爱者，我希望这野草的朽腐，火速到来。要不然，我先就未曾生存，这实在比死亡与朽腐更其不幸。

去罢，野草，连着我的题辞！

一九二七年四月二十六日

鲁迅记于广州之白云楼上

黄昏

矛盾

海是深绿色的，说不上光滑：排了队的小浪开正步走，数不清有多少，喊着口令“一，二——一”似的，朝喇叭口的海塘来了。挤到沙滩边，啵澌！——队伍解散，随着忿怒的白沫。然而后一排又赶着扑上来了。

三只五只的白鸥轻轻地掠过，翅膀扑着波浪——一点一点躁怒起来的波浪。

风在掌号。冲锋号！小波浪跳跃着，每一个象个大眼睛，闪着金光。满海全是金眼睛，全在跳跃。海塘下空隆空隆地腾起了喊杀。

而这些海的跳跃着的金眼睛重重叠叠一排接一排，一排怒似一排，一排比一排浓溢着血色的赤，连到天边，成为绀金色的一抹。这上头，半轮火红的夕阳！

半边天烧红了，重甸甸地压在夕阳的光头上。

愤怒地挣扎的夕阳似乎在说：

——哦，哦！我已经尽了今天的历史的使命。我已经走完了今天的路程了！现在，现在，是我的休息时间到了，是我的死期到了！哦，哦！却也是我的新生期快开始了！明天，从海的那一头，我将威武地升起来，给你们光明，给你们温暖，给你们快乐！

呼——呼——

风带着永远不会死的太阳的宣言到全世界。高的喜马拉雅山的最高峰，汪洋的太平洋，阴郁的古老的小村落，银的白光冻凝了的都市，——一切，一切，夕阳都喷上了一口血焰！

两点三点白鸥划破了渐变为赭色的天空。

风带着夕阳的宣言走了。

象忽然熔化了似的，海的无数跳跃着的金眼睛摊平为暗绿的大面孔。

远处有悲壮的笳声。

夜的黑幕沉重地将落未落。

不知到什么地方去过一次的风，忽然又回来了；这回是打着鼓似的：勃仑仑，勃仑仑！不，不单是风，有雷！风挟着雷声！

海又动荡，波浪跳起来，轰！轰！

在夜的海上，大风雨来了！

一种云

瞿秋白

天总是皱着眉头。太阳光如果还射得到地面上，那也总是稀微的淡薄的。至于月亮，那更不必说，他只是偶然露出半面，用他那惨淡的眼光看一看这罪孽的人间，这是寡妇孤儿的眼光，眼睛里含着总算还没有流干的眼泪。受过不只一次封禅大典的山岳，至少有大半截是上了天，只留一点山脚给人看。黄河，长江……据说是中国文明的母亲，也不知道怎么变了心，对于他们的亲骨肉，都摆出一副冷酷的面孔。

从春天到夏天，从秋天到冬天，这样一年年的过去，淫虐的雨，凄厉的风和肃杀的霜雪更番的来去，一点儿光明也没有。那云是从什么地方来的？这是太平洋上的大风暴吹过来的，这是大西洋上的狂飙吹过来的。还有那模糊的血肉——榨床底下淌着的模糊的血肉蒸发出来的。那些会画符的人——会写借据，会写当票的人，就用这些符号在呼召。那些吃泥土的土蜘蛛——虽然死了也不过只要六尺土地藏他的贵体，可是活着总要吃这么一二百亩三四百亩的土地，——这些土蜘蛛就用屁股在吐着。那些肚里装着铁心肝钢肚肠的怪物，又竖起了一根根的烟囱在那里喷着。狂飙风暴吹来的，血肉蒸发的，呼召来的，喷出来的，都是这种云。这是战云。难怪总是漫漫的长夜了！什么时候才黎明呢？看那刚刚发现的虹。

祈祷是没有用的了。只有自己去做雷公公电闪娘娘。那虹发现的地方，已经有了小小的雷电，打开了层层的乌云，让太阳重新照到紫铜色的脸。如果是惊天动地的霹雳——这可只有你自己做了雷公公电闪娘娘才办得到，如果那小小的雷电变成了惊天动地的霹雳，那才拨得开这些愁云惨雾。

我想讲一讲希望

［秘鲁］翁萨·瓦叶霍

我感到这种痛苦，不因为我是塞萨·瓦叶霍。我痛苦也不因为我是艺术家、是人，或者仅仅是个活物。我痛苦不因为我是天主教徒、回教徒或者无神论者。今天，我只是单纯地痛苦。如果我的名字不叫塞萨·瓦叶霍，我也同样会痛苦。如果我不是天主教徒、无神论者或回教徒，也同样会痛苦。今天，那痛苦在更低处。今天，我只是单纯地痛苦。

我的痛苦不能解说。我的痛苦太深，从来没有原因也不缺乏原因。有什么可能的原因呢？能够重要到停止成为原因的东西在哪里？没有原因；没有原因就可以停止成为原因。这痛苦为什么产生？为它自己？我的痛苦从北风和南风里来，好比某些珍禽在风里产下的中性鸟蛋。假如我的新娘死去，那痛苦不会改变。假如他们割断我的脖子，那痛苦也不会改变。今天，我的痛苦在更高处。今天，我只是单纯地痛苦。

我观察饥饿者的痛苦，我看见他的饥饿比我的痛苦走得更远，如果我绝食而死，坟头还会长出一茎青草。恋爱中的人也一样！他的血比我更浓烈，我的血没有源头，没有人喝！

我一直相信，宇宙万物都是父亲或儿子，那无可避免。然而我今天的痛苦既非父亦非子。它没有后背，天色暗不下来，而它的前胸太宽，天色也亮不起来，把它放进黑暗的房间，它不会发光，放进明亮的房间又不会投射影子。无论发生什么事情，今天都使我痛苦。今天，我只是单纯地痛苦。

(4) 陌生化的语言表现技巧

经过一个多世纪的文体写作实践，散文诗形成了一种范畴①或种类意义上的共同特质——共时性文类标志，即在结构上表现为由浓缩放射性的意义或复旨复音构成的诗的中心，在风格上表现为内倾、反叛、矛盾、冷嘲热讽、忧伤不已，在内容上散文诗主要是表现生活在现代话语情境之中的现代情绪，此外，从波德莱尔、马拉美、兰波、王尔德、屠格涅夫、佩斯、黑塞、里尔克、卡尔维诺、高尔基、布莱、布洛克、纪伯伦、泰戈尔、大冈信、鲁迅、高长虹、徐志摩、于赓虞、焦菊隐、何其芳、陈敬容、彭燕郊、唐弢、郭风、柯蓝、许淇、商禽、痖弦、苏绍连、林清玄以至于当代中国的散文诗作家许淇、耿林莽、徐成淼、昌耀、邹岳汉、海梦，王尔碑、桂兴华、更年轻的灵焚、周庆荣、黄神彪、亚楠、林登豪、叶梦、方文竹、红杏、李松樟、王志清、韩嘉川等，散文诗还形成了以象征、隐喻、暗示、悖谬、变形、反讽、跳跃、连觉、意识流、含混复义、拼贴（collage）等为主要标志的陌生化语言呈现方式。

当然，现代自由分行新诗和现代散文也广泛运用上述语言手段来加强“陌生化效果”，不过，散文诗在使用这些陌生化语言表现形式时，则有它的自身的独特性或曰优势，用自由分行新诗表现现代性的体验，比如生活的激变与忧虑、孤绝、乡愁、希望、放逐感、梦幻、恐惧、怀疑②，则因为分行的限制，字数的要求，使得情感细节部分不能充分展示。试看痖弦《深渊》之一节：

在我的影子的尽头坐着一个女人，她哭泣，
婴儿在蛇莓子与虎耳草之间埋下……。
第二天我们又同去看云、发笑、饮梅子汁，
在舞池中把剩下的人格跳尽……
在这没有肩磅的城市，你的第三天便会被捣烂再去造纸。

---

① 范畴是已经经过无数次实践的证明，并已经内化、积淀为人类思维成果，是人类思维成果高级形态中具有高度概括性、结构稳定的基本概念，如：单一、特殊、普遍、形式、内容、本质、现象、原因、结果、必然性、偶然性、可能性、现实性等等，具有普遍的方法论意义。范畴是反映事物本质属性和普遍联系的基本概念。在哲学中，范畴（希腊文为 κατηγορια）概念被用于对所有存在的最广义的分类。比如说时间，空间，数量，质量，关系等都是范畴。在分类学中，范畴是最高层次的类的统称。它既不同于学术界对于学问按照学科的分门别类，又有别于百科全书式的以自然和人类为中心的对知识的分类，范畴论是着眼于存在的本质区别的哲学分类系统，因而范畴论属于形而上学的本体论分支。参见 http：//baike. baidu. com/view/66781. htm。

② 叶维廉：《中国诗学》，北京：三联书店，1992，页 258。

你以夜色洗脸，你同影子决斗，

你从屋子里走出来，又走进去，搓着手……

这是写现代都市人的生存荒诞感，或者说是写现代人的放逐感，情感结构矛盾杂复，同样运用象征、隐喻、比拟、通感、跳跃等修辞形式，迥异于日常口语和书面语，但因为分行限制了每行的字数，所以诗人就必须于每行之内营造自足的意象（视觉表象融合而成的复合体①），痖弦的这篇《深渊》每一行几乎就是一个“自足性的语象结构”，虽然其语言也很“陌生”，但情感迂回曲折的细微之处被人为地省略了。

现代散文也广泛运用“陌生化”的语言手段，不过散文重在叙事、描写，受叙事原则（线索清晰，客观描述等）的限制，而不能抵达心灵深处的混沌胶着，朦胧不实的状态，例如散文对某一场景、某一事件、某一人物形象进行叙述和描写时，出于“命名”的需要，必须以一种合乎逻辑的语言进行叙述，也就是说散文语言在本质上是“语言”而非“言语”，它必须符合语法、语义的搭配规则、规范，试看朱自清《背影》与当代同一题材的散文诗加以对比：

我看见他戴着黑布小帽，穿着黑布大马褂，深青布棉袍，蹒跚地走到铁道边，慢慢探身下去，尚不大难。可是他穿过铁道，要爬上那边月台，就不容易了。他用两手攀着上面，两脚再向上缩；他肥胖的身子向左微倾，显出努力的样子。这时我看见他的背影，我的泪很快地流下来了。我赶紧拭干了泪，怕他看见，也怕别人看见。我再向外看时，他已抱了朱红的橘子往回走了。过铁道时，他先将橘子散放在地上，自己慢慢爬下，再抱起橘子走。到这边时，我赶紧去搀他。他和我走到车上，将橘子一股脑儿放在我的皮大衣上。于是扑扑衣上的泥土，心里很轻松似的，过一会说，“我走了；到那边来信！”我望着他走出去。他走了几步，回过头看见我，说，“进去吧，里边没人。”等他的背影混入来来往往的人里，再找不着了，我便进来坐下，我的眼泪又来了。

你离去的背影（散文诗）

张鸿九

一

你离去的背影，是我那个冬季里最悲戚的风景。

---

① 参见蒋寅：《语象、物家、意象、意境》，载《文学评论》，2002年第3期，页72。蒋寅根据庞德的意象解说，即“瞬间呈现的理性和感性复合体”，以及“两个以上视觉性映像联合起来提示一个与二者都不同的意象”等。对意象作了的重新界定：意象是经作者情感和意识加工的一个或多个语象（文字符号）组成，具有某种意义自足性的语象结构。

以后的日子，我守望窗前的百合，眺望地平线隐没的山林，注目田野里挥作的农人，年复一年，日复一日。

时常幽香暗涌的笔尖，却抖落四季的孤独，我挣扎不出，只能在你的背影里颤栗，纷飞离愁别绪。

二

你离去的背影，在我的柔软温馨中，在我的素洁纯净中，成为一张黑色的网罩。我渴望，爱恋，热情，竟如星子，在这网罩下，倒愈凄美而莹亮，完成着沉默，忍耐和等待，绽放出全部的清亮。

三

我只能使你背影的囚徒了。

我走不出，却抛弃不了。

我存在的唯一寓意已付诸你远遁的背影，我立在冬季的深处，无所进退，无所适存。

我心疼地审视我追求的成熟与默契，像季节河里的游鱼，繁衍着，消亡着，进化着，淘汰着。

而我所有的这一切，都被你的背影笼罩着，剥蚀着我的已不太丰腴的青春，我的已满是胡茬的面容。

四

就这样被你的背影浸蚀成枯朽的根雕吗?

我挣扎。挣扎你唇角的缠绕，舒展我野鹤般远去的自由的风度。

挣扎你缀满黑色金丝般翘颤灵魂的背影，掬起月之翩韆涟漪，敲暖冰冷的冬之雪墙，与春天共舞。

我生命的岁月能重新沁出鲜艳的，活着，勇气的爱的汁液，滋润我的青春，我的心灵吗?我在你远离而去的背影里，守候。

我们看到，同样以背影为表现对象，散文叙述要照顾到背影本身，背影所在的空间、方位的秩序以及背影连带的行为的先后次序，而这篇散文诗并未对背影加以描述，至于背影所处之空间、方位交叉重叠，时间流走回旋，背影似真亦幻，语言仿佛在跳跃，但是它每一段落又是在叙述一个细节，当然这个细节可以是故事情节，也可以是情感细节，不管它叙述的是故事情节还是情感细节，都会运用各种修辞手法来强化情感氛围，语言脱离常轨，仿佛“陌生”，其实逼真、追真。这个真就是现代、后现代情感，它以网络状、多层次、多向度的结构形式存在于现代主体的心灵版图上。

“陌生化”由俄国形式主义评论家什克洛夫斯基提出，即“对普通语言实施有系统的破坏”——“你委身‘寂静’的、完美的处子”（济慈《希腊古瓮颂》这样的语言是“诗的语言”，“你知道铁路工人罢工了吗?”这种语言是“实际语言”，因此，即便我们不知道第一句话的作者为济慈，我们也立刻可以判断前者是文学，而后者不是文学。① 在形式主义批评家看来，前面一句因实施了非常规的语言组合，将异质性的语象强行并置、捏合，打破语言和语意逻辑，这样我们在读这个句子时，思想情绪就会被带入全新的感性空间，并从而对日常的生活感受、语言习惯进行颠覆，通过这种语言的颠覆对我们原来繁复混融的感性世界进行修复和完形，让一块石头“石头”了起来，这种认知理路确实具有很强的说服力，不过我们必须注意到，雅可布森提出的“文学性”命题，是在特定的历史背景下也即是在西方“现代化”与“审美现代性”的张力场中所阐述的一个历史性观念，是在人性遭遇了现代化的无情宰制和压抑的时代背景之下所产生的一种审美意识，它本身就是西方内部的文化矛盾（贝尔）以及审美与现代性的冲突激变而成的一种现代审美理念，它特别强调以变形的语言形式，还原人类的感性世界，实际上也就隐含着以感情来反制、压服理性的话语诉求，这样即使是谵妄的、错乱的、怪异的文学语言以及由此类“陌生化”的语言所构成的文学作品也具有“文学性”。“文学性”的重要特征即文学文本所突显出来的陌生化效果，具有“文学性”的“纯文学”文本为了达到陌生化效果，可以将“怎么写”置于“写什么”之上，发展至极端即一味讲究语言和文本结构的修辞摆弄。形式主义文论家对于“文学性”的判定止于语言层面，而不追问至语言的本体——人类的情感结构层面，是最为致命的理论盲点，言为心声，情感发而为语言，固然可以成为“诗的语言”，也可以成“非诗的语言”或“似诗非诗的语言”，有时过分玩弄文字技巧（陌生化）反而因远离情感的自然状态而使所谓的“诗的语言”讹变为“非诗或反诗”的语言，了无情趣，索然寡味。② 一百多年来散文诗为表现这种“审美现代性”，呈现这种空前复杂矛盾的现代情感，运用修辞（尤其是一些新的修辞手段如蒙太奇、变形、悖谬、反讽、意识流、拼贴等）密集的语言来构成文本和文本的特殊氛围，已经成为其共时性的文类特质之一，试看：

① 周小仪：《文学性》，载《外国文学》，2003 年第 5 期。
② 黄永健：《方法论更新与当代文学批评的出路》，载《晋阳学刊》，2009 年第 2 期。

头发中的半球

波德莱尔

让我长久地、长久地闻着你的头发的芳香，把我的面孔整个地埋在你的头发里面，像一个口渴的人把头伸到泉水里，同时，用我的像香手帕一样的手摇晃你的头发，以便把无数回忆抖到空中。

如果你能知道我在你的头发里看到的一切！感到的一切！听到的一切！我的灵魂神游在芳香上面，就像别人的灵魂神游在音乐上面一样。

你的头发蕴藏着一个完整的梦，充满了船帆和桅杆的梦；它也包藏着大海，海上的季风把我带到那些迷人的地方，那里的太空显得更蓝更深，那里的大气充满果实、树叶和人类肌肤的香味。

在你的头发的大洋里，我恍惚看到一个海港，那里充满忧郁的歌声，麇集着一切种族的强壮男子，在那飘荡着永远的暑气的广大天空里漂着很多显得结构复杂而精致的各式各样的船舶。

抚摸着你的头发，我又想起一段长时间的郁闷的心情，在一只美丽的海船的房舱里，在海港的轻微的横摇之中，在一些花瓶和凉水壶之间，坐在长沙发上感到的那种郁闷。

在你的头发的炽烈的火炉里，我闻到混有鸦片和糖味的烟草气味；在你的头发的黑夜里，我看到辽阔的热带蓝天闪闪发光；在你的头发的长满绒毛的岸边，我沉醉在柏油、麝香和椰子油的混杂的气味之中。

让我长久地咬住你的又粗又黑的发辫。当我咬住你那富有弹性的难以理顺的头发时，我就觉得好像是在吞噬着回忆。

诗人所欲表达的是在现代背景下所发生的现代情绪——忧郁、孤独、疏离、郁闷、逃避、揶揄等等，他把人的头发想象成泉水、音乐、大海、海港、郁闷的心情、火炉、黑夜以及种种，语言的跳跃、时空的穿梭令人目不暇接、耳不暇听，上述所谓蒙太奇、变形、悖谬、反讽、意识流、拼贴等语言修辞在这篇散文诗中几乎皆有呈现——画面般的图像剪辑，远取譬的想象方式（吞噬着回忆、回忆抖到空中），悖谬（灵魂神游在音乐上面、一段长时间的郁闷的心情），意识流（在你的头发的炽烈的火炉里，我闻到混有鸦片和糖味的烟草气味；在你的头发的黑夜里，我看到辽阔的热带蓝天闪闪发光；在你的头发的长满绒毛的岸边，我沉醉在柏油、麝香和椰子油的混杂的气味之中），拼贴（海港，那里充满忧郁的歌声，麇集着一切种族的强壮男子，在那飘荡着永远的暑气的广大天空里漂着很多显得结构复杂而精致的各式各样的船舶），诗人用他的想象力所打造的这个艺术世界，须以细腻的感知思维加以触摸才能体会它的特殊的美感，这种语言相对于日常口语和实用书面语言以及散文语言来说，是相当“陌生”的，不过，波德莱尔的“陌生”并不晦涩呆滞，因为他是“以情为文（诗）”，而不是“为文（诗）造情”。再看聂鲁达的散文诗：

火车头

那劲，那麦子气息，那繁殖力和哨声和吼声和雷声！打过谷，撒过木屑，采伐过树林，锯过枕木，切过木版，喷过烟，油渍，火星，火焰，发出震动大草原的呼哨。

我喜欢它，因为它像惠特曼。

英雄

我发现了我的英雄，正好在我去寻他们的地方。仿佛是我把他们装在我的忧虑里一样。起初我不知道怎样识别他们，如今熟悉了生活的布局，我已经懂得给他们赋予本来没有的性质。可是我又发现自己被这些英雄压迫得太累了，只好放弃他们。因为现在我要的是在横逆之下伛偻的人，是挨第一下鞭子就尖叫的人，是把人生看作没有阳光的潮湿地窖、不会笑的沉郁的英雄。

可是现在找不到他们了。在我的忧虑里充满了年老的英雄，昔日的英雄。

将火车汽笛想象成哨声、吼声、雷声并无新意，作者并由此联觉（通感）与火车头似无关联其实又深具关联的劳动场面——打过谷，撒过木屑，采伐过树林，锯过枕木，切过木版，喷过烟以及油渍，火星，火焰，麦子气息，就显得很“陌生”了，不过并不晦涩到难以索解或不知所云，因为这些纷至沓来的意象让我们联想到大草原上人们的生活情景，联想到惠特曼诗歌中经常出现的意象以及诗歌写作的辛劳，一连串动词打、撒、采、锯、切、喷象征火车冲破一切的力量也暗示惠特曼诗歌的雄强品格，最后一句“火车奔驰”这个画面在中断很长时间之后突然浮现，很像电影中的蒙太奇，全诗最后以一个出乎寻常的比喻达到惊心触目的审美效果。《英雄》同样在语言布局上显得扑朔迷离，需要读者深入到作者的内心视野理解意象与意象之间的暗示，它所揭示的是否定否定再否定的情感探索过程，这篇散文诗的意境颇似痖弦的《盐》，揭示人生悲哀而无奈的真相，高度情绪化的语言使它与叙事散文拉开了较大的距离。

（5）散文诗的共时性变类

散文诗共时性变类相对于散文诗主要流派而言，散文诗一百多年来业已形成它的主要的、代表性的文类特征，即在结构上表现为由浓缩放射性的意义或复旨复音构成的诗的中心，在风格上表现为内倾、反叛、矛盾、冷嘲热讽、忧伤不已，在内容上主要表现生活在现代话语情境之中的现代情绪，以及频频使用象征、隐喻、暗示、悖谬、变形、反讽、跳跃、连觉、意识流、含混复义、拼贴（collage）等陌生化语言呈现方式。

可是在散文诗历史上用许多重要的作品并不具备上述特点，波德莱尔本来主张用这种反讽意味强烈的“小散文诗”表达发达资本主义时期的压抑情绪，他对于散文诗内容的强调不言而喻。20 世纪 80 年代当我国散文诗出现审美现代性的转向之时，就有学者（徐成淼）提出，散文诗要告别清浅，告别“牧歌”、“战歌”、“颂歌”，散文诗应表现都市风光、现代感受，实际上可以看作是我国散文诗在现代化话语情景之下，对于发生学意义上的散文诗美学的回应。本来散文诗仅就形式而言，是人类早期诗歌的原生态存在形式，先民在强烈情感的驱动之下，脱口而出“断竹，续竹；飞土，逐肉”（《弹歌》），并不先考虑诗歌的节奏、韵律、分行、押韵这些形式要求，所以诗歌的散文化，一方面是对格律诗的反动，一方面又是诗歌的归元现象，波德莱尔倡导用散文形式来表现诗情，在并不熟谙散文诗的内容和特殊抒情风格的诗人（如屠格涅夫）看来，也就是用散文诗形式来抒发各种情感而已，比如乡愁、衰老、忏悔、爱国、革命、战斗、歌颂、怜悯等等，同样，在我国散文诗历史上，真正明白波德莱尔抒情风格和散文诗文体特质的人毕竟不多，或者有些真懂波德莱尔（如鲁迅）散文诗的文类特征，但又强力改变了它的抒情内涵，① 因此，散文诗诞生之后因误解或有意误解产生抒情内容、抒情风格和语言修辞上的变异，也就无可避免了。

西方学者阿得林·万勒（Adrian Wanner）在《从颠覆到确认：作为俄罗斯一种文类的散文诗》一文中指出：在具有颠覆性的整个欧洲的现代散文诗的视野之内，俄罗斯散文诗的变体造成了一种特殊的反常现象，而这并不意味着，20 世纪的俄罗斯文学文本中找不出接近西方现代主义散文诗的散文诗文本，如果我们认为散文诗只不过由特定的具有解释权的社群所给予的一种“标签”式的命名，那么，我们可以毫不犹豫地将散文诗这一名号赋予 20 世

① 鲁迅在《野草》中承续了波氏的冷抒情风格，不过他身处激进时代的那种强烈的文化担当意识和文化启蒙意识，在波德莱尔看来，可能正是嘲讽作弄的对象。在《讨好者》这篇散文诗中，波氏对那个好像将真个法兰西精神都集中到身上的绅士十分恼怒，因为他无端向一头前去干活的驴子鞠躬礼敬，搞得一街上的人不知所措。参见波德莱尔著，郭宏安译：《恶之花》，北京：国际文化出版社，2006，页 132。

纪俄罗斯文学中更多的文学文本。必须承认，这个文类的边界变得更加不确定了。① 尽管如此，从当代为数众多的散文诗文本还是可以提炼出三个特性对散文诗加以界定，这三个特性分别是：

散文形式。不分行，格律诗排列成散文也不能成为散文诗。

简洁。除了语言的简练、凝聚、事件和场景的单一等特征之外，散文诗的篇幅不超过 1～2 页，即篇幅精短。

自主性。散文诗不应该是大叙事散文的一部分，也不是小说文本中的一部分，但是可以成系列或成套组合。②

阿得林·万勒认为俄罗斯散文诗以屠格涅夫为同心圆圆心，在它的外围的轨道上演绎着不同风格的散文诗文本。推而广之，我们可以把一百几十年来由波德莱尔所发起的，前后相继的各国散文诗作家共同建构起来的，以审美现代性为其主要意涵，凝结了上述散文诗文类特征的散文诗经典作品作为散文诗的同心圆圆心，把麇集在这个同心圆外围的作品看做是散文诗共时性的文类变体，大概主要有以下数类。

（1）浪漫抒情式散文诗

本来散文诗内倾、反叛、矛盾、冷嘲热讽、忧伤不已的风格是对于浪漫主义诗风的颠覆和改写，可是由于被误读误解，发生学意义上的散文诗短小灵巧的形体，又被唯美主义、忧伤浪漫、风花雪月的内容和题材所占据、拓展，试看保罗·瓦雷利（保罗·梵乐希 1871～1945）那篇传诵久远的《年轻的母亲》：

这个一年中最佳季节的午后，像一只熟意毕露的桔子一样地丰满。

全盛的园子，光，生命，慢慢地经过它们本性的完成期。我们简直说，一切的东西，从原始起，所作所为，无非是完成这个刹那的光辉而已。幸福像太阳一样的看得见。

年轻的母亲从她手里小孩的面颊上闻出了她自己本质的最纯粹的气息。她拢紧他，为的要使他永远是她自己。

她抱紧她所成就的东西。她忘怀，她乐意耽溺，因为她仿佛重新发现了自己，重新找到了自己，从轻柔的接触这个鲜嫩醉人的肌肤上。她的素手徒然捏

① Adrian Wanner: From subversion to Affirmation: The Prose Poem as a Russian Genre. http://www.jstor.org.

② 同上。

紧她所结成的果子，她觉得全然纯洁，觉得像一个圆满的处女。

她像一个哲人，像一个天然的贤人，找到了自己的理想，照自己所应该的完成了自己。

她怀疑宇宙的中心是否在她的心里，或在这颗小小的心里——这颗心正在她臂弯里跳动，将来也要来成就一切的生命呢。

这篇散文诗出自象征主义嫡传的瓦雷利之手，瓦雷利的诗学主张与马拉美一脉相承，因此他的诗歌和散文诗不免沉重晦涩，如其长诗《海滨墓园》，长篇散文诗《与苔斯特先生共度晚会》、《年轻的母亲》也可以看成是广义象征主义的杰作，表面上写初为人母的少妇的快乐美好，但是推而广之，认为它是在表现宇宙的母性之圆满美好也未尝不可。无论如何，它以肯定性情感为主，波德莱尔式情感模块之间的冲撞、矛盾在这儿无声地隐退了，这篇作品与19世纪末亚美尼亚作家西曼托的散文诗《少妇的梦》一样，都是以浪漫抒情的笔调来写少妇，都是用散文诗形体承载着对于母性女性的激情赞美，如果拿来与我国诗人徐志摩的散文诗《婴儿》相比，则同样赞美少妇，徐志摩的散文诗里揉进了否定性的情感模块，少妇生产时固然壮烈惨痛，她苦苦挣扎为了“爆裂成美丽的生命”，可是她作为一个动物性的存在，不免暴露丑恶甚至凶残的一面，“水青蛇”、“凶焰”、“魔鬼”等意象叠加在临盆少妇的形象之上，它让我们又想到了波德莱尔、兰波对于人性和世界的复杂的判断。

附：

少妇的梦

［亚美尼亚］　西曼托

一年又一年，独坐在我的窗前，我凝眸望着你的路，我的同心的爱人呵；在这信里，我要把我失去了保护的身体和思想的惊恐再唱给你听。

呵，你也记得起你动身出去那天的太阳么？我眼泪是这样的多，我的亲吻是这样的热烈！你的许诺是这样的好，而你的归期是定得这样的早！敢是你不记得你动身那天的太阳和我的祈祷了；你不记得我把水瓶里的水洒上你坐骑的影子，祝你过海时海会让开一条路，而在你的脚下土地将开满鲜花。

呵，你别离时的太阳，而今变为黑夜了！这许多年来，期待的眼泪，从我眼里流出，像星一般，落在我面颊上，看啊，面颊上红玫瑰褪色了！

够了够了。我期待你，心情犹如（手寻）着头发。我仍旧受着你酒杯里的酒力，我是你远出的魁梧身材的孀居者。想念你时我呜咽如风，我的膝受伤，因为跪在教堂门首，我呼觅你，转身向西。

怎能有一天，从此岸到彼岸的海水干涸了？怎能片刻之间两世界就相接触啊？天或太阳，而今于我是不需要了。

归来！我待你归来，在我茅屋的门口。我在我的黑罗衫里梦见你，但我手中却没有你的手。归来，像我们园里甜的果子一般！我衷心的爱情正留藏着亲吻给你。

呵，我的牛乳般白的腰臀尚不知怀孕的味儿；而且我未能把出嫁时的绣金丝的面巾装饰成小儿的襁褓；而且我亦未能傍了摇篮坐着，唱亚美尼亚母亲所唱的纯洁而神圣的催眠歌。

归来，我的期待终无已时，当黑夜来了而且展开他的尸衾，当枭鸟在庭中互相鸣呼，当我的哽咽已尽而我的眼泪变成了血。孤零零的，在我失望的新妇的梦中，像一个恶鬼，我用手开始筛我坟墓的泥土在我头上，我的死日是愈来愈近了啊！

在世界著名散文诗作家中，有一部分作家的散文诗以优美抒情见长，如法国纪德（《地粮》）、西班牙的希梅内斯（《普拉特罗和我》，近年中国散文诗作家许泽夫创作《牧牛吟》，极其细腻地描写、歌颂江淮丘陵大地上耕牛，同样达到了很高的艺术水准）、俄国柯罗连科（《火光》）、高尔基（《海燕》）、智利的加·米斯特拉尔（《把我藏起来吧》）、智利的聂鲁达（《毕加索是一只种族》）、印度泰戈尔（《吉檀迦利》）、日本东山魁夷（《听泉》、《古都礼赞》），试看《古都礼赞》：

《古都礼赞》节选

东山鬼魁夷

圆山

东山浸在碧青的暮霭里，樱花以东山为背景，缭乱地开放，散发着清芬。这株垂樱，仿佛萦聚着整个京华盛春的美景。

枝条上坠满了数不清的淡红的樱珞，地上没有一片落花。

山顶明净。月儿刚刚探出头来。又圆又大的月亮，静静地浮上绛紫的天空。

这时，花仰望着月。

月也看着花。

樱树周围，那小型的彩灯，篝火的红焰，杂沓的人影，所有的一切，都从地面上销声匿迹了，只剩下月和花的天地。

这就是所谓的有缘之遇吗？

这就是所谓的生命吗？

平安神宫

雨，下着。

绯红的垂樱，深深地埋着头，渗出浓丽的色彩。

雨珠在蓓蕾的尖端上，在花瓣的边缘上胀大着，透过红色，闪着白光，簌簌散落。接着，第二个雨珠又胀大了……

苍龙池有原型的桥墩。穿过沼泽，雨水在浅露的地表上聚成浑圆的水洼，池面上布满着浑圆的水文，无声地扩展着。

在天空和水池的一片明净中，屋脊上妆饰着凤凰的水榭，回映出一条沉稳的平行线来。

雨，下着。

这樱花，这林泉，今朝都沉醉在高雅和洁美的气氛里了。这些都是悠然飘零的雨所赐给的吧?

幼竹

竹笋长出来，从下一节脱去褐色的皮，变成幼竹。稚嫩的茎泛着青白的绿，宛如喷出一层白粉。这鲜亮的绿，这微微混含着茶褐色的茎。竹枝初夏的色彩多么富有变化。

雄浑的垂直线切过画面，在这倾斜交错的线条上，水平地深嵌着一道道竹节。近处的茎，竹节的间隔显得很大。越向远望，竹节愈趋短小。落叶杂陈的黄土地面，描绘着素白的光与影。

广阔的竹林从向日町绵延到长冈、山崎一带。在初夏的阳光照耀下，京都的风景显得明朗，温馨，阴润，充满着生机，而这竹林尤给人一种特异之感。在这晴天丽日，遥望漫山的翠竹，嫩叶似绿的火焰在燃烧，令人目眩。

东山魁夷以画入诗，在他的散文诗作品中流淌着日本古国唯美、幽玄趣味，他将自然看成神灵加以崇拜，表现出浓郁的东方审美情愫，这种以静、幽、玄、和为其基调的散文诗，与现代散文诗激越、郁结、震惊的抒情风格真有天壤之别，不过，它以散文诗的形体负载一种掺和着传统与现代相结合的情感结构，在东西方两个文化世界不乏知音之赏，西方人欣赏它的风景静物画式的画面美，东方人陶醉于它的玄远意境之奇，散文诗脱离它的审美现代性的轨道之后，散文诗离开它发生的资本主义大都市巴黎之后，落脚不同国度，经过大家高手的改造和创化，依然能够出奇制胜。

附录：东山魁夷画作

在现代汉语语境中，因为误读散文诗这种文体，并用散文诗写出成功的抒情浪漫之作的，恐怕以郭风、柯蓝最有代表性，20 世纪 50 年代，郭风、柯蓝写作了一批具有广泛影响力的作品，集结为《叶笛集》、《鲜花的早晨》、《早霞短笛》，郭风的《叶笛》、《痴想》《麦笛》、《花的沐浴》、《风力水车》、《木兰溪畔一村庄》、《乡情》等篇章里表现出单纯而明朗的抒情基调和近于童话般的自然膜拜情愫，有评论者认为郭风的散文诗将感情附丽于形象，取得了绘画美、音乐美和意境美的阅读审美效果，但是从散文诗发生时它们秉持的反讽、批判、审视现代生活的表达功能来看，这种童话般的吟唱，已然脱出现代散文诗的轨道，柯蓝 50 年代的散文诗和郭风的散文诗风格大致相当，带着那个时代的整体的激越浪漫情愫：

“呵，故乡的叶笛。

那只是两片绿叶。把它放在嘴唇上，于是从肺腑里，从心的深处，

吹出了劳动的胜利的激情，吹出了万人的喜悦和对于太阳的赞歌，

吹出了对于人民的权力的礼赞，吹出了光明的歌，幸福的歌，太阳似的升在空中的旗帜的歌！

那笛声里，有故乡绿色草原上青草的香味，

有四月的龙眼花的香味，

有太阳的光明。

——郭风《叶笛》（节选）

“我生活在一个真正的，需要我赞美的时代。我觉得这个时候唱的歌，都是好听的歌……

这些歌是我们的国家唱的，是我们的人民唱的，

可我们的祖先从来没有唱过这样的歌。自然谁也没有听见过这样的歌。

我们的祖先也唱过许多好听的歌，只是那些歌都太悲凉。我们要在那些悲凉的歌声里，放进我们今天这新的欢乐……

当我们这一代新的声音开始的时候，整个世界就是我们的舞台，不灭的太阳和月亮才是我们的伴奏。天地间的万物，它们都轮流来听我们的演奏……

——柯蓝的《我的赞美》

浪漫抒情的散文诗即使在今天的中国散文诗界，也还是大行其道，阅览 2007 年由河南文艺出版社出版的《中国散文诗 90 年》，我们发现浪漫抒情风格的散文诗占据不小的篇幅，比较有名的作家如刘湛秋、刘虔、王宗仁、钟声扬、王中才、刘再复、雷抒雁、蔡旭、陈慧瑛、王志清实际上都是以浪漫抒情

格调见长。

（2）哲理玄思散文诗

现代派艺术总体上讲“理盛于情”，实际上波德莱尔的散文诗已经注入了一个现代孤独者的哲学叩问和形上玄思，试看《把穷人打昏吧》这篇散文诗，我无端地殴打一个老乞丐，而老乞丐翻过身来，打肿了我的眼睛，敲掉了我四颗牙齿——这有力的还击，使我获得斯多葛派诡辩家的精神满足，因为老乞丐的以眼还眼以牙还牙证明了生活中不可磨灭的真理——“唯独能证实和别人平等的人才能和别人平等，唯独善于挣得自由的人才配享有自由”，在这篇散文诗的结尾，波德莱尔对他发现并痛苦地实行了的这一理论颇为自得，他对那个老骨头说“如果您真正是个慈善家的话，当您的同行向您乞求施舍的时候，别忘了用我痛苦地在您的背上试验过的理论”。鲁迅在写作《野草》的年代，服膺象征主义表现手法，但是在他的行文中，那种对于理念的追问、探索的执著顽强丝毫不亚于当年游走在巴黎大街上好做“白日梦”的波德莱尔。

哲理玄思散文诗在兰波那儿已然达到充分的展开，兰波的《地狱一季》可以看做是西方人文传统中追求外在超越性（神性）的另一个文学文本，虽然它不免幼稚、散漫，但是闪现其中的思想火花和哲理触角，却倾倒几代读者。散文诗历史上法国的圣·琼·佩斯、蓬热、德国尼采、黑塞、卡夫卡、意大利的卡尔维诺、南斯拉夫的安德里奇、俄国的屠格涅夫、阿根廷的博尔赫斯、黎巴嫩的纪伯伦、中国的鲁迅、许地山、高长虹、唐弢、商禽、林清玄、林耀德等，都有以散文诗进行哲理探索的文学诉求，试看法国蓬热（1899～1988）的散文诗《水》：

水在比我低的地方，永远如此。我凝视它的时候，总要垂下眼睛。好像凝视地面，地面的组成部分，地面的坎坷。

它无色，闪光，无定形，消极但固执于它唯一的癖性；重力。为了满足这种癖性，它掌握非凡的本领：兜绕、穿越、侵蚀、渗透。

这种癖好对它自己也起作用：它崩坍不已，形影不固，唯知卑躬屈膝，死尸一样俯伏在地上，就像某些修士会的僧侣。永无到更低的地方去，这仿佛是它的座右铭。

由于水对自身重力唯命是从这种歇斯底里的需要，由于重力像根深蒂固的观念支配着它，我们可以说水是疯狂的。

自然，世界万物都有这种需要，无论何时何地，这种需要都要得到满足。例如衣橱，它固执地附在于地面，一旦这种平衡受到破坏，它宁愿毁灭也不愿违背自己的意愿。可是，在某种程度上，它也作弄重力，藐视重力，并非它的每个部分都毁灭，例如衣橱上的花饰、线脚。它有一种维护自身个性和形式的力量。

按照定义，液体意味着宁可服用于重力而不愿保持形状，意味着拒绝任何形状而服用于重力。由于这个根深蒂固的观念，由于这种病态的需要，它把仪态丧失殆尽。这种痴癖使它奔腾或者滞留；使它萎靡或者凶猛——凶猛得所向披靡；使它诡谲、迂回、无孔不入；结果人们能够随心所欲地利用它，用管道把它引导到别处，然后让它垂直地向上飞喷，目的是欣赏它落下来时形成的霏霏细雨：一个真正的奴隶。

水从我手中溜走……从我指间滑掉。但也不尽然。它甚至不那么干脆利落(与晰易或青蛙相比)，我手上总留下痕迹、湿渍，要较长的时间才能挥发或者揩干。它从我手中溜掉了，可是又在我身上留下痕迹，而对此我无可奈何。

水是不安分的，最轻微的倾斜都会使它发生运动；下楼梯时，它并起双脚往下跳；它是愉快而温婉的，你只要改变这边的坡度，它就应召而来。

早期中国散文诗作家高长虹早年信奉尼采的超人哲学加上他本人强烈的反叛性格，创作了一批心灵探险散文诗，这类心灵探险的散文诗在旧文化摇摇欲坠，新文化尚未确立的时代背景之下，充分展露作者独立不羁，怀疑一切，推倒一切的思想锋芒和类似于“日神”精神的审美品格。比如《黎明》中的我完全就是一个查拉图斯拉特的中国翻版，那睥睨一切、傲视群类的口吻和那预言般的呼唤（最后的两行“太阳！太阳！”）虽然有些模仿尼采的痕迹，但将它放在当时的中国现实背景下，不也恰好表达了一代人徘徊、彷徨、愤恨、无聊的思想情绪。80 年代中后期的散文诗人那儿，散文诗语言这种由外而内的转换所产生的抽象意味则表现得更为圆熟，文本所发散出来的审美旨趣不仅指向现实生活和时代气氛，更指向生命场景的荒诞和存在的悲剧性，如当代中国散文诗诗人耿林莽、昌耀（《时间客店》）、西川等人的作品带有明显哲理玄思意味，耿林莽的《苦茶》：

我喜欢饮一杯苦茶。

真的，我喜欢那淡青色的苦味，远胜过粘稠的蜜。

有一棵茶树躺在艳艳的阳光里。采茶扑蝶，那舞姿原是采茶女十指尖尖的手。

那指尖跳荡而且温柔

然而那是一只残忍的手。

一棵茶树泡在淡淡的月光里了。

被肢解的叶子，被温柔的手掐离了母体的叶子，和姐妹们天南地北劳燕分飞的叶子。

烈日晒，炉火烤，卷曲之躯散发尸体的香味。

有几具浸泡在我的杯里了。

泡出月色来。泡出了人间悲剧的滋味。

苦水吐尽时，她苍白地睡去。

我擎着的是一只空杯了。

我饮我自己。

这篇散文实际上写作者在一杯苦茶的茶香茶雾中落入内心图景时的情绪跳跃，它的主要特点就是从外部世界的物象审察过渡到内心图景之后，思维越陷越深，因而意象与意象之间的跳跃越来越大，但这些空间的“留白”地带并非真空，因为有诗人的意绪流连迁移的痕迹存在而且相互呼应，因而构成大写意的画境，表现为诗意的深度和意义的繁复性，尤其是最后两行的意境跨越，留下了大片空白，从而使本诗的意旨指向哲学追问的高度。①

鲁迅的《野草》是哲理玄思散文诗的一个中式文本，比如其对现代人生存的荒诞感的揭示，如《影的告别》和《过客》所表现出来的荒诞感：缺乏目的，怀疑目的自身，都应视为鲁迅在现代历史境况之下，对生命的存在主义式的叩问。《秋夜》里孤独的思索者面对着“奇怪而高”的夜的天空默默沉思者的形象，以及“铁似的直刺着奇怪而高的天空”的枣树的象征性意象，一再提示我们：鲁迅的思想以及当时的这种带有“质疑、反省和批判”意识的不和谐音，与他身处其中的社会黯淡环境，理想与希望的破灭以及其对人的复杂性的重新发现皆有极大的关涉，而正是这种外在的逼压和刺激迫使他对文艺和生命进行深层次的追问和探索。②

（3）长篇散文诗

篇幅短小是散文诗共时性文类的重要特质，波德莱尔称其为“小散文诗”，《巴黎的忧郁》50篇散文诗相对来说较为短小，《镜子》这篇小散文诗141个字，篇幅最长的是《英勇的死》（2400字）、其他篇幅较长的散文诗如

---

① 黄永健：《中国散文诗研究》，北京：中国社会科学出版社，2006，页146。

② Adrian Wanner：From subversion to Affirmation：The Prose Poem as a Russian Genre. http：//www. jstor. org.

《天赋》(2020字)、《诱惑，或者色，财以及荣誉》(1900字)、《慷慨的赌徒》(1910字)，大多数在百字到千字之间，西方学者阿得林·万勒认除了语言的简练、凝聚、事件和场景的单一等特征之外，散文诗的篇幅不超过1~2页。可是散文诗在演化过程中，因为文类错综，出现了散文诗的"诗化散文"演变路径，即以散文的篇幅和容量来承载诗歌的节奏、韵律、意境，波德莱尔的同时代人马拉美以几千字的篇幅来书写"单一的事件和场景"《白色的睡莲》，但是这个文本充分的诗意化，其中包括大幅度的意境跨越（场景变换交替）、连绵不断的象征、隐喻、暗示等语言修辞、忧伤不已的现代情绪语流。兰波的《地狱一季》、圣·琼·佩斯的《远征》、里尔克的《军旗手的爱与死之歌》可谓开长篇散文诗之先河，长篇散文诗尤其是哲理散文诗（尼采、纪伯伦）已经撇开"单一的事件和场景"，而进行诗化散文写作，就是说，他们用诗化语言、诗化形式、诗歌技巧来表现宏大主题，尼采的《查拉图斯特拉如是说》、纪伯伦的《先知》和《先知园》都已经在书写内容、书写风格、审美意趣、表现主题以及文本形式上进行了新的探索，《查拉图斯特拉如是说》、《先知》、《先知园》虽然不是表现都市悖论和焦虑意识，但是他们又确实表现了某种情感（如民族情感、宗教情感），篇幅较长，仍然是诗，是具有散文形式的诗，又如当代美国黑人诗人杜波依斯（1868~1963）的《亚特兰大的祈祷》，呼天抢地，情感激烈，全篇以祈祷呼告的语气，祈求上帝对于黑人给予公平、拯救、饶恕、怜悯和倾听，它的篇幅较长，一般的散文诗选本都把它作为优秀之作加以收录。

美国诗人惠特曼、金斯堡、桑德堡的极讲究语音、语气、语势效果的诗歌作品横空出世，可以说给诗歌理论界出了新的难题，这批风格接近互为声气的大诗人依然分行建制，可是一口气吐出来的诗行可能就是几十上百个音节，早超出传统意义上的诗行的音节容量，金斯堡的现代诗《嚎叫》还有中国当代诗人西川的《巨兽》，灵焚的《房子》、《飘移》、《异乡人》三部曲，近年出现的打工诗人郑小琼的长诗《人行天桥》、《挣扎》等，他们的作品到底是不是散文诗？首先，从语言上看，这些长篇巨作（超过3000字）节奏感强烈，其次这些文本激情四溢，诗意浓郁，境界高远，并且和当年的波德莱尔一样，他们的这些长诗同样表达现代人的思想困惑，带有明显的"反现代化"情感取向，审美现代性非常强烈，准之于阿得林·万勒的散文诗观，即散文诗必须依循自主性原则——散文诗不应该是大叙事散文的一部分，也不是小说文本中的一部分，但是可以成系列或成套组合，每篇散文诗不管如何经营，还必须首尾呼应，内在协调，自成一个结构（情感结构）的整体，自成一个犹如个体生命的有机体，那么《嚎叫》还有中国当代诗人西川的《巨兽》，灵焚的《房子》、《飘移》、《异乡人》三部曲，打工诗人郑小琼的长诗《人行天桥》、《挣扎》也是散文诗。

20世纪40年代我国出现过唐弢的长篇散文诗《渡》（6000多字），50年代出现过闻捷的《橘园颂歌》（约3500字）以及邵燕祥的《麻雀篇》（5000多字），20世纪80、90年代刘再复发表过《读沧海》、《他的思想像星体在天空运行》、《寻找的悲歌》，其中《读沧海》充分展示了学者型散文诗人长于思辨、奋力追攀思想王国崇高境界的特点和优势，在语言运作上较好地做到了将语言的畅放性、音乐性和随意性结合在一起。楼肇明80年代发表的《银杏树告诉我……》、《惶惑六重奏》，试图以散文诗探讨民族文化性格发展中带规律性的东西，不回避丑恶，不回避迷茫，以深刻的追问和反问展开诗思的触角，语言舒展但不乏诗的表现力、音乐性和节奏感，整体看来，显得冷峻而炽烈，即在冷峻的语言态势和意象之后奔放着新鲜的审美感触和时代的激情。

继刘再复和楼肇明之后，中国散文诗界又有钟声扬发表过《月亮，在我上空》（1987年8月出版），以及《初潮》、《晚风》、《梦影》系列六部，彭燕郊发表过20000余字的《混沌初开》和3000余字的《漂瓶》，天涯发表过《无题的恋歌》，黄神彪发表过《花山壁画》，李大葆发表过《远钟》，唐大同发表过《美丽的痛苦，痛苦的美丽》、《雪崩》，嘉川发表过《回归》，黄永健发表过《人的十批判书》（23000字）等，这些长篇散文诗都可视为中国散文诗作家的创造性尝试。

西方英语世界近年来依然有杰出长篇散文诗出现，其中产生了较大影响的是约翰·阿舍贝利的《诗三篇》（《Three Poems》）①，《诗三篇》长达118页，虽然有人否认它是散文诗，认为它是“诗人散文”（Stephen Fredman），但是Margueritte s. Murphy等人认为它是散文诗，阿舍贝利本人认为这是一首长诗（a long poem completely filling up these pages），《诗三篇》具有明显的后现代拼贴性，它的精神气质是后现代的，如去中心化、离散性、多声部交叉性等，阿舍贝利说写作的愿望是让各种“散文”的声音进入诗中，犹如新闻稿、书信

① 约翰·阿舍贝利的《诗三篇》发表于1972年，实际上是以三篇长诗组合成一个自主性的文本，属于典型的后现代写作，西方散文诗理论研究者如Steven · Monte，Margueritte s. Murphy等都对这篇散文诗进行深入探讨。约翰·阿舍贝利：《诗三篇》，The ECCO Press，26 West 17th Street，New York，N. Y. 10011，1989.

或哲学笔记，既是饼干筒也是柏拉图。Margueritte s. Murphy 认为阿舍贝利通过散文诗将非文学性话语引入诗的语法之中，正是散文诗由来已久的目标，当年波德莱尔写作“小散文诗”也是由于大城市各种关系的交织，由于城市的生活经验促成了这种特殊文本的诞生，因此，按照巴赫金的看法，阿舍贝利这种多声部复调散文诗，与妥斯陀也夫斯基的复调小说可有一比，我们甚至可以认为散文诗正是产生于现代背景之下的“小说化”文类。[①] 阿舍贝利的《诗三篇》以存在的哲学沉思作为表现主题，不似美国当代其他散文诗诗人如 Stein 或 Williams 那样，将对于世界的零星思考加以诗化书写，其散文诗文体创新之处在于，他不是以“空白“（断裂）来取得陌生化效果，他以多声部话语集中呈现语流（linguistic flux），其方法是通过调节不同的典故和观点而将多种声音，呈现在看不见的引号之内，阿舍贝利作为现代主义诗歌的承续者，尝试将真理重新置于话语之中，将散文因素置于诗中，并在表面上维护它的连续性，同时又维护了修辞的表面价值。[②] 通过以上的论述我们可以看出，当代西方的长篇散文诗续写了发生学意义上的散文诗的某些特征（文本的话语交叉性、思辨性），但是由于生活经验的参与，引入拼贴、语言流呈现并扩大文本篇幅，这种书写路径可以看做是散文诗特别是长篇散文诗文类演化的新动向。

三、散文诗历时性的文类变异

“历史文体学”（又称“历时文体学”）从动态的、纵向的角度描述历史上处于不同时间维度的文体结构的转化、兴替、变易，描述文体演变的各种现象并总结其规律。散文诗从诞生之日起，于不同的空间维度和时间维度皆产生了文类变异，在东西方不同的文化时空背景下，散文诗沿着时间维度随着社会生活状况的变化而变异其文体特质和文本形式。

1. 西方散文诗历时性文类变异

如果我们将整个西方世界近一百多年的社会变迁，看作是在人文主义思潮和科学理性主导之下的从现代社会过渡至后现代社会的历史演化过程，那么，我们大致可以将西方的散文诗描述为从现代散文诗向后现代散文诗过渡，现代散文诗以审美现代性作为主要标志，后现代散文诗延续了现代散文诗的审美现

---

① Margueritte S. Murphy：A Tradition of Subversion：The Prose Poem in English from Wilde to Ashbery. The University of Massachusetts Press，1992，P. 169 ~ 170.

② 同上，页 196 ~ 197。

代性特征，同时在作品的内在意蕴上超越现代主义的理想。

后现代散文诗的审美现代性表现为深藏在文本深处的人类情感压抑状态，压抑来自这个时代的科技理性和文明规训，如我们看到的加拿大布洛克（1918～）、美国当代伊格内特（1914～）、罗伯特·布莱（1926～）、赖特（1927～1980）、默温（1927～）等诗人的散文诗，虽然不像发达资本主义时代的波德莱尔那样将都市病相、变相呈现于笔端，而是将自然界的动植物如湖畔日落、天空、流动的河、宛若星辰的林子、死海豹、巢、白色花瓶、深壑等等，但是他们不是借景抒情的浪漫书写，而是将时代情感——压抑、忧虑、幻灭感追踪至由这些意象所唤醒的深层幻觉中，试看加拿大布洛克的《绿月亮》：

一条绿色嫩枝从林地泥土中破土而出，但它并非普通植物：它具有手和头，而无腿：它的根坚固地扎在土壤里，它没有运动力。这生物手里握着一轮小小的绿月亮。当它拖动其根，它显然是希望将这轮小小的绿月亮作为礼物赠予别处的人，这种欲望受挫，它沮丧地沉回泥土、消失。但在其消失的地点，小小的绿月亮从泥土中重新显现出来，无牵无挂，穿过树林漂走，我们不知归歇于何处……但那一夜，当月亮升起，它染着一丝淡绿的色彩，仿佛在半透明的皮肤下面，流动着注满绿血的脉管。

这篇散文诗看起来唯美抒情，但是当我们将这个特别的意象与人的生命联系在一起加以考量的时候，就会读出深藏在作品背后的悲凄。月亮升起，月亮上的光晕色彩，被想象为人类皮肤下面的绿色血液，生命原本完满美好，可是在现实生活中“欲望受挫”，尤其是在当代的高度文明社会，“绿月亮”——完满的生命它只能在泥土里或天空中存在，因此看似唯美抒情，实际上这篇散文诗暗含着作者对于现代高度文明社会的抵触情绪，这种抵触情绪在波德莱尔那些震惊性场景一览无余，可谓冷嘲热讽，可是在这篇散文诗中深藏不露，这就是我们所说的后现代散文诗延续下来的现代散文诗的审美现代性特征，可是这篇散文诗以及上述伊格内特、罗伯特·布莱、赖特、默温以及拉丁美洲鲁本·达里奥、塞萨·瓦叶霍、博尔赫斯、帕斯等诗人的散文诗除了具有这种藏掖着的抵触情绪不快乐情绪之外，很显然它们已经超越了现代散文诗主客、物我、情理的内在紧张，而呈现出主客、物我、情理的对话性和相互包容性，西方后现代主义强调离散性，离散性首先针对现代主义追求意义、追求价值而起，离散反对确立价值，反对文化本位主义，而反对确立价值，反对文化本位主义必然表现为价值多元、文化多元、感性至上，情感返本，因此它又可以看做是西方文化人类学意义上的“返老还童”，在某种程度上，西方后现代主义理念在回首呼应古老的东方生命美学，这就是为什么汉语读者读到这样的散文诗会产生深层情感认同的主要原因，阿舍贝利的《诗三篇》非常后现代，可是里面所蕴涵着的尊重感性发现、追求价值共存的思想取向，不禁让我们想到中国禅思自由活泼、平等民主的独特品质，“青青竹叶，尽是法身；郁郁黄花，无非般若”，诸相平等，众法互摄，《诗三篇》里面拼贴在一起的众多事相、声音、典故、人物等等好像都从历史的深处走出来汇聚在一起，每一种元素都恢复了鲜活的生命，然后这些生命个体通过对话、融通、和解、共建，浑然构成了一个大生命实体，这就是我们所谓的后现代内在意蕴上超越现代主义的地方。

我们大致可以将西方散文诗的历时性变化描述为从现代散文诗向后现代散文诗过渡，可是除此之外，我们也看到发生在西方文化内部的特殊的变化走向，正如 Adrian Wanner 在 Subversion from Affirmation：The Prose Poem as a Russian Genre 一文中所指出的那样，法国散文诗到了俄国发生了蜕变，俄国形式主义式、较为守旧的理解包括对于文学作品的教化功能的强调，都无可避免地促使散文诗这种现代先锋文体产生蜕变。① 散文诗在俄国发生的文体变异既可以看做是共时性（文化空间）变化所引起的，也可以看成是由于历时性的社会生活和社会意识形态的变化所引起的。屠格涅夫和波德莱尔是同时代人，可是他的散文诗已然与波德莱尔的颠覆、反讽以及颓废情调拉开了距离，除了批评现实一项勉强可以与波德莱尔相互认同之外，屠格涅夫的散文诗明显带有道德说教色彩，波德莱尔的《巴黎的忧郁》明显地反对任何道德说教，是追求无价值的价值——我喜爱浮云，……飘过的浮云……那边，……那些令人惊奇的浮云！而屠格涅夫在他的《蔚蓝的王国》里表示——呵，蔚蓝的王国！蓝色，光明，青春和幸福的王国啊！我在梦中看见了你……在他的著名的作品《门槛》里，他的情感判断是二元对立式的，门槛这边是光明、圣洁、崇高、伟大，门槛那边是寒冷、饥饿、憎恨、嘲笑、蔑视、侮辱、监狱、疾病和死亡，不仅如此，屠格涅夫的散文诗语言和叙述风格也更加的散文化了，柯罗连科（1853～1921）、普里什文（1873～1954）基本上延续了屠格涅夫散文诗偏于理想主义和道德理性的抒情风格。高尔基（1868～1936）的散文诗《海燕》

① Adrian Wanner：Subversion from Affirmation：The Prose Poem as a Russian Genre. http：//www. jstor. org/pss/2500928.

（戈宝权译）在中国家喻户晓，它是被作为革命浪漫主义的战斗檄文而进入现代汉语文学的话语之中的，这篇发表于于1901年的散文诗（以散文形体负载诗歌的节奏、意象、跳跃、对比、夸张、比拟、呼告）如果可以理解为革命者抒发战斗激情的诗篇，那么，散文诗从发达资本主义时期的巴黎来到革命时期的20世纪初的俄罗斯，由于社会语境的改变，它又从颠覆性叛逆性的激情喷发而变为政治动员式的激情喷发，从文学影响力来看，我们没有理由否认或贬低高尔基《海燕》的艺术价值，因为它在广大读者尤其是中国读者中产生了广泛而深远的影响。

附：

海燕

高尔基

在苍茫的大海上，风聚集着乌云。在乌云和大海之间，海燕像黑色的闪电高傲地飞翔。

一会儿翅膀碰着海浪，一会儿箭一般地直冲云霄，它叫喊着，——在这鸟儿勇敢的叫喊声里，乌云听到了欢乐。

在这叫喊声里，充满着对暴风雨的渴望！在这叫喊声里，乌云感到了愤怒的力量、热情的火焰和胜利的信心。

海鸥在暴风雨到来之前呻吟着，——呻吟着，在大海上面飞窜，想把自己对暴风雨的恐惧，掩藏到大海深处。

海鸭也呻吟着，——这些海鸭呀，享受不了生活的战斗的欢乐；轰隆隆的雷声就把它们吓坏了。

愚蠢的企鹅，畏缩地把肥胖的身体躲藏在峭崖底下……只有那高傲的海燕，勇敢地、自由自在地，在翻起白沫的大海上面飞翔。

乌云越来越暗，越来越低，向海面压下来；波浪一边歌唱，一边冲向空中去迎接那雷声。雷声轰响，波浪在愤怒的飞沫中呼啸着，跟狂风争鸣。看吧，狂风紧紧抱着一堆巨浪，恶狠狠地扔到峭崖上，把这大块的翡翠摔成尘雾和水沫。

海燕叫喊着，飞翔着，像黑色的闪电，箭一般地穿过乌云。翅膀刮起波浪的飞沫。看吧，它飞舞着像个精灵——高傲的、黑色的暴风雨的精灵，——它一边大笑，它一边高叫……它笑那些乌云，它为欢乐而高叫！

这个敏感的精灵，从雷声的震怒里早就听出困乏，它深信乌云遮不住太阳，——是的，遮不住的！风在狂吼……雷在轰响……一堆堆的乌云像青色的火焰，在无底的大海上燃烧。大海抓住金箭似的闪电，把它熄灭在自己的深渊里。

闪电的影子，像一条条的火舌，在大海里蜿蜒浮动，一晃就消失了。——暴风雨！暴风雨就要来啦！

这是勇敢的海燕，在闪电之间，在怒吼的大海上高傲地飞翔。这是胜利的预言家在叫喊：——让暴风雨来得更猛烈些吧！……

2. 中国散文诗的历时性文类变异

中国散文诗与自由分行新诗同时发生于20世纪20年代，这两种文类皆产生了时代性的变化，新诗形式、语言、抒情风格、表现内容都会随着时代话语的转型发生变革。散文诗与新诗一样，随着时代主流意识形态、时代精神氛围的变化而变化。20世纪20年代以来中国的散文诗大致走过了一个迂回前进的路线，王光明在论及中国早期现代散文诗向着三四十年代直至五十六年代不断演进的轨迹时，认为由鲁迅等早期的散文诗作者所引进开拓的这一特殊文类的多种潜在功能和艺术要求并未得到全面展开，相反，由于特殊的历史原因，由于裹挟着传统文以载道思想惯性的政治势力的干预，散文诗特具的审美特性和审美功能濒临枯萎，这一时期散文诗创作水准的下滑要表现在三个方面：

（1）题材的转变。从早期表现现代生活无数关系的交织，逐渐转向乡村场景和自然山水的描写；从主体意绪、感觉转向社会经验和生活现象。

（2）趣味的转变。从对现代生活冲击下内心强烈的紧张、困惑、苦闷的审美欣赏，转向对带有传统色彩的政治热情的挥发，对单纯、和谐、静态事物的欣赏。

（3）文本结构和创作技法的转变。由鲁迅《野草》式的艺术象征世界→某种思想感情的抒发→某种生活（或自然）现象的描绘或某种观念的演绎；由意象创造→比喻的排叠→场景摹写或议论。① 王光明所说的这三个转变归结为一处，也即中国现代散文诗一度从现代主义的审美品格滑向意识形态化的现实主义趣味。

总结中国散文诗的历史性变化，我们大致可以将中国散文诗的历时性变化描述为：

第一，早期表现启蒙时代的情绪感受的现代性散文诗（20世纪20年代）。

---

① 王光明：《论当代中国散文诗》，载《郑州大学学报》（哲学社会科学版），1998年5月，页20。

以刘半农、沈尹默、许地山、冰心、焦菊隐、高长虹、郭沫若、鲁迅、周作人等为代表，其中许地山的作品从波德莱尔、马拉美、兰波等探寻现代人内宇宙缤纷万象的西方散文诗走向另外的一个发展方向——以东方的禅佛心境对自然和人世进行诗与思的观照，从而将身边的一草一木琐屑小事，通过相当游离的叙写化为诗意浓郁的白话散文诗。试看那篇广为传诵的《海》：

我的朋友说："人底自由和希望，一到海面就完全失掉了！因为我们太不上算，在这无涯浪中无从显出我们有限的能力和意志。"

我说："我们浮在这上面，眼前虽不能十分如意，但后来要遇着的，或者超乎我们底能力和意志之外。所以在一个风狂浪骇的海面上，不能准说我们要到什么地方就可以达到什么地方：我们只能把性命先保持住，随着波涛颠来簸去便了。"

我们坐在一只不如意的救生船里，眼看着载我们到半海就毁坏的大船渐渐沉下去。

我的朋友说："你看，那要载我们到目的地的船快要歇息去了！现在在这茫茫的空海中，我们可没有主意啦。"

幸而同船的人，心忧得很，没有注意听他底话。我把他底手摇了一下说："朋友，这是你纵谈的时候么？你不帮着划桨么？"

"划桨么？这是容易的事。但要划到那里去呢？"

我说："在一切的海里，遇着这样的光景，谁也没有带着主意下来，谁也脱不了在上面泛来泛去。我们尽管划罢。"

这是一篇多次被选入中学语文课本的散文诗。从语言上看它朴质无华，属对话语体，语气词的运用，玲珑毕现诗的节奏和内在的情绪波动，"了"、"么"、"呢"、"罢"等五个语气词在这篇散文诗里的作用非同小可，它们在语气上的起承转合与作者营造的人生浮沉的悲剧气氛取得一种同构对应关系，同时，在这些双音词为主的语句里，作者循着情绪的律动，使每句里的语词平仄相间，音韵铿锵流亮而又婉转曲折，意味深长，因此从语言上看，它也是一首上乘的现代散文诗。其他的如《蝉》、《香》、《愿》、《鬼赞》、《头发》等都散发着浓郁的禅佛意味，在中国散文诗历史上，如此明显地以禅佛的空观建立别样的审美趣味，并试图以佛家的理念来消解舒缓时代的苦闷，从而使散文诗这种从西方横移过来的新文体从哲理意蕴到语言风格都实现中国化的转换，在此前虽有刘半农的尝试，但许地山应该为这种"另类写作"的代表性作家。

第二，20 世纪 30、40 年代浪漫抒情散文诗。时代的苦闷投射于散文诗这一现代文体而使之产生了新的变化，从表达功能上看，紧接着高长虹、沭鸿、高歌、朱大柟、于赓虞、焦菊隐、马国亮、郭阑馨等20年代末散文诗的批判和叛逆精神，茅盾、丽尼、何其芳、陆蠡、李广田，还有王统照、马国亮、刘宇、缪崇群等，用他们的散文诗作品反映了一代知识分子艰难前进的心灵路程，写出了青年人敏感的心灵对于时代生活的感觉和情绪，为我们留下了那个年代向上挣扎的心史。①

其中最具创作性的作品首推那些从现实生活场景摄取诗意和情感的散文诗，以及借景抒情、托物起兴的抒情散文诗，前者如丽尼的《江南的记忆》，篇幅较长，描述性成分较多，但它的语言上节奏跳脱的笔法以及用于诗歌意境营造所必需的多重、多种修辞手法的运用，无疑不同于我们通常所说的抒情散文，又如何其芳的《画梦录》里的作品，后者如郭沫若、茅盾、巴金、王统照等人的借物感怀之作，而丽尼的《鹰之歌》以及陆蠡的《松明》、《海星》、李广田的《荷叶伞》、《马蹄》、《雾中》、胡风的《野火》等无疑是紧贴着时代的情绪又是有散文诗的审美特征的上乘之作。唐弢、莫洛、公刘等人的散文诗有意运用象征、暗示的艺术手法，呈现想象的世界，但由于太个人化私隐化而脱离了时代的大背景，艺术感染力度稍嫌不足。

40年代中国散文诗出现了一个相当特别的声音，这就是郭风。郭风解放前生活在社会的底层，他来自乡土，深切理解土地的苦难和农民的善良、勤劳、正直的美德，他与三四十年代同样出身乡土的下层知识分子陆蠡、李广田诅咒、揭露乡土的愚昧、黑暗和不幸，并因此而深深地压抑和苦闷的不同之处在于，他不是以审视的姿态，而是以一种相互认同的、相互理解的感情和审美眼光看待乡村的悲哀、农民的朴实以及他们“被生活恫吓和被折磨得没有感觉，完全麻木”的一面。他着意发掘闽中乡村朴素生活、平凡景物中的“风土人情”之美。并将这一点“美”的存在加以诗意的强化，用以安慰自己一颗饱受压抑的心，郭风不懈地关注乡村人情之美、景物之新奇，与都市怀乡曲一类的散文诗不同，他要表达的不是反城市、反文明的现代批判意识，而是通过对乡土民间的人情美、风俗美的执著讴歌和祝福，来反现实。民族灾难和内战之乱把他抛向社会的底层，让他发现了自己与民众的共同命运，他以乡土民间的喜怒哀乐为一己之喜怒哀乐，执著地以人民大众的代言人身份而虔诚地歌唱，在黑暗的现实面前，他以生存于民间和乡土的道德信念、审美信念作为诅

① 王光明：《散文诗的世界》，武汉：长江文艺出版社，1987，页102。

咒现实、抗争命运和呐喊战斗的精神和力量资源。①

此外，40年代曙前散文诗部分作家的散文诗，如刘北汜的散文诗《新生》、《告别》、《人的道路》，田一文的《原野》、《金子》等篇都直接把现实斗争和政治的信念呈示于散文诗的文本，散文诗在国内革命战争期间与诗歌一样，因为服务于政治，鼓吹意识形态，变成了政治抒情诗，高尔基的《海燕》也可以看作政治抒情诗，不过它是以象征主义手法加以传达，因此从艺术角度或散文诗诗性角度来看，我国20世纪40年代末期曙前散文诗就显得比较直白浅露了一些。

第三，20世纪50、60、70年代（包括1976年的“四五”天安门诗歌运动）以欢快、明朗、坦诚为主要风格特征的抒情散文诗。当然这时期不仅大陆的作家诗人在写散文诗，台湾省也有进行散文诗的写作创新的诗人作家，如覃子豪、纪弦、羊令野、肖白、王鼎钧、管管、商禽、痖弦、张默、隐地、张晓风、林清玄、苏绍连等。可以说既从50年代后期郭风的叶笛和柯蓝的短笛喑哑了以后，中国散文诗和中国新诗一样，其审美现代性气脉已移至台湾省，在台湾省这块现代诗继续分枝、开花、结果的土地上，象征主义风格的散文诗得以在六七十年代的台湾省文坛诗苑继续向前演进，并取得相当可观的成就。

20世纪50、60年代出现了郭风、柯蓝的《叶笛集》、《鲜花的早晨》、《早霞短笛》，从影响力和阅读范围来说，郭风、柯蓝50年代的散文诗确实取得了中国散文诗历史上令人瞩目的成就，从散文诗引入中国之后，“旧瓶必须装新酒”，或者说因为新现实的需要，必须改换“旧瓶”为“新瓶”，文体必须向前变化发展的角度来看，郭风、柯蓝在不违背散文诗重内在节奏，重哲理意蕴凝练紧凑等本质特征的前提下，通过散文诗这一现代文体表达了一个特定时代的集体情绪，同时也在文体的变化上摸索出一些不违背散文诗文体规定性的新的文本结构方式，如分题散文诗和分组散文诗的新的结构方式，这些都是不能否认的功绩。比如《早晨短笛》从内容到形式都有了新的创造和突破，出现了“联组散文诗”、“情节散文诗”，如《早霞短笛》中的“一束短信”、“少年旅行队”等。

此外流沙河的《草木篇》、徐成淼的处女作《劝告》可以看作产生于特殊背景之下的政治讽喻散文诗。刘湛秋、许淇、李耕、顾工、王中才等人的散文诗在这一时期无法挣脱大时代话语环境的影响和限定，以歌颂时代，歌颂生

① 黄永健：《中国散文诗研究》，北京：中国社会科学出版社，2006，页87。

活，歌颂社会主义建设事业和国防事业为主题，如刘湛秋的《春天吹着口哨》、《三月桃花水》、《村边》，许淇的《呵，大地》、《骆驼》、《目光》李耕《跑步》，顾工的《绳桥》、《军邮袋》，王中才的《放鸽》、《静静的海滩》、《古炮台》等。总体上看，这些散文诗过于写实而且又局限于意识形态的话语框范，因此属于散文诗在中国社会主义语境中的特殊变体。

第四，20 世纪 80、90 年代（包括新世纪）以审美现代性为主要内容的现代散文诗。中国散文诗实现了审美的回归，在风格上产生了四种向度的转变。即从清弹浅唱到厚重沉痛，从静穆和谐到动感变幻，从短小精微到大气磅礴，从阳刚之壮到阴柔之美（出现了以叶梦为代表的女性意识散文诗《雨季的情绪》、《月之吻》、《梦中的白马》）。这一时期中国作家探索、试验散文诗形式组合的可能性，出现了词牌散文诗（许淇）、词条释义散文诗（画家黄永玉）、绝句式散文诗（李耕）、绝句体散文诗报告体散文诗（将报告文学压缩为报告体散文诗）、解说词散文诗、广告散文诗、序跋散文诗、书信散文诗、日记体散文诗等。

第五，20 世纪 90 年代以至新世纪出现的后现代散文诗。90 年代以来中国大陆部分发达地区、港台社会步入后现代语境，后现代美学理念（解构、间离性、拼贴、颠覆、戏说等）进入散文诗的表现视野，例如台湾省的冯青就是借散文诗的抽象变形语流，为我们营造了一个光怪陆离的后现代情境。

后现代

冯青

这是伟大的意符，当一只老鼠怯怯的通过自满空洞混杂的队伍，敦煌的壁画外加新女性主义者的额头，在弦乐器冷冷的触抚下，午夜发臭的海藻与我们意义不明的肩胛制成的旗帜，在没有名称幻想阴影留下的祈祷室内通行，一片墙的空白，悄悄走入眼瞳。

轻快的艳阳仍旧在一世纪前的糖果工厂制造碧绿如酒的海洋，那时，我们朝着海上的火光微笑，一如，城里不再有我们的栖止之所，高架书橱内充满首脑的机智及刨花木的荒凉，这是伟大的时代，在假山和黑白玻璃帷无邪空间内，四处通风的墙壁有着许多护眼，喔！仿佛是臂部暴露而头际盛满玛瑙的女孩，在此颁发玛蒂娜式的许可证。淡色的空调器，整日交换三千六百度的色谱，浅海洋、杏蓝、酪璜及稀释的玛琳娜植物油，大量制作婴儿色的眼眸及蕈状的席梦思云朵。真是的，我们用巨大的年代纪包装薄薄的云母，仿佛那封面是人类前额最不正直的高度。在海上，有人发现被晒干的海藻及死鸟死鱼躺在一张平底船里，海上不再有鱼获，双手空空，一无所有，善变的漩涡，流着光速的舌苔，人类梦想的摇篮、轻如保丽龙。那是昨天、今天和明天，在白孔雀的天空下，永恒在沙漠打了个哈欠，缄默、标记与无梦的权力，延伸他们刊登的王国，帝国的死水和预兆的冷漠比世界的屋顶还要高。

专研我国台湾散文诗的台湾省青年学者陈巍仁认为：这篇作品是“意象堆砌”之作，它的特点：在意象堆积过程中，似乎出现了一些有脉络可循的“事件”，但仔细追寻之下，这些事件不但不见首尾，即使是可观察之处也十分模糊。究其实，冯青刻意运用后现代艺术的拼贴（collage）手法，将他心中由后现代放射出来的焦虑及不安转化为散乱的意象，以建构出一个可供读者感受的后现代情境。①

由于历史语境的不同，中国散文诗历时性变异与西方散文诗的历时性变异不可能同步行进，西方散文诗表现出从审美现代性向审美后现代性的演化变异，而中国散文诗主要表现出从审美现代性出发经过牧歌、战歌、颂歌的变异，复又回归于审美现代性和审美后现代性的曲折变化，相对于西方发达国家来说，中国目前还处于现代化的进程中，因此，目前中国散文诗主要表现审美现代性，而不是审美后现代性。

四、散文诗的民族性（文化性）变体

1. 散文诗与法兰西的民族性

世界上没有一首诗（歌）是完全相同的，也没有任何两个诗人的风格是完全相同的，因此散文诗的个体性变异只能从个别批评或对比研究中加以讨论，在世界范围内讨论罗列散文诗的个体性变异，等于捕风捉影，无从下手。但是散文诗的民族性（文化性）变异可以加以分析和说明。

前文指出，自从波德莱尔创立了现代散文诗的范式，散文诗的两大优势得到了充分的发挥，其中最为重要的优势是：散文诗克服诗歌形式镣铐（节奏、韵律、音步、音节、体式等）对于人类自然情感的束缚，使诗歌这一表情达意的艺术形式从人类自己设计出来的诗歌模式中解脱出来，实行人类学意义上的回归。散文诗为什么出现在法国而不是出现在同样实行了资本主义制度的英国等西方国家，也有其文化学意义上的缘由，众所周知，法兰西是一个崇尚自由和创新的国度，其立国纲领文件《人权宣言》第一条：在权利方面，人们

---

① 陈巍仁：《台湾现代散文诗新论》，台北：万卷楼图书有限公司，2001，页163。

生来是而且始终是自由平等的，只有在公共利益上面才显出社会上的差别。第二条：任何政治结合的目的都在于保存人的自然的和不可动摇的权利。这些权利就是自由、财产、安全和反抗压迫。法国在1876年赠送给美国独立100周年的礼物是自由女神像（Liberty Enlightening the World Liberté éclairant le monde），可见法兰西民族对于自由视同生命，对于自由的无条件尊崇向往使得法国人藐视任何理性规约对于人类天性的压制，因此法国大革命以解放全人类为自己的目标，现代社会早引以为共识的民主、自由、平等、博爱理念只能出自卢梭、伏尔泰，近来有人提出法兰西民族的思维具有发散性的特点，散文诗创作离不开发散性思维，它本来就是波德莱尔发散性思维所结出的艺术果实。法国文学是欧洲乃至人类文学艺术殿堂的璀璨瑰宝，莫里哀、雨果、巴尔扎克、司汤达、大仲马、小仲马……文学巨匠灿若繁星，《人间喜剧》、《巴黎圣母院》、《漂亮朋友》、《红与黑》、《基督山伯爵》、《茶花女》……鸿篇巨作不胜枚举，不仅是世界文学史上的不朽经典，更是法国社会人文精神的传承载体。①

因此，散文诗产生于法国既属偶然也是必然，具有发散性思维能力崇尚自由和创新的法国人在工业资本主义时代有感于现代化给“人群”带来的压制，至一定程度由时代的代言人波德莱尔以反璞归真的诗的“元语言”（活语言、散文语言）和诗的“元思维”（发散性思维）来表达人类内心的“激烈和骚乱”，从人类文化学的角度来看，也正是诗歌这一表情达意的艺术形式从人类自己设计出来的诗歌模式中解脱出来，实行人类学意义上的回归的表征。实际上正如上文指出的那样，不仅是波德莱尔，历史上不同民族的大诗人都会在情感特别急切的状态之下，有意无意地突破诗歌的形式规范而向自然活语言、无形式的形式回归、返真。

2. 散文诗的德国、俄罗斯、美国变体

民族性变异首先发生在西方文化内部，发生学意义上的散文诗到了德国这个理性思维极其发达的国度，就会出现黑塞、尼采、里尔克这些哲理玄思型的散文诗诗人，试看黑塞的《断章十首》：

成功的果实属于那能爱，能宽容，能容人的人；而不属于那热衷于教训别人和指手画脚给人下断语的人。

一切艺术都发源于爱，而艺术的价值和内涵则取决于艺术家能爱得多深。

---

① 张志勤：《法兰西民族发散性思维的培养及启示》，《科技日报》，2009年8月20日。

我能理解，一个在饥饿时不能像在饱食状态中那样心平气和，但我不同意苦难和贫困会取消道德。

我们只知道一种幸福，那就是爱；只懂得一种道德，那就是信任。

自然界有一万种色彩，而我们为什么总是那么固执地试图把它缩小到二十种呢？

人们花很大力气在研究人类，民族和时代的差异，我想我们还是让我们更多地关心那些使它们联系起来的事物吧。

能为那片刻的爱，为自己所钟爱的姑娘那舒心的微笑而牺牲一辈子，这就是幸福。

年轻人得有点个性，不对抗就会陷于消沉，单有好的法规不等于一切，人们首先要懂得爱，要满怀激情，我不想把这个世界搞乱，而是要砸碎人类自己制造的锁链。

人类满怀对幸福的渴望。可他们能承受幸福存在的时间却那么短暂。

爱意味着拯救。

《断章十首》当然可以当作诗来加以品尝，在格言警句中依然让人感觉到奔流在文字中的一股激情，例如“年轻人得有点个性”那段，虽然在说理，说明一个无可反驳的真理，但是作者在行文过程中激发出来的叛逆情绪让我们随之起伏激荡。尼采的《查拉图斯特拉如是说》（《苏鲁支语录》）虽然宣扬“超人哲学”、“权力意志”，但是激情四溢，横天绝地，庄子在写《南华经》时，也是以情御文，汪洋恣肆，虽是在告诉世界他的伟大的哲学发现，但是文章可以当作诗来品尝陶醉，试看《查拉图斯特拉如是说》和《庄子》中的文字：

“从前灵魂蔑视肉体，这种蔑视在当时被认为是最高尚的事：——灵魂要肉体枯瘦、丑陋并且饿死。它以为这样便可以逃避肉体，同时也逃避了大地。啊，这灵魂自己还是枯瘦、丑陋、饿死的，残忍就是它的淫乐！”

——《查拉图斯特拉如是说》

藐姑射之山，有神人居焉。肌肤若冰雪，绰约若处子；不食五谷，吸风饮露；乘云气，御飞龙，而游乎四海之外；其神凝，使物不疵疠而年谷熟。

——《庄子·逍遥游》

查拉图斯特拉就欧洲大陆蔑视肉体的传统，发出振聋发聩的反诘，这种文字带有煽动性，因为动用多种语言修辞手法构筑文本，我们在阅读时，感觉到语流（linguistic flux）倾泻，银河倒挂的一股气势，是诗性书写而不是哲学说教讲章，所以《查拉图斯特拉如是说》历来被看作长篇散文诗文本的典范。郭沫若认为："我国古代虽无'散文诗'之成文，然如屈原的《卜居》、《渔父》诸文，以及庄子《南华经》中多少文字吾人可以肇锡以'散文诗'之嘉名者在在皆是。"① 屈子、庄子诸文被一些评论家看作"古典散文诗"，因为他们的文字情感充沛，节奏鲜明，语言技巧出神入化，不过我们不能认为它们是现代散文诗的变类，只能将这些诗性浓烈的文字界定为"前散文诗"或"类散文诗"。里尔克的《军旗手的爱与死之歌》是一个奇特的散文诗文本，实际上这篇近6000字的长篇散文诗可以当作小说来读，不过作为小说要素的情节在这里被充分淡化，18岁的军旗手经历荒野行军、城堡狂欢和战场殒命三个场景，行文跳跃、以虚化实，犹如电影的蒙太奇组合，在全文的最后作者的情感随着死神的到来达到高潮：

但看呀，它开始闪耀了，突然冲上前去，而扩大，而变成紫色了！

…………

看呀，他们的旗在敌人中燃起来了，他们望着它追上去。

那来自朗格脑的站在敌人的重围中，孤零零的。恐怖在他周围划下了一个空虚的圈儿，他在中间，在他那慢慢烧完的旗底下兀立着。

慢慢地，几乎沉思地，他眺望他的四周。有许多奇怪的，五光十色的东西在他面前。"花园"——他想着并且微笑了。但他这时候感到无数的眼睛盯着他，并且认识他们，知道他们是些异教徒的狗——于是他策马冲进他们中间去。

但是因为他背后一切又陡然闭起来了，所以那究竟还是些花园，而那向着他挥舞的十六把剑，寒光凛凛的，简直是盛宴。

一个欢笑的瀑流。

衬衣在堡中烧掉了，那封信和一个陌生妇人的玫瑰花瓣——

翌年春天（它来得又凄又冷的），一个骑着马的信差从比罗瓦纳男爵那里慢慢地进入朗格脑城。他看见一个老妪在那里哭着。

死亡变成了一个欢笑的瀑布！里尔克用他的冷眼将战争和死亡荒诞化，18岁的军旗手莫名其妙的从征，征战、狂欢（偷欢）、又莫名其妙的迎向十六把剑的杀戮，似乎那个老妪（军旗手的老母）又莫名其妙地就陷入了丧子的悲哀之中，全文笼罩着孤绝、荒诞和虚无主义色彩，因此联系到此作由虚构臆想

① 王光明：《散文诗的世界》，武汉：长江文艺出版社，1987，页4。

而来，[①] 我们可以认为里尔克是用假借其祖先的故事进行诗化的幻想，在这个著名的散文诗文本中植入了作者对于人生、历史和生命的哲学思考。

发生学意义上的散文诗到了俄国也发生了蜕变，俄国人形式主义式、较为守旧的理解包括对于文学作品的教化功能的强调，都无可避免地促使散文诗这种现代先锋文体产生风格上的变化，屠格涅夫的散文诗语言和叙述风格也更加的散文化了，柯罗连科（1853～1921）、普里什文（1873～1954）基本上延续了屠格涅夫散文诗偏于理想主义和道德主义的抒情风格。

散文诗在美国、西班牙、英国、意大利、加拿大等国度都因为文化语境的变化产生新的变体，惠特曼、桑德堡、金斯伯格以及当代的阿舍贝利的散文诗具有典型的美国文化印记，波德莱尔当年以散文诗攻击都市文明，桑德堡在《摩天大楼》这篇散文诗中，用他那散漫、随便、硬朗的语句展现现代都市文明的恢宏气势，表现美国文化中特有的自由乐观的一面。[②]

3. 散文诗的非西方世界文化变体

其次，散文诗的民族性变异必然发生在非西方世界。在中国由于源远流长的骈体文的影响，散文诗传入中国之后极易被误以为是讲究形式美感的短篇散文或辞藻华丽的抒情小散文，而且在中国的散文诗文坛确实也产生了一大批唯美浪漫带有古典人文情调的散文诗，朱自清、冰心、艾青、郭风、刘湛秋以至当代台湾省的张晓风（《春之怀古》）、许达然（《瀑布与石头》）等大量作家的散文诗，影响很大，以审美现代性眼光加以打量，很难说是散文诗，实际的情形是，它曾经入选许多经典散文选本，同时它也被当代的散文诗选本选中，试看《春之怀古》[③]：

春天必然曾经是这样的：从绿意内敛的山头，一把雪再也撑不住了，噗嗤的一声，将冷面笑成花面，一首澌澌然的歌便从云端唱到山麓，从山麓唱到低

① 里尔克的散文诗《军旗手克里斯托弗·里尔克的爱与死之歌》写于1899年秋天，当时诗人24岁。在同年的4～6月他刚和萨洛美夫妇同游俄国，并拜访了时年71岁的世界文豪托尔斯泰。鲁·萨洛美是里尔克的女友兼精神引领者，里尔克在22岁时认识了鲁·萨洛美，并拜倒在她的石榴裙下，他们在精神上互相依赖和信任，两人的情爱和友谊持续了几十年，直至里尔克去世。所以他迫切用作品去表达他对爱和女性的新感觉。另一方面，俄国之行给了他丰富的心灵养料，托尔斯泰刚刚完成了他晚期最重要的作品《复活》，精神非常之好，但仍然掩盖不住衰老的痕迹。诗人在老人的身上联想到了死亡，所以他回国就创作了著名的散文诗《军旗手克里斯托弗·里尔克的爱与死之歌》。全诗是假借诗人的祖先克里斯托弗·里尔克的故事敷衍而成。参见 http：//www. tudou. com/playlist/id6434278. htm

② 许淇：《中外散文诗鉴赏大观》，桂林：漓江出版社出版，1992，页434。

③ 王光明、孙玉石：《二十世纪中国经典散文诗》，武汉：长江文艺出版社，2005，页299。

低的荒村，唱入篱落，唱入一只小鸭的黄蹼，唱入软溶溶的春泥——软如一床新翻的棉被的春泥。

那样娇，那样敏感，却又那样混沌无涯。一声雷，可以无端地惹哭满天的云，一阵杜鹃啼，可以斗急了一城杜鹃花，一阵风起，每一棵柳都会吟出一则则白茫茫、虚飘飘说也说不清、听也听不清的飞絮，每一丝飞絮都是一株柳的分号。反正，春天就是这样不讲理，不逻辑，而仍可以好得让人心平气和的。

春天必然曾经是这样的：满塘叶黯花残的枯梗抵死苦守一截老根，北地里千宅万户的屋梁受尽风欺雪扰自温柔地抱着一团小小的空虚的燕巢。然后，忽然有一天，桃花把所有的山村水廓都攻陷了。柳树把皇室的御沟和民间的江头都控制住了——春天有如旌旗鲜明的王师，因为长期虔诚的企盼祝祷而美丽起来。

而关于春天的名字，必然曾经有这样的一段故事：在《诗经》之前，在《尚书》之前，在仓颉造字之前，一只小羊在啮草时猛然感到的多汗，一个孩子放风筝时猛然感觉到的飞腾，一双患风痛的腿在猛然间感到舒适，千千万万双素手在溪畔在江畔浣纱时所猛然感到的水的血脉……当他们惊讶地奔走互告的时候，他们决定将嘴噘成吹口哨的形状，用一种愉快的耳语的声音来为这季节命名——“春”。

鸟又可以开始丈量天空了。有的负责丈量天的蓝度，有的负责丈量天的透明度，有的负责用那双翼丈量天的高度和深度。而所有的鸟全不是好的数学家，他们吱吱喳喳地算了又算，核了又核，终于还是不敢宣布统计数字。

至于所有的花，已交给蝴蝶去数。所有的蕊，交给蜜蜂去编册。所有的树，交给风去纵宠。而风，交给檐前的老风铃去一一记忆、一一垂询。

春天必然曾经是这样，或者，在什么地方，它仍然是这样的吧？穿越烟囱的黑森林，我想走访那踯躅在湮远年代中的春天。

张晓风这篇《春之怀古》与朱自清的名作《春》都可以当作散文诗加以界定，张文与朱文东方审美情调十足，是为共同点，不同点是一古色古香，一白话味醇厚，所谓古色古香是说张晓风的这篇散文诗带有文言的凝练老辣同时融入白话文的语感（如关联词语联袂出没），所谓民族味醇厚是说朱文脱胎于文言而将白话文的阴阳顿挫和音节节奏拿捏到位，两篇散文诗都具有温柔敦厚的品性，画面感、音乐感十分强烈，在现代汉语读者之中都产生了广泛的影响，我们完全有理由认定他们是用现代汉语写作的优秀散文诗作品。如果我们从语言的诗化处理和审美感染力着眼，20 世纪 80 年代作家张洁的散文名篇

《我的四季》甚至也可以看成是民族化的当代散文诗。

我的四季

张洁

生命如四季。

春天，我在这片土地上，用我细瘦的胳膊，紧扶着我锈钝的犁。深埋在泥土里的树根、石块，磕绊着我的犁头，消耗着我成倍的体力。我汗流浃背，四肢颤抖，恨不得立刻躺倒在那片刚刚开垦的泥土之上。可我懂得我没有权利逃避，在给予我生命的同时所给予我的责任。我无须问为什么，也无须想有没有结果。我不应白白地耗费时间。去无尽地感慨生命的艰辛，也不应该自艾自怜命运怎么不济，偏偏给了我这样一块不毛之地。我要做的是咬紧牙关，闷着脑袋，拼却全身的力气，压倒我的犁头上去。我绝不企望有谁来代替，因为在这世界上，每人都有一块必得由他自己来耕种的土地。

我怀着希望播种，那希望绝不比任何一个智者的希望更为谦卑。

每天，我望着掩盖着我的种子的那片土地，想象着它将发芽、生长、开花、结果。如一个孕育着生命的母亲，期待着自己将要出生的婴儿。我知道，人要是能够期待，就能够奋力以赴。

夏日，我曾因干旱，站在地头上，焦灼地盼过南来的风，吹来载着雨滴的云朵。那是怎样地望眼欲穿、望眼欲穿呐！盼着、盼着，有风吹过来了，但那阵风强了一点，把那片载着雨滴的云吹了过去，吹到另一片土地上。我恨过，恨我不能一下子跳到天上，死死地揪住那片云，求它给我一滴雨。那是什么样的痴心妄想！我终于明白，这妄想如同想要拔着自己的头发离开大地。于是，我不再妄想，我只能在我赖以生存的这块土地上，寻找泉水。

没有充分地准备，便急促地上路了。历过的艰辛自不必说它。要说的是找到了水源，才发现没有带上盛它的容器。仅仅是因为过于简单和过于发热的头脑，发生过多少次完全可以避免的惨痛的过失——真的，那并非不能，让人真正痛心的是在这里：并非不能。我顿足，我懊悔，我哭泣，恨不得把自己撕成碎片。有什么用呢？再重新开始吧，这样浅显的经验却需要比别人付出加倍的代价来记取。不应该怨天尤人，会有一个时辰，留给我检点自己！

我眼睁睁地看过，在无情的冰雹下，我那刚刚灌浆、远远没有长成的谷穗，在细弱的稻杆上摇摇摆摆地挣扎，却无力挣脱生养它，却又牢牢地锁住它的大地，永远没有尝受过成熟是什么一种滋味，便夭折了。

我曾张开我的双臂，愿将我全身的皮肉，碾成一张大幕，为我的青苗遮挡狂风、暴雨、冰雹……善良过分，就会变成糊涂和愚昧。厄运只能将弱者淘汰，即使为它挡过这次灾难，它也会在另一次灾难里沉没。而强者会留下，继续走完自己的路。

秋天，我和别人一样收获。望着我那干瘪的谷粒，心里有一种又酸又苦的欢乐。但我并不因我的谷粒比别人干瘪便灰心或丧气。我把它们捧在手里，紧紧地贴近心窝，仿佛那是新诞生的一个自我。

富有而善良的邻人，感叹我收获的微少，我却疯人一样地大笑。在这笑声里，我知道我已成熟。我已有了一种特别的量具，它不量谷物只量感受。我的邻人不知和谷物同时收获的还有人生。我已经爱过，恨过，欢笑过，哭泣过，体味过，彻悟过……细细想来，便知晴日多于阴雨，收获多于劳作。只要我认真地活过，无愧地付出过。人们将无权耻笑我是入不敷出的傻瓜，也不必用他的尺度来衡量我值得或是不值得。

到了冬日，那生命的黄昏，难道就没有什么事情好做？只是隔着窗子，看飘落的雪花，落寞的田野。或是数点那光秃的树枝上的寒鸦？不，我还可以在炉子里加上几块木柴，使屋子更加温暖；我将冷静地检点自己：我为什么失败，我做错过什么，我欠过别人什么……但愿只是别人欠我，那最后的日子，便会心安得多！

再没有可能纠正已经成为往事的过错。一个生命不可能再有一次四季。未来的四季将属于另一个新的生命。

但我还是有事情好做，我将把这一切记录下来。人们无聊的时候，不妨读来解闷，怀恨我的人，也可以幸灾乐祸地骂声：活该！聪明的人也许会说这是多余；刻薄的人也许会敷衍出一把利剑，将我一条条地切割。但我相信，多数人将会理解。他们将会公正地判断我曾做过的一切。

在生命的黄昏里，哀叹和寂寞的，将不会是我！

张洁的这篇被选入中学语文课本的散文曾经打动过无数读者，至今在网上浏览，依然可以找到它的不同年龄段的崇拜者和追随者。通常我们会说要把散文写得像诗一样美，而从不说把诗写得像散文那样美，因为为数众多的中国作家并不了解散文诗的审美现代性内涵，只是从形式上想当然地认为具有诗的表现特征（节奏感强烈、意象密集、象征、暗示、隐喻），篇幅不太长，以分段形式为外部标志的文本就是散文诗，以至于散文和散文诗的界限纠缠不清，张洁的这篇作品具有若干诗歌元素，如果将它选入散文诗集，也应无不可。

具有影响力和个性特征的散文诗文化中国变体，应以鲁迅、许地山以及当代台湾省林清玄的创作为代表。我们认为，对于20世纪中国现代文学来说，鲁迅的《野草》是一个凸现中国主体性存在的中国化的、东方化的现代文学文本。鲁迅的《野草》是在中国特殊历史语境下，一个思想型作家试图以西方象征主义的表现手法，来表现中国社会由五四运动的革命高潮转入低潮之际的感伤和颓废的时代情绪，它的内容是中国的和民族的。在20年代象征主义思潮风靡中国知识界的话语氛围中，鲁迅《野草》其现代意识的表现卓尔不群，比如其对现代人生存的荒诞感的揭示，以及这种揭示的深度比之于晚出了30年的西方荒诞剧《等待戈多》（Samuel Beckett）也不为逊色，其中名篇《影的告别》和《过客》所表现出来的荒诞感：缺乏目的，怀疑目的自身，都应视为鲁迅在现代历史境况之下，对生命的存在主义式的叩问。西方的荒诞感源于人在承认上帝之死后的终极追问，而鲁迅所处时代的荒诞感产生于旧的价值体系受到彻底拷问而新的价值体系尚未建立的间隙，这是中国知识分子当时的心灵困局，它和西方人面临上帝之死而产生的荒诞感截然不同。[①] 因此，我们看到，鲁迅《野草》中的名篇《死火》、《失掉的好地狱》里，杂错连缀禅佛意象如：大乐、三界、剑树、曼陀罗花、火宅、火聚、牛首阿旁等，而他本人并不将禅佛理念作为其价值评估的终极依据。这让我们联想到东方的文化信念崩溃之际而新的价值体系尚未建立起来之前，作为一个东方文化的承载者其心灵彷徨无着的虚无境地。

许地山的《空山灵雨》44篇作品，基本上控制在一千字以内的篇幅，叙述和对白的成分较多，但并不妨碍每一篇中强烈的诗意的传达，如《春的林野》、《光的死》、《疲倦的母亲》、《鬼赞》、《海》、《爱的痛苦》、《香》、《蛇》、《蝉》等，甚至像《乡曲的狂言》和《处女的恐怖》这些带有故事情节的篇什都寄寓着作者相当独特的诗思，《空山灵雨》散发着浓郁的禅佛意味，在中国散文诗历史上，如此明显地以禅佛的空观建立别样的审美趣味，并试图以佛家的理念来消解舒缓时代的苦闷，从而使散文诗这种从西方横移过来的新文体从哲理意蕴到语言风格都实现中国化的转换，虽有刘半农的尝试在先，但许地山应该为这种“另类写作”的代表性作家。

在台湾省现代生活的背景之下，林清玄的散文诗正如他的名字一样，给诗坛送来一股清玄之风，清凉解火，如果说商禽、痖弦、苏绍连的自由诗和散文

---

① 王晓华：《西方戏剧中的终极追问和荒诞意识》，载胡经之编：《艺术创造工程》，北京：中国社会科学出版社，2001年，页138。

诗揭示了现代生活的无奈和困顿，那么林清玄的散文诗恰是在体验观照之余，以禅佛的智慧眼给万般烦忧中的现代人指点迷津。另外，林清玄化解人生苦恼特别是现代人苦恼的终极根据为禅佛的苦空观以及伤情优生的悲悯情怀，这对于血液里积淀着禅佛文化心理基因的中国读者来说，自能产生情感上的共鸣共振。从这个角度来看，以禅佛理念和禅宗美学观点进入散文诗的立意取境，比起从国外引进的象征主义和超现实表现手法，则或许更加容易契合中国人的接受心灵，或者可以说象征主义和超现实风格的散文诗，暴露现代心灵的骚动不宁和千疮百孔，但苦于没有治病的良方和解除痛苦的药石，而以禅入诗的散文诗作品则以宏阔的生命意识、自然观和宇宙观从容化解生活中的万般困扰，让饱受创伤的现代心灵得以从容解脱，跳出火炉进入清凉一片天。在中国散文诗历史上，许地山和林清玄的散文诗写作最具本土性，因为他们以东方的智慧——禅佛理念对现代自由诗、散文诗中的主要审美观念——反讽、悖论，进行了以空破实的化解，其哲理含蕴和艺术价值又绝不在象征主义或超现实主义诗歌文本之下。①

散文诗在印度和阿拉伯文化语境中同样发生文体变异。泰戈尔和纪伯伦两位世界级大诗人，用散文诗形式传达东方宗教情感，泰戈尔获诺贝尔奖的作品英译诗集《吉檀迦利》（1912～1913），是泰戈尔本人用英文从孟加拉语诗作《吉檀迦利》、《渡船》和《奉献集》里，选择部分诗作而成，《吉檀迦利》的孟加拉语诗作是韵律诗，而翻译成英文之后变成自由诗（散文诗）。《吉檀迦利》，原意为给神的献诗，共有一百零三首，其中大部分是献给神的，此神与彼神（上帝）不同，此神是一个无形无影、无所不在、无所不包的精神本体（大梵天、佛性），它既是宇宙本体，又是宇宙万有。《吉檀迦利》宣扬平等、慈悲、自由的生命观和宇宙观，这种异质性的生命态度和生活模式，让沉陷于现代迷宫中的西方人获得了新的启示，所以孟加拉语韵律诗《吉檀迦利》翻译成英文之后一度风靡英语世界，瑞典科学院决定给予泰戈尔这一奖赏，以表彰“其诗作所揭示的深沉意蕴与高尚目标”，以及他“用西方文学普遍接受的形式对于美丽而清新的东方思想之绝妙表达”。

黎巴嫩的卡里·纪伯伦（Kahlil Gibran，1883～1931）是阿拉伯近代文学史上第一个使用散文诗体写作的作家，纪伯伦青年时代以小说写作为主，定居美国后以写散文诗为主，从20世纪20年代起，陆继发表散文诗集《先驱者》

① 黄永健：《中国散文诗研究》，北京：中国社会科学出版社，2006，页124。

（1920）、《先知》（1922）《沙与沫》（1926）、《人之子耶稣》（1928）、《先知园》（1931）等，《先知》是他的代表作。当代有专研纪伯伦的学者指出，《先知》是一部“圣化文本”，纪伯伦的散文诗对于圣经文体的采纳，主要表现在体裁、结构形式、叙述风格和神秘主义四个方面。可以描述为：

第一，采纳了智慧文学体裁——如寓言、比喻、谚语和格言在《沙与沫》之中的广泛使用。

第二，采纳了先知书（天启体）的体裁形式，纪伯伦散文诗代表作《先知》采用先知宣讲的形式，标示着这一话语文本的神圣性和神秘性，阿尔穆斯塔法（Almustafa）始终在代神言说，传谕从生到死的26个圣神启示，使人感到具有不可怀疑不可争辩的真理性。

第三，模仿福音书的结构形式，《先知》中出现的三组人物阿尔穆斯塔法、城里的百姓和女预言者爱尔美差与四卷福音书的《马太福音》的“登山训众”人物结构关系如出一辙，“登山训众”人物为耶稣、信众和门徒。

第四，简约含蓄的叙述风格。

第五，神秘主义特征。

纪伯伦以散文诗形式来表达他的新宗教——爱、美与生命，这种宗教没有一般宗教形式的外壳，却包含了每一种宗教的实质，即对于终极存在的感悟和认知。有论者指出纪伯伦后期作品（包括《先知》）表现出来的苏菲主义思想隐秘、超验、人神合一等，在因陷入二元论困境而导致唯我论和怀疑论的现代西方人面前，成为了一种打破主客二元对立模式的、可资借鉴的思想资源，西方学者安撒里·阿里在专著《苏菲主义和超越：在20世纪末科学之光中的苏菲思想》一书中指出：苏菲思想抵抗了“我们的”生物进化观，同时，它是“非二元的”（non - dual），它使我们发现，在我的精神中（psyche）中，有一种天然的力量，驱使我们不断扩展一种最终的自由，这自由将使我们从“我”和“你”的二元对立模式中解放出来。试看《先知》中的部分诗句：

施与

也有人施与了，而不觉出施与的无痛，也不寻求快乐，也不有心为善；

他们的施与，如同那边山谷里的桂花，香气在空际浮动。

理性与热情

在万山中，当你坐在白杨的凉荫下，享受那远田与原野的宁静与和平——你应当让你的心在沉静中说：“上帝安息在理性中。”

当飓暴卷来的时候，狂风震撼林木，雷电宣告穹苍的威严——你应当让你的心在敬畏中说："上帝运行在热情里。"

只因你们是上帝大气中之一息，是上帝丛林中之一叶，你们也要同他一起安息在理性中，运行在热情里。

自知

灵魂如同一朵千瓣的莲花，自己开放着。

教授

那在殿宇的荫影里，在弟子群中散步的教师，他不是在传授他的智慧，而是在传授他的忠信与仁慈。

假如他真是大智，他就不命令你进入他的智慧之堂，却要引导你到你自己心灵的门口。

拔锚启航

你们曾听说过，像一条锁链，你们是脆弱的链环中最脆弱的一环。

但这不完全是真的。你们也是坚牢的链环中最坚牢的一环。

用你最小的事功来衡量你，如同用柔弱的泡沫来核计大海的威权。

用你的失败来论断你，就是怨责四季之常变。当我到泉边饮水的时候，我觉得那流水也在渴着；

我饮水的时候，水也饮我。

不要忘了我还要回到你们这里来。

一会儿的工夫，我的愿望又要聚些泥土，形成另一个躯壳。

西方文化一贯重理抑情，可是在纪伯伦这儿，"上帝安息在理性中"，同时，"上帝运行在热情里"。上帝——那个超越性的精神性存在合情合理，情理并包，而且芸芸众生的我们也无须回避欲望的纠缠，因为我们和上帝一样安息在理性里，运行在热情里。当代学者马征论及纪伯伦艺术精神的独特性时指出：纪伯伦作品中的审美观，构成了与西方现代审美观的根本差异，与西方在不和谐的丑中展示个别的、特殊的美不同，通过运用"通感"、"应和"手法，纪伯伦在文学创作中表现了人、自然与神之间相互应和的和谐之美、普遍之美。这种审美观实际上蕴涵着"神圣"的审美体验，与纪伯伦文学的生命神圣主题构成了呼应。①

拉丁美洲卢本·达里奥、塞萨·瓦叶霍、路易斯·博尔赫斯、巴勃罗·聂鲁达、奥克塔维奥·帕斯等散文诗诗人的作品总体上表现拉美风情，尤其是塞

---

① 马征：《文化间性视野中的纪伯伦研究》，北京：中国社会科学出版社，2010，页279。

萨·瓦叶霍的散文诗，高度浓缩着印第安人的宇宙观、生命观和死亡意识，①他的散文诗《骨骼点名册》、《良知》、《时间的暴力》、《一生最危急的时刻》、《生命的发现》、《渴望停止了……》、《有一个人变成残废》、《那房子没有人住了》、《我想讲一讲希望》、《你们是死人》、《把离开你的人跟你……》、《总而言之，除了死……》表达了另外一种审美现代性（相对于波德莱尔），即现代原始思维对于现代文明规约的抵制和控诉。实际上，印第安人并不喜欢现代的文明生活，他们宁可生活在自己的生活模式和价值时空，在塞萨·瓦叶霍的散文诗里，原始的巫术思维模式进入散文诗的语言经纬，使得我们习以为常的语言感受短暂“断路”。在《有一个人变成残废》这篇散文诗里，比柯上校，“残废退伍军人会”会长，因为爱被火药吃掉了嘴巴，死面孔在活躯干上，这面孔变成了头颅的后脑勺，头颅上的头，“有一次看见一棵树转背向我，另一次看见一条路转背向我……”这种情感模式是属于拉丁美洲的，作为生活在现代文明环境下的瓦叶霍，以祖先的情感认知来解构现代文明规约，在散文诗美学视野之内，我们可以认为他在进行一种另类的审美现代性诉求。

台湾省散文诗诗人瓦历斯·诺干（泰雅族）的散文诗《Atayal》（《争战1896～1930》），以近似原始思维和原始语言来想象、建构泰雅部落反抗日本殖民但最终被殖民地化的神秘野史，中间描写族人与殖民者的激烈对抗、袭击、杀戮、敌人的诡诈、伪善等历史事项，不着痕迹，却又惊心动魄。试看其中的句子：“炮弹越过一座座山头，将山坡种满一朵朵火花，四溅的硝尘玷污了金黄色的田园”；“Modu 的小米不懂得躲避，族人的躯体却藏得像一片叶子，从绿荫中，箭镞像雨水洒在敌人的眼睛”；“当敌人的统帅来到太鲁阁断崖巡视，一支历史的箭，刚刚完成进出总督那一双小腿的任务”。这种高度凝练、错位的语言表现手法也只能出自秉承着原始思维习性的泰雅族诗人，因此，散文诗散文其形诗其内质的文体个性在原始思维里，可以得到更加出神入化的发挥。②

五、从《嚎叫》到《人行天桥》——金斯伯格与郑小琼比较论

1. 两种“嚎叫”

金斯伯格（金斯堡 1926～1997），美国“垮掉一代”代表诗人，50 年代初便以其反主流文化，惊世骇俗的长诗《嚎叫》一举成名，1974 年获美国全

① 卢本·达里奥等著陈实译：《拉丁美洲散文诗选》，广州：花城出版社，2007，页 19～36。

② 王光明、孙玉石：《二十世纪中国经典散文诗》，武汉：长江文艺出版社，2005，页 330～334。

国图书奖，获奖作品为《美国的衰落》（The Fall of America），入选美国艺术文学院院士，1995 年获美国普利策诗歌奖最后提名，[①] 在长诗《嚎叫》中，金斯伯格用他那近于歇斯底里的语言态势和语言节奏，以及“一个顿悟直接迅速引向另一个顿悟”的意象出没，表达诗人自己以及那个特定的时代的“思绪的自然流动”，通常在他的散文化的诗句中，诗人用自然的呼吸为单位一气呵成（one speech - breath - thought），累积渐进的意象捉摸不定，虽不合语法逻辑却并没有破坏全诗的整体平衡，学术界认为《嚎叫》的意义在于它冲破了 T·S·艾略特诗风的束缚，并与学院派决裂（学院派高深、艰涩、精雕细刻、矫揉造作，视诗歌创作为纯语言艺术），以其清新、粗犷、自然开一代的诗风。[②]

当代中国打工诗人郑小琼因其长诗《人行天桥》、《挣扎》、《时代广场》等在中国诗坛产生了不大不小的震动和震荡，就有人指出郑小琼是中国当代的金斯伯格。这位来自底层的打工女诗人在创作上述在思想意识和艺术形式上皆有所突破长诗大作，在以她令人惊奇的语言节奏和意象组合，爆发出她自己的以及这个时代的“嚎叫”时，恐怕根本没有想到日后会有人将她“尖锐”的疼痛之作，与金斯伯格相提并论，[③] 当然，也许在坚硬如铁疼痛如风的打工生涯中，她曾忆想起大洋彼岸的诗人并不由自主地与金斯伯格一样，[④] 因时代的压迫、宰制、疼痛不堪而于“人行天桥”——这现代都市之相集中呈现之地，本能地固执地倾吐出一个打工者的嚎叫。

无论如何，我们在郑小琼的诗歌中确实能与这个弱小女子的嚎叫正面相遇。

当一块原本嚎叫的铁在这个周身喧嚣的南方工业都市里，它的嚎叫不再具有乡村嚎叫那样的触目惊心，它的叫声让世间的繁华吞没，剩下的是叹息与钢铁一样平等的沉思，它们不断地淤血肿胀，无声息的病痛不断折磨着我的轻若白纸的思想。

——《铁》

① 艾伦·金斯伯格著，文楚安译：《金斯伯格诗选》，成都：四川人民出版社，2001，页 1。

② 艾伦·金斯伯格著，文楚安译：《金斯伯格诗选》，成都：四川人民出版社，2001，页 30 ~ 31。

③ 根据目前掌握的材料，郑小琼曾跟其酷爱西方艺术的小学老师一家人学习油画、欣赏乐曲，或许她早就读过金斯伯格的诗集。

④ 郑小琼诗句：这个叫田建英的拾荒者，她咳嗽、胸闷，她花白的头发，与低沉的咳嗽声一同在风中纠缠，一口痰，吐在生活的面包上，带血的肺无法承受生活的风，见《黄麻岭 2》。在长诗《人行天桥》里，诗人将被治安队员压在地上的河南水果贩子老妇人的“嚎叫”与金斯伯格联系在一起，“我听见她的嚎叫比金斯堡更为动人”。

拇指盖的伤痕像一块铁样重量的黑点扎根在我内心深处，它像有着强大穿透力的乡村修理铺或者乡间医院一样，正从那个黑点出发、扩散，充满了我的血液与内心，它在嚎叫着……

——《铁》

他们的疼痛对于他们的家庭来说，如此的尖锐而辛酸，像那些在电焊氧切割机下面的铁一样，那些疼痛在剧烈的、嘈杂的、直入骨头与灵魂的尖叫，不断在深入他们的生活，他们将在这种尖叫的笼罩中生活。

——《铁》

哪怕我的话只是沉默的延续，但我不断拒绝骨头里的嚎叫。

——《进化论》

上引郑小琼散文及组诗《进化论》中的"嚎叫"、"尖叫"还只是一种自我审视的心灵态势，蓄势待发，到了《人行天桥》、《挣扎》等长诗里面，郑小琼的内在情绪（内在语流）已然冲破诗语的分行禁制，借助长句大段呼啸而至：

广告牌霓虹灯巨幅字幕上微笑的明星乞丐商贩子流浪汉一个不合法的走鬼三个证件贩子聚积的人行天侨，难以数清的本田捷达宝马皇冠的轿车装饰着这个城市的繁荣，珠江嘉陵南方摩托车装饰的小商人走过，一辆自行车八辆公共汽车的小市民手挽着手穿过汉形的街道河流，我是被这个城市分流的外乡人挤上世纪广场的人行天侨……

——《人行天桥》

啊，我接受奴隶的教育，我是个需要暂住证的奴隶，我感受去地狱的日子原来是欢乐无边，只有死神让我挣脱功利与媚俗的哀叹——啊，我中毒的身躯——我可耻的傲慢——我的头皮在开裂——机器的黄昏，红色电话线——请拨 120——一腔大火在我肌肉燃烧——请拨 119——死神在抢劫我最后的时光——请拨 110——这台破旧的电视新闻……

——《挣扎》

当年金斯伯格也是以对其本人及美国狂迷一代的行为和感情的裸露无遗的"嚎叫"震惊了美国文坛，试看：

他们欲自焚穿着无罪的法兰绒西服任凭那些低劣的诗稿飘卷伴随着如铁的时髦团伙醉闹以及广告仙女如消化甘油般的尖叫狡诈而不乏才气的编辑身上散发的芥子味儿要不就被绝对现实烂醉如泥的出租车撞翻在地……

——金斯伯格《嚎叫》

摩洛克！孤独！污秽！丑恶！垃圾箱和得不到的美元，孩子们在楼梯下厉声尖叫！小伙子在军队里痛哭！老人在公园里呜咽！

摩洛克！摩洛克！噩梦般的摩洛克！缺乏爱的摩洛克！精神摩洛克！摩洛克人类无情的审判官！

——《嚎叫》

金斯伯格的“嚎叫”缘于当时美国年轻一代的“疼痛”——“Beat generation”（垮掉的一代）的疼痛，因“疼痛”是因为遭受了现代社会体制和价值观的沉重击打（beat），因而原本感性十足的人痛不欲生，需要以极端的感性来对抗这资本主义世界的理性秩序，在保守主义批评家看来，这种赤裸裸的“暴露”和“嚎叫”是邪恶、耻辱，但以金斯伯格为代表的美国青年一代却认为这正是对邪恶以及耻辱的否定。郑小琼诗文传达出来的信息大体相仿佛——因“疼痛”而“嚎叫”，因“嚎叫”而激烈地“抗议”和“颠覆”既成主流意识形态以及主流意识形态与市场的话语合谋和权力策划，郑小琼诗文中有关现代人情感与身体疼痛的一个关键词——尖锐，频频出没，构成其诗文中与“嚎叫”、“尖叫”彼此呼应的现代人的战栗感。①

本人数年前曾撰文评论过深圳刘虹的诗作，曾以“尖锐的疼痛”一语概括其诗歌写作的总体情感记忆，刘虹虽不是底层的打工者，但是其对于时代的疼痛感毕竟可以与最低层的打工者相互贯通，刘虹在其《打工的名字》的长诗中对郑小琼式的打工者“在场”的疼痛具有深切的体味，但是她毕竟不在场，因此她的诗表示的是悲悯的关切和同情，不可能像郑小琼因为“疼痛在场”，发而为“疼痛的嚎叫”。郑小琼获奖以后也不打算放弃打工者的身份，继续打工以保持身体的在场感，在回答记者的采访时，她说：“保持身体的在场感，总比想像更实在一点，疼痛也深一点”，她觉得自己还需要保持打工者在这个城市的耻辱感，“这种耻辱感让我不会麻木。这种在场感会让我对一些事情充满敏锐感。”

铁常常以它的坚硬与冰冷切割着乡村，乡村便会疼痛，疾病像尖锐的铁插进了乡村脆弱的身体中……

——《铁》

我一直想让自己的诗歌充满一种铁的味道，它是尖锐的，坚硬的。

——《铁》

① 艾伦·金斯伯格著，文楚安译：《金斯伯格诗选》，成都：四川文艺出版社，2001，页120。

在这样一座巨大的炉火间，虽然不断会有一种尖锐的疼痛从内心里涌起，蠕动在日子里，它不断在肉体与灵魂间痉挛着，像兽一样奔跑……

——《铁》

它的尖锐，繁华与热闹都是属于生活在东莞这个城市的每一个人，无论你是一个外来者，或是一个本地人。……它的尖锐常常会令一个外来人心中充满要征服这个城市的欲望与豪情。

——《东莞的味道》

尖锐的鸣叫，她吐出的生活
晾在路上，让一辆开往四川的车载着。

——《黄麻岭·工·风中》

哥特式的尖锐遮掩不了远游的年轻人……
庞大的理想与尖锐的现实如此失衡……

——《黄斛村纪实》

2. 郑小琼散文诗人类学意义上的价值

杨克等人认为，郑小琼太偏激，感情停留在愤怒层面上，作品粗粝；又云：同样遭受苦难，只有具备了写诗的气质和特质，才解成为一名诗人。而与此同时，郑小琼却并不因为所谓偏激而自惭形秽，甚至也并不在乎“诗人”或“打工诗人”的文学加冕，她说：“我不知道什么叫光明或阴暗，我只看见事实，我的诗歌灰，因为我的世界是灰的”，“打工的疼痛让我写诗”。因此，我们可以看出，郑小琼的“嚎叫”虽然并没有触怒主流意识形态，但却给所谓的知识分子诗人带来了不大不小的困惑，这与金斯伯格等人当年的遭遇可有一比，美国社会的物欲主义及其价值观，令美国当时的年轻一代震惊却又无力去改变，他们只好用极端方式——近于歇斯底里的话语行为来对抗外在的压迫力，他们并不试图掩盖内心的恐惧、过失及痛苦；金斯伯格执著于自己的内心体验——无论是行为还是情感，如同性恋、吸毒、色情梦幻、对现存秩序的大肆嘲笑等等，在其作品中倾巢而出。郑小琼的广受好评的长诗《挣扎》、《人行天桥》里还没有写到吸毒、同性恋，还不至招致“邪恶、耻辱”的负面评价，但其疼痛的嚎叫里也包含着诸多惊世骇俗的、“不堪入诗”的内容——暗娼、淋病、狗日的北妹、性欲、乳房、暂住证、火葬场、汗毛孔、阴阳人、妓女、脑浆迸地、阳具、精子、海狗鞭、伟哥，诗集让一个时髦小姐撕了三页走进了公共厕所、暗娼询问：“先生去玩玩吧”、治安队员将老妇压在地上、《劳动法》在桑拿女的三角裤里微笑、派出所所长带走三个妓女借助法律将她们压在身下，八个日本人把八个女孩压倒在身下、露出的光腚……

所有这些毫无遮拦的内心情绪的喷薄而出，或许就是杨克所说的太偏激、粗粝，未具写诗的气质和特质等等，但实际上诗有公评，郑小琼自获得“首届独立民间诗歌新人奖”之后，又连续获得人民文学新浪潮散文奖、全国散文诗大奖赛一等奖，参加中国当代诗歌界顶级沙龙“青春诗会”，长诗《人行天桥》突破当代中国诗坛所谓知识分子写作的新传统，以粗粝昂奋的语言倾泻，横扫当代诗坛的脂粉气、娇弱气、假洋鬼子气、假学究气，并从而给当代诗坛吹进一股清新劲厉、锐不可当的正气和雄风，尤其是长诗《人行天桥》抨击社会阴暗面，嘲讽世态人心，在网络上引起轰动，称其为“近年中国诗坛的旷世杰作”也并不为过。杨克等人自以为是知识分子，可是他们读的书并不比郑小琼多到哪儿去，或许真的多读几本书，但对所读之书的理解极为肤浅、孟浪，对诗的本体性存在的理解未入门径，致有如此不知是出于妒才还是无知的言语和荒唐。

中国诗歌兴观群怨，从传统诗学立场来看，郑小琼的诗文写作以及当下的所谓诗歌民间写作、口语写作以及身体写作应可归入具有强烈的社会批判精神的“怨刺”范畴，说到底还是一种特别的抒情，是现代人情感本体的真实流露，金斯伯格的“嚎叫”不是他个人的“嚎叫”，艾略特的“荒原”也不是他个人的荒原，虽然艾略特和金斯伯格的诗都可归位于现代诗，但是他们的诗文所对应的还是不同的时代情境，艾略特所揭示是信仰缺席文明导致灾难的西方新现实，金斯伯格所揭示的是美国文明（亦即广义的现代文明）对人类感情肢解异化的新现实，两者的诗歌文本皆因确证了人的情感的鲜活存在以及人的鲜活情感对现实的反思能力而具有不朽的艺术价值。同理，郑小琼的诗文写作虽出自一个底层打工者尖锐的嚎叫，但是她从最现实的疼痛中所直觉出来的现实的矛盾和人类存在的永恒的苦难性真实却直接回应了中国文学中的“怨刺”传统，其怨刺的对象不同于过往任何时代，其怨刺的对象是当代中国主流意识形态与市场经济（西方文化的全球化浪潮）的话语合谋和权力策划，虽然她本人可能相当脆弱，可她的诗文却相当雄强地证实和强化了中国当下民众甚或整个社会的感性存在和感性活力。从人类学的主场来看，人类发生、持存和演化的过程是一场感性与理性不断冲撞、交并、融合、创新的对话过程，是一场历久弥新的“狂欢”（巴赫金），诗歌及其他艺术活动（艺术文化）始终代表人类感性、本能、欲望的一极，而社会的理性化建构，不管它是资本主义、社会主义、市场经济等等，都不过是人类理性的延伸和不免坚硬、尖锐、残酷的体制化建设，它是人类理念、理性思维不断扩张的另一极。郑小琼诗文发生于中国现代化程度最高、现代化进程最为迅猛酷烈的珠三江地区，而且一扫优雅、掩遮或隔靴痒或小资轻狂的当下诗歌柔靡习气，直面当代人的精神困局，敞露当下生活的真实面容，以时代的气息发出时代的“嚎叫”，它有力地证实了当下中国人的感性的鲜活存在，并使其诗文因其特殊的指涉性而取得了具有广义性质的批判性功能和抗议精神。

蛤蟆镜下的人才市场上用法律的口气写着人人平等！我在这张招牌下让两个治安队员拦住，“拿出你的暂住证”。在背后我让人骂了一句狗日的北妹，这个玩具化的城市没有穿上内裤，欲望的风把它的裙底飘了起来，它露出的光腚让我这个北妹想入非非啊！

——《人行天桥》

虽然郑小琼对都市的欲望进行了道德上的审判，而不像金斯伯格基于东方禅宗哲学理念对现代都市病相进行美学上“祛魅”，但从文化人类学的立场来看，其疼痛的嚎叫及其具有突破性质的诗体话语方式一扫诗坛颓风陋习，以其生活化、细节化、典型化的情感和情绪连接着当下中国人的集体经验或准集体经验，本能地抗拒看市场化时代的理性宰制，成为中国当下生存境域中人的感性与理性对话性“狂欢”的一种“铁证”。

3. 郑小琼散文诗的文体创新价值

我们注意到，郑小琼将《挣扎》、《人行天桥》这类非诗非文的现代语流文本编入其文集的诗歌部分，在其诗歌创作中，虽然自由分行新诗占主要部分，但因为一种激烈的、多声部的、混杂的、互文性的情感冲撞流离状态迫使其自觉或不自觉地放弃诗的分行建制。金斯伯格的诗句很长，有似散文的段落：

他们飞快地驶往昔日过去的公路在各自赛车的蒙难地停留监狱般的孤独守候要不想象化身于伯明翰爵士乐；

他们七十二小时驱车横越美国大陆只为了想知道是否我或你或是他产生幻念终于发现了永恒……

但是金斯伯格的这种长诗段可以看作广义上的“诗句”，因为他的每一个诗句（诗段），实际是以犹太人的呼吸所能容纳的字句为准，所以整个诗篇之中诗段与诗段之间起伏跌宕的节奏是清晰的，对比一下郑小琼的长诗《人行天桥》和《挣扎》，我们可以看出，郑小琼的“嚎叫”并不是以人的自然呼吸为诗句（诗段）的长度单位来构建诗的停顿和节奏，她的“嚎叫”更具有多声部互文性混杂特性，其间既有中国文化内部传统价值观念与当下价值观念的激烈冲突，更包容着东西方文化价值理念的激烈冲突，如果说斯伯格诗歌文本揭示出了当代西方文化内部人性与现实理性秩序的激烈冲突，因而显示出一种杂语性、混容性、模糊性的诗语态势，那么中国打工诗人郑小琼的感性的“嚎叫”则因为揭示出了当代中国社会更加多层面、多元性的话语冲突状况（如传统乡村文化理念与都市文化理念的冲突、情感本能与理性秩序的冲突、本土文化与外来文化的冲突、男性与女性的冲突、民间文化与官方文化的冲突、宗教与宗教之间的冲突、穷人与富人之间的冲突、南方与北方的冲突、个体与集体的冲突……），而显示出更为庞杂和间容的话语“狂欢”态势，诗的本体乃人类的情感状态，我们大致可以认为郑小琼写作长诗《人行天桥》、《挣扎》是受到金斯伯格的启示或影响，但是真正到了“我手写我心”、“笔传情由”的创作状态之下，内在的情感状态的更为庞杂间容的特征决定了诗人再一次突破金斯伯格的诗语态势，诗段（诗句）之间的停顿、转捩都显没并不紧要，紧要的是这样一个长篇大段的跳跃性的、荒诞性的、灵感一个接着一个，顿悟一个连着一个的话语场域，才是当下人心世态的真实存在，是一个不好强为分化的整体性存在，它就是它自己，就是中国这个具有五千年文明历史的泱泱大国，在当代市场经济体制之下的自我舞蹈和放歌，虽然郑小琼以她的“在场”的直觉一语道破了这存在的实相，可是其间贯穿着她毕竟视野有限的道德判断和道德揶揄，所以就她本人来说，她可并未悟透这个“狂欢”道场背后的玄机，这一点比起金斯伯格要稍逊一筹，可是换一个角度来看，郑小琼未能历炼成为圆融无碍的大手眼、大视界，却更宜于其将她本人的（其实也是时代的）的尖锐的痛苦一览无余地加以裸体的呈露，从而使她的诗文更具活力和无目的的目的性。

刚刚由河南文艺出版社隆重推出的《90年中国散文诗》，收入郑小琼的散文诗《芦苇》、《流动的箫》、《往事》、《在黄河入海口》、《心经》、《落经》、《论经》，长诗《人行天桥》中的句子：一个算命的江湖处士突然大叫一声“城管来了！”那些假证贩子妓女们躲进了行色匆匆的人群中，一个贩卖水果河南老妇人来不及躲闪，她的摊子被掀翻，苹果满地。治安队员将其压在地上，我听见她的嚎叫比金斯堡更为动人。① 都是不可多得的精致优雅之作。这本选著用力专勤，沙里淘金，选出了20世纪以来主要的经典杰作和年轻新锐

① 王幅明主编：《90年中国散文诗》，郑州：河南文艺出版社，2007年，页1182～1187。

作者的创新制作，但真正具有突破创新价值的作品收入的不多，或虽有心却未敢贸然编入，像《挣扎》和《人行天桥》这样的作品，突破自由分行建制，并突破金斯伯格的诗段停顿、节奏技巧，实际上正是最典型的具有现代意识的中国当代散文诗，因为它篇幅长，形式较为陌生，选编者在没有得到学术界一致肯定的前提下，当然不好将它们编入堂而皇之的散文诗集，不过，以我的理论直觉，类似郑小琼《挣扎》、《人行天桥》这样的作品，必将会得到进一步的诗学阐释，而其文体上的突破创新态势正是中国现代诗创作的一个突破口，是中国当代散文诗写作的一个新的起点。

小结：自由演化的散文诗——文类交叉与文类再生

文类交叉产生了散文诗，散文其形，诗其质，穿着散文的外衣，舞动诗的灵魂，诗与剧文类交叉产生诗剧（剧诗），① 日记与小说文类交叉产生日记体小说，如歌德《少年维特之烦恼》、鲁迅《狂人日记》，书信与小说结缘产生书信体小说，斯蒂芬·茨威格的小说《一个陌生女人的来信》整篇小说除了开头和结尾交代了读信者的身份和读信的感受之外，主体部分是一份书信，书信甚至还可以直接写成诗，“待月西厢下，迎风户半开，隔墙花影动，疑是玉人来”，《西厢记》中崔莺莺写给情人张君瑞的这封信（情书）既是书信，也是诗，可称为“诗信”或“信诗”，② 网络时代出现图文互动的图文体叙事文本，以及超文本文类（hypertext），所谓超文本文类是指在网络语境下“非相续著述，即分叉的、允许读者作出选择、最好在交互屏幕上阅读的文本”，1986 年，美国作家乔伊斯（M·Joyce）写出了有史以来第一部严肃的超文本小说《下午：一个故事》，在这个文本中，作者将图例、声音、动画以不同的方式链接起来。③ 当代学者包兆会在《文学变体与形式》一书中指出：中国古

① 诗剧，也可直译为书案剧，意为只供阅读而不适合演出的戏剧，其中场景和对话都是用诗写成，甚至一些幕前幕后的介绍都是诗意的语言。《九歌》，是中国最早的诗剧雏形，郭沫若的《女神之再生》、《凤凰涅槃》自 1921 年出版，使得中国的现代诗剧一诞生就有积较高的起点。新时期以来，杨牧发表《在历史的法庭上》，海子发表《太阳·七部书》（即指《太阳》、《太阳·断头篇》、《太阳·但是水，水》、《太阳·弥赛亚》、《太阳·弑》、《太阳·土地篇》、《太阳·你是父亲的好女儿》），前五部都是用纯粹的现代诗剧写成的，近年来陈先发的诗剧《回母弑》和辜钟的《酒神乐舞》，前者是对人类永恒的灵魂的理解和阐释，后者则是对当代腐败现象带浪漫情绪的讽喻。西方现代诗剧与现代抒情长诗相交汇相融合，把表现和象征以及诗歌语言的审美功能充分发挥出来，达到诗意更完美的效果。如恩斯特·托勒的《群众与人》、布罗茨基的《二十世纪的历史》、梅特林克的《青鸟》等。参见 http：//www. hudong. com/wiki。

② 赵宪章、包兆会：《文学变体与形式》，南京：南京大学出版社，2010，页 267。

③ 赵宪章、包兆会：《文学变体与形式》，南京：南京大学出版社，2010，页 144。

代文体交叉（串类）现象普遍，如词作为诗歌的一体而出现，曾被称为“诗余”，而曲又是承词之后产生，所以就有了“词余”或“余音”之称，古代文体学家章学诚认为“赋”是《诗》、《骚》及战国诸子散文交叉融合的产物，“古之赋家者流，原本《诗》、《骚》，出入战国诸子。假设问对，《庄》、《列》寓言之遗也，恢廓声势，苏张纵横之体也，排比谐隐，韩非《储说》之属也，征材聚事，《吕览》类辑之义也。”①

中国古代文体的演变过程是一个辩体和破体的过程，正如刘勰所指出的：“设文之体有常，变文之数无穷”（《文心雕龙·通变》），各时代的辩体者坚持文各有体的传统，主张明辨严守各种文体的体制，而破体者则大胆打破各种文体的界限，使各种文体互相融合。敢于打破文体界限大胆创新的作者谓之“深乎文者”，“深乎文者兼而善之，能使典而不野，远而不放，丽而不淫，约而不简，独擅众美”（《全梁文》卷六十·南朝刘孝绰《昭明太子集序》），苏东坡“以诗入词”，黄庭坚“以文入诗”等曾受到诗人和后人的批评，但是不可否认的是，苏黄的诗词都曾引领一代风气，钱钟书因而感叹：“名家各篇，往往破体，而文体亦因以恢宏矣。”②（《管锥编》第三册）。当代作家塞尔维亚的米洛拉德·帕维奇 1984 年发表辞典体小说《哈扎尔辞典》、中国作家韩少功 1997 年发表的《马桥辞典》，都是名家破体，突破文体规制产生的文类变体。

波德莱尔也是一个破体者，众所周知，他是象征诗派的高手，在写作《恶之花》之后，意犹未尽，觉得“一种更抽象的现代生活”，须得用充满诗意的、乐曲般的、没有节律没有韵脚的散文，加以表现，现代都市人心灵的激情，梦幻的波涛和良心的惊厥，作为内在的情感节奏和情绪结构必须打破分行建制，以散点透视，细节展开并有所突显的诗文交叉形式（所有的篇章都同时是首，是尾，而且每篇都互为首尾），加以呈现，才能够得到密合无间的审美效果，这就是《巴黎的忧郁》为什么能够取得成功的主要原因，不破不立，先破后立，散文诗是在波德莱尔手上突破诗歌分行建制的形式束缚，才得以确立起来的一种现代新文类。

---

① 章学诚《校雠通义·汉志诗赋十五》。

② 赵宪章、包兆会：《文学变体与形式》，南京：南京大学出版社，2010，页 54。

附：

人行天桥

郑小琼

A

广告牌霓虹灯巨幅字幕上微笑的明星乞丐商贩子流浪汉一个不合法的走鬼三个证件贩子聚积的人行天桥，难以数清的本田捷达宝马皇冠的轿车装饰着这个城市的繁荣，珠江嘉陵南方摩托车装饰的小商人走过，一辆自行车八辆公共汽车的小市民手挽着手穿过汉形的街道河流，我是被这个城市分流的外乡人挤上了世纪广场的人行天桥。120 分贝的汽车鸣叫而过，100 分贝的折价叫卖阴魂不散，75 分贝的假证贩子像苍蝇一样在耳边嗡嗡，60 分贝的是一个个出卖肉体的暗娼在询问："先生去玩玩吧！"一阵从汽车和空调排出的热浪和工业的废气像一支军队一样直冲进我的肠胃肝胆脾，我的脚下是环境保护主义者的绿色传单，上面写着"只有一个地球请大家爱护"。我站在第 26 根钢柱前，环形天桥对面一个空调安装的广告牌下，三个心怀各异的明星拍卖内衣与底裤，一个矿泉广告上面有一朵桃花一个老农担着木桶微笑。一个算命的江湖处士突然大叫一声"城管来了！"那些假证贩子妓女们躲进了行色匆匆的人群中，一个贩卖水果河南老妇人来不及闪，她的摊子被掀翻，苹果满地。治安队员将其压在地上，我听见她的嚎叫比金斯堡更为动人。我祈求着扒手们千万不要光顾我还有二十三块的口袋……在这个不祈求上帝的年代，教堂如雨后春笋一样拔地而起，啊祈求的钟声像飘柔香水一样雾气缭绕，它们清洗着我的背，它们在清洗着我的嘴。我信仰的诗集让一个时髦小姐撕了三页走进了公共厕所。官商们共建的楼群在不断的繁荣着腐败虫与贪污鸟。一个讨不到工钱的外来工从第四十八根铁柱跳了下去，他白色的脑浆迸地。此刻伟大的《劳动法》正在桑拿女郎的三角裤里微笑。"向伟大的时代致敬吧！"作秀的伟大报纸如此说。反腐的公仆和商人在卡拉 OK 搂着一个从乡下来的少女发泄他们的欲望，一个派出所长借助法律带走了三个妓女，然后将她们压在身下。贩卖良心与血肉的传销公司歇斯底里的呐喊："我们要发财！我们要发财！"三个走私犯在说着走私过来的旧彩电，从国外殡仪馆的死人身上扒下的名牌衣服。一个海关员的情妇。用女血和童贞装饰的霓虹灯里的夜总会挂着的居然是某个德艺双馨的艺术大师的金字招牌，它在妓女们的淫笑中闪闪发光。人行天桥上八脚蜘蛛编织的人情八卦图中一个热血青年怀抱吉他在叫喊"大中华"他的一行热泪不能感动一个过路的行人，他的爱国热情像一片垃圾，让人扔进粪坑。在这个年代时人们都忙碌着去夜来香美容院用 680 元除去时间刻下的皱纹，去阴暗的巷道吊挂的红灯下花50元减去性欲，在时代的乳房垫上塑胶，啊啊啊它如此的高挺，阳痿的男人们你们如何征服这虚假的乳房，用六根海狗鞭与20颗伟哥无法让你们犯有三期淋病的阳具勃起。噢噢噢请打电话6757677治疗你的皮肤病性病三期梅毒尖锐湿疣，如有可能还能够让你们的精子重新冲锋陷阵。五层的霓虹招牌上有三个贵州来的女孩的贞血点亮了金帝夜总会的欲望，一个不屈的甘肃女孩为了清白从四楼跳下来命丧街头，晚报记者们的镁光灯闪烁着，在刹那的光线中丑陋的时代面目如此的狰狞。一个女孩的生命换来一个夜总会关门三天，第四天的笙歌跟证券市场的股票一样牛气冲天啊，第五夜有八个日本人把八个女孩压倒在身下，那张高挂的坚决打击黄赌毒嫖娼卖淫的红纸让一阵以XX为中心的秋风刮到不知去向。在晚报上的娱乐版上一个三流的明星用她的肉体接受城市的血统。天蝎座爬上玻璃窗，幼龙沉入小小的酒杯中。蛤蟆镜下的人才市场上用法律的口气写着人人平等！我在这张招牌下让两个治安队员拦住，“拿出你的暂住证”。在背后我让人骂了一句狗日的北妹，这个玩具化的城市没有穿上内裤，欲望的风把它的裙底飘了起来它露出的光腚让我这个北妹想入非非啊！

幸运的酒神在古老的祭祀中老去，涅槃的凤凰在厄运中避难于梧桐下，天狼星在荒野上坠落，剔掉牙齿的兽王在囚笼中生活，填海的精卫跟巴米扬大佛一同圆寂，肉体的怪兽嚎叫它身体的每一个元素都浸泡着血淋淋的欲望，酒神她红斑的躯体上长出雕花的蟠龙，时间的飘流瓶里长出诗歌的兰花，水边的蒲公英像鲲鹏一样逍遥九天，在欲望的大海深处我打捞自己的天蝎座，在宝瓶历中生活的龙开始复活。24000千年的宝瓶里盛装着荷叶的躯体，哑寂的颂词我的泪水把沙子熔化成珍珠，肉体的蚌内梵音飘动，在三千年的轮回中魔鬼复活，情欲的天鹅的号叫战争的硝烟从腹部天始，权欲的杀戮在古老的巴比伦，第九天第九颗星袅袅升起，欲望焚烧埋在地下的疾病来临，尸体间那个战争的狂人饮着鲜血的葡萄酒，震荡已久的厄运在十二日来临恒星的影子，人道主义虚无的药物肉弹……，啊啊啊……恐惧浮满我的眼瞳。幻影的编钟敲了一百零八下，狮子雨样的眼泪淹没了山峰，血型的硬币与生肖重合的城市，倒塌的桥梁人行天桥，疼痛的腹部怪兽的蚯蚓比树干还粗壮，变聚的原子侵略着神经末梢。旷远的两界河与大海连在一起，噢噢噢噢噢大水淹到了十三层，快快快，快去补那漏洞的天空，苍老的女娲在说着疼疼疼，两只鸟飞过冬天两个人走在死亡的路上，生前我饲养的鼠类必定在我死后吞食我的肉体，上帝的圆规上死人的灵魂穿过幽暗，美妙的阳刚之物开始疲软我们必须揪出神药，但是神药拒绝电话与网络。灾难不再兴起之时你们已像枯干的碎秸全然烧灭，液体的时间流动液体的生命流逝着，在炸弹的光束里和平会来临吗？不不它们如同在利益的商战中友谊从来不会诞生，我必须在四月收好丁香让它在内脏里生长，不等式的法律在我的耳朵里灌满了虚假的平等，耶酥和穆斯林的战争，他们的子孙和命运，在化学方程式中消失。一千年的咒语应验了，佛身似瓦砾在它倒下的瞬间，所有的良善站立，植物们的酒液动物们的酒液，灌醉了木讷的边陲战士饮酒的夜光杯里，马蹄声声的善良里伏羲的卦象曰乾，清者为天浊者为地。在中间，七彩浆液的人行天桥上，女娲的玉带飘动在一些火的元素中，我看见自己！

B

噢你开始倾听植物们的交谈，它们绿色的语言重金属的垃圾，一棵棕榈医生对病态的忍青冬说着铅与镉的毒素，变异的黄是硫与锶—90 的杰作。玻璃的光源致使交通意外 136 次死亡 138 人，用钚代替钙生产的口服液，柔软的银白色的锡在空中浮荡，它们冲进你的肺叶与血管，砷在吞食着你们的性欲，汞杀死了河中的水藻与鱼类，硒使河道发出腥臭，浮在水面的塑料泡沫连同钢筋水泥 110 分贝生活环境扼杀了你所有的想象力。剩下是一位香港明星在半空中贩卖着化妆品与速冻食品，据统计每年新出生的婴儿中有 100000 个左右是缺陷儿。三个环保局长因为不懂得顾全大局被迫调离岗位，一个不肯收红包的教授在看守大门，那个不懂规矩的研究员就让他去搞收发吧！堵住别人的嘴自由便会诞生，一个村支书如此说。在夜深天黑他以集体的名义用泥土堵住上访者的嘴，被活埋的自由在地下哭泣，被活埋的公平在哭泣，被活埋的民意在哭泣。在镁光灯下一张张扭曲的脸在人行天桥上走过，啊啊啊他们还在上演着强权们在不断地强奸着伟大的法律。自由不过是一只雕塑出来的手，让人不断地修改着方向。在庭院深深中那几个孤独的拍桌者将右手掌骨震裂了，但是太脆弱太苍白的掌声与愤怒让滚滚的潮水吞没。他无言地颓废地坐在那里呢喃自语。十四楼是一个巨大的地产广告，几个阉割了的文化策划人学着太监的声音在日报上尖叫“有文化的家园，至尊的书香”。市立图书馆与新华书店里摆满了得道升天的各类明星们的陈芝麻烂谷子还有一大堆从西方贩卖过来的文化屎尿和塞满木屑的金字招牌。它们如同人行天桥上散发的壮阳补阴药广告污染着白色的纸张和绿色的森林。一些捣粪的文化大师们在高声叫喊着全面的推动着城市文化建设，在他的背后有一个四川野鸡歌舞团在歇斯底里叫喊着：“火辣的劲舞开场了四川妹的大波刺激你”在周围有一群暗娼们在商量着如何将娼盗树立成一种新型的文化，市长们在策划着美女节美女经济，乡长们计划着如何将女人腹部三角区变成他们财政的饭碗，人行天桥上三个来自江西的少女在等待有人收购她们的初夜权。厚颜无耻的文人正在贩卖西方的壮阳药，欲望的男人们正把女人们作为新的经济增长点推向市场。我以半个女权主义者倡议在本年度举行一次美男节，把男人们的阳具放在展览馆T型台象测量着女人们的乳房一样测量着它们。在振兴文化的报纸上，秃顶的晚报编辑正在排版有关内裤的广告，巨大的内衣裹不住政治家的面目，一个腐败的官员在占据了六分之五的版面，减肥的红茶和三个外地的抢劫犯，一个性交易的明星占据大部分，剩下留给了生化口服液和一个袭击美国总统的小孩。懂“文化苦旅”的小丑们在胡说八道着所谓的文化接轨。他们像引进好莱坞电影和计算机一样引进美国的文化史，来把它当作指南针一样指导我们的诗歌创作，乌烟瘴气的中国诗坛上傲然勃起一根西方的阳具，我的朋友周发星不懂得如何接轨，只好躲在最荒凉的大山中《独立》。一个好心的人曾经给我开了一份XX罗斯XX斯顿XX兰的书单，我告诉他我读不懂“大师们”翻译过来的外国诗，我只有九年语文教育。他说上海的中华牙膏贴上联合利华的牌子销量大增，他说那些国产的手机贴上外国牌便身价上升，他说连同一件写上“I fuck you”的英文字的衬衫也销量大增，他说如果你的诗不贴上几个外国牌你就不是现代派。

这些机械生产线的行为艺术/一个男人走过法制的金属，拐弯便可以抵达神的住址，地铁站里那个湿漉漉的男人面孔，性欲的猿啼穿过水淋淋的巴山道，落在夕阳中的纤夫一句诗歌的号子，在人行天桥的钢管中闰月湿地。女性的溪水中云霭如瀑，蛇在诱惑政治的假面舞会开始，握手的部长们头戴青铜面具手持利刃开始欲望的角斗，那些违反他们伟大的学说的犹太人被杀戮六百万，被权力改来改去的历史他们说台湾史从明代开始吧，强权们就这样一次次的强奸着历史。牢骚的屈原还在酒液中吟唱：“国无人莫我知兮又何以怀乎故都”。十四年的发育史物质如水一样幻灭，恒河母亲搭着一条鳄鱼远循大地匍匐，五谷生长旷野的呐喊中，神忿恚投江以水作青铜，命运的蟒蛇张开巨大的嘴，山鬼骑兽灵氛告余以吉乞兮，上帝在园子里安放了荒唐的苹果，再弱智一次再颤抖一次。锶的蘑菇云从切尔诺贝利升起，白色的佛绿色的因果琥珀的宽容在人行天桥，红色的心十三层幻境三株菩提载着青牛远行，蝎子座的光芒切断了地平线，晚餐时刻那个犹大没有颤抖，圣洁的礼拜四旷世的孤独让我耿耿于怀。孩童时的哈雷彗星沿着人行天桥远走，处女座上一叠烦恼落在无常的人生上，他们的头颅撞倒了帝国大厦倒下来的帝国，相思树上的一支箭将我征服，一个人因为一颗星的陨落流泪，一棵树因为一个人的死而枯萎。他们冒着大雨来临雨中的天桥，雨中的天堂雨中的人间雨中的地狱，人行天桥把他们连在一起，鲤鱼在木盆里灵魂的奈何桥上死亡走过，流荡的人运与命的周旋，我的灵魂沿着脚印回家，涨潮的海洋里有一座桥，沿着它你将到达那个用浪作泥土生长五谷的地方，逾越大海的方舟淹死的腓尼基人在水中歌唱，你必须坐上无底船放弃生命才能抵达岸边，你的魂不再在山野游荡啊！用海螺祭祀海妖第十二夜方舟来临，参孙杀死三千腓利人是魔鬼一样的神赐他力量，弗洛伊德不能从平庸中解脱出来，人行天桥请把引力场和电磁场统一起来，让杀戮的声音远逝桥啊桥！一堆等待爆发的铀足可以将上帝毁灭！七星之勺还在欲望的河中搅动，勺中的浆汁足够让所有的人疯狂，人行天桥许多破碎的表情在颜色的足迹中延伸，循着埃及人的发明腓尼基人发现了文明，请不要遮住我的阳光第欧根尼如此说，倒下了！伦敦桥！伦敦桥！倒下了。我哑语的头颅中只剩下空与道，一条河流在行走中流出了另一条河流的姿势，那个历史学家在喃喃自语人行天桥，死于蟒蛇缠绕的英雄夫子的牛车在陈蔡搁浅，青铜的克里特岛黄昏的废墟倒了，萨特说马克思是一种人道主义！落水的诗海上漂浮的诗歌，古埙里的龙种九颗太阳的陨落，它们的尸首化作了大海，用喙饮血的怪鸟在大海的楼阁，人行天桥将载我往那里？噢噢噢揭谛！揭谛！般若揭谛！般若僧揭谛！菩提莎婆呵！

C

星期四警察从巷道里拖出了肢解的尸体，应召妓女和白粉。时代广场上一些贩毒的明星在唱着伟大的祖国。面部表情模糊的城市。沿街的红灯笼。红罂粟一样的女人。成人情欲店。在真理与神话之间的股市。报摊。空调专卖店的吆喝，教堂。十字架。林荫道。四川饭店。铁皮盒。塑料袋。过期的《人民日报》在风中回旋，灵魂的气球上高高挂着“庆祝XX商场开业”，工装的男子转动着搅拌机，沙石，岩浆，水泥一同虚构着天堂，青铜和铁质的犁铧日益生锈的城市，人行天桥上哪一个又将成为它的制高点？我们伟大的建筑又将成为谁的垃圾让后人爆炸了？面对想象力贫乏的城市它是一场辉煌的梦境还是一个给后留下的囚笼？又一条明清木质建筑被拆到了，请问明天谁来拆我们留下的一切？带毒的石油照耀我们病变的躯体，带毒的废气与垃圾污染了男人们的精子。一个总统如此说，他们改变饮食文化，企图变成蓝眼睛的西方人，满街走过红发金发的东方人。斑马线。红灯。工厂。写字楼。证券交易。海关大厦。电话亭。草地。啤酒。硝酸盐。咖啡因。红头文件。经理人。法律。地铁。三只从森林里用麻醉药运来的狼在嚎叫，三支杜冷丁不够阻止时代的疼痛。星期五你必须把花园修理好，把档案整理，把厕所冲干净。那么多疲惫的脸走过，那么多湿漉漉的面孔走过，那么多虚幻的人走过，那么多的空心人走过。人行天桥上一个乞丐与三个卖花女拦住前进的经济，你的爱情不再需要玫瑰来表达。被官僚们和户口本奸污的城市，它荡妇样妖冶的目光。躁动的人海。假证件。香口胶。安全套。烟蒂。救护车。吸毒虚幻症。股份公司。银行。投资信托公司。飞机场。迪斯高。栎木吧台。商业沙龙。HI族。电视新闻。伟大的政府在通宵达旦的发布着口号与运动。官员们在彻底的诠释着生财有道的信息。商人们的毛孔里伸出爪子抓住欲望的脚。喉结太大的文化策划人在叫嚷着打造文化新世界。可惜嗓音阉割了，706房的灯光太小，沦落为行为艺术的诗歌开始污染这个城市。这些高级动物们拉出来的文化屎跟燃烧后的石油一起污染了我们蓝色的天空，纯净的灵魂，在这个城市有多少这样的接受阉割的太监们依靠学着太监样的尖叫来养活他们配种生崽的命。不再修复的人行天桥，让时间消蚀的人行天桥，流落万劫之中的人行天桥，在陨落的彗星中，蛙鸣和田园走远。一张张遥远的脸，象霉变的幼芽。啊时代的皮肤已经溃烂，经典死亡的中国文化，一群寄生虫在拱着祖先的尸体，它的腐朽的气味飘过。旅馆。巴士。专卖店。世贸大楼。停车场。红十字医院。保险公司。下等酒吧。它们苍白的内心朝着天空裸露着。贩卖谎言的艺术，官员们得以谋生的起点。故乡已杳无人迹，谁还在人行天桥上寻找荒原的密码，撞车的文化，迪士高的节奏。湮灭的街巷，又一群剖腹产的高楼兀然耸立。城市还将伸出它的利爪，俘虏着我，俘虏着人群。它巨大的脚踏在人道主义上，岩石碎裂的声音，一群狼养育的财政大楼，出租车，博物馆，物理天秤，诗歌画作，铁轨，F1赛车，可乐，市长热线……它们争抢着婊子一样的城市，占据它的乳房和阴部的官员和商人们，他们回到了狼性，撕毁着有关人性与人权的篇章，上升的护城河上，石头的月经带。大潮托起的人行天桥上，神性的桥，我们手牵着手，赤脚走过。

沿着凹下去的骶椎一直到尾椎，它玲珑的曲线高于一个世纪，海伦的微笑战争的二氧化锰失控的马奔跑，一条蛇在杯子里游动一百张万尴尬的表情，在莲花上开放的孩童有一只狐狸化着书生走过。没有魂魄的莲花身没有欲望的莲花身，野兽的墓碑上写着人类是繁殖得快的生物，一只燕子便诞生了一个朝代。那只玄鸟衔着婴儿的啼哭大地啊！让我再诞生一个伟大的诗人用我的子宫当床，用我的血液饲养他，我求欢的眼里有着女兽的柔情。人行天桥上一株蛇菇开放，天狼星正俯瞰着人类的梦境在寂静的韧带中，我倾听骨骼的响声，孩子！到我的子宫里居住吧！在那里我会给你最为安静的田园，我言短意骇的衷肠！又有谁倾听第三日耶稣复活了，在虚无的秋水中澄明的寓言骑着鲲鹏升于九天之外。生活在物质之中又超然于物质之外，我用一根童年的草绳捆住逝去的元素返回大地之中，在经幡中你听到一片古老的声音，它们将要把我们引往何处，一个人的死亡必定有是另一个人诞生啊！荒凉的风吹拂着我的脸吹拂着夕阳碎裂的脸，母性的昆虫雄性的苹果一道灵符隔着阴阳两界。一群木讷的子孙跪在让木马攻克的城市，饮鸩的苏格拉底倒塌的竞技场。我们仍旧一无所知理想的王国开始幻灭，世外桃源开发成了旅游产业，你看啊！在欲望的海洋里枯草也变得坚挺！那个企图剪断祖先的脐带红色的腹部，硝烟四起醉酒的历史让权力强暴后的历史，美艳而动人放荡的历史她欢快的尖叫！在风源里剽悍的村庄让阳痿的持枪者征服，多年以后巨蟒仍在呼吸，悲剧的诞生——他在说上帝已经死亡！一双多么美妙的手——海德格尔如此说。呵可怜的渔夫你放出了魔鬼所罗门已经死亡，岁月已死谁还在轮回中等待。人行天桥上我们输掉了历史，在春宫图的第一百零页红烛似的阳具，点燃了幽暗的夜海伦的尖叫在水中，妃子被送往遥远的国度欲望的人行天桥！还站着那么多人他们在呼喊，掘开祖先的墓碑看看地下还有多少木乃伊和兵马俑，在慈爱光芒的盐里我借着土循抵达，我借助着木循逃走观音菩萨第七日戒食，沐浴她抵达虚无的桥走进莲花的宝座。过了北海过了西方的火焰山你就会抵达昆仑，不，还要走过欲望的独木断桥，阿波罗和狄欧尼索斯共同的酿成的浆汁会给你勇气！在幽暗的坟墓里那些没有影子的人，一只燕子衔走了你十克重的灵魂踏过漆黑的生死界，那个马首的人阴冷刺骨萤绿的火焰上升，让那个木匠的儿子给力量一万只乌鸦，衔枝筑桥在七月初七那天，放蛊者在五月初五寻找长虫和蟾蜍，人行天桥上我抵达的是另一个领域，风吹走我的肉体毛发血液骨骼思想。风带走我白纸样的灵魂站在人行天桥上，风在说着晚安！亲爱的！晚安！晚安！

第三章

中外散文诗的审美内涵比较

一、前散文诗与现当代散文诗

1. 前散文诗

散文诗以散文的叙述、描写、说明的笔法凝聚发散现代社会的惊心体验，以散文的形式构成一种由浓缩放射性的意义或复旨复音构成的诗的中心，因其所抒发之情感在现代都市具有其普遍性，得到了当代读者的内心认同，可是仅从散文诗的形式来看，既是散文，又是诗，中国古代的庄骚、汉赋、骈体文以至古代文人的极短篇散文，似乎都可以看成是古典的散文诗（类散文诗，前散文诗），试看：

逍遥游

庄子

北冥有鱼，其名为鲲。鲲之大，不知其几千里也。化而为鸟，其名为鹏。鹏之背，不知其几千里也。怒而飞，其翼若垂天之云。是鸟也，海运则将徙于南冥。南冥者，天池也。

《齐谐》者，志怪者也。《谐》之言曰：“鹏之徙于南冥也，水击三千里，抟扶摇而上者九万里，去以六月息者也。”野马也，尘埃也，生物之以息相吹也。天之苍苍，其正色邪？其远而无所至极邪？其视下也，亦若是则已矣。

归去来兮辞

陶渊明

归去来兮！田园将芜，胡不归？既自以心为形役，奚惆怅而独悲？悟以往之不谏，知来者之可追；实迷途其未远，觉今是而昨非。舟遥遥以轻，风飘飘而吹衣。问征夫以前路，恨晨光之熹微。

乃瞻衡宇，载欣载奔。僮仆欢迎，稚子候门。三径就荒，松菊犹存。携幼入室，有酒盈樽。引壶觞以自酌，眄庭柯以怡颜，倚南以寄傲，审容膝之易安。园日涉以成趣，门虽设而常关。策扶老以流憩，时矫首而遐观。云无心以出岫，鸟倦飞而知还。景翳翳以将入，抚孤松而盘桓。

归去来兮！请息交以绝游，世与我而相遗，复驾言兮焉求？悦亲戚之情话，乐琴书以消忧。农人告余以春及，将有事于西畴，或命巾车，或棹孤舟，既窈窕以寻壑，亦崎岖而经丘。木欣欣以向荣，泉涓涓而始流。羡万物之得时，感吾生之行休。

已乎矣！寓形宇内复几时，曷不委心任去留，胡为遑遑欲何之？富贵非吾愿，帝乡不可期。怀良辰以孤往，或植杖而耘耔，登东皋以舒啸，临清流而赋诗。聊乘化以归尽，乐夫天命复奚疑。

《庄子》是哲学著作，可作者是一个具有浪漫主义情怀的诗人，于是在《庄子》一书中，庄子充分运用诗歌想象、隐喻、象征、对比、夸张、感叹等艺术手法来展开“道”的玄思，其间又裹挟着自然天成的语流态势和雄浑充沛的生命气息，节奏鲜明，虽不具后世诗的外形标记，但是以今天的散文诗语言形式相与打量，说她是古代的散文诗似无不可。《归去来辞》已有古代“文”（文笔分野）的典型特征，形式化加强了，以骈体文的骈四俪六句式为主，以散文的段落（块状结构）抒写辞官归隐的全过程，第一段归途，第二段归家，第三段隐居，第四段归心，是散文的最常用的叙述模式——顺叙，但我们诵读《归去来辞》，如同读《庄子》一样，明显感到其中语言上的节奏和声韵协调所造成的美感，好比荡舟清流，身心摇曳，说她是美文，是散文诗，是诗化散文，也似无不可。再如：

春夜宴从弟桃花园序

李白

夫天地者，万物之逆旅也；光阴者，百代之过客也。而浮生若梦，为欢几何？古人秉烛夜游，良有以也。

况阳春召我以烟景，大块假我以文章。会桃花之芳园，序天伦之乐事。群季俊秀，皆为惠连。吾人咏歌，独惭康乐。

幽赏未已，高谈转清。开琼筵以坐花，飞羽觞而醉月。不有佳咏，何伸雅怀？如诗不成，罚依金谷酒斗数。

记承天寺夜游

苏轼

元丰六年十月十二日夜，解衣欲睡。月色入户，欣然起行。念无与为乐者，遂至承天寺，寻张怀民。怀民亦未寝，相与步中庭。

庭下如积水空明，水中藻、荇交横，盖竹柏影也。何夜无月？何处无松柏？但少闲人如吾两人者耳。

慰子赋

曹植

彼凡人之相亲，小离别而怀恋。况中殇之爱子，乃千秋而不见？入空室而独倚，对孤帏而切叹。痛人亡而物在，心何忍而复观？日晼晚而既没，月代照而舒光。仰列星以至晨，衣沾露而含霜。惟逝者之日远，怆伤心而绝肠！

金瓠哀辞

曹植

序：金瓠，余之首女。虽未能言，固已授色知心矣。生十九旬而夭折，乃作此辞。辞曰：在襁褓而抚育，尚孩笑而未言。不终年而夭绝，何见罚于皇天？信吾罪之所招，悲弱子之无愆。去父母之怀抱，灭微骸于粪土。天长地久，人生几时？先后无觉，从尔有期。

祭田横墓文

韩愈

贞元十一年九月，愈如东京，道出田横墓下，感横义高能得士，因取酒以祭，为文而吊之，其辞曰：

事有旷百世而相感者，余不自知其何心，非今世之所稀，孰为使余欷歔而不可禁？余既博观乎天下，曷有庶几乎夫子之所为？死者不复生，嗟余去此其从谁？当秦氏之败乱，得一士而可王，何五百人之扰扰，而不能脱夫子于剑铓？抑所宝之非贤，亦天命之有常。昔阙里之多士，孔圣亦云其遑遑。苟余行之不迷，虽颠沛其何伤？自古死者非一，夫子至今有耿光。跽陈辞而荐酒，魂仿佛而来享。

李白、苏东坡、曹植、韩愈的这五篇极短篇散文，也通常被认为是中国古代的散文诗，原因是：其一，篇制短而精；其二，散文的笔法，记叙、说明、不押韵、不讲究调平仄；其三，诗的意境浑出。以此类推古文中许多经典散文比如耳熟能详的《兰亭集序》、《阿房宫赋》、《前赤壁赋》、《醉翁亭记》、《滕王阁序》、《岳阳楼记》、《项脊轩志》、曹植的《慰子赋》与《金瓠哀辞》、韩愈的《祭田横墓文》、欧阳修的《祭石曼卿文》以至汤显祖的《牡丹亭题词》

也可以看成是古代的中国“散文诗”。[①] 郭沫若在30年代曾说过这样的话：“我国古代虽无‘散文诗’之成文，然如屈原的《卜居》、《渔父》诸文，以及庄子《南华经》中多少文字吾人可以肇锡以‘散文诗’之嘉名者在在皆是。”[②] 郭沫若是中国现代文学史上的著名诗人，他给古典美文“肇锡以‘散文诗’之嘉名”，影响所及以至一直以来，在散文诗界都很有一批人认为可以给古典小品文重新命名为“散文诗”。

郭沫若对散文诗的定义过于宽泛，这主要是因为他对诗的界定过于宽泛，他将诗上升到了SEIN（德语：存在）的哲学高度加以体认，因而他对诗的本质规定性近似于海德格尔的“诗即思”诗学思想，也就是说在他看来，诗超越具体的历史时空，诗的内容与形式可以表述为体相不分——诗的一元论精神亘古不变，因而古人只要在散文的形体里注入诗质，不管他是东方诗人还是西方诗人，皆可以称之为散文诗（郭沫若认为歌德的《少年维特之烦恼》也可以看成是散文诗），这种散文诗观从诗的本体论上看又可说得过，但在文体论的范围内，可就无视文体演化的历史事实了，散文诗本来就是从西方浪漫主义诗歌里分化出来的新的文类，它与自由诗质同而表达的功能及语言的特性皆有分别，波德莱尔写出自由分行诗《头发》，复又写出了散文诗《头发里的半球》，而且一前一后，如果波氏认为《头发》一诗已表达了他的特定的诗情，为何又要做一篇更加细密具有散文性细节的文字呢？显然，他自己认为只有这种不分行，索性将句子连接起来的散文诗，才足以表现复杂的现代心灵，而且，这些不硬性断开的情绪的起伏连绵也只能以这种语流句式文字，得以真实的表现。试将《头发》取消分行，变成散文体，则其诗质必遭破坏，而且将不成样子。从文体论上看，郭沫若的这种散文诗文体观，有强为古人贴标签，以后来的文体类名硬套历史上已经确认的文体的嫌疑。我们可以反过来想，如

---

① 汤显祖《牡丹亭题词》：

天下女子有情，宁有如杜丽娘者乎！梦其人即病，病即弥连，至手画形容传于世而后死。死三年矣，复能溟莫中求得其所梦者而生。如丽娘者，乃可谓之有情人耳。情不知所起，一往而深，生者可以死，死可以生。生而不可与死，死而不可复生者，皆非情之至也。梦中之情，何必非真，天下岂少梦中之人耶？必因荐枕而成亲，待挂冠而为密者，皆形骸之论也。

传杜太守事者，彷佛晋武都守李仲文，广州守冯孝将儿女事。予稍为更而演之。至于杜守收考柳生，亦如汉睢阳王收考谈生也。

嗟夫，人世之事，非人世所可尽。自非通人，恒以理相格耳。第云理之所必无，安知情之所必有邪！

② 王光明：《散文诗的世界》，武汉：长江文艺出版社，1987，页4。

按郭氏的说法，历史上所有的文类则只有诗、散文、散文诗、小说、戏剧数类而已，并且诗意化强的小说也可纳入散文诗的范畴，如此一来，散文诗的名头是大了，没有人敢于不承认它的存在，但实际上这种无限扩张其概念外延的做法，等于瓦解散文诗的独特性和文本特征，因此，我们可以说这种散文诗观是大而无当的，偏向于哲学的概念总括而缺乏科学的分析精神。①

我们发现，散文诗的产生与审美现代性的内在关系在郭沫若的论述里几乎没有触及，这是郭沫若有关散文诗论说的最大的理论缺陷，也是后来坚持散文诗"古已有之"论调的诗人学者所忽视的一个重要问题。

2. 现当代散文诗

现当代的中国散文诗与所谓的"中国古典散文诗"实际上是貌合而神离，所谓貌合，是说她们都穿着散文的外衣，所谓神离，是说她们的本体性依托——情思，已经发生了世变，时代不同，社会情景不同，现当代中国人在散文诗里所抒发的情感与古人在极短篇小品里所抒发的情感发生了很大的变化，古人出以情，约以礼道法，举凡爱情、亲情、友情、隐逸、忠愤、悲悯、孤寂、飘逸、狂放、幽闭、刺世甚至色情等等，最终化解于传统文化的大熔炉，因为文化破碎价值失衡，现当代中国人所遭遇的情感孤绝、荒诞和颓废意识不可能出现在中国古典"散文诗"中，同理，西方古代的"散文诗"也不可能出现因为文化破碎价值失衡所造成的情感孤绝、荒诞和颓废意识。试看台湾省散文诗诗人苏绍连的《七尺布》：

母亲只买了七尺布，我悔恨得很，为什么不敢自己去买。我说："妈妈七尺布是不够的，要八尺才够"。母亲说："以前做七尺都够，难道你长高了吗?"我一句话也不回答，使母亲自觉地矮了下去。

母亲仍照旧尺码在布上画了个我，然后用剪刀慢慢地剪，我慢慢哭，啊！把我剪破，把我剪开，再用针缝我，补我……使我长大。

这篇散文诗依然采用散文的叙述手法，可是它抒发了现代人的多种悲情，其中最明显的是现代人的那种疏离感，连母子亲情在现代社会也被残酷的肢解了，孟郊《游子吟》中古代情景中的那种母子亲情到了现代社会尤其是现代

---

① 黄永健：《中国散文诗研究》，北京：中国社会科学出版社，2006，页42～43。

都市里面，有可能会使做儿子的如此的痛不欲生，① 而这章散文诗的创新之处正在于她选取母为子裁布制衣的一个具体场景，而加以诗思的设计，通过“慢慢剪、慢慢哭”这个突兀的情节陡转，又用心理流程中被“剪破、剪开、缝制”的骇人意象高度抽象地表达了现代人成长过程的悲哀，实际上现代母亲已经不是古典意义的母亲，现代母亲常常被迫用现代社会的教育规训要求儿童，并且现代母亲本身也是被社会无情异化的个体存在，她在用这套规训教养孩子时，甚至她自己都有三分茫然，因此这种疏离感发生在母子之间更加令人惊骇。苏绍连的这章散文诗不禁让我们想到了波德莱尔《巴黎的忧郁》的第一篇散文诗《陌生人》，这个在人群中丢失了亲情、友情、家国情之后对于美和金钱也毫无兴趣，最后他无限伤感的宣布，只有天上的那些浮云才是他的至爱。

陌生人

波德莱尔

——喂！你这位猜不透的人，你说说你最爱谁呢？父亲还是母亲？姐妹还是兄弟？

——哦……我没有父亲也没有母亲，没有姐妹也没有兄弟。

——那朋友呢？

——这……您说出了一个我至今还一无所知的词儿。

——祖国呢？

——我甚至不知道她坐落在什么方位。

——美呢？

——这我会倾心地爱，美是女神和不朽的……

——金子呢？

——我恨它，就像您恨上帝一样。

——哎呀！你究竟爱什么呀？你这个不同寻常的陌生人！

——我爱云……过往的浮云……那边……那边……美妙的云！

我们常常说现代艺术具有诸如孤绝、惊心、荒诞、自嘲、黑色幽默等风格特征，其实这些具有审美现代性特征的文学文本和艺术文本的背后是现代人的

① 张爱玲在小说《金锁记》里》里所探讨的那种母子、母女变态情感，可以说是一种人类的变态情感模式，武则天、慈禧太后以及埃及艳后克里奥佩特拉作为女性，都是被野心支配，变成戕害亲情、背离人性的历史人物。显然，张爱玲在她的小说中所抒发所揭示的这种变态情感，不是现代人在现代理性压抑之下所激变出来的那种疏离感。

真实体验，过分“自由”结果走向自由的反面——孤绝，从文化心理中传承下来的接受习惯在现实面前被击碎，结果所遇每每锥心刺骨，由心安理得变得处处时时惊魂动魄，东西方皆因旧的信仰破灭新的价值体系有待建设，于是彷徨于两极之地，产生荒诞意识，命运之舟在现代社会的多重压力之下更加岌岌可危，人更加茫然于命运的无常，于是产生自嘲自慰的心理，并且以夸张的形式表达现代人“含泪的笑”。兰波在他的散文诗集《地狱一季》中，表达的是这种现代孤绝意识，《地狱一季》表面上看好像是兰波陷入个人的精神危机并从中解脱的诗化象征，但正如当代法国诗评价家马尔加莱特·达维斯所指出的那样：

当诗人在结尾处宣称他已胜利在握，宣称他必须成为一个彻底的现代人时，他代表的不只是他自己，而且是整个现代社会。……简言之，诗集描出的轨迹既是个人的精神拼搏，又是西方社会为摆脱基督教的历史重压、为建立新的信仰和新的道德价值观而进行的斗争。①

鲁迅的《野草》在中国散文诗历史上独树一帜，其核心的创新价值正是对于当时中国文化人的现代“孤绝”意识的自觉，鲁迅以他的文化敏感力触及辛亥及五四前后中国文化人的心灵疼痛和幽暗郁结的部位，这是他的《野草》取得成功的秘诀。当代台湾省散文诗作家渡也（陈启佑，1953～）特别留心现代都市里发生的这些锥心刺骨事件，试看他的那章广为传诵的散文诗《永远的蝴蝶》和那章冷抒情杰作《青蛙》：

永远的蝴蝶

陈启佑

那时候刚好下着雨，柏油路面湿冷冷的，还闪烁着青、黄、红颜色的灯火。我们就在骑楼下躲雨，看绿色的邮筒孤独地站在街的对面。我白色风衣的口袋里有一封要寄给在南部的母亲的信。

樱子说她可以撑伞过去帮我寄信。我默默点头，把信交给她。

“谁教我们只带一把小伞啊。”她微笑着说，一面撑起伞，准备过马路去帮我寄信。从她伞骨渗下来的小雨点溅在我眼镜玻璃上。

随着一声尖锐的刹车声，樱子的一生轻轻地飞了起来，缓缓地，飘落在湿

① 在《地狱一季》的末尾《永别》一章中，兰波宣称“绝对应该作一个现代人”，“现在是明天的前夜。强劲活力的悸动和实有的温情，让我们都领略一番。等到明天，黎明初起，我们凭着强烈的耐力的武装，要长驱直入，走进辉煌灿烂的都市”。参见阿尔蒂尔·兰波著，王道乾译：《地狱一季》，广州：花城出版社，2004，页49、93。

冷冷的街面，好像夜晚的蝴蝶。

虽然是春天，好像已是深秋了。

她只是过马路去帮我寄信。这简单的动作，却要教我终生难忘了。我缓缓睁开眼，茫然站在骑楼下，眼里裹着滚烫的泪水。路上所有的车子都停了下来，人潮涌向马路中央。没有人知道那躺在街面的，就是我的，蝴蝶。

这时，她只离我五米远，竟是那么遥远。更大的雨点溅在我的眼镜上，溅到我的生命里来。

为什么呢？只带一把雨伞。

然而我又看到樱子穿着白色的风衣，撑着伞，静静地过马路了。她是要帮我寄信的，那，那是一封写给在南部的母亲的信。我茫然站在骑楼下，我又看到永远的樱子走到街心。其实雨下得并不大，却是我一生一世中最大的一场雨。而那封信是这样写的，年轻的樱子知不知道呢？

妈：我打算在下个月和樱子结婚。

青蛙

陈启佑①

回家途中，借着迎面而来的世界上最亮的车灯，我正好读到你向上飞翔的姿势，但是当你轻轻飘下，竟有一匹急速的黑暗已经将你淹没了。所以我只能听到，春天破裂的声音。等那辆温柔的车子呼啸而去，我才蹲了下来，仔细品尝你仰卧在荒山冷湿的路面，深深的辙痕里，微笑时像一张单薄光滑的纸片。

然后我也呼啸而去了。在那路的尽头首先我只能听到一只青蛙的叫声，后来我竟听到成千上万你同伴的叫声，汹涌而来，它们都蹲在我没有灯火的眼里，频频向我询问春天，以及你的下落。

但一切都太晚了……

我立刻转身，背向那些茫然无知的青蛙

没有家的我一直含着泪不敢回答它们

“车祸夺命”在现代都市可谓司空见惯，一旦发生了车祸，车祸的现场、车祸所象征的现代人的命运不确定性，都会使目击者倍感疼痛，可以说目击者的疼痛可能会超过罹难者，那个准新郎一瞬间失去了他的爱情的对象——樱子，樱子既是现实生活中永不复生的爱人，同时也是现代生活中的一个隐喻：

① 参见王光明、孙玉石编：《二十世纪逐个经典散文诗》，武汉：长江文艺出版社，2005，页325~326。

樱子所隐喻的那个传统的美德，在现代社会大都市随时都有可能遭遇毁灭；《青蛙》中的“我”作为目击者、在场者，面对那个素未谋面的陌生人的车祸，想到都市人的生命处境和精神处境，竟至在潜意识里与无知无识的青蛙喃喃对话，这个“青蛙”对车祸（现代人祸）的木然，恰象征着古典价值与现代价值的深刻的鸿沟，诸如此类的意象和意境，都是古典时空不可能出现的诗化存在。又如：

她

张稼文

你是否见过她，那个姑娘？她那罂粟红的长裙，在我们的城市里曾经飘荡如旗帜。

她走在街上，像一阵风，那些过时的路牌像老人的牙被掀动。

她坐进电影院，像一束光，银幕上的那些明星都成了观众……

你是否见过她？

多年前我见过她像一阵风，我们宿舍楼的破墙被弄得摇摇晃晃；

多年前见过她像一束光，一些黯然的脸一些覆尘的心被轻轻擦亮。

像野鸽，像星星——是否记得？那些年，黑夜一次次企图带着她消失，但第二天她又在晨风中出现。

露珠儿一样莹透，石头一样坚强。

是否记得那个火一样在冰冷的雪地里狂舞的姑娘——她的舞姿像天使；

像我们梦中的火焰？

是否记那个树一样在沉郁的天空下疯笑的姑娘——她的笑声是音乐。

其实我们都爱过她——但我们抓不住一阵风抓不住一束光。

后来，她上了哪儿——你是否又见过她？

现在，她会在哪儿——如果你遇上她，你一定会一眼就认出她，你会在万分之一秒内重新爱上她。

这篇散文诗是邹岳汉20世纪90年代主编的《散文诗精选》中的新潮散文诗之一，作品所呈现的人物形象“她”——都市新潮女郎，她“罂粟红的长裙，在我们的城市里曾经飘荡如旗帜”，我对她的爱那样刻骨铭心，但是这种爱又那样不堪一击地飘忽易逝，虽然诗中的若干意象令我们会联想到古代社会爱情故事，比如李贺对于苏小小的精神恋爱，但是这个都市女郎的舞姿、罂粟红的长裙的衣着打扮、电影院、宿舍楼等生活环境的提示，都让我们意识到这种爱情氛围和处于爱情中的生命主体已经跨越了古典时空，现代中国人的爱情已经添加进若干当代价值，比如男女平等甚至女权抬头、个性独立张扬等，波德莱尔《恶之花》里的那个掉臂而过的妇女给予诗人波德莱尔的感受也是如此，因此，这种现代爱情既刻骨铭心，同时也令人眩晕（shock）：

电光一闪……随后是黑夜！用你的一瞥
突然使我如获重生的，消逝的丽人，
难道除了在来世，就不能再见到你？
去了！远了！太迟了！也许永远不可能！
因为，今后的我们，彼此都行踪不明，
尽管你已经知道我曾经对你钟情！

现当代散文诗着力表现“内宇宙”真实，也即波德莱尔所谓“心灵的激荡，梦幻的波动和意识的惊跳”，因此语言上较为抽象，有时候显得颇具俄国形式主义文论家所倡导的“陌生化”效果，但是又绝不是为了陌生而陌生，这种“陌生”是现代人的内心激情的自然流淌或凝定，如果仅仅从语言的陌生化程度来判断古代的“散文诗”（类散文诗）与现当代散文似的区别，那么古代的文言所写成的“赋”体散文将与今天的散文诗无从分辨。人类的情感遭遇了现代社会的意象刺激，激变转型为一种“向内转”的情意复合体，在快节奏的现代社会，散文诗——由浓缩放射性的意义或复旨复音构成的诗，有力且准确地敞开了这个情意复合体，她就能给我们带来全新的审美感动，同样是散文其形，诗其质，但是彼诗情诗思与此诗思诗情不可同日而语，现当代散文诗与古典“散文诗”的本质区别即在于此，换一句话说，现当代散文诗的区别性特征是她的审美现代性之魂，而非其语言的自由。

二、散文诗中的中国现代性

1. 现代化进程中的中国多重现代性

其实现代性及现代化情景不仅表现在散文诗里，同样也表现于新诗、现代小说、现代戏剧、音乐、美术、舞蹈、雕塑、建筑等文艺形式之内，不过发生学意义上的散文诗（波德莱尔）特别强调散文诗的现代感，这种现代感可用“新感性”一词加以延伸阐释，马尔库塞将人类在现代社会的新鲜感受称为“新感性”，所谓“新感性”特指人的感性通过对现代“统治逻辑组织生活的持久的抗议，对操作规则的批判使主体感性摆脱压抑状态，达到感觉与理智的会合，即感性的解放”，也就是“能超越抑制性理性界限（和力量），形成和谐的感性和理性的新关系”的感性。① 马尔库塞认为现代艺术用“反艺术”的方式，用“句法的消灭，词句的破碎，普通语言的爆炸性使用，没有乐谱的音乐”等激进方式摧毁旧感性，造就新感性，这种新感性通过造就新的主体而变成一种改造重建社会的现实生产力，这种艺术和审美化的生产力能把现实改造为艺术品。这种现代感——现代历史时空中所发生的“新感性”，正是审美现代性的主要内涵，因此，我们在讨论中外散文诗的共性以及中国散文诗的个性时，必须深入省思现代性及审美现代性在中国散文诗里的不同表现。

在散文诗理论界有这样的认识，即发生学意义上的散文诗在中国落地尚未生根，很快中国的散文诗就发生了美学趣味上的转变，王光明在《散文诗的历程》一文中指出：“20世纪30年代以后中国散文诗近半个世纪由内向外，由城市心态到乡村景象，由象征到写实，由复杂到简单的艺术转变，其最令人警醒处是，散文诗在20年代走向独立和成熟后，不是不断地追求这一新形式的现代美感和艺术意义，而是走向了与传统文学要求和审美趣味的妥协、认同，追求理念和社会道德意识对丰富心灵现象的“净化”，追求情感与现实的一致。”② 20世纪80年代，散文诗诗人、批评家徐成淼呼吁当时的中国散文诗要告别清浅直白，走向立体混茫，要采用新的结构方式：舍弃单纯明晰的结构方式，舍弃单一的人事线索，舍弃明白晓畅的譬喻和比方，也舍弃率直彰明的情感抒发，在叙事上，它常常打破时空顺序，而代之以时空的切割和切割之后重新组接；在写人时，它常常避免对表现对象或抒情主人公过分明确的提示，时有人称变换或飘忽不定的情形。无论写人叙事，它着重的不是人物活动的自然过程，也不是事件发展的规范轨迹，而常常用组合排列、拼接等方式，重新进行调度，使作品结构呈现一种综合而立体的网络状态。这种网络状态，往往因为作品各部分出现的并列对位、交错、重叠、辐射、糅合，而表现出强烈的“混茫”特征。③ 徐成淼80年代以来创作了一批都市题材散文诗，自觉追求文本的现代感，但是他不是表现现代都市人的疏离、孤绝、焦虑、荒诞和危机意识，徐氏散文诗拥抱都市，与城共舞，着力表现现代都市生活的生命活力和革故鼎新气象，徐成淼先生的理论自觉和创作成果得到了散文诗同仁的认同。一般认为《野草》成为中国散文诗的高峰和绝响，其中一个重要的原因

---

① 朱立元：《当代西方文艺理论》，上海：华东师范大学出版社，2003，页218～219。

② 王光明、孙玉石编：《二十世纪中国经典散文诗》，武汉：长江文艺出版社，2005，页437。

③ 徐成淼：《散文诗的精灵》，贵州：贵州人民出版社，1990，页172。

就是因为《野草》所借重的象征主义表现手法和含蕴其中的现代意识①，到了20世纪30年代以后旋被革命、救亡图存、民族国家以及社会主义的宏大历史叙事所取代、所遮蔽，直到20世纪80年代以后，《野草》中的现代主义思想取向和抒情方式才有可能得到认领并实现美学的回归。

此外，我国台湾的余光中先生贬低散文诗文体，林以亮先生认为散文诗不好拿捏，都暗示着中国文坛对于散文诗有一套既定的看法，即认为象征主义风格的散文诗，具有审美现代性的散文诗，在语言和文本结构上趋于"陌生化"和"独创性"的散文诗才是地道的散文诗，与其相对，写实主义、浪漫主义风格的散文诗，产生于政治革命话语背景下的散文诗（战歌），产生于乌托邦时代（20世纪50年代）的散文诗（颂歌）并不是地道的散文诗，可是20世纪中国文学中的某些产生了较大影响力的散文诗，比如朱自清的《春》、《匆匆》，冰心的《笑》、《山中杂感》，丽尼的《江南的记忆》，台湾省张晓风的《春之怀古》，郭风的《叶笛集》，柯蓝的《早霞短笛》等却并不是用"句法的消灭，词句的破碎，普通语言的爆炸性使用，没有乐谱的音乐"等激进方式摧毁旧感性，造就新感性，当代散文诗风格多样，田园牧歌浪漫抒情的散文诗拥有她的读者群，先锋前卫现代感或后现代感十足的散文诗也拥有她的读者群，事实证明，我们以前强调散文诗的"现代感"，并以此贬低其他风格样式的散文诗的价值判断模式，应该得到适当的检讨和反思了。

当代学者张志忠在《现代性理论与中国现当代文学研究转型》一文中，整合当代学者的集体智慧，深入分析阐释了"现代性"与中国现当代文学以及中国现当代文学研究的错综复杂的关系，文章通过对一些有代表性研究成果的归纳，总结出七种现当代文学研究中的现代性理论范式，他们分别是：（1）"轻性"现代性——市民社会一部分的新知识分子阶层、城市中小资产者阶层、自由职业者等等的存在及其意义，如张爱玲将五四理想主义的启蒙精神转换为介入世俗并且感受世俗生活所蕴含的人生的"启示"，尽情地领略世俗生

① 现代意识实际上也即现代主义的文化思潮，也可用审美现代性一词加以指认，当代学者对此多有阐释和发挥，如张新颖在《20世纪上半期中国文学现代意识》一书指出：它主要指的是以现代主义的文化思潮和文艺创作为核心的思想和文学意识。这样一来，就基本上可以表明，它是对工业革命以来的现代化的社会运动，以及与之相应的追求现代化的心理模式和思想文化表达的质疑、反省和批判，它是时代进程中的不和谐音和无组织的捣乱行为（那些能量足够大的捣乱者的破坏性甚至是致命的，会摇动某种文明的基础），这些令人扫兴的声音和举动，往往来自于从历史大趋势中脱离出来固执地走上岔路和迷途的不合时宜的少数和孤独的个人。参见张新颖：《20世纪上半期中国文学现代意识》，北京：三联书店，2001，第2页。

活的乐趣，有一份严肃的人生态度，对人生保持强烈的好奇和执著。（2）世俗现代性或“中产阶级”的现代性——随着中产阶级生活的获得，一种中产阶级气质在一些知识者文化人身上形成，还有一些人，物质生活虽未能中产阶级化，精神上却预先支付了一份中产阶级气质：精致生活的情调、怀旧的贵族情怀，个人主义的话语，抑或是女性主义。（3）反现代性的现代性——对于官僚制国家的恐惧、对于形式化法律的轻视、对于绝对平等的推崇，等等。（4）被遮蔽的现代性或审美现代性问题——沈从文选择的另一种现代性，张扬一种以自然为底蕴的、本真的人性，这种人性，不同于启蒙主义的人道主义所倡导的，也有别于仁义为本的“性善论”的人性，而是元气淋漓的生命本体，是敢爱敢恨能生能死的人生境界，并且以此对抗和鞭笞现代都市人性的萎缩和现代文明对人性的异化。（5）革命的现代性——就中国“现代”的生成而言，共产党的实践尤为重要，因为中国式“现代”的现实样式就是共产党1949年革命成功所建立的新中国。由中国式政党实践导致的全方位的高度整合（社会、观念、心性的被组织化）乃中国式“现代”的根本规定性，如此之“现代境遇”是理解一切中国式“现代现象”（包括文学理论的现代性问题）和“后现代现象”（包括文学理论的后现代性问题）的起点。（6）多重现代性——西方的以工业文明和科学民主为代表的一般的资产阶级现代性、19世纪后出现的对资本主义现代性进行反叛的美学现代性（现代主义）和马克思主义现代性。（7）“新现代性”，即物质生活中的实实在在日常生活审美化，物质现代性。① 在全球化语境之下，当代中国学者以世纪胸怀和世界眼光，对中国现代性重新加以界定，新的学术阐释和理论视野必然引起散文诗理论界的学术反思。

中国散文诗与新诗同时起步，虽则当时的散文诗尝试者未必都读过波德莱尔，或对于散文诗的审美内涵有所理解，但是，中国散文诗与新诗起步于中国文化告别传统，艰难创新的20世纪20年代，所以中国散文诗又宿命般地与中国的现代性联系在一起，并且与西方的现代性发生了文化上的呼应，正如王富仁先生所指出的，五四新文化运动以来的新文学就是“中国现代主义文学”，一个与西方现代主义有所联系却不尽相同的新的文学概念，西方的现代主义文学的前提是“上帝死了”，中国现代主义文学的前提是“圣人死了”，西方现代主义的创始者们因“上帝死了”而落入现代性的孤独，有了对文学的现代

① 张志忠：《现代性理论与中国现当代文学研究转型》，载《文艺争鸣》2009年第1期。

主义的理解，中国现代主义在“圣人死了”之后，落入现代的孤独而有了对文学的中国式的现代化理解。后者所面对和弃取的，不是20世纪所发生的西方现代主义文学，而是对中国古典文学的扬弃和转换，是中国的现代性命题。当中国文学在现代性的旗帜下与中国的古典主义告别的时候，西方文学则是在告别浪漫主义、现实主义的过程中获得自己的现代性的，它们的现代性是与浪漫主义和现实主义相区别的。但西方的浪漫主义、现实主义和西方的现代主义的影响在中国共同参与了中国文学家为中国文学的现代化转变所作的努力，它们共同起到了促进中国文学由旧蜕新的现代化转变，因而它们也共同组成了中国的现代主义文学。① 西方散文诗兴起的几个前提是：（1）上帝已死；②（2）浪漫主义、现实主义风光不再；（3）现代主义的创始者们落入了现代性的孤独。而中国散文诗兴起的几个前提是：（1）圣人已死；（2）浪漫主义、现实主义（包括古典主义）依然鲜活；（3）中国人落入了现代化的情境之中（未必只是孤独）。如果我们不再以西方的散文诗价值尺度来度量中国散文诗，那么，20世纪以至新世纪的中国散文诗中出现的浪漫主义、现实主义（包括古典主义）文本，都应视为与西方现代主义散文诗有所错位并依然可以“现代主义”加以定性的现代汉语散文诗。最近，中央美术学院院长潘公凯在《中国社会科学报》发表谈话指出，西方的现代性模式确实具有某种普适性，然而其合法性是建立在它适用于全人类需要的基础上，因而既不表明西方是人类文明的中心和目的，也不说明这种模式放之四海而皆准。在不同的继发地域之间，会因现代基本元素的共同性而贯穿着某种一致性和相似度，同时也会因不同文化积淀、历史记忆和现实经验而有独特性创造。由于现代中国的经验是全球现代性事件的重要组成部分，中国经验的参与将使现代结构具有更完整的普适性，因此在20世纪中国社会救亡图存大背景下所产生的“传统主义”、“融合主义”、“西方主义”和“大众主义”四种流派，可以统称为中国美术的现代主义，是在原发性现代主义艺术基础之上所发生的继发性现代主义艺术。③可见，当代人文学界就中国的“现代性”问题，逐渐达成文化自觉意义上的学术共识。

2. 中国散文诗中的多重现代性

我们这儿所说的散文诗当然是指20世纪以来的现代汉语散文诗文本，是

① 王富仁：《中国现代主义文学论》，载《天津社会科学》1996年第4、5期。

② 波德莱尔散文诗《陌生人》中那个陌生人说：我恨它（金钱），就像您恨上帝一样。

③ 参见潘公凯与《中国社会科学报》记者的“对话”，《中国社会科学报》，2010年5月27日。

几代中国散文诗作家在祖国谋求现代化的进程中，凭借散文诗文体，而表现出来的不同时期、不同个性的继发性“现代性”情绪体验。稍加分析和整合，我们就能从20世纪以来的中国散文诗文本中找到上文所提及的七种“现代性”所对应的优秀杰出之作。

(1) 反现代性的现代性（审美现代性）

诉诸现代主体的情绪体验，是一种“扩展性发散演绎的现代感情、情绪状态”（见《中国散文诗研究》），这是中国散文诗的主流，以鲁迅的《野草》为代表，《野草》时代的高长虹、李金发、刘半农、王统照、于赓虞、焦菊隐、唐弢等也创作了可堪传世的力作，到了20世纪50年代以后，台港散散文诗作家商禽、痖弦、苏绍连、渡也，陶然、蓝海文、秀实等都有优秀作品问世，20世纪80年代以后中国大陆徐成淼、许淇、昌耀、耿林莽以及目前的中青年散文诗作家如桂兴华、灵焚、周庆荣、林登豪、方文竹、红杏、李松章、林登豪以至最近出现的打工诗人郑小琼的散文诗最具有代表性，这类作品的特点表现在：其一，关注内宇宙、潜意识活动，常写超现实梦境；其二，晦涩、荒诞、反讽、震惊、阴暗的笔调；其三，死亡、生命、孤独等为主题；其四，语言的陌生化。试看兰波与高长虹的同题散文诗《黎明》：

黎明

兰波

我吻抱夏晨的黎明。

宫殿前的一切依然静寂，流水止息。绿荫地不曾在林路里消失，我走着，激醒一阵强烈温润的气息，宝石凝视，翅翼无声地扬起。

我朝金色的瀑布轻瞥一笑，她散发穿过松杉林：由那洁银的顶梢我认出了她是女神。

于是我层层撩开轻纱，在小路上我挥动双臂。自那原野，我向雄鸡举告了她。在城区，她在教堂的钟塔与穹顶间逃离，我追逐着她，乞丐般飞跑在大理石的岸上。

在路的尽头，月桂树边，我以层层轻纱将她环抱，隐约嗅到她无垠的玉体。黎明和孩子一起倒在树林的低处……

醒来，已是正午。

黎明

高长虹

那在天空响着的是什么声音呵？

我今早才登上这山的顶巅！我今早才登上这人群的顶巅！

空气流动呵！自由地流动呵！

那在几乎望不见的苍茫的下面像带着什么神秘隐藏着的不是太阳吗？哦，它一定是带着伟大的意义！

只是这样苍茫！一切都这样苍茫！一切都这样灰白色分不出明暗！

连星们都把它们俊俏的眼睛闭了。星们呵，你们是怕见黑暗吗？你们是怕看见光明吗？但是，白日快要到了。

空气！流动呵！你带着我的声音告诉给全世界：白日快要到了。

只是这样灰白色！我望不见我的邻人！邻人们，你们都还没有醒来吗？

我今早才算逃出了那里，那被黑夜封锁着的！

那在下边，那在拥挤着的，那在呻吟着的——那是一个噩梦！

那在梦魔的指挥之下夜游的人们，我的兄弟们呵，我的兄弟们，你们再不会疲倦吗？白日快要到了！

那是从太阳来的声音。不然，那是从天空来的声音。不然，那是从地底来的声音。不然，那是我自己的心的颤动。

我的心在跳了！那在拥挤着的，那在呻吟着的，便是我自己的心！

一座战场，建立在我的心上，多么无意识的，怪异的，混乱的冲突呵！

喂！我的邻山！你为什么痴立着像一尊石像？

钟声还没有响吗？那可以吞没了一切啾嘈的洪亮的声音，那预示太阳之将升的？

弱者倒在我的脚下。站起来呵，去反抗那些强者！

强者也将要倒了。他们将要永远站不起来。哦，究竟谁是强者呢！

天是这样的昏暗！天是这样的昏暗！地是这样的昏暗！

太阳！

太阳！

两篇散文诗都写梦境，在象征性的梦境中，现代主体从现实的现代性规约中暂时脱逸出来，兰波在追寻黎明之神的精神梦游中得到了短暂的解脱，高长虹在追寻梦中尼采的超现实幻想中，人格力量陡然膨胀，并以一种新的圣人——太阳，短暂地取代了传统中国的圣人。

(2) 世俗现代性或“中产阶级”的现代性

这类散文诗作家具有强烈的现代意识，但是正如上文所指出的他们追求精致生活的情调、怀旧的贵族情怀，个人主义的话语（包括女性主义立场），现代文学史上著名诗人徐志摩、梁宗岱、何其芳、冰心、石评梅、宗白华以及当代的叶梦等可以作为代表，试看宗白华的《杨柳与水莲》：

晓风里的杨柳对残月下的水莲说：

“太阳起来了，你睡醒了么？你花苞似的眼里为什么含了清泪？”

“它是我昨夜恐惧悲哀的泪，也是我今朝欢欣感涕的泪。”

“你恐惧着什么？你悲哀些什么？”

“啊，夜的黑暗呀，污泥的冷湿呀！”

“你不曾看见夜的美么？”

“我含泪的眼和悲哀的心，一届黄昏，就深藏到绿叶的沉梦里。”

“夜的幕上有繁星织就了的花园，园中有月神在徘徊着，有牛童织女在恋爱着，有夜莺啼着，有花香绕着，你何不从那绿叶的帘里，来到碧夜的幕中！”

水莲说：“啊，是呀！”

太阳落后，明月起时，可怜的水莲，抱着她悲哀的心，含泪的眼，亭亭地立在黑暗的深处。

这篇被选入《二十世纪中国经典散文诗》的散文诗出自美学家宗白华之手，宗白华先生可谓深谙西学及西方现代派，但是他以跨文化诗学视野又从容超越了现代派的激烈和亢奋，以包含传统文化意味的“杨柳”、“水莲”曲曲传达身处现代语境那份美丽的“哀伤”，“可怜的水莲，抱着她悲哀的心，含泪的眼，亭亭地立在黑暗的深处。”“水莲”的悲哀在于无人解语，这实际上是生活在现代情境中的“现代士大夫”的集体感怀，这种感时伤怀的情愫在中国现当代文学史上不断发出回响，甚至到了五六十年代的白先勇，这种“现代士大夫”的忧伤依然赢得广泛的唏嘘与认同。至于女性主义意识虽然在早期的石评梅那儿已经有所表现，但直到20世纪80年代叶梦的《雨季的情绪》、《月之吻》、《梦中的白马》等散文诗，才得到酣畅淋漓的展示，《月之吻》、《梦中的白马》与大约同一时期出现的女性主义诗歌如伊蕾正的组诗《单身女人的卧室》共同参与了中国当代女性主义话语的众声喧哗。试看：

雨季的情绪

叶梦

……

一切激情都埋伏在殷殷的等待之中。

没有耐心的女人无意注视这千篇一律的潮起潮落。她们总是漫不经心地重复这每一次令人晕眩的等待。每当她们面临每一次周而复始的选择，母性的创造欲总是鼓动她们，芬芳的花蕊总在诱惑她们畅饮生命的蜜汁。

没有头脑的女人们在纷乱中往往被弄得毫无秩序，她们常常感到一种莫名其妙的不安。

她们口里含着酸甜的话梅，手里绞着乌黑的长发不知所措，站在风里一味地媚笑。

《雨季的情绪》虽不是直接写自我情欲潜意识的涌动，但是作者通过特殊的意象暗示（芬芳的花蕊总在诱惑她们畅饮生命的蜜汁），通过女性身体感受（没有头脑的纷乱、毫无秩序、不安）和躯体表现（含着酸甜的话梅，手里绞着长发不知所措，站在风里媚笑）的描述，直接进入女性意识写作的独特视域，很显然，没有经历过这种心理生理体验的男性作者是很难真切地道出这种独特的女性体验的，又如：

潇潇酥雨使土地变得松软，一切生命传递的通道变得富有了弹力，发出一种潮湿的芳香。

……

制造生命的工厂又一次用试管调整着生物化学的酸碱度。

于是，女人的红唇红得妖冶燃烧着诱惑。

于是，女人的眸子贼亮贼亮发出不可告人的诡魅。

于是，女人的两颊无可奈何地被涂上两片如火如荼的云霞。

……

对女人的自然情欲骚动不作掩饰和盘托出，让我们感受原始的欲望的自然本真状态，这种直露女性情欲原真状态的表达方式与传统的爱情散文诗中唧唧依依、伤春悼秋，风花雪月、生生死死的情爱陈述是大异其趣的。叶梦的《月之吻》和《梦中的白马》更通过梦境的叙述，直抵女性情欲潜意识深层，触及到了女性花容月貌遮挡住了的情欲的原始骚动。《月之吻》中的泡桐树是“我”初次接受男人之吻的见证和背景，同时也是一个隐喻性的符号——女性满足情欲的对象，于是我偶尔不经意地看见那棵树，脸便绯红，心儿咚咚地跳。

那棵奇怪的泡桐树知道我的秘密。我一看见那棵树便觉得十分羞怯。

叶梦对于梦境里潜意识的叙述不像有些超现实诗人，笔下的意象和心理流程过于怪诞而让人无法介入，叶梦的梦境里的女性欲念是清晰的，而其表现则极其诡秘阴凄，意象奇崛，缘女性的欲念渴求而生发，让我们想到了聊斋里那些女鬼的音容笑貌，因而整体形成了阴凄冷艳的抒情氛围，让我们感觉她是在呈示欲望的骚动但并不粗俗：

一大团迷魂草的香气又漫了过来。

我绵软地靠在他的肩上——那不是我想象中的男人的肩膀。

我像一个幽魂勾住了他的手臂。那手臂硬硬的如树枝，当时的我并不怀疑那树枝一样的手臂。我已吸入了迷魂草的芳香。

后来，我便像太空人一样在月色里飘回我的屋子里。

屋子里没有灯，只有月色如银汁泼进一大瓢在我的窗前。

镜子里收集的月光照亮了的绯红的脸，我赶紧把它翻过去。

我用冰冷的双手捧着一张滚烫的脸。

我打来一盆清水放在窗前，盆里浸着一盆冷生生的月光，落进一枚残缺的下弦月。

我用一条雪白的毛巾，反复地擦着那一片冰冷的吻迹。

疲倦海水一样漫过来，后来我睡了。

(3)“轻性”现代性

表现出对于现代生活的投入和赞赏，告别农耕时代的节奏和静美，进入都市的流行时尚拥抱都市，尽情舞动生命和激情，试看徐成淼的散文诗《明亮的时刻》：

在这明亮的时刻，在标准的街灯透视图的背景上出现了你浓黑的剪影。出租车从你的背后驰来，灯光为你的躯体焊上了一条绝妙的金边，日环食！

你纷披的柔发，一簇波动的光纤：现代派荒诞的构图，产生一幅空前绝后的稀世名画。生动，奇丽，随着你步履的每一轻盈，变幻全息的电子图像，光和影最默契的配合和认同。

我经历过的那些漫长的痛苦和短促的欢悦，都随着你有节奏的颤步，随着你浓黑的阴影和光环，重新向我移近；刹那间开启我的全部身世和全部顿悟。

然后出租车驶入侧街，你浮现于霓虹的海，橙黄、靛紫、朱红。夏日西天黑色的浓云，溢满夕阳的万道辉光。

在这个明亮的时刻，你的黄金曲线从另一个天地移向我，移向我的眼，我的心，火色的梦飘弋。

终于汇入十字街涌动的人流，我追踪你轻盈的跳荡，追踪你梦般的飘游……直至，金色的光环消失，夏日黑色的浓云溶于夜空。我的目光已不能分辨，只用心，用某种微妙的思绪，延长着对你的追寻。

《明亮的时刻》，写现代都市爱情，显然已不是传统社会的爱情存在方式了，“日环食”、“光纤”、“全息电子图像”、“出租车”等当代都市物象的进入，使这篇散文诗颇具现代气息，它颇似波德莱尔《致一位交臂而过的妇人》，但是作者的态度是“明亮”的，他赞美现代生活，不像波德莱尔以“交臂而过”的遗恨表达他对都市生活的失望和沮丧，在徐成淼的散文诗里，同步卫星、时间隧道、电子图像、时装表演、旋转餐厅、航天飞机、出租车、UFO、通宵电影等现代都市物象和生活场景成为诗人着意表现的题材，但是作者总的情感态度是肯定的，肯定现代生活的价值，也即是上文所说的尽情地领略世俗生活的乐趣，有一份严肃的人生态度，对人生保持强烈的好奇和执著。

（4）被遮蔽的现代性

如20世纪30年代丽尼、田一文的散文诗《鹰之歌》、《江之歌》以及许多少数民族散文诗作家或生活在边疆地区的散文诗作家的作品，着意表现与现代生活和现代人性相对的另一种生存状态和生命活力，因为这种活泼的生命力直接构成了对于现代人性的挑战和必要的补充，因此这类散文诗同样获得了它的存在价值，成为中国散文诗不可或缺的一种表现形态。田一文的散文诗《江之歌》开头：

嗒

嗒——

嗒，嗒，嗒，嗒……（这铜色的背脊的船夫号子声）

至全文结尾，诗人回应前文，又让这些原始的合唱回荡在大江之湄：

嗒

嗒——

嗒，嗒嗒嗒……

嗒嗒地吐着原始的力，嗒嗒地作出雄壮的合唱。

嗒，江在壮着他们的胆子。

20世纪80年代，汉语散文诗实现了现代主义的回归，波德莱尔式的反讽、震惊、梦幻书写得到了当代中国散文诗诗人的重视，但是这其中依然有一批诗人，尤其是生活在边疆和少数民族地域的作者，目睹现代化、城市化对于传统文化（包括汉文化传统和少数民族文化传统）的冲击和腐蚀，顽强执著地用散文诗形式赞叹人性的传奇、自然的雄浑壮阔和少数民族的民风民俗，以此构成对于现代化命题的反讽和质疑，莫独（哈尼族）、喻子涵（土家族）、梅卓（藏族）、瓦历斯·诺干（台湾省泰雅族）以及常年生活在边疆地区的当代散文诗诗人亚楠、堆雪等的作品较具有代表性，莫独《绿春哈尼长街宴》片段：

这该是一个怎样的日子？在那句冲天的牛角号声中，多少迫切的期待把紧闭的黎明踢打。

（劲头十足的腮帮鼓起）

过山号响起。

喧天的锣鼓声穿过期盼的心地，翻山越岭。

林立的鸣火枪在屋顶爆响，山寨颤动。

谁把那条久违的包头巾郑重戴上，端庄出门？

谁将那张普通的小篾桌认真端起，昂首出村？

那件绣满花草的哈尼彩衣终于从梦中醒来，精心把这个俗名叫多娘的边陲小城打扮得花枝招展。

一个花团锦簇的十月年，就笑逐颜开了，款款地走到了人们的中间。

那只蓄满希望的哈尼大鼓终于从心底震吼，竭力让这方大名叫绿春的边地山城播荡得风风火火。

一个笑声璀璨的干通通，就欢天喜地了，板板地来到了大家的面前。

那件绣满花草的哈尼彩衣，在农村城市化过程中如同哈尼文化一样被人久久地遗忘了，借着这个发生在2004年11月云南绿春的哈尼长街宴，它又认真地自本土文化传统中崭露头角，牛角号、锣鼓声、包头巾、鸣火枪、小蔑桌、哈尼大鼓……它们从人们麻木的记忆中突然复活了，长街宴汇聚八方来客包括西方游客，莫独的散文诗读者千千万万，其间传统与现代调情，现代与传统合唱，而造就另一种“现代化”景观。

又如亚楠的《喀拉库里湖》：

若不是这样的海拔高度，雪峰为何如此洁白？

孤独渗入血液，刻骨铭心的痛，把山交还给山。

我的高度肯定在雪线以下，目光所及，依然是山花、松木、大片的牧场。还有那么多野鸽子，它们快乐地唱着情歌。

金雕当然是我最好的兄弟。雪线以上的那些高度，不管什么时候，它们都会替我去完成。而剩下的一些问题，就是如何做好自己的事情。

我不会迷失在那些浅薄的空谈中。在咯拉库里湖，只要阳光还能够照亮每一滴水，春天就会妩媚起来。当牧歌缓缓响起，再深的寒冷也不会成为寒冷。

而此刻，如果把视线投向最高的冰峰，看看那些坚硬的雪，那些冰冷的骨头，肯定会发出青铜的声音。

这才是我的喀拉库里湖啊！

那一年深秋，慕士塔格峰的高度，照亮了我的迷茫……①

亚楠的散文诗多以雪山、荒漠、草原、边地风情以及各地人文为主题，那些边地绝景的情感直观和智慧发现，成为他本人精神世界的有力的支撑点，同时也给生活在当下的读者群以一种原始的野性的感动，它使我们相当单调乏味的生活动荡颠簸起来。

（5）革命的现代性

中国革命的思想资源来自西方，虽则马克思主义学说有其反资本主义（否定西方式的现代化）倾向，但是马克思主义尤其是列宁主义本身就带有西方宗教理念和西方式的思维习性，比如阶级斗争学说既是西方二分式思维模式的衍生物，同时也可以看作犹太教和基督教教义里种族、信仰族群不平等的理念衍生物。20世纪中国人在救亡图存的现实需要的驱使之下，发扬儒家文化积极用世的实用理性精神，将马克思所设计的并且由列宁和斯大林所成功地进行了一场实验的革命模式，引入中国，这场革命的的历史功过自有后来者进行更为客观的评估，无论如何，中国革命促进了中国的现代化，因为革命本身就裹挟着“现代性”的某些内涵，如平等（反权威、破伦常）、自由（信仰一统前提之下的自主选择权、反封建革命行为自由）、法制（革命组织内的纪律规约）、人权（男女平权）等，因此可以说，从20世纪30年代左翼革命文学开始，中国现当代文学实即开启了一场“革命的现代性”言说，“革命的现代性”言说与“审美现代性”言说的不同之处表现在言说态度上，“革命的现代性”言说包括中外散文诗的“革命的现代性”言说拥抱革命，用真挚的情感投入革命的理念和革命的行动，如流传甚广影响了几代革命青年的高尔基的《海燕》，“海燕”被贴上“革命者”的标签之后，在自命为革命者的读者那儿，就产生了基于革命信念之上的情感震撼力，异代之时，已不知革命为何物

① 亚楠：《落花无眠》，北京：中国青年出版社，2010，页205。

的读者可能会对《海燕》作出其他的解读，比如人类学的、宗教学的甚至论理学的解读，但是就这篇散文诗所发挥的功能而言，说它属于散文诗中“革命的现代性”文本，应无异议。

中国现当代文学史上都出现过赞美革命，欢呼革命、鼓吹民族斗争和歌颂新中国新时代的散文诗文本，如茅盾、王统照、瞿秋白、丽尼、刘北汜、田一文以及郭风、柯蓝、刘湛秋、许淇、李耕、顾工、王中才等，其中有些作品在当时产生了较大的影响，如瞿秋白的《暴风雨之前》、丽尼的《鹰之歌》、《江南的记忆》，《鹰之歌》表达作者对革命的向往和幻灭感，但是那个“展开了两只修长的手臂，旋舞一般飞着”的“鹰”（女革命者）却是作家倾情讴歌的对象，虽然现实斗争惨烈可怕，但是这个坚韧、顽强、勇于献身的女革命者却给他带来兴奋和希望：

“然而，有一次夜晚，这年青的鹰飞了出去，就没有再看见她飞了回来，一个月以后，在一个黎明，我在那已经成了废墟的公园之中发现了她底被六个枪弹贯穿了的身体，如同一只被猎人从赤红的天空击落了下来的鹰雏，披散了毛发在那里躺着了。那正是她为我展开了手臂而热情地飞过的一块地方。

我忘却了忧愁，而变得在黑暗里感觉兴奋了。”

——《鹰之歌》

《江南的记忆》写于抗战最为酷烈的1938年12月，作者以高度概括的散文诗语言触摸、扫视沉沦的江南国土，家国情、正义感和深沉的悲哀笼罩全篇，读来令人精神振奋：

江南，我们底！

丰饶的、和平的土地（自古以来，在那里出产着丝、茶，和鱼、米）。

那里的人民是那么和平，有的人，有五十年不曾听见过枪声。

但是，现在，为了民族，为了自己。

他们，一个一个的地，在他们的手里，拿起了自己的武器。

郭风、柯蓝的《叶笛集》、《鲜花的早晨》和《早霞短笛》真诚地抒发了一个时代（1949～1957）人民的集体情感，因此即使现在后现代的批评视野也应该充分加以肯定，郭风的《叶笛》歌颂劳动、太阳、旗帜，柯蓝《我的赞美》赞美解放初和大跃进时代，并且将赞美的对象美化到了空前绝后的地步，在今天看来当然有些夸张，可是从文学艺术以情为根这个角度来看，还是有其情感体验的真实性，而且，在20世纪中国走向现代化的过程中，它们实际上起到了某种促进作用，如鼓舞民众弃旧从新，参与社会主义运动（相对于传统的另类国家现代化运动）等，正是在这种意义上，我们称此类散文诗为表现“革命的现代性”的散文诗。

（6）多重现代性

西方的以工业文明和科学民主为代表的一般的资产阶级现代性、19 世纪后出现的对资本主义现代性进行反叛的美学现代性（现代主义）和马克思主义现代性，这三种现代性实际上包括在反现代性的现代性（审美现代性）、世俗现代性或“中产阶级”的现代性、“轻性”现代性和革命的现代性范畴之内。早期散文诗诗人王独清的《塞纳河畔之冬夜》对资本主义的夜巴黎极尽挖苦抨击之能事，同时有意唤醒劳动阶级的“可怜的兄弟们”，有朝一日“放起火来，把这个繁华的巴黎城，烧一个干净”！它表现了反叛的美学现代性（现代主义）和马克思主义现代性的融合。

（7）“新现代性”

即物质生活中的实实在在日常生活审美化，物质现代性。这是当代文学评论家张未民提出的观点，他认为在把握现实生活的时代特征上，过分看重精神性，使它无法有效而深刻地追踪和表现生气勃勃地展开的现实，无法表现新现代性所张扬的合理的生活欲望。90 年代以来我国当代文学文本如王朔的新写实小说和《废都》、《活着》、《长恨歌》以及女性主义小说等，解除了80 年代启蒙现代性的内在紧张，使生活的空间或历史的时间得以总体化，充满了世俗感，对欲望生活、物质生活、日常生活的留恋、迷恋之上，颓废与坚韧，随波逐流与意志信守，都依“生活”二字的追问沧桑而直似一部生活的感性启示录。① 与其相对应，中国散文诗里也出现了将日常生活加以审美化的佳作，以散文诗这种现代文体张扬生活欲望和感官享乐，有意摈弃以前的那种反讽、批判和否定的思想倾向，在生活的当下拥抱生活的真理——感性世界自然包孕着宇宙人生常道，所谓肉身既是道场，烦恼即是菩提，这种审美态度和认知方式，随着大众文化时代的到来，博得了越来越多的作者和文艺批评家的理论认同，当代散文诗作家叶梦的散文诗或许是一个较为明显的例证。

① 张未民：《中国“新现代性”与新世纪文学的兴起》，《文艺争鸣》，2008 年第 2 期。

附：

吃的系列

叶梦

一、臭豆腐：接头暗号

臭豆腐是我与一个城市的接头暗号
那个潮湿的南方内陆的城市
长沙——坡子街——火宫殿——臭豆腐……
城市的气息，通过几片臭豆腐让我具体牵挂
火宫殿的臭豆腐，隔不久，就想啊！想死了
每到阴雨连绵的季节
抑郁就会生长，我就会没有来由地想念火宫殿的臭豆腐
潮湿的日子，人体的湿热积聚，需要一个宣泄的方式
辣呵呵的臭豆腐就在记忆里浮现
记忆变成一种很强烈的吃的欲望
就像喉咙里长出了一只手，在摇着“臭豆腐啊……”
没有完成这个吃的过程就心里发慌
非得要去辣呵呵地享用火宫殿的臭豆腐
吃过了，牵挂变成具体的抚慰。舌头鼻子眼睛同时一齐出动
享受吃的快感。香啊——吸入鼻子，焦而软——舌头表示
火宫殿的臭豆腐色香味是植入我记忆的密码
由舌头眼睛鼻子共同完成的关于臭豆腐的采访任务，最直接地由舌头受用了
臭豆腐：它总是在不同的时间向我发出一种欲望的暗号
我就那么惦记着一盘火宫殿的臭豆腐啊
文革中背过毛主席语录，其中最有色彩的莫过于：“火宫殿的臭豆腐，好恰（吃）!”
(地图以及关键词：长沙——坡子街——火宫殿、

二、米粉：早上的约会

很多年前，我到新疆流浪一月多
我习惯了戈壁习惯了羊肉、拉面、奶茶和馕，乐不思湘了啊，呵呵
突然我的舌头告诉我
它想家了
它想起了湘北的那个城市

想念它的在那个城市的情人
它每天早上约会的那个妙不可言的可人儿
香喷喷——
软滑滑——
透鲜透鲜——
那比面条宽，比面条软，比面条白
薄薄的，半透明的像绸缎的米粉啊
骨头浓汤做汤。肉丝的浇头，碧绿的葱花……
还有剁辣椒
嗞嗞嗞（吸一口气，好香啊！）
唆唆唆（轻微的响声）
经过舌头（具体享受的是舌头那个厚颜无耻的家伙）
我的舌头认为米粉是世界上最美的尤物
也是它每一天早上都要约会的情人
舌头是一个执拗的家伙
拉面、馕都没有办法俘虏它的芳心
我回到长沙，连行李也来不及放下
雷急火急走进粉店：
大声地喊：
来一碗——
肉丝！
(地图以及关键词：益阳大码头盛光保米粉店/长沙一家米粉店)

三、发粑粑：米的软雕塑

发粑粑是我的童年记忆里最为强烈的东西
外婆给一枚两分的硬币。我把它紧紧地捏在手心马上奔向发粑粑铺
等待，新的一锅粑粑出笼
巨大的灶，热气腾腾
做发粑粑的过程就像做雕塑
通体美感充满过程
洞庭湖的白白的大米，浸泡成白而胖的大米粒
和着水舀一瓢喂进石头水磨
手摇动磨子，源源泻下牛奶一样的米浆

发粑粑铺的老板娘手把绿釉的浅钵。舀一瓢生米浆，再舀一瓢发酵的米浆

用舞蹈般优雅的姿势搅拌

米浆舀在蒸笼的隔布上。很优美地划一个弧线很像打一个句号。一个粑粑相当于舀米浆的勺子打的三个句号

这一锅做好，灶上的那锅就熟了

锅盖一揭，蓬松的发粑粑，蓬蓬勃勃向四周散发着米的甜香

老板娘扯半张荷叶。包着这个白胖的东西我先不吃，舍不得，先搁鼻子深深地吸一口气

荷叶的清香与发粑粑的米的甜香

啊

好恰（吃）

（地图以及关键词：益阳三里桥李家发粑粑铺）

四、甜酒：米的诗行

甜酒熟了我睡了

香气从外婆的屋子里跑出来。把我从梦里吵醒

偷吃几勺，呀呀！全身舒展，醉了

晕晕地，热血在血脉里奔走

我变成了另外一个人

甜酒是糯米做成的诗

发酵的过程像一首诗歌的酝酿过程

木蒸笼搁在大铁锅上，把泡湿的糯米蒸熟

晶莹透明的大米，像晶体一样竖立，发出琥珀似的光芒

冷透后，拌入酒药，在陶钵里拍紧，中间挖出一个圆洞

糯米进入了冬眠，加一点温度焐着

开始只是发热，激情在黑暗中孕育

一个对时（二十四小时）后，来神了

慢慢地就酿出酒酿

洞里的酒酿溢出了

最后，酒的潮水大涨，淹没了酒糟

酒糟像一条船在浮酒酿打圈圈

糯米的身体缩小了像长出了芽的空壳

好甜酒是红的，是一种不可求的意外

甜酒的表面像艳阳下的红玫瑰
意外地得到红色的甜酒是一种幸运一种喜庆
一粒糯米
被变为甜酒的过程
虽然是化学反应
但是很诗意
(地图以及关键词：益阳头堡苏楚江甜酒铺子/买甜酒药自己酿甜酒)

三、散文诗融通——在审美现代性的尽头

1. 散文诗的文类要素——审美现代性

作为一个在文学史中通过自身集聚、腾挪，变演、凝形，化无为有的散文诗文类，它得以成立的最主要的文类要素是它的审美现代性，所谓审美现代性，中国学者将它描述为：

工业革命以来现代化的社会运动，以及与之相应的追求现代性的心理模式和思想文化的质疑、反省和批判。①

对于发生于近代中国的“审美现代性”，当代中国学者论述如下：

审美现代性，在这里是审美—艺术现代性的简称，即它既代表审美体验上的现代性，也代表艺术表现上的现代性。在现代性的诸方面中，审美现代性是看来非实用或非功利的方面，但这种非实用性属于“不用之用”，恰恰指向了现代性的核心—现代中国人对世界与自身的感性体验及其艺术表现。审美，西文作 aesthetic，原意为感性的或感觉的。审美现代性（aesthetic modernity），就是指中国人在现代世界感性地确证世界与自身并加以艺术表现的能力，或感性地体验现代世界和自身并加以艺术表现的能力。它涉及这样的问题：在现代世界上，中国人还能像在古代那样自主和自由地体验自己的生存状况、寻找人生的意义充满的瞬间吗？这样，正是审美现代性能直接披露作为现代人的中国人的生存体验状况、整体素质和能力，从而成为中国现代性的一个极为重要的方面。审美现代性往往表现在如下几方面：从古典审美意识向现代审美意识的转变，即确立属于现代并融合中西的审美情感、审美理想和审美趣味等；以现代审美—艺术手段去表现现代人的生存体验，涉及从旧文学到新文学的转变，国画与西画之争，国乐与西乐之辨，戏曲与话剧的关系，及新的表现手段如广

① 张新颖著：《20世纪上半期中国文学的现代意识》，北京：三联书店，2001，第2页。

播、摄影、电影和电视的引进等；参照西方现代美学或诗学学科体制而建立现代美学或诗学学科，从而出现中国现代美学或诗学。就上述方面而言，以现代审美—艺术手段去表现现代人的生存体验，是尤其值得关心的。单从文学角度说，以现代审美—艺术手段去表现，首先就意味着以现代汉语为书写形式、以相应的现代审美—艺术语言规范去表现，如实现从古典章回体小说到现代小说、从旧体诗到新体诗、从文言散文到新散文、从戏曲到话剧等的转变。①

波德莱尔在《现代生活的画家》一文中将它描述为：

现代性就是过渡、短暂、偶然，就是艺术的一半，另一半是永恒和不变。

现代主义艺术或曰现代派艺术（这里的艺术包括文学在内）的本质规定性也是这个审美现代性，其总体背景是人类历史的现代化。“现代化”是一个同质化（Homogenization）的过程，即在时间和空间上由西方到非西方渐次全面推行现代性理念和现代性实践，如都市化、工业化、科学技术、信息传播、金融制度、移民等等，各种不同的文明、不同的地域逐渐趋同，甚至可以画出一个单向发展的轨迹：西欧—美国—北欧—东亚—拉美—伊斯兰世界—非洲。它是迄今人类历史上最新型的、实践上独一无二的文化现象，其典型的表现——社会结构的分化、都市化、工业化、市场化、世俗化、民主化等等，“现代化”跃跃欲试，大有削平不同文化主体、文化模式独特个性的趋势。相对于每一个人类个体而言，现代化的利器——现代性（Modornity），② 实即现代理性包括科学理性、实用理性、目的理性，使人的感性（生命感受性）遭遇到了前所未有的肢解。为了对抗这股强大的异化力量，寻找自我的形象，生活在这个世代的人们就必须从单调乏味的外部世界回到丰富鲜活的内心世界中，通过内心世界碎片般的回忆，重建一个自然的、完整的自我。

散文诗表现审美现代性的优胜之处，在于它以散文形式敞开了现代情感所独具的“具有多得多的自由、细节和讥讽”，在于它突破分行、讲究节奏和意象经营的形式化限制，使得立体交叉组合或网络状组合的现代情感自由地表现

① 《什么是审美现代性》，http://zhidao. baidu. com/question/157991601. html。

② “现代性”是一种新型文明的“定形化”（Crystlization），作为社会学的一个分析范畴，是指自地理大发现以来，尤其是启蒙运动和产业革命以来所发生的具有世界意义的史无前例的社会现象。它首先发端于西欧，然后向北美等世界其它地区扩展，直到全球几乎每一个角落，至今已有四五百年的历史。尽管它与以往帝国文明的扩张或大宗教文明的扩张具有某些相似之处，但由于几乎总是不断涉及经济、政治、文化、心理、价值观，意识形态等方面并呈现出继续长久的力量，因此，它比历史上大多数重大的社会—文化扩展现象都持久强烈，意义深远。参见苏国勋、张旅平、夏光：《全球化：文化冲突与共生》，北京：社会科学文献出版社，2006，页122。

出来。

散文诗获得它自身的文类个性，如浓缩放射性的意义或复旨复音构成的诗的中心，内倾、反叛、矛盾、冷嘲热讽、忧伤不已的诗语风格，以现代情绪体验为主要表现内容，陌生化的语言表现技巧如蒙太奇、变形、悖谬、反讽、意识流、拼贴等，这其中以现代情绪体验为表现内容是其最为重要的文类特性，诚然其他现代文类和现代艺术形式也主要表现现代情绪体验，不过，发生学意义上的散文诗（《巴黎的忧郁》）从一开始就是专事捕捉现代都市被压抑的“过渡、短暂、偶然”的感受，而且，以这种充满诗意的小散文所进行的尝试取得了成功，这样在波德莱尔对其进行特殊的命名之后，散文诗得以从分行自由诗体以及其他的文学文类中脱颖而出，变成了一个新的历史性的文类事实。正如斯蒂夫·蒙特在《看不见的篱笆——法美文学中作为一个文类的散文诗》一书中所指出的那样，“不管散文诗是不是一个文类，它都是一个抽象物（相当于佛家一个名相，作者按）。一旦‘散文诗’作为一个名称和理念出现后，它就开始吸引着认同者和攻击者，创造它自己的历史和理论，派生出文学批评和作品集，尽管这个名称所指向的可能是那些难以明确加以定义的各种材料。”① 从人类学立场上来看，散文诗是原生态诗歌，初民用口语或幼稚的书写文字表达、表现情感不可能有什么形式预设，因此原始原生态诗歌是“散文诗”，诗歌形式（韵律、节奏、格律、平仄、对仗、音步、顿数等）是在诗歌历史中逐渐剥离确定下来的，无论如何，人类迄今所确立下来的诗歌形式相对于人类的情感结构而言都是有限的，而且有时用这些现存的诗歌形式（比如商籁体、格律诗体、甚至分行自由诗体）来表达、表现我们的情感时有削足适履之困扰，所以，正如上文所指出的在诗歌形式高度成熟的时代，诗人也会不自觉突破或部分突破形式框范，向“散文诗”靠拢，从这个意义上看，说散文诗是诗和散文结合生出的“混血儿”是有问题的，散文诗是诗的“宁馨儿”（天真烂漫的孩童），“混血儿”只是就形式外貌而言，散文诗就是散文诗，散文诗是从人类的情感本体中生发出来的，只不过由于现代性的经验意象积极参与了传统的认知结构，从而引起人类情感趋向繁复、细密，散文诗这种人类学意义上最为自然、自由的“裸体的诗”，首先在具有浪漫激情特质的法兰西应运而生，虽然当代也有西方论者认为，是法国当年流行的亚历山大体

① Monte Steven, Invisible fences: prose poetry as a genre in French and American literature. The University of Nebraska Press, 2000, p. 239.

（每行都是十二个音节，都由停顿（caesura）控制诗行结构、节奏）严格的形式规范引起当时一般诗人的反弹，引发了散文诗的诞生，① 但是这只能看作表面上的原因或引发散文诗诞生的原因之一，犹如现代汉语新诗、散文诗不能仅从文言格律诗体的“压抑”本身寻找原因一样。现代性对于人性的压抑和异化在波德莱尔、兰波、马拉美这批“反叛者”身上引起了强烈的反弹，现代生活引起中国人情感结构的变化，这才是散文诗产生的最深切的内在缘由。如果我们回首现代化尤其是资本主义发展的来路，则现代性在英国比其在法国发生得更早，但是“巴黎的忧郁”没有发生在伦敦，发达资本主义时代（本雅明）的伦敦没有出现一个诗人在写作了分行无韵诗或自由诗之后又激情澎湃地写作无韵不分行散文形式的“散文诗”，除了历史的偶然性这一飘忽的解释之外，我们似乎只能从人类学角度加以认知，正如上文所指出的，散文诗发生于法国既属偶然也是必然，具有发散性思维能力崇尚自由和创新的法国人在工业资本主义时代有感于现代化给“人群”带来的压制，至一定程度由时代的代言人波德莱尔以反璞归真的诗的“元语言”（活语言、散文语言）和诗的“元思维”（发散性思维）来表达人类内心的“激烈和骚乱”，从人类文化学的角度来看，也正是诗歌这一表情达意的艺术形式从人类自己设计出来的诗歌模式中解脱出来，实行人类学意义上的回归的表征。

2. 在审美现代性的尽头

从现代化到中国的现代化以及其他非西方的现代化，从现代性到中国的现代性以及其他非西方的现代性，这其间必然派生出种种变数，从现代化到俄国、日本、印度和拉丁美洲的现代化，从现代性到俄国、日本、印度和拉丁美洲的现代性，这其间必然派生出种种变数。当代学者张新颖将“中国现代意识”阐释为：它接受西方现代意识的启迪和激发，同时它更是从自身处境中生成，从本国思想文化之“根源盛大处”求得，自我创造出的一个“依自不依他”的中国传统和中国主体。

也就是说，在现代化过程中，中国传统文化以它的由来已久的适应性、应变性，在吸纳外来文化、外来价值的同时，调整了自己的价值体系，但是文化

① 这个观点类似于布鲁姆“影响的焦虑”，即前代文学形式烂熟之后对后出作家造成创造的压抑，散文诗没有在英美应运而生，散文诗在英美两国的认同程度不及法国，乃因为英美流行的无韵诗（Blank Verse）、自由诗（Free Verse）、现代长诗（Modern Long Poem）并没有对当时的诗人造成压抑——影响的焦虑。参见 Monte Steven, Invisible fences: prose poetry as a genre in French and American literature. The University of Nebraska Press, 2000, p. 139. p. 237。

的巨大惯性尤其是中国文化的包容性和调适能力，必使得它在被西方文化“同化”和“异化”的同时，也反过来“同化”和“异化”着西方文化，这正如儒道化合西域大乘佛学理念，创化生成中国禅宗学派一样，同理，其他非西方国家在被西方文化“同化”和“异化”的同时，也反过来不同程度地“同化”和“异化”着西方文化，当代西方学者米歇尔·康佩·奥利雷在《非西方艺术》一书中指出：

几乎全世界的人都在试图寻找一种方式，能将自己文化中的精髓与西方文化中的精髓完美地结合起来。大家都在尝试作不同程度的筛选和选择。在19世纪晚期，日本作了巨大的努力，西化各个领域，其中也包括艺术；而同期的中国却显得相对抗拒西方艺术。19世纪晚期印度的文化倾向于全面接其宗主国——英国的文化，而到了20世纪早期，又演变为一场抵制英货运动，抵制来自英国的西化思想，并试图复兴艺术领域的印度传统。此外，20世纪时在印度及其他主要的非西方艺术文化地区，包括非洲、太平洋群岛、美洲本土都有某种形式的艺术先锋派运动。通常这些运动是由有过在欧洲学习经验的艺术家，或是在国内的任教于教授现代抽象艺术的西方艺术院校的艺术家发起。到20世纪后期，许多先锋派艺术已经超出了对西方艺术的简单模仿的层次，高度创新地将西方和非西方的艺术创作思路结合起来，在两个相冲突的文化中，找到了统一。①

伴随着现代化一路高歌猛进，散文诗的反叛性、颠覆性、先锋前卫性（审美现代性）在中外散文诗文本中皆有所表现。综观20世纪中国散文诗，最具有艺术价值在文学史上得到广泛认定的散文诗文本，是先锋实验散文诗，如《野草》、《心的探险》、《将来之花园》、《夜哭》以及当代许淇、昌耀、商禽、痖弦、苏绍连、灵焚等的散文诗，但是我们注意到，与象征主义散文诗大异其趣的《空山灵雨》、《画梦录》，冰心和朱子清的《往事》、《匆匆》、《春》以及当代台湾省的张晓风、许达然、林清玄的散文诗同样在20世纪大放异彩，甚至郭风、柯蓝的带有政治乌托邦色彩的《叶笛集》、《鲜花的早晨》、《早霞短笛》，也曾得到读者由衷的喜爱。

朱子清的《匆匆》完全符合Adrian Wannar在其长文“颠覆规约——散文诗作为俄罗斯的一个文类”（《斯拉夫评论》，1997）一文中提出的三个标准——散文形式、简洁、自足性，用波德莱尔的话来说它是“充满诗意的、

① 米歇尔·康佩·奥利雷：《非西方艺术》，桂林：广西师范大学出版社，2004，页18。

乐曲般的、没有节律没有韵脚的散文”，但是显然它不具备上文所罗列的现代散文诗的四大特征。《匆匆》的外在形态为“充满诗意的、乐曲般的、没有节律没有韵脚的散文”，可是内在情感状态与波德莱尔所心仪的所谓“几分柔和，几分坚硬，正谐和于心灵的激情，梦幻的波涛和良心的惊厥”形成审美反差，《匆匆》虽然也连带着现代人的怀疑论色彩，总的来说，它的表现对象（有关时间的玄思臆想）、思想主旨与抒情格调以及语言节奏（重复、对偶、音节平仄对称等）都不脱传统人文习气，伤春悲秋，一唱三叹，我们可以在它的字里行间寻觅到王羲之的《兰亭集序》的生死忧患意识和东方“统一性”宇宙观，如这两个“散文诗”文本中反复呈现的“一去不复返”、“一滴水”、“一日”、“一遭”，“一觞一咏”、“ 俯仰一世”、“晤言一室之内”、“若合一契”、“一死生”、“其致一也”，这些关涉“一”的语象和意象一再提示我们，朱自清的宇宙观以及由这种宇宙观所衍生出来的生命情调，很难在现代化的语境之中脱胎换骨，这一点，散文诗鼻祖波德莱尔在他的散文诗《钟表》中，也曾给予了诗意般的描述，波氏虽然没有踏足于这个古老的东方国土，却天才般领悟到东方文化的“顽固性”，试看：

钟表

波德莱尔

中国人从猫的眼睛里看时间。

有一天，一位传教士在南京郊区散步，发现忘记了戴表，就问旁边一个小男孩什么时间了。

那天朝之子先是踌躇了一下，接着便改变了主意，回答说：“我这就告诉您。”过了一会儿，那孩子出来了。手里抱着一只肥大的狸猫。他就像人们讲的那样，死盯着猫眼看了看，毫不犹豫地说：“现在还没到正午呢。”

而如果我向美丽的费利娜凑近，她的名字是这样美妙，同时既是她那一类人的荣誉，又是我心中的骄傲和精神上的芳香，不管白天还是黑夜，在四射的光芒中还是在浑浊的黑暗里，在她可爱的眼睛底处，我总可以看到清楚的时间，永远不变的时间。空阔而庄严，像宇宙一样博大，没有分秒的分截——一个时钟上找不到的静止的时间。然而，这时间却轻柔得像一声叹息，迅速得像一道目光。

当我把眼睛盯在美妙的钟盘上时，如果有某个不知趣的人来打扰我，某个不正派不可容忍的妖精或某个不识时务的幽魂和我说：“你在看什么，那么仔细？你从这动物的眼睛里找什么呢？你看到时间了吗，浪荡鬼？”

我会马上回答说："是的，我看到了时间：那就是永恒！"

难道不是吗，太太？一首值得品位的牧歌，如您本身那样夸张。实际上，我十分愉快地向您渲染这矫饰的媚情，可我并不向您索取任何酬报。

波德莱尔能够感悟到与西方截然不同的另外一种文化，并且，这个文化对于宇宙、时间、生命、死亡、爱欲等的看法不同于西方。《钟表》所揭示的中国时间观念是：绝对静止——永远不变的时间，郑玄《易论》解释"易"之三义——简易、变易、不易，中国人认为宇宙法则（时间、空间、人类社会演化的规律）简易拙朴，变化是常态，轮回流转的法则恒常不变（不易），这种时空观与西方明确将时空定向加以确认的知识论态度，形成文化意义上的巨大反差。同样，印度文化也是反对将时空定向加以认知的，印度人没有西方和中国的历史观念，编年史阙如，但是，迥异于西方文化的中印文化自有其存在的理由和演化发展的可能性，如果我们将秘鲁诗人塞萨·瓦叶霍的散文诗《时间的暴力》，拿来做一对比，就会发现，经受了西方文化洗礼的南美洲文化，同样也会顽固地坚守着自己的文化主体性，塞萨·瓦叶霍身为印第安人，青年时代因故流亡法国、西班牙，并成为一名虔诚的天主教徒，他在《时间的暴力》这篇散文诗里，表达他对于时间的另外一种价值判断，在塞萨·瓦叶霍看来时间本无所谓存在不存在，时间就是个体生命以至人类群体偶然消亡的代名词，塞萨·瓦叶霍列举他熟识的神父、金发女子、阿尔比姑姑、瞎眼老人、一条狗、姐夫鲁卡斯、母亲、妹妹、兄弟以及朋友的音容笑貌以及他们的偶然也是必然的死亡，似乎时间就是为了证实他们存在过并且已经死亡的统一体，时间 = 人的生活 = 死亡，时间、空间和人类的生活感受性是一而三，三而一的异构同质性存在，当时间（历史）里突然涌入现代生活场景（神父、洋铁场、左轮手枪、乐谱、单簧管），作为诗人的塞萨·瓦叶霍面对它们，就会产生类似于鲁迅当年面对五四前后中国文化危机所产生的荒诞意识，虽然这种荒诞意识不同于上帝已死的西方荒诞意识，显然它是从一种历史悠久的文化根源（南美洲思维习性）之处所生发、冲撞出来的现代反叛精神和文化反思、重构欲望。①

大体上说，中国的现代意识发端于晚清，狂飙突进的五四时期，西方思想堂而皇之登堂入室，开始颠覆、取代中国本土意识，一百多年来，中国在追求现代化的过程中，也在苦苦追求探索，试图建设一个未必等同于西方文化模式

① 卢本·达里奥等著陈实译：《拉丁美洲散文诗选》，广州：花城出版社，2007，页 19～36。

的中国现代文化模式，实际上，经过一百多年的努力和创化，中国文化脱胎换骨，已然形成一个中国现代文化主体和中国现代意识，当代学者张新颖将“中国现代意识”界定为：它接受西方现代意识的启迪和激发，同时它更是从自身处境中生成，从本国思想文化之“根源盛大处”求得，自我创造出的一个“依自不依他”的中国传统和中国主体。① 近年来对于“复数现代性”理念的讨论和确认，也可以看作是一种文化自觉行为，中国学界对于中国现代文化主体建构历程和中国现代意识建构历程进行全局性和整体性的反思和梳理。所谓“复数现代性”可以看作20世纪发生在中国现代化语境中的数种中国现代文化价值取向，它们分别是：“轻性”现代性；世俗现代性或“中产阶级”的现代性；反现代性的现代性；被遮蔽的现代性或审美现代性；革命的现代性；多重现代性；“新现代性”；②“复数现代性”整体构成了中国现代文化主体和中国现代意识，中国散文诗文本里表现出来的“复数现代性”，总体可以看作中国人的个体无意识（弗洛伊德）、集体无意识（荣格）和社会无意识（弗洛姆）③ 在各种外来思潮的冲击濡染之下所生发出来的“新感性”（马尔库塞），显然这种“新感性”比传统社会感性体系更加复杂，因为它掺杂混融着异质性的文化因子，散文诗尤其是波德莱尔式散文诗用于揭示敞开这种更为抽象的心灵真实较为得心应手，不过，上文所分析的中国早期表现启蒙时代的情绪感受的现代性散文诗，20世纪30、40年代浪漫抒情散文诗，20世纪50、60年代出现的郭风、柯蓝的《叶笛集》、《鲜花的早晨》、《早霞短笛》牧歌情调散文诗，20世纪80、90年代（包括新世纪）以审美现代性为主要内容的现代散文诗，20世纪90年代以至新世纪出现的后现代散文诗，整体上都应被看作发端于法国波德莱尔的现代散文诗的中国变体，由于散文诗本身崇尚感情（感性）的自然敞开，在某种程度上实现了诗歌的人类学回归，因此，田园牧歌式、浪漫抒情式（包括革命浪漫主义）、新古典主义式以及女性主义散文诗

① 张新颖《20世纪上半期中国文学的现代意识》，北京：三联书店，2001，第4~6页。

② 张志忠：现代性理论与中国现当代文学研究转型，载《文艺争鸣》，2009年第1期。关于“复数现代性”内涵和外延，参见上文“散文诗中的中国现代性”。

③ 弗洛姆综合马克思主义弗洛伊德以及荣格的学说，提出“社会无意识”概念，所谓“社会无意识”是指被语言、理性逻辑和社会禁忌所压抑的那些心理领域，是社会的过滤器，它和“无意识”（个人的潜意识性本能），“集体无意识”（种族的记忆保存下来的原始意象）不同，前二者是个体的本能，而后者主要是通过文化塑型的集体性本能，弗洛姆的“社会无意识”相当于不同文化模式里的人的“价值无意识”或“价值无意识取向。”参见弗洛姆：《在幻想锁链的彼岸》，长沙：湖南人民出版社，1986，页123。

都应该在人类学意义上和诗歌本体论意义上得到充分的肯定，除此之外，当代中国散文诗诗人尝试创作过的词牌散文诗（许淇）、词条释义散文诗（黄永玉）、绝句散文诗（李耕）、报告体散文诗、应用散文诗，即解说词散文诗、广告散文诗、序跋散文诗、书信散文诗等，都应该被看作散文诗文体的亚文类（可能性文类）。

正如当代西方学者米歇尔·康佩·奥利雷在《非西方艺术》一书中指出那样，20 世纪后期以来，许多先锋派艺术已经超出了对西方艺术的简单模仿的层次，高度创新地将西方和非西方的艺术创作思路结合起来，在两个相冲突的文化中，找到了统一。散文诗作为产生于现代化语境中的一种新文类，它天生地属于先锋派艺术，作为一种文类形式流布于非西方文化语境中，必然会产生各种变体，即使是在西方，由于后现代社会的来临，后现代理念成为了新的主流艺术形态和审美追求，传统的带有颠覆反叛性质的审美现代性散文诗，也会被重新解构，散文诗突破新老传统，新文本不断出现，将是不争的事实。

附：

兰亭集序

王羲之

永和九年，岁在癸丑，暮春之初，会于会稽山阴之兰亭，修禊事也。群贤毕至，少长咸集。此地有崇山峻岭，茂林修竹，又有清流激湍，映带左右。引以为流觞曲水，列坐其次，虽无丝竹管弦之盛，一觞一咏，亦足以畅叙幽情。是日也，天朗气清，惠风和畅。仰观宇宙之大，俯察品类之盛，所以游目骋怀，足以极视听之娱，信可乐也。

夫人之相与，俯仰一世。或取诸怀抱，晤言一室之内；或因寄所托，放浪形骸之外。虽趣舍万殊，静躁不同，当其欣于所遇，暂得于己，快然自足，曾不知老之将至。及其所之既倦，情随事迁，感慨系之矣。向之所欣，俯仰之间，已为陈迹，犹不能不以之兴怀。况修短随化，终期于尽。古人云："死生亦大矣。"岂不痛哉！

每览昔人兴感之由，若合一契，未尝不临文嗟悼，不能喻之于怀。固知一死生为虚诞，齐彭殇为妄作。后之视今，亦犹今之视昔，悲夫！故列叙时人，录其所述。虽世殊事异，所以兴怀，其致一也。后之览者，亦将有感于斯文。

匆匆

朱自清

燕子去了，有再来的时候；杨柳枯了，有再青的时候；桃花谢了，有再开的时候。但是，聪明的，你告诉我，我们的日子为什么一去不复返呢？——是有人偷了他们罢：那是谁？又藏在何处呢？是他们自己逃走了罢：现在又到了哪里呢？

我不知道他们给了我多少日子；但我的手确乎是渐渐空虚了。在默默里算着，八千多日子已经从我手中溜去；像针尖上一滴水滴在大海里，我的日子滴在时间的流里，没有声音，也没有影子。我不禁头涔涔而泪潸潸了。

去的尽管去了，来的尽管来着；去来的中间，又怎样地匆匆呢？早上我起来的时候，小屋里射进两三方斜斜的太阳。太阳他有脚啊，轻轻悄悄地挪移了；我也茫茫然跟着旋转。于是——洗手的时候，日子从水盆里过去；吃饭的时候，日子从饭碗里过去；默默时，便从凝然的双眼前过去。我觉察他去的匆匆了，伸出手遮挽时，他又从遮挽着的手边过去，天黑时，我躺在床上，他便伶伶俐俐地从我身上跨过，从我脚边飞去了。等我睁开眼和太阳再见，这算又溜走了一日。我掩着面叹息。但是新来的日子的影儿又开始在叹息里闪过了。

在逃去如飞的日子里，在千门万户的世界里的我能做些什么呢？只有徘徊罢了，只有匆匆罢了；在八千多日的匆匆里，除徘徊外，又剩些什么呢？过去的日子如轻烟，被微风吹散了，如薄雾，被初阳蒸融了；我留着些什么痕迹呢？我何曾留着像游丝样的痕迹呢？我赤裸裸来到这世界，转眼间也将赤裸裸的回去罢？但不能平的，为什么偏要白白走这一遭啊？

你聪明的，告诉我，我们的日子为什么一去不复返呢？

1922年3月28日

原载1922年4月11日《时事新报·文学旬刊》第34期

时间的暴力

塞萨·瓦叶霍

都死了。

多妮亚·安多尼奥死了，在村子里卖廉价面包的那个声音沙哑的女人。

圣地亚哥神父死了，他喜欢年轻的男男女女跟他打招呼，不管是谁，一概回应：“你好，霍西！你好，玛丽亚！”

年轻的金发女子卡利奥塔死了，留下一个婴孩，母亲死后八天也死了。

阿尔比纳姑姑死了，她常常吟诵传统的时态和语式，在走廊里为受人敬重的女官员伊莎多拉缝衣服。

一个瞎掉一只眼睛的老人死了，我记不起他的名字，他早上在阳光下面睡觉，在街角的洋铁厂门口抖尘。

拉约死了，跟我一样高的一条狗。不知道被什么人射杀。

姐夫鲁卡斯死了，愿他安息，在我经验里没有别人的下雨天，我就想起他。

母亲死了，在我的左轮手枪里，妹妹在我的拳头里，兄弟在我流血的内脏里，有一种悲哀中之悲哀把他们三个人联结在一起，在年复一年的八月份。

东师门德斯死了，高大的醉醺醺的，读着谱用单簧管吹哀怨的托卡塔，太阳下山之前，邻近的鸡老早就在那节奏里睡着了。

我的永恒也死了，我在为它守灵。

本章附录：　**散文诗——多元文化时代的文学宠儿**

——2010年第十届全国散文诗笔会（丹江口）发言稿

黄永健

散文诗研究特别是中国散文诗研究近年逐渐得到学术界的重视，表现在两个方面：第一，90年代以来大陆和台湾省都有学院派学者，对散文诗特别是中国散文诗进行学理研究，当代学术重视跨学科研究，大陆和台湾省的散文诗研究成果对于当代其他文学文类的研究和文学理论研究，具有了不可忽视的参照价值；第二，西方学者对于散文诗的研究产生浓厚的兴趣，以至有学者专门将中国散文现当代散文诗作为博士论文研究对象进行专题研究（美国普林斯顿大学的Nicholas Admussen最近正在撰写关于中国散文诗的博士论文）；3. 国家人文社科基金支持散文诗研究，如本人于2009年获得广东省十一五哲学社会科学规划项目“中外散文诗对比研究”课题，虽然资助经费2万，但是它说明散文诗获得政府学术规划部门的认可。

与其同时，散文诗依然受到质疑，诗人西川在《青海湖》（2010年3期）发表文章“昌耀诗的相反相成和两个偏离”，指出：已经有不少人注意到昌耀诗的两个特征：一个是他使用古奥语汇（50年代），另一个是他让散文介入诗歌（90年代）。对于他的这两个特征我没有更新的发现，但觉得有必要做一点梳理和说明。这其实是昌耀在诗中所实现的两个偏离：偏离“新诗”与偏离诗歌本身。第一个偏离带来的“荒凉和广阔”，第二个偏离是“散文的因素终于冲决了诗歌的堤坝，我们开始大量读到散文诗或散文片段”。西川先生不愿意用散文诗一词，宁愿用“诗文”（poessay，自造，不是诗和文，是一个词）

他认为昌耀80年代和90年代初期某些诗歌是散文诗，晚年的作品是一种更具“主观性”的随笔（essey）——诗文，王光明所说的散文诗，西川不以为然。

作者在《中国散文诗研究》一书中，坚持散文诗的审美现代性，可是随着研究的深入，发现散文诗的自由性、情感性特征是诗歌的人类学回归，散文诗是元诗歌的天然本色，散文诗的形式和内容与现代社会人类的感性反叛具有统一性，可是散文诗精神又超越“审美现代性”而具有诗歌创作的普世价值。Adrian Wannar在其长文“颠覆规约——散文诗作为俄罗斯的一个文类”（《斯拉夫评论》，1997）一文中指出：散文诗作为一种特别的标签（Label）可能更好，只要符合散文形式、简洁、自足性这三个条件，散文诗的命名范围不妨放宽，高尔基的“海燕之歌”并不突显“审美现代性”，能说它不是散文诗？散文诗的边界在扩大，散文诗研究得到学术界认领，散文诗的影响力在增强，这说明在今天的多元文化时代，散文诗精神大有用武之地，散文诗从波德莱尔的描写都市中央的“惊心”场景，逐渐扩展其表现对象和精神内涵，用这种自由的带有元诗歌生成模式写成的教很拥有广大的读者群，这已经成为不争的事实。

散文诗这个命名本身就包含挣脱诗歌形式束缚，重返人类诗歌本源的意旨，散文之散乃自由、率性、天真、自然、感性的代名词，诗乃艺术、技巧、形式的代名词，文化多元时代世界的存在状态和人类的情感结构具有典型的“对话性”和“狂欢性”趋势，散文诗的情感生成模式、形式生成模式，与多元文化时代世界的存在状态和人类的情感结构具有若合符节的呼应关系和相互促成的因缘，因此，在众多的文类之中，散文诗实际上发挥着快捷、直接、广泛、包容的抒情效果，它是多元文化时代的文学宠儿。

自波德莱尔1869年出版散文诗集《巴黎的忧郁》，世界散文诗已走过140年的发展历程，自1917年沈尹默创作了《月夜》这首中国新诗史上的第一章散文诗，中国散文诗已有92年的历史，散文诗成为了当代文坛的一种独立性的存在，不仅如此，可以预见散文诗写作、传播以及散文诗研究和散文诗批评势必继续扩张其话语能量，在中国当代文坛及世界文坛成为一处崭新的景观。

第四章

中外散文诗理论研究

一、外来理论及其回响

1. 从王国维到刘半农

散文诗这个文类名称在中国首先由王国维新造而成（见上文），1906 年王国维在《屈子文学之精神》一文中首次使用“散文诗”这一新造词：

然南方文学中，又非无诗歌的原质也。南人想象力之伟大丰富，胜放北人远甚。彼等巧于比类，而善于滑稽：故言大则有若北溟之鱼，语小则有若蜗角之国；语久则大椿冥灵，语短则蟪蛄朝菌；至放襄城之野、七圣皆迷；汾水之阳，四子独往：此种想象决不能于北方文学中发见之，故庄、列书中之某部分，即谓之散文诗，无不可也。

王国维所说的“散文诗”是指庄子、列子南方想象力丰富的诗化哲学散文，因此和我们今天所说的散文诗内涵有别，因为想象富丽、音节优美、声调顿挫起伏，这种散文好像是诗歌，但又不分行、押韵、调平仄，只能称之为散文形式的诗，但不是诗，或不及诗的纯粹、精致和伟大。用今天的话来讲这种“散文诗”是诗化散文。语言中的词汇在翻新淘旧，今天我们无从考证王国维新造“散文诗”一次是否受到外来影响，姑且认为这是王国维的一个理念独创。公开标榜要学习西方增添诗体“散文诗”以“供新文学上之诗之发挥”，首推刘半农。1917 年 5 月，刘半农在《新青年》3 卷 3 号发表了《我之文学改良观》，将“散文诗”作为一种诗体加以诠释，倡导中国诗人革故鼎新，更造他种诗体：

第二曰增多诗体吾国现有之诗体，除律诗排律当然废除外，其余绝诗古风乐府三种，（曲、吟、歌、行、篇、叹、骚等，均乐府之分支。名目虽异，体格互相类似。）已尽足供新文学上之诗之发挥之地乎，此不佞之所决不敢信也。尝谓诗律愈严，诗体愈少，则诗的精神所受之束缚愈甚，诗学决无发达之望。试以英法二国为比较。英国诗体极多，且有不限音节不限押韵之散文诗。故诗人辈出。长篇记事或咏物之诗，每章长至十数万字，刻为专书行世者，亦多至不可胜数。若法国之诗，则戒律极严。任取何人诗集观之，决无敢变化其一定之音节，或作一无韵诗者。因之法国文学史中，诗人之成绩，决不能与美国比。长篇之诗，亦破乎不可多得。此非因法国诗人之本领魄力不及某人也，以戒律械其手足，虽有本领魄力，终无所发展也。故不佞于胡君白话诗中《朋友》、《他》二首，认为建设新文学的韵文之动机。倘将来更能自造、或输入他种诗体，并于有韵之诗外，别增无韵之诗，（无韵之诗，我国亦有先例。如诗经“终南何有，有条有梅。君子至止，锦衣狐裘。颜如渥丹，其君也哉”一章中，“梅、裘、哉”三字，并不叶韵，是明明一首无韵诗也。朱注，“梅”叶“莫悲反”，音“迷”，“裘”叶“渠之反”，音“奇”，“哉”叶“将梨反”，音“赍”，乃是穿凿附会，以后人必押韵之“不自然”眼光，无端后人。古人决不如此念别字也。）则在形式一方面，既可添出无数门径，不复如前此之不自由。其精神一方面之进步，自咳嗽有一日千里之大速率。彼汉人既有自造五言诗之本领，唐人既有造其七言诗之本领。吾辈岂无五言七言之外，更造他种诗体之本领耶。

《我之文学改良观》谈到了文学与语言的区别、散文改良、诗体改良等问题，历经近一个世纪的历史烟云，此文依然折射出理论的锋芒。对于诗体改良本文提出三大措施：坏旧韵重造新韵；增多诗体；提高戏曲对于文学上之位置。上引刘半农有关增多诗体的文字可以归纳为以下几点：

（1）中国固有的各类诗体包括古风、乐府三种、曲、吟、歌、行、篇、叹、骚等，在新文学话语情境之下已不敷应用；

（2）环观世界，哪个国家诗律愈严，诗体愈少，则此国诗歌必不发达；

（3）法国诗律苛严，因此诗人的成就比不上英美；

（4）英国出现了不限音节不限押韵之散文诗，因此中国将来于有韵之诗外，别增无韵之诗（散文诗），则不失为明智之举；

刘半农上述观点除第三点（法国诗律苛严，因此诗人的成就比不上英美）不够确切，其他三点则为文学史所证实。刘氏所说的英国诗体极多，且有不限音节不限押韵之散文诗，实即英美流行的无韵诗（Blank Verse）、自由诗（Free Verse）、现代长诗（Modern Long Poem），与我们今天所说的散文诗内涵有别，同时文学史证明法国诗人的成就并不在英美诗人之下。根据当代西方学者斯蒂芬·蒙特（Monte Steven）的研究，英美流行的无韵诗（Blank Verse）、自由诗（Free Verse）、现代长诗（Modern Long Poem），并没有对当时的英美诗人造成压抑——影响的焦虑，所以散文诗没有在英美应运而生，相反，是法国当年流行的亚历山大体（每行都是十二个音节，都由停顿（caesura）控制诗行结构、节奏）严格的形式规范引起当时一般诗人的反弹，引发了散文诗的诞生①，并且创造了散文诗这一现代诗体的波德莱尔成为了公认的现代主义鼻祖，可见刘半农对于散文诗的见解还只是局限于散文诗的形式层面上。

中国散文诗理论界一般认为，1918 年“散文诗”这一文类名称在中国问世，理由是1918 年5 月《新青年》4 卷 5 期上，刘半农翻译印度歌者拉坦·德维的散文诗《我行雪中》，附有翻译导言：

两年前（1916 年）余得此稿于《VANITY FAIR》月刊，尝以诗赋歌词各种试译，均为格调所限，不能竟事。今略师前人译经笔写成之，取其曲折微妙处，易于直达。然也未能尽惬于怀，意中颇欲自造一完全直译之文体，以其事甚难，容缓缓“尝试之”。

根据美国这本月刊的附言：“下录结构精密之散文诗一章，为有名之 RAJVT 歌者拉坦·德维作。”（刘半农译）这是中国第一次出现的“散文诗”文体概念。

而根据上文的考证，1906 年王国维在《屈子文学之精神》一文中首次使用“散文诗”这一新造词，1917 年 5 月，刘半农在《新青年》3 卷 3 号发表了《我之文学改良观》，将“散文诗”——英美流行的无韵诗（Blank Verse）、自由诗（Free Verse）、现代长诗（Modern Long Poem）理念引入中国文坛，因此，可以说“散文诗”这一文类名称早在 20 世纪伊始已然现身，只不过具有现代意识带有审美现代性色彩的散文诗理念直到五四时期，开始坐胎成形。

2. 高长虹、郭沫若、鲁迅、徐志摩等的散文诗理论诠释

新诗和散文诗草创时期，应以高长虹对于这种舶来的文体的理解较有理论深度，高长虹在《什么是诗》和《诗和韵》这两篇并不太长的论文中，集中探讨了新诗和散文诗的问题，他认为诗不能没有形式，而形式不外为分行写、押韵、调平仄者，但诗意也有它的形式，对于一个写诗的人，它是诗的内容的一种先天的形式；诗的形式有限，而诗意和诗的内容无限，诗的内容比诗的形式复杂得多，好比人的行动比人的身体复杂多了一样。

① Monte Steven, Invisible fences: prose poetry as a genre in French and American literature. The University of Nebraska Press, 2000, p. 139. p. 237。

由于诗意和诗的内容比诗的形式丰富多样，因此，到了一定时候诗人为了诗意的表达而不得不对形式进行突破，诗人写诗，有时候并会：宁可形式不好。这种做法，发展到一定的限度时，就产生了没有诗的形式的诗，这就是所说的散文诗了。说它是诗，因为它的内容是诗，好比便衣警察也是警察是一样的道理。他还指出：无韵诗、散文诗，也是诗的一种形式，无韵诗脱落了诗的押韵的条件，散文诗又脱落了分行写的条件，但音节（在《诗和韵》一文中，高长虹指出音节就是一句中字与字之间的节奏。但句与句之间也要有节奏，句与名之间的节奏是一首或一段诗的韵）的条件，它们都还保存着，因此，无韵诗是诗，散文诗也是诗。可见高长虹在这儿所命意的韵已非传统诗律意义上的“押韵”之韵，而是一种情绪的节奏，情感的起伏所形成的广义之韵了，这与郭沫若在《论节奏》一文中的观点大致相当。波德莱尔说，他梦想着创造一种奇迹写了诗的散文，没有节律（如西洋古诗的音节之间的种种清规戒律），没有脚韵（相当于中国古诗里的韵脚），但富于音乐性，而且亦刚亦柔，足以适应心灵的抒情性的动荡、梦幻的波动和意识的惊跳，可见波氏在那些“怀着雄心壮志的日子”里所要创作的这个奇迹——散文诗，正是高长虹所说的诗意要脱出形式的牢笼而作自然本真的流露的诗体。高长虹说：“散文家写诗，音节（字与字之间的节奏，往往是诗人苦吟所得）总不会很好，音节变成了诗的桎梏，有时候就会以脱出为快（不顾字与字之间节奏，而只顾句与句之间的节奏——韵），都盖纳夫（屠格涅夫）是这样，波德莱码（波德莱尔）也非例外。”① 高长虹通过阅读体会屠格涅夫和波德莱尔的散文诗，独创出“广义之韵”——情绪节奏的诗歌理念，即使在今天看来，依然是我们讨论散文诗必须触及之文体构成要素之一，因此可以看作中国散文诗诗人对于外来理论的创造化吸纳。

郭沫若从诗的本质特征——情绪的自然消涨来说明散文诗的文体特征，他说，“内在的韵律（或曰无形律）并不是什么高下抑扬，强弱长短，宫商徵羽，也并不是什么双声叠韵，什么押在句中的韵文，这些都是外在的韵律或有形律（extraneous rhythm）”。诗应该是纯粹的内在律，表示它的工具用外在律也可，便不用外在律，也正是裸体的美人。散文诗便是这个。② 这个观点与高长虹的观察在本质上是相同的。但关于散文诗的文体独立性以及散文诗的功

① 黄永健：《中国散文诗研究》，北京：中国社会科学出版社，2006，页29。
② 吴奔星、徐鸣放编：《沫若诗论》，成都：四川人民出版社，1984，页25。

能，郭沫若的许多观点有其自相矛盾的地方，如他说近代的自由诗、散文诗，都是些抒情的散文。[①] 将无韵的自由诗和散文诗与抒情散文混为一谈。他一方面说自由诗、散文诗的建设也正是近代诗人不愿受一切的束缚，破除一切已成的形式，而专挹诗的的精髓以便于其自然流露的一种表示，强调散文诗与现代社会的能指所指关系，可在同时，他又说我国无散文诗之成文，然如屈原《卜居》、《渔文》诸文以及庄子《南华经》中多少文字，是可以称为散文诗的。

郭沫若这个错误的观点的提出与当时以新诗为武器挑战旧诗的革命情结有关，大声疾呼古代亦有散文诗的最直接的目的，是让一班排斥新诗包括散文诗的遗老遗少们从情感上理据上无由贬低新诗的地位。他们攻打旧诗的主要论据为“不韵照样是诗”，与“不韵则非诗”的固有信条相抗辩，郑振铎在《论散文诗》一文中，首先就举上古民间歌谣“日出而作，日入而息，凿井而饮，耕田而食，帝力于我何有哉”来论证古诗不一定必用韵，他虽然没有明说中国古代就有散文诗，但根据他对散文诗的大致说明——以散文体写的抒情诗，显然，像这种以上古口语写作的散文体带有诗的情绪和想象（郑振铎并说：自己将诗元素定义为一情绪，二想象，三思想，四形式，其中前二者为基本元素）的歌谣也是散文诗[②]。他这个看法与郭沫若对散文诗文体特性的看法颇为暗合，郭沫若在《论诗的韵脚》一文中将韵文（有韵脚的散文，如赋），与散文诗的文体特性做了一个有意思的对比：

韵文 = PROSE IN POEM　　散文诗 = POEM IN PROSE

古人称散文其质而采取诗形者为韵文，然则诗其质而采取散文形者为散文诗，正十分合理。根据他的这个对诗及散文诗的理解，他当然可以将古代的无韵的抒情小品看成古已有之的散文诗。

郭沫若对散文诗的定义过于宽泛，这主要是因为他对诗的界定过于宽泛，他将诗上升到了 SEIN（德语：存在）的哲学高度，因而他对诗的本质规定性近似于海德格尔的“诗即思”诗学思想，也就是说在他看来，诗超越具体的历史时空，诗的内容与形式可以表述为体相不分——诗的一元论精神亘古不变，因而古人只要在散文的形体里注入诗质，不管他是东方诗人还是西方诗人，皆可以称之为散文诗（郭沫若认为歌德的《少年维特之烦恼》也可以看

---

① 吴奔星、徐鸣放编：《沫若诗论》，成都：四川人民出版社，1984，第 8 页。

② 同上，第 23 页。

成是散文诗)，这种散文诗观从诗的本体论上看又可说得过，但从文体论上看，郭沫若的这种散文诗文体观，有强为古人贴标签，以后来的文体类名硬套历史上已经确认的文体的嫌疑。

郭氏在一系列文章里反复强调散文诗不易写好，认为散文诗总以玲珑，清晰，简约为原则，“当尽力使用暗示”等等，他还认为诗愈走向现代，愈散文化，以至于“竟达到了现代的散文诗的时代”，这些看法即使在今天看来也具有它的理论穿透力。

鲁迅没有读过波德莱尔的《巴黎的忧郁》,① 但是他通过厨川白村的引介，结合中国的现实处境以及他个人的情感经验却创造了象征主义的中国散文诗集《野草》，在早期散文诗的创作历程中，还没有哪一位作家像鲁迅这样有意识地运用象征主义的手法创作散文诗，因此，从散文诗发生学意义上看上说，象征主义——波德莱尔——中国的鲁迅这三者之间隐伏着比较清晰的影响与再创造的线索，所不同者，波德莱尔所痛贬的是世纪末的物欲人欲横流，发出人性的呼唤，而鲁迅在《野草》里所痛贬的乃是人类自身的矛盾性，尤其是中国国民的劣根性，所展示是文化转型时代的中国荒诞意识，鲁迅翻译厨川白村《苦闷的象征》有以下的表述：

艺术的最大条件是具象性。即或一思想内容，经了具象的人物、事件、风景之类的活的东西而被表现的时候；换句话说，就是和梦的潜在内容改装打扮了而出现时，走着同一的径路的东西，才是艺术。

显然这里强调“改装打扮”，即将潜意识的活动调整打扮成类似梦境般的象征性结构，其目的不是直接反映，而是通过象征的暗示曲折地投射出内在的创伤以及人的内心固有的矛盾与冲突。《野草》从首篇开始到尾篇结束，整个文本就是一个自足的广义的象征结构，这从首篇和尾篇的命名即可窥出端倪。首篇《秋夜》前面用了不少散文的叙述展示“我的后园”的夜的天空非常之蓝、星星的冷眼、野花草、粉红小花以及核心意象两株铁似的直刺着奇怪而高的天空的枣树，又有恐怖的夜半的笑声以及显然带有象征喻指的小飞虫。最后作者指明，以上的种种皆是心绪的浮现物，所以，《秋夜》虽不像《野草》写梦境的篇升开首就交代“我梦见”，但实际上写的是类似于梦境的想象的世

---

① 鲁迅在《苦闷的象征》一书的翻译中全文译过波德莱尔的散文诗。并且1920年代《恶之花》和《巴黎的忧郁》中许多篇章被译成了中文发表在当时的文艺刊物上，因此，鲁迅对于散文诗这种文体以及波德莱尔并不陌生。参见王珂、代绪宇：《论中国散文诗的形式及其早期的文体建设》，载《中南民族大学学报》，2003年7月。

界，所谓的“后园”，也只是诗人在狂想中失落了自己的一所梦的花园，首篇《秋夜》在象征的意义上看，可以认为是鲁迅整个《野草》这一长梦的开始，《野草》中的其他篇升各为这个长梦里的小梦、分梦，而至最后一篇《一觉》，表示一场跌入梦境的思想旅程的暂告结束。《野草》在中国早期散文诗园地里，最具有原本意义上的散文诗的文体特性，但是它所关怀和所要表现的内容有别于西方象征主义诗歌，又因为它毕竟是运用现代汉语（虽然带有欧化的特征，但在语言的表意性上本质地区别于西方语言）进行写作，因此，无论在文体的示范性、散文诗语言创造的自觉性还是散文诗的现代功能的传达等方面，《野草》都堪称欧诗东渐、西学中化、承前启后的里程碑式的作品。如果我们能够克服以西方的标准看待中国文学的惯性，那么，我们可以说，《野草》现代性并不稍逊于西方文本中的现代性，因为鲁迅个人及他的《野草》是自中国传统文化的土壤生长出来的，只不过《野草》暗合了西方的文艺思想并以象征主义表现手法而达到了中国本土的现代性表现的高度。

除此之外，据当代学者张松建的考证，20 世纪 20 年代、30 年代以及 40 年代，中国作家诗人译介波德莱尔作品连绵未断，① 20 世纪 20 年代李璜、黄仲苏、田汉、仲密、汪馥泉、刘延陵、张闻天、穆木天、王独清、施蛰存、沈雁冰、郑振铎、许跻青继之而起，撰文介绍法国象征主义文学以及波德莱尔诗歌，这些论文集中发表在京、沪的报刊上。同时，《恶之花》和《巴黎的忧郁》中的许多篇章也被译成中文，译者有仲密、俞平伯、王独清、焦菊隐、徐志摩、金满成、张人权、张定璜、林文铮、朱维基、石民，这些诗歌发表在《晨报副刊》、《诗》、《小说月报》、《学艺》、《语丝》、《东方杂志》、《文学周报》、《春潮》、《贡献》、《时事新报·学灯》、《觉悟》等报刊上。进入 30 年代之后，关于波德莱尔的译介有增无减，极一时之胜。一大批有影响的杂志接连诞生，例如《文艺月刊》、《文学》、《文学季刊》、《文季月刊》、《青年界》、《文学杂志》、《新诗》、《诗刊》、《新月》、《现代》、《新文艺》、《文学评论》、《水星》、《译文》、《中法大学月刊》、《法文研究》等，更加全面深入地介绍象征派诗歌和波德莱尔，踵事增华，推波助澜。举例来说，梁宗岱、卞之琳、黎烈文、诸侯、滕刚、沈宝基都多少译过波氏诗歌，石民和邢鹏举根据英文版，分别出版了《巴黎的忧郁》之中文译本。梁宗岱的《象征主义》、戴隐郎

① 张松建：《花一般的罪恶：波德莱尔在四十年代中国的译介》，载《中国现代文学研究丛刊》2005 年第 2 期。

的《论象征主义诗歌》、宗临的《查理·波德莱尔》、沈宝基的《鲍特莱尔的爱情生活》，以及曹葆华翻译的《象征派作家》、罗莫辰翻译的《波特来尔论雨果》、张崇文翻译的《波特莱尔的病理学》等论文，对于了解波德莱尔其人其诗以及一般意义上的象征派文学，起到很好的指导作用。不仅如此，波德莱尔的传播也产生出足以骄人的文学果实，一批中国诗人借鉴其诗歌艺术而创造出不少有成就的作品，包括李金发、穆木天、王独清、冯乃超、胡也频、姚蓬子、石民、于赓虞、曹葆华、邵洵美等。40 年代翻译波德莱尔诗歌较多的人，是戴望舒、陈敬容和王了一（语言学家王力）。

在上述作家名单中，仲密（周作人）、李金发、穆木天、王独清、沈雁冰、王独清、焦菊隐、徐志摩、于赓虞、梁宗岱、陈敬容都是散文诗史上的名家，其中穆木天和徐志摩最早发表的作品是散文诗而不是新诗。①

徐志摩发表于 1929 年 3 月《新月》第 2 卷第 1 期上《波特莱的散文诗》一文，对于我们理解现代散文诗不无裨益。首先，他将波德莱尔的《给阿尔塞纳·胡赛》（《巴黎的忧郁》序）中那段广为引用的散文诗宣言翻译为：

我们谁不曾，在志愿奢大的期间，梦想过一种诗的散文的奇迹，音乐的却没有节奏与韵，敏锐而脆响，正足以迹象性灵的抒情的动荡，沉思的迂回的轮廓，以及天良的俄然的激发？（老实说，在那怀着雄心壮志的日子里，我们哪一个不曾梦想创造一个奇迹——写一篇充满诗意的、乐曲般的、没有节律没有韵脚的散文：几分柔和，几分坚硬，正谐和于心灵的激情，梦幻的波涛和良心的惊厥？）

在这儿徐氏用了“天良”二字，没有用“良心”二字就很有讲究，良心可以理解为人类的“社会无意识”，即某种文化模式里坐胎成形的文化无意识心理，我们可以说基督徒有基督徒的“良心”、中国人有中国人的“良心”，可是基督徒的某种良心（崇拜上帝意识）在中国文化中就不是想当然的“良心”，而“天良”是人类原始的良知良觉，徐志摩特别指出对穷苦人表示同情不是平常的事，在现代都市只是具备文化良心的人，未必会对穷苦人（寡妇、

① 参见王珂：《论 20 世纪散文诗对中国新诗诗体建设的负面影响》，载《思想战线》，2004 年第 2 期。何其芳曾在新诗《云》中写过如下诗句：

“我爱那云，那飘忽的云……我自以为是波德莱尔散文诗中那个忧郁地偏起颈子望着天空的远方人。”

何其芳的《画梦录》介于散文与散文诗之间，如果宽泛地将《画梦录》纳入散文诗范畴之内，那么《画梦录》典型的象征主义表现手法，幽暗繁复的意象呈现，明显的是受到法国象征主义诗风的影响。

穷孩子等）发生深切的悲恸之情，只有具备了“天良”的人，才会对那些苦人激发出“更莹澈的同情”出之以“更莹澈的文字”，因为“天良的俄然的激发”，可以到达“一个时代全人类的性灵的总和”。徐志摩认为正如卢骚（卢梭）是18世纪的忏悔者，丹德（但丁）是中古期的忏悔者，普鲁斯德（Marcel Proust）是20世纪的新感性集大成者一样，波特莱是19世纪的忏悔者，是发达资本主义时代的新感性集大成者，他所谓的“一个时代全人类的性灵的总和”，也可以理解为由都市中央惊鸿一瞥引发开来的对于人类关系的繁复性和悲凄性的感性反应，即上文所指出的现代散文诗的最重要的诗性特征——由浓缩放射性的意义或复旨复音构成的诗的中心。徐志摩举波德莱尔散文诗《寡妇》、《穷孩子的玩具》和《穷人的眼睛中》说明现代散文诗的灵魂是那些画龙点睛的细节发现和细节刻画，他说：

对穷苦表示同情不是平常的事，但有谁，除了波特莱作这样神化的文句——

Avez — vous quel quefois apercu des veuves sur ces bancs solitaires, des veuves pauvres? Qu’ elles solent en deuil Ou non, il est acUe de 1cs reconnaitre. D’ ailleurs il y a toujours dans le deuil du pauvre queque chose qui manque, une absence d’harmonie qui le rend plus navrent Il est contralnT de lesiner fitly sa douleur. Le fiche porte Ia stenne au grand comppet. （译文：你有时不看到在冷静的街边坐着的寡妇们吗？她们或是穿着孝或是不，反正你一看就认识。况且即使她们是穿着孝，她们那穿法本身就有些不对劲，像少些什么似的，这神情使人看了更难受。她们在哀伤上也得省俭。有钱的孝也穿得是样。）①

“她们在哀伤上也得省俭”——我们能想象更莹澈的同情，能想象更莹澈的文字吗？这是《恶之华》的作者；也是他，手拿着小物玩具在巴黎市街上分给穷苦的孩子们，望着他们“偷偷的跑开去，像是猫，它咬着了你给他的一点儿非得跑远远再吃去，生怕你给了又要反悔”（The Poor Boy’s Toy）也是他——坐在舒适的咖啡店里见着的是站在街上望着店里的“穷人的眼”（LesYeuxdespauvres）——一个四十来岁的男子，脸上显着疲乏长着灰色须的，一手拉着一个孩子，另一手抱着一个没有力气再走的小的——虽则在他身旁陪着说笑的是一个脸上有粉口里有香的美妇人，她的意思是要他叫店伙赶开这些苦人

---

① “有钱的孝也穿得是样”，比较费解，郭宏安译为：“富人则把他们的痛苦大肆炫耀”。参见波德莱尔著、郭宏安译《恶之花》，北京：中国书籍出版社，2006，页145。

儿，瞪着大白眼看人多讨厌！①

其中冷静地坐在街边的寡妇的省俭的哀伤，穷孩子拿到玩具后“偷偷的跑开去，像是猫，它咬着了你给他的一点儿非得跑远远再吃去，生怕你给了又要反悔”，以及“一个四十来岁的男子，脸上显着疲乏长着灰色须的，一手拉着一个孩子，另一手抱着一个没有力气再走的小的——虽则在他身旁陪着说笑的是一个脸上有粉口里有香的美妇人，她的意思是要他叫店伙赶开这些苦人儿，瞪着大白眼看人多讨厌！”这三个发生在都市中央的惊心（Shock）场景，所引发的心灵震荡，“发端许只是一片木叶的颤动，……一些‘bagateles laborieuses’（费力而不足道的琐事），但结果——谁能指点到最后一个迸裂的浪花？”这些细节发现和细节刻画无法用分行自由式（无韵诗）加以表现，散文诗——去掉极细腻的情节线，以小段块状组合起来的整整一条蛇，可分可合，分开来每段都可以独立存在，自成一体，统合后呼应无间，又成为一个完整的生命个体。② 徐志摩在文章的结尾禁不住感叹道：“在每一颗新凝成的露珠里，星月存储着它们的光辉——我们怎么能不低头？”这句感叹道出中国诗人徐志摩对于波德莱尔的敬服敬仰之情，同时向世人昭示一个真理：真正的诗人和诗歌其灵通直指宇宙终极真理且相互辉映，徐志摩的几篇散文诗名作《毒药》、《婴儿》、《常州天宁寺闻礼忏声》充分展示他的“性灵的抒情的动荡，沉思的迂回的轮廓，以及天良的俄然的激发”，尤其是后两篇更集中笔墨于震惊性的细节和场面，由震惊性的细节和场面构成“浓缩放射性的意义或复旨复音构成的诗的中心”试看《婴儿》、《常州天宁寺闻礼忏声》的部分细节和场面：

她那少妇的安详，柔和，端丽现在在剧烈的阵痛里变形成不可信的丑恶：你看她那遍体的筋络都在她薄嫩的皮肤底里暴涨着，可怕的青色与紫色，像受惊的水青蛇在田沟里急泅似的，汗珠站在她的前额上像一颗弹的黄豆。她的四肢与身体猛烈的抽搐着，畸屈着，奋挺着，纠旋着，仿佛她垫着的席子是用针尖编成的，仿佛她的帐围是用火焰织成的。

——《婴儿》

有如在火一般可爱的阳光里，偃卧在长梗的，杂乱的丛草里，听初夏第一声的鹧鸪，从天边直响入云中，从云中又回响到天边；

有如在月夜的沙漠里，月光温柔的手指，轻轻地抚摩着一颗颗热伤了的砂

① 徐志摩：《波特莱的散文诗》，原刊1929年3月《新月》第2卷第1期。

② 波德莱尔的这个论断可以看作是后来的分章分组散文诗的先见先明。

砾，在鹅绒般软滑的热带的空气里，听一个骆驼的铃声，轻灵的，轻灵的，在远处响着，近了，近了，又远了……

有如在一个荒凉的山谷里，大胆的黄昏星，独自临照着阳光死去了的宇宙，野草与野树默默的祈祷着。听一个瞎子，手扶着一个幼童，铛的一响算命锣，在这黑沉沉的世界里回响着；

有如在大海里的一块礁石上，浪涛像猛虎般的狂扑着，天空紧紧的绷着黑云的厚幕，听大海向那威吓着的风暴，低声的，柔声的，忏悔它一切的罪恶；

有如在喜马拉雅的顶巅，听天外的风，追赶着天外的云的急步声，在无数雪亮的山壑间回响着；

——《常州天宁寺闻礼忏声》

徐志摩对于波德莱尔的散文诗理论的诠释在今天看来，依然具有无可磨灭的理论价值，但是徐志摩只字未提波德莱尔本人以及波氏散文诗中，所凸现出来的现代性体验——这种在和大城市的接触之中，产生于它们的无数关系的交叉之中的现代人的焦虑感、失落感、荒诞感，他提及普鲁斯德（Marcel Proust）和20世纪新感性，隐约让人感觉到他想说波德莱尔代表着19世纪的感性原则，只是徐氏未及深思发生于发达资本主义时代的巴黎的"新感性"的特殊性，认为这个"新感性"依然是仙国里的花，而其实这朵花已然变相，它变现成现代社会尤其是现代都市里的"恶之花"，所以我们可以说对于波德莱尔散文诗的形式和诗性理解到位的徐志摩，当时还未曾进入散文诗文体与现代性体验的关系的思考层面。

3. 陈敬容、叶维廉的散文诗理论诠释

1947年，陈敬容陆续发表了波德莱尔诗歌中文译本，上海文坛为之瞩目，她后来又撰写了几篇随笔，集中阐发关于波氏的阅读感言，她在《波德莱尔与猫》一文中指出：

波德莱尔的诗，令人有一种不自禁的生命的沉湎。虽然他所写的多一半是人生凄厉的一面，但因为他是带着那么多热爱去写的，反而使读者从中获得了温暖的安慰，他底作品中感伤的气氛也很浓，但不是那种廉价的感伤，不是无病呻吟。而他底欢乐，是真正的火焰似的欢乐，是一些生命的火花，而非无故的吟风弄月——"像我们古代的才子佳人，或近日鸳鸯蝴蝶派底作品那样"。我们在波德莱尔的作品中找到那积极的一面，我们发现了那无比的"真"。有人认为波德莱尔颓废，那只是他们底臆测之词，那因为他们没有看到他的底里。①

陈敬容作为中国散文诗历史上的重要作家，她的这段话值得重视，陈氏受波德莱尔及法国象征派的影响较深，可称之为将西方现代派的手法化入汉语的散文诗写作相当到位的一个作家。② 上述这一段论述在当时虽然遭到一些批评和责难，但是对于中国新诗尤其是散文诗理论建构的意义表现在：(1) 散文诗要告别传统——“像我们古代的才子佳人，或近日鸳鸯蝴蝶派底作品那样”。(2) 散文诗要直面现实，包括社会现实和人类的感性真面目，敢于以诗心诗情突破一切文化禁忌，而将内心（包括深层无意识内容）呈现出来，以抵抗现实的文化秩序对于心灵的压抑。上述两个观点在今天看来依然没有过时。

叶维廉学通中西，理论创作俱佳，其《散文诗——为“单面人”而设的诗的引桥》一文，堪称融汇中西，别出心裁，在中国散文诗理论史和批评史上独树一帜，这篇被作为附录收入楼肇明、天波主编：《世界散文诗宝典》的论文，在散文诗理论界曾被广为引征，不过，对于某些不熟悉西方近代人文现状的中国诗人而言，又确实存在着介入和理解的障碍。

先看叶氏对于波德莱尔的“——给阿尔塞纳·胡赛”（《巴黎的忧郁》序）中那段广为引用的散文诗宣言的翻译：

“在我们一生中许多企望的瞬间中，谁不曾梦想过一种诗式的散文的奇迹呢？无韵无律的音乐性，既柔软粗狂，易于适应种种表达：灵魂的抒放，心神的悸动，意识的针刺。”

很显然，就现代散文诗的特性而言，叶氏的翻译不及徐志摩以及当代郭宏安的翻译贴切、传神。但是叶氏在这篇文章中，以其生花妙笔阐释现代散文诗的文体特征以及散文诗写作背后的社会原因，都给我们留下了极其强烈的印象，我们甚至可以说，叶维廉的散文诗理论具有世界眼光，同时具有民族本位意识，较好地将外来散文诗理论进行了文化学意义上的转化和融通。

《散文诗——为“单面人”而设的诗的引桥》一文首先指出，散文诗存在文体论危机，散文诗“被全世界的诗人应用着发挥着”，“作品面貌太多，而

① 张松建：《花一般的罪恶：波德莱尔在四十年代中国的译介》，载《中国现代文学研究丛刊》2005年第2期。

② 我在《中国散文诗研究》一书中，将她的散文诗特征概括为二：反讽和悖论手法的运用；潜意识深度语流的审美性呈示。参见《中国散文诗研究》，页84。

都一概冠之以“散文诗”之名，由诗意浓郁的象征主义的作品到后现代的“语 = 言 = 诗 = 派”（L = A = N = G = U = A = G = E Poets）的一些平淡直叙，看来与一般散文无甚差别的作品之间，打开了一个无限宽广的表现世界，仿佛兼收并蓄，可以包罗万象。也许是这种无尽的开放性，使得批评家不愿将之‘圈定’，不愿意着墨太多”。纵观一百多年来散文诗的各种变体（参见上文），散文诗确实已经紧缩了内涵扩展了外延，发生学意义上的散文诗有其特定的历史背景和诗学限定（象征主义的、Lyric 的运作方式、反讽美学、震惊效果等），有了这些内涵的限定，其外延所能延揽的文本必然有所限定，可是散文诗后来被有意无意理解成“自由诗”，“散文”二字成为“自由”的代名词，散文诗的边界无限扩展开去，散文诗历史上出现过众多徘徊于散文与散文诗之间难以归类的名篇佳作，至近年来的一些带有后现代审美特征的长篇散文诗如美国诗人约翰·阿舍贝利的《诗三章》（《Three Poems》），散文诗这个饱受争议的文类，恰好又呼应着西方尤其是美国的跨文类（非文类、元类，如非虚构的 Non - fiction）写作大势，边界进一步拓展，有些散文诗（当然是批评家界定之作）确实变成了“平淡直叙，看来与一般散文无甚差别的作品”。近年来中国散文诗界也出现了同样的问题，作品面貌很多，坚持散文诗的审美现代性的诗人和编辑、评论家提出散文诗“打假”的理论命题，看来散文诗文类界定始终是散文诗理论界的一大难题。

叶维廉在这篇文章中回答了两个问题。

第一，具备哪些特色和条件的散文诗才可以称之为散文诗？答曰：具有法国象征派诗人心目中的 Lyric 的运作脉络，才算接近这个特定历史条件下产生的“散文诗”。

Lyric 的运作脉络：把包孕着丰富内容的一瞬间抓住，利用这一瞬间来含孕、暗示这一瞬间之前的许多线发展的事件，和这一瞬间可能发展出去的许多线事件。

这一瞬间也可以看作我们经验、感受的核心，从这个经验、感受的核心来来回回地伸向四周，各种事件、经验、感受相互感通，其中便有一种“灵会”，与现实作深深的、兴奋的甚至狂喜的接触与印认，包括与原始世界物我一体的融浑，与自然冥契的对话，包括有时候进入神秘的类似宗教的体验。

在运作上往往会用一个具有魔力（或强烈的感染力）的形象或事件先把读者抓住，在被抓住的当儿，往往只有一种强烈的感觉，一时间理不出其间的走势、意义的层次，读者要在其间进出游思，始可以感到其间的复旨复音复意。①

第二，为什么要诉诸侯散文的形式？答曰："散文"二字可作为"自由"来理解，在波德莱尔时代，有其政治意义，表面看来是诗要挣脱形式的僵化，形式的宰制、框死想象空间的霸权，这是其一；更重要的是诗的这种自由民主精神（颠覆性、狂欢性的自由民主精神），表达的是诗歌自身的要求，即为了抗拒语言的单面化，诗人呼吁另一种准确性，所谓含蓄式的准确性（多线发展，意义不决定性），用打破语法、打破时序来求取一组放射意义的符号。

为了说明散文诗的行笔特征，叶维廉举马拉美散文诗《白色的睡莲》为例来说明 Lyric 的运作模式和散文诗中凸现出来的现代性情绪。《白色的睡莲》很像西方目前流行的非虚构（non - fiction）写作，诗中的人物并非虚构，但是诗中出现的各种经验、事件和感受似真亦幻，似幻亦真，云山雾水，波澜壮阔。据说马拉美晚年结识了豪富风流的女演员梅丽，梅作为马拉美的爱和美的幻象，成为了他激发灵感寄托诗思的对象，在一次类似于中国古代王子猷雪夜访戴的真实经验的基础上，② 将他由于梅丽（美感幻象）所激发出来的 Lyric，借助梦呓般的语流倾吐而出，铮铮淙淙、杂花生树、群莺乱飞……长诗以典型瞬间——作者荡舟花溪前去寻访"一位女友的女友的庄园"作为经验、感受的核心，利用这一瞬间来含孕、暗示这一瞬间之前的许多线发展的事件和这一瞬间可能发展出去的许多线事件，《世说新语》中王子猷雪夜访戴意境超迈，但是字字句句落实，散文诗反对字字句句落实，这一瞬间之前的许多线发展的事件，和这一瞬间可能发展出去的许多线事件，需要梦幻想象加以烘托、晕染，所以长诗各个段落云遮雾障，明灭起伏，因为以心绪的流动暗示淡化人物和情节，读者进入长诗的情绪氛围之中，只能在它的主要的经验、感受的核心进出游思，设法贴近这个 Lyric 的运作脉络，始可以感到其间的复旨复音复意。所谓复旨复音复意是说长诗蕴含着多重经验、事件和感受以及它们之间的冥契，"白色的睡莲"作为一个似有所指又无有所指的意象符号，在生命中的某个情感激烈的时刻，通过某种偶发的触媒，照亮了心灵的幽深小径，沿着这条

① 叶维廉：《散文诗——为"单面人"而设的诗的引桥》，载楼肇明、天波主编：《世界散文诗宝典》，杭州：浙江文艺出版社，1995，页 595 ~ 610。

② 《世说新语》原文：王子猷居山阴，夜大雪，眠觉，开室，命酌酒。四望皎然，因起彷徨，咏左思《招隐诗》。忽忆戴安道，时戴在剡，即便夜乘小船就之。经宿方至，造门不前而返。人问其故，王曰："吾本乘兴而行，兴尽而返，何必见戴？"

曲径，生命的感动像没有目标的河水一样汪洋恣肆、一泻千里，以至所发于不得不发，所收于不得不收。

王子猷雪夜访戴最后不了了之，是因为“吾本乘兴而行，兴尽而返，何必见戴?”王子猷造访的高士是中国古人的心像，吾心即宇宙乾坤，因此在我的心中访问过就算了事，可是马拉美不是王子猷，习惯二元对立思维模式的马拉美不可能以一己之心包举宇宙乾坤，现代文化塑造出来“共性”作为异己者，眈眈逼视，马拉美既然无法做到像中国文化土壤中操练出来的达人高士，以佛道理念从容化解之，只能心怀惴惴，所以在《白色的睡莲》的最后，诗人不无失望地道出他意态阑珊，静静离开的原因——

一旦，啊，或感着一种异乎寻常的活动，一旦她“毅然”出现——冥思的“女士”，傲慢的“女士”，顽皮的“女士”或残酷的“女士”——更不敢想象那张我永不欲知道的恍恍惚惚的脸!

马拉美不愿意看到那张刻着时代共性的脸（单面人的脸），他宁愿在想象中拥有那张朦胧不实的面相——美人情人感性十足的梅丽的脸——那朵白色的睡莲。

叶维廉指出，《白色的睡莲》具有法国象征派诗人心目中的 Lyric 的运作脉络，同时在行文中态度明确地表达了现代人对于现代社会的抵触情绪（审美现代性），用散文诗这种特殊的语言运演模式，再一次触及人类在现代社会已经废弃了的想象活动，在诗的边缘或缺席间颤动，所以，尽管它篇幅较长，依然不失散文诗本色，它是散文诗历史上的名副其实的杰出之作。相对而言，比如里尔克《军旗手的爱与死之歌》，具有法国象征派诗人心目中的 Lyric 的运作脉络，但是其中的审美现代性无有表现，因此可以说它符合叶维廉所指出的散文诗第一个条件，只能算作内涵缩小外延扩张以后的散文诗的德国变体。

当然，外来散文诗理论影响及于中国文坛，所激起的回响决不限于上述，事实上，可以说所有的中国散文诗作家、批评家都直接或间接地受到过外来散文诗理论的影响，只不过法国象征派尤其是波德莱尔的观点对中国散文诗界影响甚巨，我们列举上述几位重要的诗人、诗评家对于外来散文诗理论的延伸解释，目的是展示中国学界对于散文诗这种现代文类，尤其是波德莱尔散文诗的理解所达到的学术高度，我们大致可以看出，中国学者对于散文诗的理论阐释有一个逐步深入推进的过程。

二、中外散文诗理论研究的成绩

1. 中国的散文诗理论研究

散文诗作为现代社会应运而生的一种很特别的文类，从法国扩散到全世界，从19世纪演变至今，业已成为一种不可否认不可取消的文学事实、艺术存在和诗学描述对象。随着散文诗作品水平提升，作家声誉日隆（包括诺奖所带来的文学声望），散文诗理论和批评成为世界文坛不可否认不可取消的学术探索领域，根据作者的观察，迄今中外学术界对于散文诗这一被建构起来的文类，都进行了并且也正在进行着诸如文体学、美学、文学史论、创作论、批评论甚至社会学的理论探讨,① 散文诗在中国文坛兴起晚于欧美，因此中国的散文诗理论研究同样晚于欧美文坛。近百年来的中国散文诗理论研究时断时续，正如散文诗创作和影响的时断时续一样。总体上看，中国散文诗理论研究出现三个高潮期，即20世纪20、30年代、20世纪50～70年代（台港学者）、中国改革开放以来的近30年之间。20世纪20、30年代散文诗刚刚被引进中国文坛，散文诗这种提倡自由解放精神的新诗体迎合了时代的需要，迎合了文学改良（文学革命）的需要，加上当时文坛精英大多具有留学东西洋的学术背景，熟悉西学，因此，虽然当时的一批散文诗探索者无意深入研究，但是他们对于这种舶来诗体的本土阐释，从一开始就有了国际眼光和理论深度。

20世纪20、30年代，除了上节所提到的刘半农、高长虹、郭沫若、徐志摩等之外，郑振铎、腾固、于庚虞的理论探讨也具有理论开创意义。1922年，郑振铎（笔名西谛）在其主编的《文学旬刊》上开辟“散文诗”专栏，先后发表系列文章，引发争鸣，探讨散文诗概念和艺术特征，对促进散文诗的发展产生了重大影响。② 郑振铎（笔名西谛）的《论散文诗》一文中首先引述大量境外学者对于诗的本质界定，最终提出自己的总看法：

有韵无韵不能作为诗的必要条件。诗里面的元素：

情绪。抒情诗自不必说，就是史诗也少不了情绪要素在内。

想象。

---

① 如Richard Terdiman著《话语及反话语——19世纪法国象征主义反叛运动的理论和实践》，在本书中作者将散文诗作为一种绝对的反话语加以考量，很显然他是用散文诗现象来论述他的“话语及反话语”理论。反过来说也是用社会文化的多重文本来探讨散文诗问题。参见Richard Terdiman: Discourse/Counter - Discourse, The Theory and Practice of Symbolic Resistance in Nineteenth - Century France. Cornell University Press. 1985.

② 王幅明主编：《中国散文诗90年》，郑州：河南文艺出版社，2008，页14。

思想。诗中也是含有理性的分子的。

形式。诗是用最能传达，最美丽的形式，来做传达诗的情绪与诗的想象与诗的思想的。

郑振铎实际上是从诗歌的本体论的高度来论证诗可以用散文加以表现，他在这儿将“形式”放在最末位置上，显然在凸显强调情绪、想象和思想三者。“在形式方面，许多人都以为不大重要，因为由历史上观察，诗的形式是常常的变更”，“只管他有没有诗的情绪与诗的想象，不必管他用什么形式来表现。有诗的本质——诗的情绪与诗的想象——而用散文来表现的是‘诗’，没有诗的本质，而用韵文来表现的，绝不是诗。”“散文绝非不能为表现诗的情绪与诗的想象的工具——也许表现得比韵文还活泼呢!”

关于散文诗的来源，郑振铎点出波德莱尔、屠格涅夫以及英国和美国的许多散文作家，“中国近来做散文诗的人极多（不是古代），虽然近来的新诗（白话诗）不都是散文诗。”① 郑振铎的散文诗观即使今天来看，仍然具有强大的说服力。只不过他也是未及从散文诗产生的社会历史背景上，来阐述散文诗的现代情绪生成性特征，这差不多可以说是当时的散文诗批评者的普遍的理论盲点。

几乎在郑振铎发表《论散文诗》的同时，滕固于《文学周报》（1922 年 2 月 1 日）发表了同题论文《论散文诗》，表示是“读了西谛君的论文后，临时发动，拉杂书之”，滕固留学日本、德国，东西学问皆有根底，因此他的一番评说对于当时的文坛来说具有极其重要的说服力。滕固认为散文诗起源有两个前提：诗体的解放；起源于很精干的小品文。这篇文章与郑振铎最大的不同，是将散文诗的历史上限推演到中国古代的小品文，论文中列举郦道元《水经注》“自三峡七百里中……”，陆龟蒙《笠译丛书》的“紫溪翁”，《东坡志林》的“记承天寺夜游”、“儋耳书”为中国古典散文诗。但是又说阿伦坡（爱伦坡）是散文诗的创始者，因此，文章显得有些凌乱龃龉。滕固引用当时日本的散文诗作家白岛省吾《幻之日》的自序对于散文诗的界定：

（1）诗的韵律，亘在行间；

（2）有一种焦点；

（3）那（末）么不很长的。

滕固对以上三点逐一延伸解释：第一，“诗的韵律，亘在行间”指的是

① 王幅明主编：《中国散文诗 90 年》，郑州：河南文艺出版社，2008，页 1197～1201。

"形式的美，内在的响亮"；第二，"焦点"是指"有诗的内容的表现"；第三，"不很长"是如爱伦坡所说的"诗是唱出刹那间的感情，所以长的不自然，短的才自然"。有了这三者，散文、普通散文诗及韵文的界限可以明明白白了。尤为引人瞩目的是，腾固用原色青、黄并之成"绿"，诗与剧二体并之成"诗剧"的形象比喻来说明散文体的文体混合特征，一个多世纪以来被众多论者加以引述。腾固和郭沫若关于散文诗的形式主义的论断，对中国20世纪散文诗的演变影响很大，当然它的负面影响同样不可否认，直至今天散文诗有时被写成散漫平庸的短散文，依然与这个解释不无干系。

于庚虞曾留学英国，游历西欧，受现代诗风影响较深，出版过散文诗集《魔鬼的舞蹈》、《孤灵》等，"饱读西洋诗人的集子和论诗的书物"，1934年他在为自己的诗集《世纪的脸》所做的序文中，发表对于散文诗的看法。他认为波德莱尔、屠格涅夫和泰戈尔的散文诗以偏于情思者居多，但有时只表白思想，与平常的散文无殊，因此不是美满的散文诗。在于庚虞看来，散文诗包含"情思"、"诗之辞藻"两个重要元素，在情思上，散文诗介乎感情与思想之间，而偏乎思想，在文字上，散文诗介乎诗词与散文之间，而偏乎散文。所谓偏乎思想与散文者，仍含有诗之感情与诗之辞藻，不过思想与散文的成分较多耳，……因此，我们可以说，散文诗乃以美的近于诗辞的散文，表现人类更深邃的情思。散文诗写到绝技时，仍能将思想融化在感情里，在字里行间蕴藏着和谐的音节。① 对照于氏的散文诗我们可以说，于庚虞强调的是散文诗所要表现的"思想"——人类更深邃的情思，隐隐约约相当于我们今天所说的现代情绪——波德莱尔的所说的现代都市的无数关系的交织，这一点正是他不同于超越于西谛与腾固的理论发现。

由于现代诗在20世纪50年代以后的大陆风光不再，与此同时，现代派诗歌在我国台湾和香港获得新的演化空间，于是50年代至70年代中国的散文诗理论探索转移至台港学界，众所周知，1956年纪弦在台北成立以现代派诗人为主力阵容的"现代派"，发表"现代诗的六大信条"，第一条就宣称"我们是有所扬弃并发扬光大地包含了自波特莱尔以降一切新兴诗派之精神与要素的现代派之一群"。

50年代至70年代台湾省出现商禽、管管、痖弦、苏绍连、杜十三、渡也、刘克襄、杨牧、陈芳明、罗青、林换章、瓦历斯·诺干、温健骝等著名散

① 王幅明主编：《中国散文诗90年》，郑州：河南文艺出版社，2008，页1207～1209。

文诗作家，主张诗歌全盘西化的纪弦也有散文诗传世，与其同时余光中、纪弦、罗青、痖弦、林以亮等接过散文诗这个话题进行学理探讨，按照陈微仁《台湾现代散文诗新论》的说法，余光中、纪弦、罗青反对散文诗的本体或命名，余光中斥散文诗“非驴非马”，① 纪弦认为“形式上把它当作‘韵文诗’的对称则可，本质上把它看做介乎诗与散文之间的一种文学则不可。这应该加以个别的审核：如果它的本质是诗，就叫它归队于诗，如果它的本质是散文，就叫它归队于散文。这个名称也太灰色了，为了处理的方便，我的意思是：干脆把它取消拉倒”。为方便文类划分，罗青想了另外一个办法，即承认散文诗仍然是诗，但是它是“分段诗”，罗青认为“散文诗”这个名字为外来语，到了中国何妨给它起个新名字，“分段诗”这个非常形式化的名称看来得到台湾省文坛的认可，台湾省的莫渝 1997 年出版《阅读台湾散文诗》（台湾省第一部散文诗理论专著）认为散文诗有许多别名，如分段诗、短歌、掌上小札、抒情小品、抒情短文、小品……等，将“分段诗”置于首位。痖弦 1960 年发表《现代诗短札》，认为散文诗“绝非散文与诗的鸡尾酒，而是借散文的形式写成的诗，本质上仍是诗，一如借剧的形式写成的诗，是剧诗，而非诗剧”②。

我国香港学者林以亮（宋淇，张爱玲、钱钟书的文学知音）20 世纪 70 年代发表《论散文诗》一文，③ 可以说是在叶维廉发表《散文诗——为“单面人”而设的诗的引桥》（1992 年发表于《创世纪》杂志 87 期）之前台港学术界关于散文诗理论的代表性成果。在这篇论文中林氏没有像台湾省学者那样将散文诗改名易姓为“分段诗”，仍然称其为“散文诗”，他将散文诗文类放在文学大家族中考察，认为散文诗是文学大家族中一个弱势文类，弱势存在。他认为文学作品分散文和诗二大类，散文诗介于二者之间，就像白日和黑夜之间存在着黄昏，黑夜和白日之间存在着黎明一样，散文诗是文学（一整天）之中朦胧的半明半暗的“黄昏”和“黎明”，相对于白天和黑夜来说，“黄昏”

① 最近大陆散文诗诗人灵焚著文回应余氏“非驴非马”论，灵焚认为无论如何，散文诗的存在无法否定，余氏《剪掉散文的辫子》是在60年代新诗现代化的大论争时期发表的，因为双方笔战导致下语不免武断轻狂，参照陈巍仁的考证，余光中后来在给焦桐《失眠曲》做序时，又承认“散文诗”这个名字，说“这一编的十三篇散文诗……几乎都不弱，而写雏妓的几篇更是出色……这些小品兼有散文的自然、诗的锻炼，不愧散文诗之名”。见林美茂：《也谈散文诗的可能性——不仅仅只是与余光中前辈的偏见商榷》，载《梧州学院学报》，2010年5期。

② 陈巍仁：《台湾现代散文诗新论》，台北：万卷楼图书有限公司，2001，页 76～81。

③ 据陈巍仁考证，这篇论文发表于《文学杂志》，后收入《林以亮诗话》，台北：洪范书店，1976，页 32～45。见《台湾现代散文诗新论》，页 5。

和“黎明”是过渡性的短暂的存在，林以亮俏皮地以李商隐的诗句“夕阳无限好，只是近黄昏”来说明散文诗的特殊的、边缘的美质。

严格来说，林氏还是从形式角度来界定散文诗的。他认为王维的《山中与裴迪秀才书》从形式看是散文诗，英法两国17世纪的“诗意的散文”也是散文诗，林氏将散文诗的定制者锁定为美裔英国人史密斯（Logan Pearsall Smith 1865～1946），史密斯受到波德莱尔的影响，创造出一种新的散文：“具有音乐性，但并没有固定的节奏和韵，表现突然而来的感触，心境的变幻，和白日梦想的动荡起伏，……在写这作品时，再三推敲，往往将一篇东西反复重写，删去不必要或看上去多余的字眼，一直删到删无可删为止。”史密斯从波德莱尔得到灵感，作品和波德莱尔大异其趣，因为他的散文诗“小品”像极短篇小说，有时像一首抒情诗，有时是无情的自我剖析，对人对己的冷嘲，一直爬剔到心灵的深处，有时却是一句含有至理的警句。① 我们检视史密斯的散文诗，确实如林以亮说的那样精炼、含蓄、“表现突然而来的感触，心境的变幻，和白日梦想的动荡起伏”。相对而言，史密斯的散文诗表现现代人的心灵真实，具有散文的细节、情节，比波德莱尔的散文诗更加简练，林以亮以这种文本作为现代（近代）散文诗的范本不无理论说服力。

在创作论上，林以亮告诫青年作者不要轻易试手，因为“散文诗是一种极难运用恰到好处的形式，要写得好散文诗，非要自己先是一个第一流的诗人或散文家，或二者都是不可”。他举19世纪后期法国作家鲁易斯（PIERRE LOUYS）散文诗《芦笛》，美国诗人史密斯的《星》、《社交成功》，马拉美的《秋天的哀愁》来说明，并进一步指出：

以上所引的作家，哪一个不是在他自己的范围之内极有成就的诗人、小说家或散文诗作家？他们在正经的工作完成了之后，才偶一为之，写一两篇散文诗，而且，他们对于诗和散文的操纵能力是如此之完美，在写散文诗时几乎都有一种不可避免的内在需要才这样做，并不是因为他们不会写诗，或写不好散文，才采取这种取巧的办法。所以对基本入门的训练都没有做好的青年来说，散文诗是一个大忌。

林以亮的观点代表了大多数台湾省诗人和评论家对散文诗的看法。到了90年代，叶维廉关于Lyric的运作脉络的理论阐释只是比林氏的解释更加清晰

① 林以亮：《论散文诗》，载王幅明主编：《中国散文诗90年》，郑州：河南文艺出版社，2008，页1210～1218。

一些，在关于散文诗的政治意义上（审美现代性）的延伸阐释方面超越了林以亮。

改革开放以来的近30年以来，散文诗在大陆获得新的生机，散文诗创作、批评、研究同步推进，同时台港及海外华人学者也加大散文诗理论研究力度，产生了一系列学术成果。据资深散文诗诗人、《散文诗》杂志前主编邹岳汉先生统计，这期间发生的若干重大转折在中国散文诗发展史上有着特殊的意义：中国第一家散文诗期刊、第一家散文诗报纸的创办及散文诗丛书的大量出版；散文诗人队伍从原来“寥若晨星”的境况演进到现在“满天星斗”的壮观——更重要的是诗人的创新意识已使散文诗的表现形式发生了与传统模式迥异的变革；第一部散文诗理论著作出版带动的散文诗研究的步步深入及多种散文诗选本的出版。散文诗理论专著相继出版与理论框架的建立，标志着中国当代散文诗理论研究已经取得了与散文诗创作现状相适应的突破性进展。据邹岳汉《我国20年散文诗发展概观》一文的统计，近二十几年来发表的散文诗理论研究成果主要包括：

（1）《散文诗的世界》，王光明著，长江文艺出版社1987年7月初版，1992年1月修订版，17万字。本书是我国第一部散文诗的系统理论专著。王光明指出：散文诗是：“兼有诗与散文特点的一种抒情文学样式。它化合了诗的表现性和散文描写性的某些特点。从本质上看，它属于诗，有诗的情绪和幻想，给读者美感和想象，但内容上保留了有诗意的散文性细节；从形式上看，它有散文的外观，不像诗歌那样分行和押韵，但不乏内在的音乐美和节奏感。散文诗一般表现作者基于社会和人生背景的小感触，注意描写客观生活触发下思想感情的波动和片断。这些特点，决定了它题材上的丰富性，也决定了它的形态短小灵活。散文诗不是散文化的诗，也不是诗化的散文，更不是避难就易的乖巧文体；恰恰相反，它是深沉感应现代人类内心意识和情感律动的独立文学品种。”王光明首次将散文诗与审美现代性联系在一起，以此为起点，散文诗的审美现代性被后来的徐成淼、黄永健等加以延伸阐释，几乎变成了当代散文诗美学共识。

（2）《散文诗的精灵》，徐成淼著，贵州人民出版社1990年10月第1版，13万字。作者认为“散文诗是用散文式的语言表现内容的一种自由体诗”。徐成淼十分强调散文诗的审美现代性，提出散文告别传统告别清浅走向都市走向繁复变幻的文类转型问题，引起当代汉语散文诗界的高度重视。意象型散文诗（相对于传统的意境型散文诗）“它注重人的内心图景和意识流动：意象的复沓、叠加、变幻，将之组合为意象流、意象链和意象群，以便表达跳动的、变幻的、复杂的现代人的生活流程和心理状态。比之于意境型散文诗，意象型散文诗的主体意识更显强烈”，并“将促成散文诗最终彻底摆脱抒情散文的併合和同化”，“其独立品格便更加鲜明”。

（3）《建构与超越》，方文竹著，香港金陵书社出版公司 1992 年 8 月初版，约 4 万字。方文竹强调语言的特殊建构作用，指出“散文诗是语言的极致表现，散文诗立足文坛靠的还是怎样建构语言这座迷宫”。

（4）《散文诗探艺》，张彦加著，江苏文艺出版社 1993 年 3 月第 1 版，24 万字。作者认为“散文诗是诗和文的渗透、交叉产生的新文体”。他采用包忠文的观点，认为：“散文诗中的‘散文’，并非专指我们通常所讲的抒情、描写性的散文，而是文学艺术除诗歌外的所有形式的总称，其中包括小说、剧本、杂文、寓言、传说、神话等”，这种看法似乎得到中外散文诗文本的验证，作者特别强调散文诗与“小诗”的区别，认为泰戈尔的《飞鸟集》和纪伯伦的《沙与沫》“其中大部分篇什仍然是‘小诗’而非散文诗”。

（5）《美丽的混血儿》，王幅明著，花城出版社 1993 年 5 月第 1 版，17 万字。作者针对“非驴非马说”对散文诗的歧视提出“散文诗”存在的合理性、优越性：“散文诗很像一个美丽的混血儿。它有诗与散文两种截然不同的血缘关系。但它既不是诗，也不是散文。它有充分的理由向世人宣告：它是一种独立文体。”

（6）《散文诗美学论》，徐治平著，广西教育出版社 1994 年 3 月第 1 版，22 万字。徐治平论述散文诗与传统文化的关系：“散文诗也是一种外来文化。散文诗这一新文体一旦移植到中国，便迅速地在中国这块古老的具有深厚文化沃土的大地上扎根、成长，开出绚丽的繁花。”其原因是“散文诗从外国引进的那天起，就很快地与我国原有的诗化散文小品相融合……一开始就具有鲜明的中国民族特色”。并援例证实我国现、当代散文诗较普遍地继承了古典文学中“准散文诗”（诗化散文小品）及古典诗、词在语言、结构、音韵、意境等方面的遗传基因。

（7）《心智场景》，王志清著，中国华侨出版社 1996 年 11 月第 1 版，12.8 万字。本书针对散文诗创作的某些现状，提出“当代散文诗危困”这个命题。指出“散文诗面临的问题，不是追求其纯粹性，而是增加现代意识、创新精神和真正的社会责任感，扩大生存空间，拓宽接触层面”，“要作为时代潮流撞击下的心灵回音壁”。

(8)《美的文体》，张彦加著，四川民族出版社1996年12月第1版。

(9)《中国现代散文诗艺术论》，李标晶著，甘肃教育出版社1997年6月第1版。

(10)《散文诗文体论》，蒋登科著，中国文联出版社2002年3月第1版，28.8万字。这是一部系统研究散文诗文体的专著，共十三章。作者从散文诗的文体可能、文体位置，散文诗的审美视点、语言特色、意象营构、旋律特征、结构方式、美学特征等方面探讨了散文诗的文体构成要素，论述了散文诗与抒情诗、抒情散文的区别和联系，认为散文诗是一种独立的、具有自身艺术规律的文体，“它具有诗的内视点特征，具有语言上的舒放性、旋律性和一定程度的随意性。”以此为基础，作者还对散文诗文体探索中的得失进行了概括，提出了“从小感觉到史诗性”、“从生活哲理到人生哲学”、“从办事的语言到心灵的语言”、“从线性结构到辐散结构”等发展趋向，并对“散文诗的散文化倾向”提出了批评，对中国当代散文诗（含台港散文诗）的发展轨迹进行了描述。

(11)《散文诗新论》，张彦加著，中国社会科学出版社2002年7月第1版。25万字。为作者自上世纪80年代以来从事散文诗理论研究的结集，整体上汲取了作者以前出版的《美的文体》、《散文诗探艺》等著述的研究成果。书中论及抒情散文与散文诗的区别：“区别的办法还是看其是抒写心灵或情绪及其波动为主，还是抒写真实的人和事为主”。作者尝试从哲学和美学的高度对“浓缩与细致”、“简笔与工笔”、“蕴藉与外显”、“形象与抽象”等一系列写作方法上的“二律背反”问题进行探讨。

(12)《二十世纪中国散文诗论》，李标晶著，中国社会科学出版社2004年12月第1版，40.1万字。本著作规模可观，尤其下工夫对当代散文诗名家逐一评价论定。上篇以历史分期为经、以作家思想艺术倾向为纬，评介了自沈尹默、刘半农、鲁迅起至上世纪40年代末散文诗作家60余人。下篇则主要以写作题材、艺术风格的异同对当代一批较重要的散文诗作家大致归类，然后扇形展开，逐一评介了艾青、流沙河、郭风、柯蓝、刘湛秋、刘再复、徐成淼、李耕、刘虔、耿林莽、邹岳汉、王志清、纪鹏、王宗仁、峭岩、王中才、江边、吴珹、佟希仁、王野、许淇、钟声扬、彭燕郊、天涯、管用和、孔林、唐大同、赵丽宏、秋原、谭仲池、梁彬艳、陈志泽、王慧瑛、陈慧瑛、胡昭、敏歧、屠岸、张长、楼肇明、海梦、雷抒雁等41人的散文诗创作。

(13)《中国散文诗研究》，黄永健著，中国社会科学出版社2005年6月第1版，27.3万字。分上、下编共12章。上编《史论》六章，前三章纵向论述20世纪20年代，三四十年代，五六十年代的中国散文诗发展进程，后三章横向论述大陆、台湾省、香港地区散文诗创作的境况、实绩及走向，对各时期各地区散文诗作家、作品、理论涉及较为广泛。以较多篇幅论及当代陆续创办的几种散文诗报刊，新出版的主要散文诗作品集，主要散文诗理论专著，涵盖至2004年，史料新鲜翔实。下编《散文诗文体论》，分为“散文文诗本体论”、“散文诗本体的形式及其生成”、“散文诗的结构”、“散文诗的语言”、“散文诗的审美功能”、“散文诗的文体地位”六章。本著试图史与论统合，构建现代汉语散文诗文类的内涵实质，提出一系列新的观点，如认为“散文诗作为当代文坛一个独立文类已得到了广泛的认同”，“散文诗的文体地位在提升”，“散文诗在今后相当长的时间里，会作为现代后现代社会一个独立的诗体形式与新诗并行不悖地发展下去，而且散文诗越是坚持这种批判性、审思性、反讽性的审美品格和美学取向，就越能长期地保持自身的文体优势，巩固自己的文体构成要素，在坚守文体本质性构成要素的前提下吸收、同化其他文类的文体构成的次要因素丰富自己的表现手段和文体样式，散文诗有望在现代中国发出更大的声音，出现重要的作品。”

除此之外，这一时期其他一些诗评家、诗人艾青、叶维廉、林非、谢冕、吕进、孙绍振、孙玉石、耿林莽、刘湛秋、柯蓝、郭风、刘再复、许淇、王尔碑、王珂、那家伦、田一文、向明、野曼、丁芒、李晶标、王慧骐、敏歧、楼肇明、秦兆基、严炎、陈少松、纯人等也发表了关于散文诗的论文。①

而这一时期，我国台湾和香港的散文诗理论研究也在向前推进，台湾省出现了散文诗理论专著，1997年莫渝出版《阅读台湾散文诗》，在此之前，莫渝在其选编的台湾省第一本散文诗集《情愿让雨淋着》写的代序《略谈散文诗》一文中，已经对散文诗进行了比较深入的研究，在这篇文章中，他认为世界第一部散文诗集应为《夜中人加斯巴》（《夜之卡斯帕尔》），法国唯美作家彼埃·鲁易1894年（其人时年24岁）推出《比利提斯之歌》，散文诗才出现了齐一的格式，即每首分四段，每段长短（音节、字数）大致相仿，具有抒情散文的灵活多样变化。莫渝最后总结：

第一，散文诗定义和美学基础，仍局限于诗的范畴内；

① 蒋登科：《散文诗研究的新收获》，载黄永健：《中国散文诗研究》，北京：中国社会科学出版社，2006，页4。

第二，具有诗的意象意境，语言凝练精简，节奏自然；

第三，具有抒情散文的灵活多样变化；

第四，不押韵、不分行、分段；

第五，篇幅短小（容有例外，如波德莱尔和佩斯）；

第六，台湾省对散文诗另有不同命名，如分段诗、短歌、掌上小扎、抒情小品、抒情短文、小品……它们都可以纳入散文诗这个锦囊袋内。

第七，似乎可以用具有两栖性格的蝙蝠（具有鸟类和鼠辈的两栖性格）譬喻散文诗存在的事实，同一篇散文诗作品，出现在散文选集里，也收进诗选集内，尽管如此，它是诗人的产品，跟史诗、叙事诗、乡土诗、爱情诗等一样，没有人会说散文家创作了散文诗，倒是有些会以散文诗人或散文诗作者称呼。

莫渝之外，暨南国际大学中语所蔡明展 1998 年撰写硕士论文《台湾散文诗研究》,① 尤其需要提出的是青年学者陈巍仁于 2001 年出版的《台湾现代散文诗新论》，从史论、文类论、关系论、艺术论、主题论六个方位全面切入台湾省散文诗论域，得出结论：第一，散文诗文类地位得到了强化；第二，散文诗创作技巧也在创新之中；第三，散文诗在扩展主题；第四，散文诗的界限有愈加模糊的趋势。陈巍仁在文类论部分专辟“散文诗为独立文类之意义”一节，讨论散文诗自我独立的原因，陈氏以台湾省诗人陈克华散文诗《地下铁》得奖风波为例来说明，《地下铁》突破征文规定夺得大奖，可以看作新兴文类反抗旧有文类权利，争夺自我权利的表现，此其一；其二，散文诗应运而生是“文律运周，日新其业”（刘勰《文心雕龙·通变》）的结果，是“影响的焦虑”（布鲁姆）带来的结果，所谓脱轨，是指从一个语言团体中脱离轨范的出轨现象，散文诗是从诗歌语言团体里脱轨旁逸自我建构起来的新文类；其三，文学作品不能只以诗、散文、小说、戏剧四类完全尽含，推到极端，并不是追求“元诗”，而是要追求能够表现纯粹文学艺术的“元类”，其他文类的区分都是没有必要的：

散文诗其实就是一种脱离传统文类，趋向“元类”的新文类，它当然不是“元类”的表现，但却是通向“元类”指标，“它”便是“它”，是一种打破文类迷思的创作形式。

---

① 大陆王珂于1990 年完成硕士论文《散文诗：从自发到自觉的文体——论散文诗的文体独立性和文体价值》，比蔡明展早了8 年。参见王珂：《诗歌文体学导论》，哈尔滨：北方文艺出版社，2001，页 515。

陈巍仁提出散文诗的"元类"观，极具有启发性，可以说是辩证地追问至散文诗本体论层面。2001年由香港艺展局赞助，两岸三地数十位散文诗作家和诗歌评论家聚会香港，研讨香港散文诗历史、现状及未来走向，会议论文结集为《香港散文诗研讨会论文集》，在这本论文集中台湾省的向明、文晓村、王禄松、金筑都发表了专文，介绍台湾省散文诗的创作批评，其中文晓村认为，因为自50年代纪弦、余光中等人否定、诋毁散文诗，导致文坛后辈敬而远之，很少从事散文诗创作，这个观察大致正确，也从侧面揭示出台湾省散文诗量小质高，大陆、香港散文诗量大质弱的个中缘由。

此外还有著名诗人学者就散文诗发表单篇论文，如叶维廉（见上文）、清维发表《在诗与文之间游走——散文诗的历史回顾》（1995）、秀陶《简论散文诗》（1996），萧萧《台湾散文诗美学》（1997）、杨宗翰《台湾散文诗美学》（1998）等等。① 香港秀实2005年出版《散文诗的蝶与蛹》，讨论当代散文诗的"媚俗化"倾向。

2. 外国的散文诗理论研究

有散文诗创作必有相应的散文诗批评和散文诗理论研究，中外散文诗无一例外，从散文诗理论发生学意义上看，波德莱尔本人为他的《巴黎的忧郁》所写的那篇序文也即散文诗历史上第一项散文诗理论成果，因为这篇不太长的序言，实际上已经从形式、审美现代性和抒情风格上为散文诗奠定了基本的文类规范，直至今天波德莱尔的《给阿尔塞纳·胡赛》一文依然是我们对散文诗进行文类判定的重要依据。

欧美的散文诗批评起步早于中国，当年法国象征主义诗人群体呼应波德莱尔既写散文诗，又进行诗歌（散文诗）的批评研究，这有似中国新文学运动时期刘半农、郭沫若、郑振铎、高长虹等既写散文诗，又进行诗歌（散文诗）的批评研究，因而产生了早期的西方散文诗理论。根据斯蒂夫·蒙特（Steven Monte 1967～）2000出版的专著《看不见的篱笆——法国、美国文学中作为一种文类的散文诗》一书的考证，虽然法国人Franz Rauhut散文诗研究专著至1929年才问世，但散文诗诞生之后自1890（William Dean Howells）年起就陆续出现了不同的散文诗选集，斯蒂夫·蒙特列举代表性的十种20世纪英美出版的散文诗集，时间分别为1890（William Dean Howells）、1953、1970、1974、1976、1987、1992、1995、1996、1996，在这期间法国作为散文诗的摇

① 陈巍仁：《台湾现代散文诗新论》，台北：万卷楼图书有限公司，2001，页5。

篮只出现了三部散文诗集，主编者分别为 Maurice Chapelan（1946）、Guillaume 和 Silvaire（1959）、Luc Decaunes（1984），散文诗集的选编者以所选编的文本来说明他们对于散文诗的判断，并且这些选编者通常都会在选编说明、序言、跋语等说明性的文字中讨论散文诗，这也与中国的情形若相仿佛，就作者所知，中国最早的散文诗选集于 1981 年出版，① 散文诗个人专辑尤其是散文诗选集通过序言、跋语、选编说明以及作品赏析呈现散文诗观。

虽然英美 20 世纪的散文诗选集注重选编超现实风格（表现无意识领域内容）的散文诗，上述代表性的十种 20 世纪英美出版的散文诗集选编标参差次有别，早期的选编者认为散文诗是一种诗歌形式（Poetic form），不是文类（Genre），第一个选编者 William Dean Howells 认为散文诗是“彩笔绘就的精巧之物”，1950 年代以后，所有散文诗的英文选集开始开始将散文诗定位为文学文类，尽管如此诸家对于散文诗的界定不一，选编了《国际散文诗选》（1976 年出版）的米切尔·本尼迪克特起先说它是一种诗歌形式接着又说它是“文类（Genre）”，本尼迪克特的选集是迄今规模最大的国际性散文诗选集，选入包括英美法德、西班牙、葡萄牙、瑞典、俄、日本的散文诗，但是遗憾的是没有选编中国的散文诗。

英美散文诗选编者对于散文诗心有戚戚，如同中国的同行一样，并试图揭示散文诗不被文坛重视的原因，有人认为散文诗的激烈反秩序性（颠覆性、想入非非、荒唐滑稽）造成散文诗的攻击性和认同性匮乏，有人认为（本尼迪克特）散文诗的孤立源自 T. S. Eliot，直至 1960 年代以前的以艾略特为首的英美反国际主义的批评方式及其影响，是英美学术界排斥散文诗的主要原因，也有人认为美国的自由诗取代散文诗功能，散文诗退居边缘。相对来说，法国散文诗选集编者 Maurice Chapelan（1946）、Guillaume 和 Silvaire（1959）、Luc Decaunes（1984）等人，对于散文诗没有像英美的同行那样有“文类”的焦虑感，他们对于散文诗的文类特点以 Luc Decaunes 的描述为代表——简洁、紧凑、自由舒展（Gratuitousness 亦有无厘头，漫无目标），因为简洁、紧凑，所

① 中国散文诗个人选集徐玉诺的《将来之花园》早于 1922 年即问世；1981 年郭风、柯蓝主编的《黎明散文诗丛书》第一辑共 7 册，由花城出版社出版，应为第一部中国散文诗选集。从 1922 年徐玉诺散文诗集《将来之花园》问世以来，中国作家出版散文诗个人专集到目前为止近千部，这其中鲁迅的《野草》，许地山的《空山灵雨》，冰心的《往事》，何其芳的《画梦录》、丽尼的《鹰之歌》以及柯蓝的《早霞短篇》、郭风的《叶笛集》、商禽的《冷藏的火把》、苏绍连的《惊心散文诗》等都产生过较大的影响，80 年代以来，正式出版的中国散文诗选集共 100 多部，鉴赏集、评论集和理论集 80 部上下。

以不能太长，尽管如此，Maurice Chapelan 的选集里面还是选入7～8页篇幅的散文诗文本（有的是截取其他作品中的诗化性的具有诗情诗味的段落），Luc Decaunes 因此批评他将诗化散文当成“散文诗”，Chapelan 甚至说“是每个人的直觉判断加以确定的，散文诗的诗性感觉存在于每个读者身上，不在散文诗文本自身”。除了这个 Chapelan 之外，其他三位选编者都会将散文诗的篇幅限定在1～2页之内，他们的散文诗共识：紧凑、简洁。

上文指出，阿得林·万勒（Adrian Wanner）将俄罗斯散文诗形象地描述为一个同心圆结构，位于圆心的是以法国象征主义诗人为代表的现代的，前卫的、先锋的、具有反叛颠覆意识的散文诗作品，而在圆心周围演化产生出大量的散文诗变体，它们可能是唯美浪漫之作，可能是偏于哲思玄理的篇章，可能是后现代的拼贴戏仿语言狂欢或语言游戏，可能是鸿篇巨制，可能是散文章句之中夹杂分行诗，可能是长篇分行新诗之中夹杂散文章句，可能是金斯伯格或中国的郑小琼式的长长诗句相互挤压、堆积、纠缠和呼应，乱而不乱，自成宇宙乾坤。因此他对于散文诗文体给出了一个较为宽泛的文类界定：

散文形式。不分行，格律诗排列成散文也不能成为散文诗。

简洁。除了语言的简练、凝聚、事件和场景的单一等特征之外，散文诗的篇幅不超过1～2页，即篇幅精短。

自主性。散文诗不应该是大叙事散文的一部分，也不是小说文本中的一部分，但是可以成系列或成套组合。

实际上我们整合英美、法散文诗选编家的散文诗观，也即紧凑、简洁（法国选编家的共识）再加上超现实风格，激烈颠覆性（英美选编家的共识），得出现代散文诗的共时性文类标志：

散文形式。不分行，格律诗（自由分行新诗）排列成散文也不能成为散文诗。

紧凑、简洁（Chapelan 的选集里面选入的7～8页篇幅的散文诗文本除外）。①

---

① 中国散文诗界也有人认为戏剧、小说中的某些诗化段落、篇章，因为具有强烈的感染力，也可以看作散文诗，这种判断标准很可能是受到西方散文诗观点的影响所致，也可能是中国早期散文诗观使然，如郭沫若五幕历史剧《屈原》的第五幕第二场屈原的大段独白《雷电颂》，被作为散文诗收入中学语文课本，《雷电颂》计1523个字。它截取五幕剧的其中一节，类似 Chapelan 截取其他作品中的具有诗情诗味语言充分诗化的段落，同时《雷电颂》完全符合郑振铎（西谛）所界定的诗（包括散文诗）的四要素：情绪；想象；思想；形式。另据灵焚考证，日本诗评家岩城达也先生在谈到日本从大正到昭和初期的散文诗的三大特征时，概括了三种印象：抒情色彩浓；故事性强；艺术表现极其前卫。参见灵焚：《散文诗：作为一场新的的文学运动被历史传承的可能性》，载《散文诗》，2009年1期。

现代的，前卫的、先锋的、具有反叛颠覆意识。

自主性——有一个焦点或一个核心情节、一个主要情绪。

欧美散文诗研究专著比中国早出数十年，中国第一本散文诗理论专著《散文诗世界》出版于1987年，而西方早在1929年就有散文诗专著问世，前后相差58年。我们基本上可以断定，中外散文诗批评和散文诗理论都经历了先有批评后有理论的建构路径——散文诗问世之后首先是散文诗批评接踵而至，随着创作的继续和散文诗影响的递增，中外终于出现了融史论和文体论为一体的理论专著，从散文诗批评到散文诗理论出现，中间相隔半个多世纪，这种现象也是必然的，因为创作在先，随着创作的数量和质量的增加，批评的数量和质量的增加，必然出现系统的理论归纳，一个作家、一种流派、一种文类都必然经过这样的建构路径。根据斯蒂夫·蒙特的考证，① 早期的西方散文诗研究对象是法国散文诗，早在1920年代已经出现了Franz Rauhut散文诗理论专著《Das franzosische Prosagedicht》（1929），随后又有专研法国散文诗散文理论专著出现，如Vista Clayton' s《十八世纪法国文学中的散文诗》（1936）、Albert Chere（1959）、Monique Parent（1960），这几本散文诗专著主要探讨法国的散文诗。1959年约翰·西蒙（John · Simon）的博士论文《作为19世纪欧洲文学中的一个文类的散文诗》首次以比较文学的方法来研究散文诗，但是这篇博士论文迟至1987年才得以正式出版。

20世纪60年代至70年代是西方散文诗研究的空白点，当然，中间在相关的著作和研究论文中出现零星的研究论说，唯一的研究成果要数Ulrich Fulleborn专著"Das deutsche Prosagedicht"。70年代末至80年代，散文诗批评和理论研究重新启航，这以两本书为标志，其一，1979年巴巴拉·约翰逊出版了专著"Defigurations du langage poetique"，其二，Mary Ann Caws和Hermine Riffaterre 1983年选编的批评文集《法国散文诗：理论和操作》。

1983年以来，至少出现了5部以英语撰写的散文诗学术著作，它们分别是：

（1）斯蒂芬·佛雷德曼（Stephen Frednman）1983年出版的《诗人散文：美国自由诗的危机》；

① 需要说明的是，这儿所列举的欧美散文诗研究成果主要参照斯蒂夫·蒙特2000出版的《看不见的篱笆——法国、美国文学中作为一种文类的散文诗》一书的考证，据作者观察及普林斯顿大学安敏轩推荐，本书对西方散文诗研究成果详为搜罗，对各家说法进行对比辨证，可以说达到了目前西方散文诗研究的制高点。

（2）Stamos Metzidakis 1986 年出版的《重复及符号学：散文诗诠释》；

（3）Jonathan Monroe 1987 年出版的《题材的贫乏：散文诗和文类政治》；

（4）玛格丽特·墨费（Margueritte Murphy）1992 年出版的《颠覆的传统：从王尔德到阿舍贝利的英语散文诗》；

（5）Michel Delvill 1998 年出版的《美国散文诗：诗歌形式及文类边界》；

当然这期间也出现一些有关散文诗的重要著述如理查德·特帝曼（Richard Terdiman）1985 年出版的《话语及反话语：十九世纪法国象征主义反抗运动的理论和实践》，唐拉德·威斯林（Donald Wesling）1985 年出版的《新诗：柯勒律治和华兹华斯之后的诗歌形式》等，斯蒂夫·蒙特在《看不见的篱笆——法国、美国文学中作为一种文类的散文诗》一书中，提出一个对于文类的反本质主义的看法，他反对从语言、文本自身来确定散文诗的内在的几个文类规定性，，也反对从散文诗外在社会历史规定性来建构散文诗的几种文类规定性，或从内外两个方面来建构散文诗的若干个文类规定性，如在上文中我们所做的那样的努力，他认为："文类是在与其他文类的相互关联中，从反面确立起来的，文类不能指望仅用几个形式特征（形式标志）来加以确定，在阅读过程中我们只能确认若干文类特征，因此我们对于文类的意识是开放的无边界的，我们的文类意识随着阅读的推进，随着我们与不同文本的遭遇而变化无定。"①

斯蒂夫·蒙特在全书的结尾指出：文类是一个抽象物（相当于佛家的名相），文类是一个被阅读者预设了的解释框架，文类是一个看不见的篱笆，无论这个篱笆怎么被不断划界，在阅读的历程中这个边界还是存在的。就散文诗而言，它也是一个个抽象物（相当于佛家的名相），当散文诗作为一个术语和理念进入文学话语圈子，它就可以吸引追随者和反对者，建构自己的历史和理论，引发批评话语，促成散文诗集诞生，尽管以散文诗名号所囊括的材料未必就是散文诗。

相对于正面界定，斯蒂夫·蒙特指出：从反面对比着来进行文类界定似乎更加合理。散文诗的文类构成要素会随着历史语境和文化语境的演变而发生变化，散文诗文类构成要素还不能仅限于音步、篇幅、题材等，散文诗文类构成

---

① 斯蒂夫·蒙特：《看不见的篱笆——法国、美国文学中作为一种文类的散文诗》（《Invisible Fences：Prose Poetry as a Genre in French and American Literature》，2000，University of Nebraska Press. P. 10.

要素或许应包括外部条件如出版语境和接受语境等，譬如任何从阅读而来的概括性意见都可能潜在成为文类要素之一。因此确定散文诗文类标准，首先必须熟悉散文诗周边的文学形式和文类，采取“否定的区分法”不失为有效途径，在操作上这意味着必须熟悉文学历史语境，尤其是文学的、语言的和接受的历史，文类考量必须进入文学史视野，而不是退回到类型和形式特征层面。① 我们理解的斯蒂夫·蒙特的散文诗观念有如下特征；

第一，散文诗文类标准不能定于一尊。如波德莱尔、本尼迪克特、理查德·特帝曼、Luc Decaune、阿得林·万勒等著名散文诗批评家对于散文诗的文类界定都是有限的理论解说，散文诗与非散文诗的边界（那堵看不见的篱笆）是活动的。实际上世界散文诗的历史确实也说明了这个道理，法国公推波德莱尔为本国散文诗的鼻祖（当然也有异议），俄国公推屠格涅夫为散文诗鼻祖，可是屠格涅夫借用波德莱尔首倡的散文诗形式，抒发一个俄罗斯老人的乡土念旧情怀（如《玫瑰花，多么美丽，多么鲜艳》）王尔德借散文诗记述他的奇思妙想（与审美现代性了无瓜葛），泰戈尔、纪伯伦借散文诗抒发神秘主义的东方宗教情感，阿舍贝利借散文诗抒发后现代语境中的碎片感，鲁迅借散文诗抒发五四时代中国知识分子的文化荒诞情绪，日本东山魁夷借散文诗抒发日本人的自然观感（物之哀感），南美洲的瓦叶霍借散文诗抒发拉丁美洲的集体无意识，台湾省的莫渝称只有诗人写出了散文诗，可是朱自清以散文家名世，他的《春》和《匆匆》却因为简洁、紧凑、语言诗化，而被众多散文诗选集界定为散文诗。

第二，散文诗从反面加以定义，即用排除法来界定散文诗似乎有说服力和可操作性。首先熟悉文学史的各种文类，将不好纳入诗、散文、小说、喜剧、小品、超短篇、美文、杂文等的文本纳入散文诗的范畴之内，当然这种界定依然留有众多的解释性纠葛。

第三，散文诗学术研究自有它的价值所在。无论如何，散文诗成为已然性的文类存在应是不可否认的事实，研究散文诗可以从一个侧面窥视文学史的真相，连带着透视历史文化演变的轨迹，以诗解史，以史说诗，都无不可。散文诗作为现代化背景下出现的一种新文类，它的文体演变的过程既是人类文化演变过程的一个注脚，同时它有力地推动着人类文化朝着健康的、活泼的、自然的方向演进。

---

① 斯蒂夫·蒙特：《看不见的篱笆——法国、美国文学中作为一种文类的散文诗》，页240。

附录：

蔷薇花，多美丽，多鲜艳……

屠格涅夫

很久很久以前，我曾经在什么地方，读过一首诗。它很快就被我忘了……可是，诗的第一行还留在我的记忆里：

蔷薇花，多美丽，多鲜艳……

现在是冬天，严寒使窗玻璃蒙上了一层薄霜；在晦暗的房间里，点燃着一支蜡烛。我躲到角落里坐着；而脑子里老是回响着：

蔷薇花，多美丽，多鲜艳……

于是，我仿佛看见自己站在城郊一个俄罗斯人家的矮窗前。夏日的黄昏正在静悄悄地消逝，转入夜晚；温暖的空气里，散发着木樨草和椴树花的芳香。而在窗台上坐着一个姑娘，身子靠在一只撑直了的手臂上，头靠在肩膀上——默默地凝视着天空，好像在等待第一批星星的闪现。她那凝神沉思的眼睛，何等天真无邪和充满灵感；她那张开欲问的嘴唇，何等动人和纯朴；她那还在发育、尚未让任何事情烦扰的胸脯，呼吸得多么平静，她那年轻的脸庞又多么纯洁，多么温柔！我不敢和她说话，——可是，她在我看来是多么亲切，我的心又跳动得多么厉害啊！

蔷薇花，多美丽，多鲜艳……

但房间里越来越黑……结了蜡花的蜡烛发出噼噼啪啪的响声，迅速移动的影子在低低的天花板上晃动，寒风在屋外怒吼、呼啸——觉得好像老年人的枯燥无味的絮语声……

蔷薇花，多美丽，多鲜艳……

我眼前又浮现着另外的形象……仿佛听到乡村家庭生活的愉快的喧闹声。两个淡褐色头发的头，彼此靠在一块；她们闪着亮光的眼睛，在机灵地瞧着我；她们红润的脸颊，因为忍住了笑声而颤动；她们的手亲昵地交叉在一起；她们年轻的、很好听的声音，彼此在打断话头。而稍远一些，在舒适的房间深处，另一双同样年轻的手在急速移动，手指在紊乱地按着旧钢琴的键盘——可是，兰纳的华尔兹曲，没能够压倒古老的茶炊的咕嘟声……

蔷薇花，多美丽，多鲜艳……

蜡烛的火光在渐渐暗淡下去，快熄灭了……谁在那儿发出如此嘶哑、沉闷的咳嗽声呢？我的老狗蜷缩成一团，偎依在我的脚边颤抖，它是我唯一的伴侣……我感到寒冷……我冻得发抖……而她们都死去了……死去了……

蔷薇花，多美丽，多鲜艳……

三、当代中国散文诗的创作与批评

1. 历史积淀与美学传承

中国散文诗至今走过93年的发展历程，2007年11月河南文艺出版社选编出版大型散文诗作品、散文诗理论合集《90年中国散文诗》，集中展示自“五四”以来中国散文诗的创作和研究成果。本书收录272位几代作家（包括港台及海外华人作家）散文诗作品1300多篇，中国现代文学史上重要作家如鲁迅、刘半农、郭沫若、许地山、徐志摩、茅盾、王统照、朱自清、高长虹、冰心、李金发、汪静之、巴金、丽尼、焦菊隐、陆蠡、艾青、何其芳、唐弢、徐迟、陈敬容、郭风、柯蓝以及台湾省诗人痖弦、覃子豪、林清玄、苏绍连。另外，本书还附录中国散文诗集编目，中国散文诗选集编目，中国散文诗鉴赏集、评论集、理论集编目以及中国散文诗大事记。从1922年徐玉诺散文诗集《将来之花园》问世以来，中国作家出版散文诗集到目前为止近千部，这其中鲁迅的《野草》、许地山的《空山灵雨》、冰心的《往事》、何其芳的《画梦录》、丽尼的《鹰之歌》以及柯蓝的《早霞短篇》、郭风的《叶笛集》、商禽的《冷藏的火把》、苏绍连的《惊心散文诗》等都产生过较大的影响。

80年代以来，正式出版的中国散文诗选集共100多部，鉴赏集、评论集和理论集80部上下，散文诗选集和鉴赏集流行甚广，以至于进入21世纪，出现了散文诗年度选集，2000年，邹岳汉主编，漓江出版社出版的《中国年度最佳散文诗》，2004年更名为《中国年度散文诗》；2002年，王剑冰主编，长江文艺出版社出版《中国年度散文诗精选》，这两种当代散文诗选集收录作品数量以及作者人数逐年增加。尤其值得一提的是，经过几代人的努力，散文诗理论研究进入文体自觉和文体建构层面，现代文学史上著名文学理论家如西谛（郑振铎），郭沫若、当代著名诗评家孙玉石、谢冕、王光明、蒋登科以及港台的林以亮、叶维廉等都对散文诗的美学特质和文体个性进行过理论探讨，叶维廉在《散文诗——为“单面人”而设的诗的引桥》一文中，较为准确地界定了散文诗的美学特质，叶氏引用本雅明（Walter Benjamin）、阿当诺（Theodor Adorno）、哈贝玛斯（Habermas）以及霍克海默（Max Horkheimer）等人观点，说明散文诗是现代社会一种特殊的抒情诗，不过散文诗所抒之“情”不是道德情感、文化情感，而是一种人性的“精髓”，“神秘”的演现，是本雅明所谓的灵气（灵光）——aura，在科学至上主义工具性理性高升所带来的人的分化支离、物化、商品化、异化、减缩化的过程中，现代诗、现代艺术、现代音乐保持着它们的自发性而与现行宰制性的社会形成一种张力，它们在所谓“社会性的缺乏中反而把社会压制自然与人性的复杂真实反映出来”，所以散文诗所抒之“情”是人类在现代社会话语背景之下的复杂心情、情绪，这种心情、情绪既连接着人类的历史记忆，同时又掺和着现代意识，是一种在“现代意象刺激之下所产生出来的情感结构和情感模式”，之所以要用散文的结构和散文的叙述性语言来抒情达意，原因有二：其一，19 世纪来（西方诗歌）作假不真的修辞遭到人们厌恶，诗人呼吁回到自然语，甚至回到散文，作为诗的媒介；其二，大众在语言的认知上单纯化、平面化，面对当时象征主义诗歌语言的浓缩、多义和歧义性，便有“隔”和“难懂”之意，于是波德莱尔等人尝试用散文的、接近一般传达的语态，包括平平的说明与叙述，不会马上用逻辑的飞跃，而慢慢地把读者引进一个由浓缩放射性的意义或复旨复音构成的诗的中心。①

从发生学意义上来看，散文诗所抒之“情”不是古代文人雅士的闲情逸致，散文诗文本亦非战歌、颂歌式的意识形态书写和牧歌式的浪漫书写，从诗的自由性和解放性的本质特征来看，散文诗被引进我国现代诗坛，一度出现战歌、颂歌式的书写方式，这应该可以看作散文诗这种新文体在 20 世纪中国文化背景之下的合乎逻辑的演变，可是，进入 80 年代之后，由于中国快速步入现代化和全球化的历史轨道，发生学意义上散文诗所彰显的现代审美意识，得到当代散文诗作家的普遍认同。80 年代中后期以来，我国散文诗界的重要诗人如柯蓝、耿林莽、许淇、徐成淼等，开始重视都市题材散文诗，林焚、林登豪、红杏、亚楠、李松樟、方文竹、喻子涵、宋晓杰、郑小琼等中青年散文诗诗人都是在现代心灵场景之内通过散文诗的文本建构，寻找情感和思想的突破口，他们的当下诗性体验和散文诗的文本建构路经，实际上与发生学意义上的散文诗形成了一种美学上的回应与互证，并且这种回应和互证还在持续演化之中。

散文诗作为一种新的文体（文学书写文本），目前达到了广泛的认同，新世纪（2000 年）以来，国内每年出版发行之文学年选文集，都有单独的散文诗年选专辑出版流布，除了邹岳汉与广西漓江出版社联合推出的中国年度最佳

① 叶维廉：《散文诗——为“单人”而设的诗的引桥》，载王幅明主编：《90 年中国散文诗》，郑州：河南文艺出版社，2008，页 1280～1291。

散文诗选集（2000年起），王剑冰与长江文艺出版社联合推出之年度中国散文诗精选（2002年起），此外王光明、孙玉石主编之《六十年散文诗》一书也较为畅销，2007年11月，由河南文艺出版社与中外散文诗学会倾力编选之《中国散文诗90年》（上、下卷）于中国现代文学馆隆重发行，并举办90年中国散文诗评奖活动，数十名老、中、青中国当代散文诗作家获得终身成就奖、重大贡献奖、作家奖、创作奖、理论集奖等奖项。最近，王蒙主编，王宗仁邹岳汉分编，长江文艺出版社出版了《六十年散文诗精选》，《六十年散文诗精选》系《新中国六十年文学大系》之一种，《新中国六十年文学大系》共推出《中篇小说精选》、《短篇小说精选》、《小小说精选》、《诗歌精选》、《散文精选》、《散文诗精选》、《报告文学精选》、《儿童文学精选》、《文学评论精选》共九类，散文诗已然在当代确立了它的文体属性，从散文和诗歌中脱离出来，得到了当代读者的认同，在该书前言部分，邹岳汉先生以其散文诗史论家的眼光，对中国当代散文诗的创作成果，批评成就进行了精要的梳理。

邹岳汉行先生认为，"散文诗乃诗之一体"，散文诗现代审美意识是中国散文诗获得持续发展的内在动力。波德莱尔曾将散文诗的现代审美意识描述为"灵魂的抒情性的动荡、梦幻的波动和意识的惊跳"，散文诗作为一种诗性文本，从其发生的时刻起即为了凸显、张扬现代心灵的震惊性悸动，因此，可以认为散文诗与自由分行新诗或现代散文相比，更加倾向于表现现代人的内心生活，现代人的感觉、情绪和想象，尤其更适合表现现代都市人群的现代性心灵体验，波德莱尔在完成了诗集《恶之花》之后，复又以散文笔法去创造"诗的散文的奇迹"——《巴黎的忧郁》，主要是因为分行建制和语言的压缩，无法再现现代人立体交叉组合或网络状组合的情感结构，散文诗采用"自由、细节和讥讽"的叙述、描绘手段，适合表现现代人情感结构的本然状态。散文诗融合散文与诗的双重优势，因缘际会，应运而生，变成了一种与散文、诗歌齐头并进的现代诗性文本，是由于现代性的经验意象积极参与了传统的认知结构，人类情感趋向繁复、细密所引起的。①

2. 当代中国散文诗批评

80年代以来以来，中国散文诗蓬勃发展，百花齐放，众家争鸣。首先，写作者人数剧增并出现了相关的学术团体，这当然与中国诗歌大国的传统有关；其次，专门的散文诗报刊、网站在全国产生相当的影响力，如湖南益阳的

---

① 黄永健：《中国散文诗研究》，北京：中国社会科学出版社，2006，页325。

《散文诗》持续出版发行25年，在全国诗刊方阵中，发行量跃居前列，四川成都的《散文诗世界》2006年4月公开发行，近期年发行量近4万册。目前以这两个期刊相号召，全国性的散文诗笔会活动得到了各地作家和文化团体的积极响应，《散文诗》杂志组织全国性的散文诗笔会已满九届，2010年于湖北丹江口举行全国散文诗第十届笔会，近年来活跃于散文诗诗坛的中青年散文诗作家、诗评家齐聚丹江口，进一步商讨散文诗发展的方向。《诗刊》在80年代创办的"青春诗会"，汇聚了一批后来在中国文坛声名鹊起的著名诗人，《散文诗》杂志作为国内目前鼓励、扶持青年散文诗新人的纯文学刊物，势必造就一批具有创新意识的重要的散文诗作家。2006年5月，四川《散文诗世界》杂志社发起成立"中外散文诗学会"，并于最近几年开展全国性的笔会活动，得到了海内外散文诗作家、诗评家的关注与支持。此外，2001年香港成立了香港散文诗学会，创办《香港散文诗》季刊，以亚楠任总编辑的新疆《伊犁晚报》每月推出一期《天马散文诗专页》，全国各地相继办起了10余种当地准印的散文诗报刊，如赵宏兴在安徽编选出版年度《中国当代散文诗选》，各地以发表新诗为主的诗刊也纷纷设立定期或不定期的散文诗专页，进入21世纪以来，还出现了一批散文诗网站，如《中国散文诗》、《散文诗天地》、《散文诗作家网》、《散文诗百家论坛》等。

据散文诗作家灵焚的观察，尽管日本在几十年前就开始肯定散文诗的艺术价值（荻原朔太郎），然而至今日本还没有一本专门刊载散文诗的刊物，更不可能出现像《二十世纪中国经典散文诗选》（王光明编，长江文艺）、《中国散文诗90年》（王幅明编，河南文艺）那样的大部头散文诗选集，[①] 据笔者观察，中国大陆散文诗创作和批评较为繁盛，台湾省散文诗作者人数寥寥，相对来说散文诗批评较为少见，香港的散文诗创作也是因近水楼台受到大陆散文诗诗人和散文诗团体的影响才于最近几年出现创作、出版、批评的热闹局面，台湾至今也没有出现散文诗专门刊物，其原因大概是因为日本文坛和台湾省文坛皆认为散文诗不易把握，可是无论如何，近三十年来，大陆散文诗确实出现了可圈可点的个人专集、选集、理论探讨等著作，在文坛产生了一定的影响力，并拥有了广大的读者群。

当然，散文诗极易被把玩成短散文，变成余光中先生所谓的"非驴非马"

① 灵焚：《散文诗，作为一场新的文学运动被历史传承的可能性》，载《散文诗》2009年第1期，页71～76。

的骡子，大陆以至香港为数众多的散文诗文本中也存在大量的浅白直露、矫揉造作、附庸风雅或拿腔作调、忸怩作态之劣品以及模拟古典诗情诗意的假古董。散文诗重在现代心灵图式和现代情感的揭示，而现代心灵图式和情感结构既与古典模式交叉连环，同时又因现实环境现代意象的刺激，突变为新的心灵图式和情感结构，此即马尔库塞所谓人类在现代社会情境之下所生长出来的“新感性”，作为中国文化和中国诗学的天然传承者的当代散文诗作家，必须在天然传承的传统诗心诗悟之上，谋求新的情感符号形式（苏珊·朗格），进行散文诗创新，因此，当代散文诗文本中最有艺术价值和文学史价值的作品，必然是自觉或不自觉的创新散文诗文本（阿舍贝利创作《Three Poems》，台湾省陈克华创作的《地下铁》就是最好的例证）。我们发现，90 多年的中国散文诗历史上，凡称成功杰出之作在语言、意境和思想取向上皆具有突破意识和创新意识，如鲁迅、何其芳、郭风、柯蓝、商禽、痖弦以及当代的许淇、耿林莽、徐成淼等。彭燕郊、昌耀以新诗名世，但他们的散文诗作品皆因现代感强烈，超现实意象密织，意味深醇，获得诗界的重视和高度评价。中国当代散文诗在 80 年代曾一度深陷平直浅白的语言陷阱和思想陷阱而不自知，80 年代中期，徐成淼通过自身的创作感悟呼吁散文诗要“告别清浅”，告别农耕社会的田园牧歌风格，走向现代语境，追求现代感，表现都市意识，实现由“意境”至“意象”的跨越，自此出现了“探索散文诗”热潮，湖南《散文诗》曾刊发一批“朦胧散文诗”作品，1989、1990 年曾出版过森森、莫笑编《探索散文诗选》、《新潮散文诗精选》，国内散文诗作家周庆荣假名“玛丽·格丽娜”出版“梦呓断句”散文诗集《爱是一棵月亮树》，同年 10 月，灵焚（林美茂）出版《情人》，探索现代灵魂的精神突围历程。需要提及的是，灵焚于 2008 年 11 月，再次将其二十多年创作的散文诗作品结集出版，在本书的后记中，作者指出了散文诗与现代人的生命体验的深度关联：

你在阅读时候你自己的感觉究竟如何，你自己的心灵真实究竟怎样展开，是不是也像灵焚那样，面对一幅幅重叠的心灵图景，陷入虚无、恐惧、困惑、无奈、缠绵、坚毅、率真……的审视之中，那时一切审美直觉都在指向自身生命境遇的本能逼视，生命的渴望与燃烧已经让你无法逃脱。灵焚的散文诗揭示着灵焚对于生命真实的向往与寻求，他企图通过一次次现实和心灵场景的表象与交错，切换与叠合，舒展与收缩，在一个进入与退出、下降与上升的动态审美实践中展现生命的审美理想。①

近年来散文诗诗人方文竹发表《理论的理论：当代散文诗理论建构的基点》（《散文诗》，2009 年 7 期）、《如何看待眼高手低的散文诗写作》② 等散文诗批评文章，产生了一定的影响力。方文竹在《理论的理论：当代散文诗理论建构的基点》一文中指出："按照文学理论惯例，我将散文诗理论结构划分为三个部分：散文诗理论——散文诗批评——散文诗作品（理论）史。散文诗理论取自散文诗批评和散文诗作品（理论）史的资源并对其进行宏观概括和指导，而散文诗批评和散文诗作品（理论）史推动着散文诗理论的发展，三者相辅相成。同时必须强调，看待散文诗理论三个部分的水平的关键还是散文诗理论，我将其称为'散文诗理论的理论'。'理论的理论'是当代散文诗理论批评的'母本'，一切散文诗的理论批评皆是它的变形与放大。"方文竹的观点对于习惯于从实践到理论，从文本到理论的批评模式的中国当代文坛来说，不无启发价值，毕竟现代汉语散文诗演化至今产生了大量的杰出之作，当代散文诗的表达形式和散文诗的美学功能具有它的相当范围的认可度，散文诗作者包括从新诗和散文群体中分化而来散文诗作者逐年增加，③ 因此，建立中国散文诗元理论体系（包括本体论、结构论、语言论、文体论、功能论、主题论、创作史论、批评史论、中外散文诗比较论等）的时机已然成熟，中国散文诗的历史积累和创作现状呼唤元理论体系的出场，而一般的散文诗诗人"身在庐山"，很难跳出"庐山"之外看"庐山"，散文诗元理论体系的建立还得依靠学院派，正如方文竹指出的"真正的散文诗理论家应该远离创作实践，要有学究气"。方氏不无偏激地认为当代中国散文诗乱象的产生其原因就是缺乏元理论的导向作用，"理论有着自身的独立性和规律性，反过来理论对实践的指导是更为重要的。……当代散文诗理论的贫乏已成痼疾，她的独立性要求更在于她的自身的先天性不足，她的'理论的理论'显得更为急迫和重要些：'脱离实际'的'理论的理论'将为当代散文诗理论搭起构架。"④ 在

---

① 灵焚：《灵焚的散文诗》，广州：花城出版社，2008，页 243～249。

② 中国文苑网：http：//www.1818018.com/lilun/2011/0122/2489.html。

③ 罗小凤最近发表《边缘的边缘的突围——新世纪十年来散文诗发展态势探察与反思》一文，详细讨论当代中国当代散文诗的创作、出版、批评现状。本文对新世纪以来出现的两个散文诗年选——邹岳汉的《中国年度散文诗》和王剑冰的《中国年度散文诗精选》作者人数进行统计，前者从 2000 年的 168 人增加到 2009 年的 200 人，后者 2002 年的 79 人增加到 2009 年的 110 人，可以看出散文诗创作阵容在扩大。参见中国社会科学网：http：//www.cssn.cn/news/140219.htm。

④ 方文竹：《理论的理论：当代散文诗理论建构的基点》，载《散文诗》，2009 年 7 期。

《如何看待眼高手低的散文诗写作》一文中，方文竹直面批评当代中国散文诗写作中的重复堆砌现象，呼吁散文诗诗人创新——“当前散文诗写作的总体水平较高，但是，我们也常常看到部分作者由于对散文诗的热爱而产生的剧烈浮躁情绪，它导致在具体写作路数上一味地崇‘高’：追求大主题、大境界、大情感、大国家、大社会、大手笔，结果却无意间绕过了语言这一基础的关卡和基本的元素甚至文体意识，创作出的作品堆砌着驾轻就熟的意象、陈陈相因的表达方式。它导致了散文诗写作整体水平的降低。”“在散文诗写作中，最可怕、最常见的一种现象就是许多作者这种‘手高’‘眼低’的写作方式。他们自我满足，他们不想改变什么，不想为中国散文诗添加一点什么，而是很舒服地年年月月大批量生产，从而严重地影响到目前散文诗的整体水平。说到底，造成这种现象的原因是这些作者的散文诗文体意识薄弱，‘难度写作’的匮乏与‘无顾忌写作’的膨胀。”

资深散文诗诗人耿林莽最近发表《散文诗并不“易写”》一文，针对当代中国散文诗“太容易雷同，太容易矫情，太容易图解主题，太容易做作词语”（王剑冰语），提出具体的解决办法，他认为在创作的时候“要根据具体作品内容的表达需要，将散文性的因素，融入其诗性肌体之中。‘融散文于诗’，走‘化散文’的路子。无论是情节素材、描述手段、语言韵味，都要‘细碎化’地融入散文诗的整体意境，而不是照搬散文的那一套，那样做的结果，便是‘散文化’了，‘融散文于诗’，需要高度的艺术修养和众多的技巧为之服务，是需要认真对待艰苦劳作的，当然很难。却又是无可回避的‘必经之路’”。耿林莽认为散文诗宜虚不宜实，因为“诗和散文诗基本是虚构的。不是纪实。需要将来自现实的题材重新构思。丰富想象力，强化抒情性。这比以现实性为主的散文写作要难得多。拘泥于生活原型，想象的翅膀展不开，便会使作品呆板，枯燥，诗味不足。柯蓝先生倡导‘报告体’之所以失败，根源恰在于此。散文诗对于情节的处理，宜精不宜泛，要善于化整为零。以一当十；善于挑选最有表现力的典型细节。以抒情化、意象化。蒙太奇式的跳跃组合来表现处理，才符合这一文体的要求。”① 灵焚于2007年提出了“意象性细节”这一概念，对耿林莽提出的散文诗创作方法论加以延伸，他认为创新型散文诗“从诗歌中汲取意象的运用与表现手法”，“从散文中摘取其核心部分的细节性描写”，“把现代人的生存境遇与生命感悟，放在蒙太奇式的、组合

① 耿林莽：《散文诗并不“易写”》，参见中国诗苑网：http：//chinasy. 5d6d. com/viewthread。

性的片段细节群中展现，通过纯粹的意象性细节推演生命的体验、省思与审美”，因此散文诗区别于诗歌与散文的最大美学特征便是“意象性细节”，即“在貌似散文性的细节中，通过意象性语言的运用，把一群具象性的语言凝聚起来，形成一种完全诗化了的细节”①。

国内最有影响的《散文诗》杂志主编冯明德先生根据多年的编辑经验和审美立场，发表《伪散文诗八大特征》一文，指出伪散文诗具有无病呻吟、春夏秋冬、浮光掠影、古诗新译、节日放歌、同题生造、陈词滥调、平平仄仄八大反散文诗病症。②《散文诗》杂志一直以来坚持前卫性的诗歌姿态，强调散文诗的诗性特质，冯明德的激烈批评实际上可以从反面显示出中国散文诗诗人不甘平庸、渴望突破的心理情绪，一批专事散文诗创作和传播的诗人、作家渴望散文诗能够在整个大文学格局中发出更为强大的声音。

---

① 参见罗小凤：《边缘的边缘的突围——新世纪十年来散文诗发展态势探察与反思》，中国社会科学网：http://www.cssn.cn/news/140219.htm。

② 这八大特征分别为：

1. 无病呻吟。标题：《爱的××》《××的情》。内容：邂逅于某个时间地点，那眼神那笑容，令人执著追求，无怨无悔。词汇：诺言、月朦胧水朦胧、海枯石烂。其实无病呻吟者，还并未情爱过，或仅仅只是因为读过爱情诗，看过言情片，或某一瞬的青春萌动，便照样画葫芦的来一段抒情。

2. 春夏秋冬。标题：《四季××》《××四季》。内容：春的播种，夏的希望，秋的收获，冬的蕴藏。词汇：芽苞、花朵、硕果、阳光、雨露、冰雪。可能春夏秋冬者，对春或秋有所感悟，于是有了春，当然有夏，接下来是秋，就缺一个冬了，再凑几句，便完美无缺了。

3. 浮光掠影。标题：《××山游记》《××水之行》。内容：山的伟大，人的缈小，浪的诗情，水的画意。词汇：山路、崎岖、攀登、波光、倒影、溶入。浮光掠影者，到此一游，如此诗情画意的大自然，怎能不陶醉，不诗兴大发呢。帝王将相都到处题诗，何况是诗人啊，这山不白爬了，这水不白趟了，这一路不白累了?

4. 古诗新译。标题：《古韵××》《××新意》。内容：李白、杜甫、白居易或某名诗人的名诗名句翻译成现代口语。词汇：——（破折号）、“”（引号）、《》（书引号）。也许古诗新译者，江郎才尽了，或者一时半刻没有灵感，便在古诗中图方便。用现代语言、现代文本将古诗复诵一遍，以加强记忆。

5. 节日放歌。标题：《献给××节》《××节放歌》。内容：某年某月某日、某组织某人、某历史事件。词汇：枪声、炮声、欢呼声、喜迎、欢庆、啊。节日放歌者分两种：一是某报某刊有政治和形势的需求，应景而作；一是看到某报某刊的应景大作后，愚蠢一点的是步其后尘，聪明一点的是看到“五一颂”，就赶快炮制“六一乐”。

6. 同题生造。标题：《小路》《向往》。内容：根据应征标题或已示范的文字唱和。词汇：如果是“小路”，就是弯弯曲曲，延伸向远方；如果是“向往”，就有希望的曙光，理想的彼岸。同题生造者的蕴床主要是某些同盟诗人，或某一受应试教育颇深的诗人的革新之举——开卷考试。看谁望题生义、文字玩得好。

7. 陈词滥调。标题：《火花集》《哲思录》。内容：顺手掂来蜡烛，便燃烧自己，照亮了别人。冬天来了，春天肯定不远了。词汇：名诗名句加几行文字，改几个字，只要本意未变，就富有哲理，就是箴言警句。陈词滥调者，真的不是有意的抄袭，只是自己大脑库存里的复制、粘贴，不小心地做了薄利多销的批发商而已。

8. 平平仄仄。标题：《白话文》《文言文》。内容：天上人间，芸芸众生，古今中外，包罗万象。词汇：文言文为主，白话文为辅。之乎者也对仗工整，流行语言也很压韵。据考证，平平仄仄者年岁并不沧桑，古体诗词能背诵半箩筐，现代白话会说但不能入诗啊，否则太没有文化了。

方文竹、耿林莽、灵焚和冯明德等人对于当代中国散文诗的深度批评标示着当代汉语散文诗正在谋求创新、创化和创造。

2011 年伊始，首都师范大学文学院 2008 级现当代文学博士生罗小凤发表《边缘的边缘的突围——新世纪十年来散文诗发展态势探察与反思》一文，在这篇文章中，罗小凤罗列当下中国散文诗界散文诗文体的四种认知：

一是认为散文诗是自由诗的变体；一是认为散文诗是诗，是与自由诗并存的一种独立的诗体；一是认为散文诗是诗，是与新诗并存的一种诗体；一是认为散文诗是一种独立的文体，与散文、诗歌并存。

她认为在这四种认识中，第一种早已被抛弃，但少数散文诗人由于对散文诗概念模糊不清，对散文诗历史了解不深，而依然持此观点。第二种认识是正确的。复杂的是后两种认识。第三种观点把散文诗与新诗对立起来，显然对“新诗”概念把握有误。第四种观点认为散文诗是散文与诗两种文体经过“化合”或“融和”而形成的一种既不是诗也不是散文的完全独立的文体。从表面看，这种观点似乎是在维护散文诗的独立地位。然而，抹杀散文诗作为“诗之一体”的本质属性给散文诗创作和散文诗理论研究带来一系列不良后果：写作者不必将散文诗作为诗来写，读者不必把散文诗作为诗来读，文学评论界不必把散文诗作为诗来评论，诗学家、文学史家不必把散文诗写进中国新诗发展史，文学、诗歌评奖不必把散文诗纳入诗的评奖范围……对散文诗文体“非诗非散文”的不当定位正好与“非驴非马”的贬损相呼应，不利于确定散文诗文体在诗和文学领域应有的地位。① 罗小凤的观点实际上代表着散文诗界对于散文诗的主流看法，如邹岳汉最近发表的一篇全景观察文章——《中国大陆近 20 年散文诗发展概观》（《散文诗世界》2006 年 1 期）指出：

判断一篇作品是不是散文诗，首先要从诗的角度着眼。因为散文诗是散文形式的诗，它的本质是诗，而非别的什么。只有具备诗的根本特质，才可进入诗的行列，才可进入散文诗的行列。

因此，诗的一些构成元素，一些特殊的表现手法，都可以而且应当在散文诗中找到。比如诗尚空灵，散文诗也不宜太写实；比如诗的语言要求简约、凝练，散文诗亦是如此要求；比如诗的结构宜单纯，散文诗的结构也不可繁复；比如诗的语言表达须留有较大的空间，时有跳跃、截换，散文诗亦然。举凡擅

① 罗小凤：《边缘的边缘的突围——新世纪十年来散文诗发展态势探察与反思》，中国社会科学网：http：//www. cssn. cn/news/140219. htm。

长抒情、多用象征，比拟、飞白、寓意、含蓄，都是诗与散文诗共有的写作特点或共同常用的艺术技巧。

只有强调散文诗与诗在本质上的同一性，在艺术技巧上整体的同一性，才能从根本上将散文诗与一般的抒情散文、寓言小品区别开来。

作为一位终生以散文诗为职志的散文诗诗人、批评家，邹岳汉反复强调散文诗是诗之一体，认为“散文诗回归诗，不是弱势文体向强势文体的归附。散文诗作为诗之一体，代表着现代诗的中坚和前沿，它将与讲究分行押韵的新诗一起争妍竞秀，共存共荣，促进中国当代诗的多样化、现代化。”① 在某种程度上来看，也是维护巩固散文诗身份地位的权宜之计，散文诗纳入诗的范畴可以在文学史叙述、文学评奖等话语建构过程中，顺理成章地进入其间的操作，否则，就会很容易被诗和散文两个文类排斥在外，可是散文诗经过一百多年的演化和文体建设，在世界文坛上已然成了一个被建构起来的文类，这种防御性的批评策略或许有效，或许在未来被证明是错误的，须知当年的宋词元曲号称“诗余”——诗之一种，但是一旦成为一个时代的主流诗歌形式，它们就是新的文类（文体），今天的散文诗当然是诗之一种，可是如若将来它成为了时代的主流诗歌形式，它就会像宋词元曲一样脱轨运行，变成了文学史叙述中的独立文体（文类）。

3. 散文诗争鸣

散文诗园地百花齐放，必引起诗评家众家争鸣。如散文诗的文体归属问题，究竟是已发展成熟的一种独立文体还是仍旧乃“诗之一体”？是散文化的诗歌，还是诗歌化的散文？散文诗与现代美文、小小说以至杂文如何进行文体划界？散文诗以四五百字以至一千字以内限定其篇幅，还是让其自由伸张成数千言上万言以至更长篇幅的长篇散文诗？散文诗形式和审美取向来自西方，但在21世纪全球文明对话，中国文化充分张扬其价值理念的新世纪话语情境之下，散文诗如何磨合创化现代中国气派的文体语势？与此同时，自鲁迅的《野草》横空出世以来，好像20世纪以至新的21世纪还没有出现那样深具影响的作品，散文诗界不免产生一种焦虑心态，散文诗诗坛翘首期待，散文诗的大师级作家何时出现在文坛的地平线上？提及当代小说，大陆的王蒙、余华、贾平凹、莫言以及台港的白先勇、刘以鬯等，足以充任诺贝尔文学奖的候选

① 罗小凤：《边缘的边缘的突围——新世纪十年来散文诗发展态势探察与反思》，中国社会科学网：http：//www. cssn. cn/news/140219. htm。

人；提及散文，余秋雨、董桥、张晓风、林清玄（其实林清玄的精短散文可视为散文诗）足以傲视其他文类的大作家、名作家；提及当代诗歌，北岛、顾城、舒婷、余光中、洛夫、痖弦等，也早已进入文学史的书写。可是提及当代中国散文诗（华文散文诗），虽然有一批作家如郭风、柯蓝、流沙河、徐成淼、刘湛秋、许淇、李耕、耿林莽、王尔碑、彭燕郊、昌耀、叶梦以及台港的商禽、痖弦、苏绍连、夏马、钟子美、秀实等，但这些作家只是在散文诗"业内"具有较高的知名度和较大的影响力，而且上述散文诗作家皆无人取得现代文学史上类似于《野草》、《画梦录》那样的骄人成就，因此，散文诗依然呼唤大作家、大手笔的出场。不过，换一种视角，所谓大作家、大手笔有些纯粹就是后来的文学史论家建构出来的名牌、品牌，只要散文诗探索在进行中，在持续不断向前推进，散文诗界终于会出现大家杰作，或者在目前的老、中、青三代散文诗诗人群落中，其作品的暗藏光华终于为后人所认知抉发，从而被文学史追认为大师骄子？灵焚在最近所撰的《散文诗，作为一场新的文学运动被历史传承的可能性》一文中指出：只要我们当代能够保持着拥有一批前赴后继的散文诗这种体裁的探索者、攀登者，那么，未来的人们一定可以在这些探索中，找到他们需要的大手笔、里程碑式的作品。所以，我反对总是强调里程碑式作品的诞生，要求大手笔作者出现等等言论。①

由于散文诗作家队伍在扩大，散文诗拥有相当数量的读者群，散文诗刊物在市场经济大潮中稳住了阵脚，散文诗的学术研究（史论、文体论、批评论、诗学阐释）取得了一系列成果，更重要的是，散文诗具有揭示现代意识、表现现代都市情感的特定的文体优势，以上诸多因素形成合力，唤醒了散文诗作为一种独立文体的身份意识。进入新世纪以来，散文诗年选专辑与小说、散文、诗歌、报告文齐头并进从图书流通市场以及文学网络进入读者的阅读视野，但新世纪以来的各级各类文学奖中，从不设散文诗奖，即以影响很大的"鲁迅文学奖"而言，它设有全国优秀中篇小说奖，全国优秀短篇小说奖，全国优秀报告文学奖，全国优秀诗歌奖，全国优秀散文、杂文奖，全国优秀文学理论、文学评论奖，全国优秀文学翻译奖。因为没设"全国优秀散文诗奖"，意味着优秀的当代散文诗作品被拒之文学殿堂之外，对此，散文诗界有人提出质疑：鲁迅是中国散文诗大师，其《野草》是其文学世界的重要组成部分，不可或缺，以鲁迅命名的全国文学大奖，连报告文学都被纳入设奖文类，不设

① 亚楠：《散文诗作家》，新疆：伊犁晚报社，2008，页224～233。

散文诗奖，就值得质疑。①

自波德莱尔1869年出版散文诗集《巴黎的忧郁》，世界散文诗已有140年的历史，自1917年沈尹默创作了《月夜》这首中国新诗史上的第一章散文诗，② 中国散文诗已有92年的历史。一百多年来，世界文坛已出现了泰戈尔、纪伯伦、圣琼·佩斯、纪德、屠格涅夫等散文诗大作家，中国文坛也出现了鲁迅、何其芳、郭风、柯蓝、商禽、耿林莽、李耕、苏绍连、许淇等散文诗大家、名家，综合考察散文诗的创作实绩，散文诗的现代审美取向以及散文诗的理论研究成果，我们基本上可以断定：散文诗作为现当代文学大家族中新崛起的一种独立文类的身份已然确立，散文诗是现代人类心灵图景的诗性文本，从格律严密的古诗（中国古代诗赋词曲、西方的十四行诗、日本俳句等）到现代自由分行新诗，人类的诗歌写作不断进行文体形式的突破。当年天才诗人兰波的自由分行新诗有意打破作诗法的残酷的枷锁，法语诗要求的四音节、六音节、八音节、十音节和十二音节等格律，兰波都打破了，待到兰波创作《地狱一季》、《彩图集》时，干脆放弃了分行排列的诗歌形式，采用散文诗的形式，兰波一生也是在不断突破诗歌的现成的文体形式而进行新的尝试，拓展了诗的可能性和表现空间，开创了最自由、最灵动、最潇洒的法语诗歌风格。③

兰波的创作实绩向我们显示，古今中外诗歌的形式都是人类的情感结构的外部显象而已，如果我们承认人类的情感记忆在新的生活意象的刺激之下，不断派生出新的情感图式和情感结构，那么，诗的语言文本应具有多向度的延伸和创化的可能性，散文诗在较短的篇幅内，紧扣现代生活中特殊情境，展开诗性叙述，想象、虚构、生发、升华、精炼语词、锻造意象、神而化之，由小见大，见微识著，确实发挥了散文、分行诗歌所无法取代的现代审美功能。因此，可以预见，散文诗写作、传播以及散文诗批评散文诗研究势必继续扩张其话语能量，在中国当代文坛及世界文坛成为一处崭新的景观。

本章附录：

难度写作，贴近庸常，文体意识
——评方文竹散文诗近作

一、难度写作

① 庄伟杰：《“鲁迅文学奖”奖项设置美中欠足——吁请增设“全国优秀散文诗奖”》http://blog.sina.com.cn/zhwj9898。

② 徐成淼：《散文诗的精灵》，贵阳：贵州人民出版社，1990，页3。

③ 高骧：《天才诗人的精深乐章》，载《晶报》，2009年11月14日，B10。

方文竹提出散文诗的“难度写作”问题，认为目前散文诗创作兴旺但好作品不多，我同意这个观点。但是横看诗歌、散文、小说及其他文类领域，情形大致相同，据说近年中国长篇小说年发行量达5000册，恐怕仅有数本允为成功之作，所以很多人在写散文诗，传播散文诗（比如网络、手机），评论散文诗与很多人在弄散文、小说、诗歌一样——“众语喧哗”、“众神狂欢”，说明这个时代是一个艺术化的时代，艺术进入生活的每一个层面，当社会上几乎人人都在摆弄、品味、讲究艺术时，你不可能要求每个人都有较高的思想境界，每一篇（部）作品都成熟圆满，每一个批评都能站得较高一点，看得较远一点。

文竹提出的“难度写作”主要指语言上的“难度写作”，一针见血。散文诗允许散文化，但绝不是散文的叙事、说明、抒情、说理式书写，当初波德莱尔以至其前的贝尔特朗都在这种“小散文诗”里讲究语言的特殊抒情效果，试看波氏的散文诗《人群》中一段：

众人，孤独：对一个活跃而多产的诗人来说，是个同义的、可以相互转换的词语。谁不会让他的孤独充满人群，谁就不会在繁忙的人群中孤独。

已然脱离常轨，产生了陌生化效果，方文竹在他的《像安徽那样》这篇散文诗里，表达了他的这份“孤独”感，同样，他的散文诗里很讲究语言的“张力”，“张力”这个词被用滥了，有点玄，其实它就是指语言修辞所带来的陌生化审美效果，散文诗语言尤其强调语言的表达效率，同为它一般不长，往往抓住一个特殊的事象进行“浓缩放射性”的文本构造，历史上取得成功的散文诗大多是这样经营运作的。

像安徽那样——

侍弄着本省的翅膀。常常一个人拿着空酒瓶，我徘徊在安徽的春江花月夜。

在池塘里是一粒小蝌蚪。在大海里是一只搅起冲天骇浪的巨鲸。

可我有时候说不清是笨，还是有定力，像黄山一样挺立！

我就是安徽的一块血肉，和内心的梯子，爬呀爬呀，

——像安徽的那样。

在这篇散文诗中，方文竹较好地将内在情感与外在语言的修辞打成一片，并取得了跳脱、空灵、变形、荒诞等审美效果。其他如《外来妹》：

七十层高楼的通明灯火与五华里鹅卵形的石头的对阵中，是一千五百里的皎洁月光，……

她笑得像一粒水晶，不敢落下来。

仅仅两段文字，可是高度浓缩的内涵与异常繁复的情感层次，都足以令人动容，可以接纳不同视角的美学解释。散文诗必须讲究语言的出奇制胜，但又绝不能为赋新辞强说“愁”，为赋新辞强说“烦”。现代人的“烦”相对于古代人的“愁”而言，内涵更加繁复，允许语言的跳跃、悖谬、黑色幽默、蒙太奇、戏说、拼贴、变形、反讽、意识流等等试验，但是归根到底，外在语言形态必须紧贴内心情感流程，相对而言，说理（哲理）散文诗往往会因为情感不够，思想来凑，造成“既失其情，必乖其理”的尴尬，这也就是哲理片语散文诗很难取得成功的最主要的原因。

近年，方文竹转向“纪实体散文诗”，可能正是出于对散文诗情感本体论的自觉反思，由现场感、现实感和当下感通往哲思玄理，正犹如自根而枝、叶、花、果，自然妥帖，反之，思想枯萎，花果死灭。他在《散文诗里的风花雪月在疯长》这篇作品里，对时下散文诗无病呻吟、搔首弄姿的轻巧做派给予痛斥，便打算“配制中草药”，将它们连根拔起，这些都说明，方文竹所提倡的难度写作有的放矢，他自身的创作实践说明真情实感，语言自觉以及创新追求正是当代散文诗谋求良性发展的不二选择。

二、贴近庸常

方文竹 2009 年所作的散文诗《一个诗人也可以是哲学硕士》颇具象征意味，他说“一个诗人也可以回到自己的词中，让哲学回到它的旁观者的高地”，在这里他认为语言本身比哲学家的思辨更有洞察力，他不断引用维特根斯坦：“想象一段语言等于想象一生活”，他不断引用海德格尔：“语言是存在的家园”。在出版了《隐身人之歌》（2008 年）之后，他似乎又回到了哲学的高地，从他最近所写的散文诗篇章看，他似乎又从庸常人生的诗性书写回到超越性思辨之中，不过，总的来看，他自觉地贴近庸常，在庸常的生活中觉悟、抵达哲学，我个人认为这是当代文学包括散文诗写作的正途。君不见，散文诗界太多的旅游观光侧感了，太多的自我抚摸伤感了，语言确实成了许多写手的“瓶颈”，可是如果我们只是沉湎于语言，罔顾生活，无视身边正在发生的一切，无视别人及整个时代的感受，势必陷入“为赋新词强说烦”的现代写作陷阱。

博尔赫斯以语言出入幽暗花园的小径，现在许多作家名作家都言必称博尔赫斯，我看未必是好兆头。文学以情感抵达语言，不是以语言抵达语言，小说与故事同体连枝，所以博尔赫斯“理盛于情”也能以虚构的故事与生活打成一片，可是对于散文诗来说，远离生活，远离当下，仅靠语言去追拟人生的真实，有时可能陷入语言的迷宫而疏远读者。感觉到哲学背景的方文竹再回到哲学高地之后，依然不情愿舍弃当下的生活场景，不愿舍弃庸常，最近的哲理散文诗里出现考了七年的公务员、离婚的老魏与小保姆的恋情、拆迁、贪官报告、形象工程、老婆、女儿、朋友二顺，同时也虚构骨头上镌刻永恒的人、午夜漫游者、向天空寻找骨头的人等等。

在《隐身人之歌》(2008）这部集子里，当下的生活场景扑面而来，可是扑面而来的庸常人物事像，在他的散文诗文本中化为象征的“磨盘”（见《看到磨盘，我就一陈紧张》），当下生活带给大多数人的正是这种“磨盘”感、紧张感，打工诗人郑小琼的《人行天桥》等散文诗也是表现这种紧张感并以这种紧张感通向读者的感受维度，行笔至此，我仿佛都被这种紧张感裹而挟之，目前主流意识形态倡导“和谐”，实行“和谐”，我觉得这真是莫大的功德，在中国崛起的历史演变过程中，可以说没有哪个中国人可以逃脱这种紧张感和磨盘意识，以传统文化的精神药方来对治当下的心灵阵痛，尽管不可能彻底治愈，但是它唤醒一部分人，影响一部分人，就是功德莫大。方文竹沉浸西方哲学日久，他以发生学意义上的散文诗语言激活这种紧张感，让我想到了象征主义时期法国散文诗诸家，在拥抱庸常的诗性书写中，他们以这种二元对立式思维路径来审视生活，有它的说服力和震撼力，可是用来审视生命和宇宙就来必具有说服力。

三、文体意识

在国内散文诗作家里，像方文竹这样关注散文诗文体建设的人并不多见，他出版批评专著《形式不仅仅是形式》，从书名上即看出他作为当代散文诗作家的文体探索意识。从我个人的研究心得来看，发生学意义的散文诗因为突显审美现代性加之“浓缩放射性意义结构”（叶维廉）的文本特性，使之终于在文学史上得到了一种“类”的认同，可是，放眼世界，散文诗产生了各种变体，目前我国散文诗界应以中青年作家的文体意识和创新意识比较清晰，散文诗的接受群也分为不同的圈层，从艺术上讲，强调审美现代性的作品贴近发生学意义上的散文诗，优雅、闲情、唯美书写的散文诗也有它存在的园地和存在的理由，方文竹的散文诗写作讲究语言营造，力图创新，揭示社会隐痛，引领读者遐思，这种散文诗创作态度和求变意识值得散文诗界同仁躬身反思。

第五章

中外散文诗作家论

一、诺贝尔文学奖获奖者中的散文诗作家

散文诗文体建构过程中，诺贝尔文学奖可谓推波助澜。从1901年法国的普吕多姆（1839～1907）获得首届诺奖，至2000年法籍华人高行健（1940～）[①]以小说《灵山》获得第一百个诺贝尔文学奖，诺贝尔文学奖获奖者已经组成了一个以小说、散文、诗歌、剧本（剧本小说、散文剧本、剧本诗）为一体的文学文类谱系。检视20世纪所有诺奖的得奖文体，小说居首位，其次散文，其次诗，其次剧本，包括剧本小说、剧本散文、剧本诗，现代诗已经与“歌”拉开了距离，诗歌不再统称成为现代文体四大家族的成员之一，散文诗是诗不是散文，所以我们看到散文诗历史上出现的作家如印度的泰戈尔（1913年获奖）、智利女诗人加·米斯特拉尔（1945年获奖）、西班牙的希梅内斯（1956年获奖）、法国的圣·琼·佩斯（1960年获奖）、智利诗人聂鲁达（1971年获奖）、波兰的切·米沃什（1980年获奖）、墨西哥诗人帕斯（1990年获奖）都是以“诗”获奖。泰戈尔更是以散文诗集《吉檀迦利》（又名《饥饿的石头》）获奖，除此之外，以小说获奖的作家如法国的罗曼·罗兰、纪德、美国的福克纳、日本的川端康成都有散文诗传世。[②]可以看出，20世纪除20、30年代之外，40、50、60、70、80、90年代都有散文诗大家获得诺奖，如果我们将散文诗大家获得诺奖的时间先后与西方散文诗理论成果出现的先后，做一对照，则可看出散文诗创作与理论批评实际上是在同步推进，共同建构一种新文类的话语体系。正如上文所指出的，早在20世纪20年代已经出

① 高行健获诺贝尔文学奖奖理由：“其作品的普遍价值，刻骨铭心的洞察力和语言的丰富机智，为中文小说和艺术戏剧开辟了新的道路。”2000年以来诺贝尔文学奖获奖者多以小说获奖。

② 此处所作统计主要根据楼肇明、天波编《世界散文诗宝典》和张吉武、秦兆基主编《中外散文诗经典作品评赏》二书。参见楼肇明、天波编：《世界散文诗宝典》，杭州：浙江文艺出版社，1995。张吉武、秦兆基主编：《中外散文诗经典作品评赏》，西安：陕西人民教育出版社，1999。

现了 Franz Rauhut 散文诗理论专著（1929），随后又有专研法国散文诗散文理论专著出现，如 Vista Clayton’s《十八世纪法国文学中的散文诗》（1936）、Albert Chere（1959）、Monique Parent（1960），这几本散文诗专著主要探讨法国的散文诗。1959 年约翰·西蒙（John·Simon）的博士论文《作为 19 世纪欧洲文学中的一个文类的散文诗》首次以比较文学的方法来研究散文诗，但是这篇博士论文迟至 1987 年才得以正式出版。

20 世纪 60 年代至 70 年代是西方散文诗研究的空白点，当然，中间在相关的著作和研究论文中出现零星的研究论说，唯一的研究成果要数 Ulrich Fulleborn 专著“Das deutsche Prosagedicht”。70 年代末至 80 年代，散文诗批评和理论研究重新启航，这以两本书为标志：其一，1979 年巴巴拉·约翰逊出版了专著“Defigurations du langage poetique”；其二，Mary Ann Caws 和 Hermine Riffaterre 1983 年选编的批评文集《法国散文诗：理论和操作》。1983 年以来，至少出现了 5 部以英语撰写的散文诗学术著作，标志着散文诗理论研究进入当代文学话语体系。

20 世纪 20、30 年代没有散文诗作家获得诺奖，可是当时出现了 Franz Rauhut 散文诗理论专著《Das franzosische Prosagedicht》（1929）和 Vista Clayton’s《十八世纪法国文学中的散文诗》（1936）；60 年代至 70 年代是西方散文诗研究的空白点，可是有两位散文诗作家获得诺奖，法国的圣·琼·佩斯 1960 年获奖、智利诗人聂鲁达 1971 年获奖。与其同时世界文坛（包括中国）出现过大量的散文诗选集，散文诗个人专集以及与散文诗有关联的学术著作，瑞典皇家科学院频频以这个举世瞩目的文学奖项来建构诺奖的文学谱系，散文诗进入诺奖的文学谱系，无疑强化了这种新文体自身的话语建构力量。

印度的泰戈尔（代表作《吉檀迦利》）、西班牙的希梅内斯（代表作《普拉特罗和我》）、法国的圣·琼·佩斯（代表作《远征》），作为散文诗历史上的大家，他们的作品实际上已经偏离了波德莱尔当年确立的审美风范，《普拉特罗和我》以“移情通感”笔法表达了诗人对于一头西班牙小毛驴——普拉特罗的近似于兄弟般的感情和认识，1916 年希梅内斯曾和他的妻子合译了泰戈尔的作品，[①]《普拉特罗和我》创作于 1917 年，因此深受泰戈尔影响的希梅内斯在这曲“悲哀的咏叹调”里，毫无保留地表现出超越于西方人文主义思想之上的“众生平等”观和近似于东方佛教思想中的“同体大悲”意识，试

① 参见楼肇明、天波编：《世界散文诗宝典》，杭州：浙江文艺出版社，1995，页 210。

看其中的文字：

自由

我拉着普拉特罗，用我的双腿催促他快步爬上小松树林。将要抵达那个树叶遮盖着的圆顶屋的时候，便拍掌大叫大唱。普拉特罗体会到我的狂热，也粗暴地一次又一次地嘶鸣起来，回音应答着，尖锐而洪亮，仿如从一口巨井的井底传上来似的。鸟儿都飞出来了，唱到另一个小松林去。

不远处愤怒的孩子们在咒骂，普拉特罗把他硕大多发的脑袋推向我的胸怀，那样用力地感激我，把我的胸部都弄痛了。

后事

普拉特罗，你如果比我早死，你不会被装上报丧人的双轮车拖向海边浅滩的，也不会像那些可怜的驴子和没人爱的马和狗一样被抛到山路边的深渊。你也不会像圣胡安车站边上被乌鸦啄得只剩下一幅幅血淋淋的骨骼——犹如落日余晖中破船的残骸——被乘六点钟火车的商旅们当作稀奇来看，更不会让你僵硬而肿胀地躺在满是腐烂的蛤蚌的壕沟里，吓唬那些在秋天星期日下午到松林里去烤松子吃的孩子们。

你安心地生活吧，普拉特罗，我将把你埋葬在那个叫“松球”的小果园里的那棵大松树根下，我知道你特别喜欢那里。你将宁静而愉快地在那里安息。你身边会有男孩们玩耍，小姑娘们也会坐在那边的小椅子上做针线。你会听见我在孤独中吟咏诗句，会听见姑娘们在橘林里边洗衣边歌唱。水车的声音会给你永恒的宁静增添欢乐和清凉。金丝雀、黄莺，会在枝繁叶茂的常青树冠中经年不息地为你在莫盖尔的苍穹和恬静的睡梦间，编织一个无形的音乐屋顶。

圣·琼·佩斯（Saint - John Perse，1887 ~ 1975）是法国当代著名象征主义诗人兼外交家。1960 年，佩斯被授予诺贝尔文学奖，授奖理由是“由于佩斯诗歌中的振翼凌空的气势和丰富多彩的想象，以梦幻的形式，反映出时代的境况”。圣·琼·佩斯的诗集包括《歌颂童年》（1910）、《赞歌》（1911）、《远征》（又名《阿拉巴斯》，1924）、《流亡》（1942）、《雨》（1943）、《雪》（1944）、《风》（1946）。此后，佩斯又陆续出版了《鸟》（1962）、《致但丁》（1965）、《唱给二分点的歌》（1971）等诗集。佩斯 1914 年入职法国外交部，1916 至 1921 年在北京的法国驻华使馆任职，据考证佩斯的散文诗《远征》（又名《阿拉巴斯》）写于北京西北郊的妙峰山东麓一处庙宇，古老的中华文化及故都的古色古香给佩斯带来了创作的灵感，《阿纳巴斯》经 T·S·艾略特、本雅明、翁加雷蒂等人翻译后，引起国际诗坛的瞩目。[①]《远征》叙述深入亚洲沙漠的一支队伍神秘的探险历程，我们阅读这首长诗及另外一篇散文诗《海标》，能感受到一个西方人在异域文化时空中穿梭往还所产生的奇异的想象和幻觉，当代有人评论它跨越了所有时代，将叙事、抒情、幻想、冥思融为一体，趋向于一种史诗性的磅礴。[②] 中国对佩斯作品的译介，最早的当属法语翻译前辈沈宝基先生，他于上世纪40年代初率先翻译过佩斯的一组诗，发表于《法文研究》杂志。之后迟至1981年，由福建作家协会编辑的《榕树文学丛刊》散文诗专辑，刊出高逾翻译的《圣·琼·佩斯散文诗：雨》，引起当时一批青年诗人的浓厚兴趣，虽然这是从英文转译来的，却仍然难以掩饰其令人耳目一新的诗歌魅力。同一时期，台湾省的莫渝、叶维廉等推出第一本佩斯诗集的中文译本，并很快传播到内地，给相当一批诗歌创作者留下深刻印象。1986年，在诗人彭燕郊先生主持下，《国际诗坛》杂志发表了叶汝琏译的《阿纳巴斯》，引起较大的反响；除此之外，徐知免、罗洛、程抱一、蔡若明、孟明等也有译文发表。1991年，漓江文艺出版社“获诺贝尔文学奖作家丛书”推出管筱明的译本《蓝色恋歌》，该译本流传甚广，使国内读者对佩斯有了更为全面的认识。[③] 可见这位来自散文诗故乡的诺贝尔文学奖得主其散文诗在中国所产生的影响力。

印度诗人泰戈尔以散文诗集《吉檀迦利》获奖，就作者所知，泰戈尔应是所有诺贝尔文学奖中唯一以散文诗获奖的作家，1910年，泰戈尔孟加拉文诗集《吉檀迦利》出版，后泰戈尔旅居伦敦时把《吉檀迦利》译成英文，无心插柳柳成荫地博得英语世界读者的认同和赞扬，1913年《吉檀迦利》英译本出版，泰戈尔成为亚洲第一个获诺贝尔文学奖的作家。《吉檀迦利》原来以韵文写成，翻译成自由诗以后，类似于分段诗，从形式上看变成了散文诗，中国作家冰心翻译了他的《吉檀迦利》，郑振铎翻译了他的《新月集》，从这两个散文诗集中，中国作家找到了特殊的创作灵泉，冰心早年的诗集《繁心春水》以及散文集《寄小读者》都深深地刻下了泰戈尔散文诗影响的痕迹，冰心诗文中的“爱”的哲学，可以说是深受其沾溉，“成功的花儿，人们只惊羡她现时的明艳，然而，当初她的芽儿，浸透了奋斗的泪泉，洒遍了牺牲的血

① 胥弋：《追寻圣·琼·佩斯在中国的足迹》，载《中华读书报》，2008年10月15日。

② 王文琼：《诺贝尔文学奖专架评介之五：五十年前诺贝尔文学奖获得者——圣·琼·佩斯》，参见：http：//news. lib. tsinghua. edu. cn

③ 胥弋：《追寻圣·琼·佩斯在中国的足迹》，载《中华读书报》，2008年10月15日。

雨”，这是冰心格言警句散文诗中广为传诵的名句，可是如果我们读过泰戈尔的散文诗，就会感觉似曾相识，泰戈尔原作：“果实的事业是尊重的，花的事业是甜美的，但是让我做叶的事业罢，叶是谦逊地专心地垂着绿荫的。”从泰戈尔至郭沫若、冰心、郑振铎、徐志摩、许地山、王统照，至千百万现代文学读者，这中间实际上贯穿着一条无法抹平的文学痕迹和思想痕迹。时至今日，泰戈尔在中国可谓家喻户晓，而他对于中国文学影响至深的还是他的散文诗，最近他的散文诗《金色花》被选入初中一年级人教版语文课本，诗歌《纸船》被选入初中一年级下学期义务教育课程标准实验教科书版语文课本，其《新月集》中的《对岸》、《职业》，也入选了北师大版五年级下学期的课本。可以说能够以散文诗影响中国读者至深的世界级作家，除了法国的波德莱尔之外，应该就是这位曾经遭遇诘难终于又获得赞美的东方大诗人了。

谈泰戈尔与中国文学的血缘，又不得不让人想起泰戈尔的两次中国之行，实际上，1924 年和 1929 年泰戈尔两次访华“不合时宜”，在中国国内革命风暴语境下只落得个“知音寥落”黯然无趣的结局，在今天都应该引起我们的回顾与反思。在今天看来，如果说 1924 年的泰戈尔中国之行是他落入了国内“激进”与“保守”两个文化流派争夺话语权的旋涡而不自知，那么 1929 年泰戈尔的第二次中国之行就是自觉自为地甘愿得到个“知音寥落”黯然无趣的结局，在当时所有与泰戈尔发生关联的知名学者、诗人如梁启超、蔡元培、陈独秀、胡适之、蒋梦麟、梁漱溟、辜鸿铭、熊希龄、范源廉、林长民以及鲁迅、郭沫若、瞿秋白、茅盾、郁达夫、徐志摩、林徽因等一大批中国文化名流之中，恐怕郭沫若的态度最有代表性，郭氏自己承认泰戈尔、歌德、海涅、惠特曼等诗人和斯宾诺莎的哲学对他影响很大，并形成了他的浪漫主义诗观和“泛神论”美学观，泰戈尔的影响位列第一，可是对于泰戈尔所宣扬的“东方精神文明”，郭沫若却是大不以为然，泰戈尔首次访华之后，鲁迅极尽冷嘲热讽之能事，自可从其对于中国以至东方文化的批评立场上得到解释，可是郭沫若在文学艺术上崇尚东方诗哲泰戈尔，在国家主义立场和社会革命立场上却坚决否定泰戈尔，他在《泰戈尔来华的我见》中明白宣示：“‘梵’的现实，‘我’的尊严，‘爱’的福音，这可以说是泰戈尔的思想的全部，世界不到经济制度改革之后，一切甚么梵的现实，我的尊严，爱的福音，只可以作为有产有闲阶级的吗啡、椰子酒，无产阶级的人是只好永流一身的血汗，平和的宣传是现时代的最大的毒物，平和的宣传只是有产阶级的护符，无产阶级的铁锁。”对郭沫若的两种截然不同的判断加以审视，我们可以知道，20 世纪“革命”的现代性对于中国人具有何等巨大的吸附力。

当代学术界大致认为，当时中国思想文化界对泰戈尔这次访华（1924）形成了三种截然不同的态度：欢迎、反对、利用。看来最终还是反对派的左翼文学家和革命家如陈独秀、瞿秋白、鲁迅、郭沫若、茅盾等人的观点占了上风，胡适、徐志摩、林长民等人对于泰戈尔的热情不免“过分”，利用泰戈尔访华以张声势的胡先骕、梅光迪、吴宓、章士钊、张君劢、辜鸿铭等人不免有文化保守主义之嫌，独有梁启超的观点即使在今天也仍然具有文化醒示意义，梁说：“新与旧非年岁问题，乃精神问题，亦非皮相问题，乃骨髓问题，今泰戈尔年岁虽老，而精神则犹是活泼之幼儿。其衣冠虽古，而其思想则足为时代之先驱。彼之取得世界上之地位，乃抉印度千年前之文化而复得之，乃以革命及反抗之精神取得。”梁启超认为泰戈尔对于东方生命哲学奥义的抉发和对于西方式暴力革命的“革命”态度，发人深省，要而言之，泰戈尔反对西方的物质主义，寻求“和平”革命以求人类福祉的思想理念，在晚年梁启超看来，并不是如陈独秀、鲁迅、郭沫若所认为的是对于中国青年的毒害，今天，达尔文的进化论、阶级斗争理念、简单二分思维方式等源自西方的人文思想不断遭遇当代思想家的质疑，而诸如可持续发展观、生态主义思想包括古老的东方智慧再度得到当代人文学界包括自然科学界的认领，泰戈尔早在86年前于北京的真光影戏院的激情演讲，看来又产生了它的历史的回音，可谓两相震荡，余音袅袅。

泰戈尔影响我国现代文学诸家已如上述，西方人称泰戈尔和黎巴嫩的纪伯伦是“站在东西方文化桥梁的两位巨人”，那是因为在两个东方诗人的文本中，他们嗅出了与西方文化同一旨趣的灵魂升华的超越性美感，如果他们对于纪伯伦的理解允称得体，那么可以说西方人对于泰戈尔的“理解”可能还只是一种“误读”，文化背景决定了泰戈尔的“神”不是高高在上的神、远离人间的神、脱离了低级趣味的神，泰戈尔文学艺术里引起人们无限向往的神无处不在，他存在于孩子的游戏之中，存在于深渊的海上，存在于疲乏喘息之中，存在于梦醒时悲哀的苦痛之中，存在于“你眼里频频掷来的刺激”、“染衣女内心感受不到的爱抚”以及八年前多少个夜晚与亡妻的伉俪生活的潮水中……今天我们读泰戈尔依然新鲜如昨，相信即使是视唯美主义批评家们为陌路的80后、90后也依然能从泰戈尔的《吉檀迦利》、《新月集》、《飞鸟集》、《园丁集》等诗歌文本中读出他们的感触、他们的苦恼的唏嘘和美学的憧憬，那是因为泰戈尔的文学和艺术来自生命本身的跳动，他的“梵我同一”的命题实际上已经幻化为“情我同一”、“爱我同一”、“天我同一”的诗歌境界和艺术真实。

附：　　　　　　　　　　　　**金色花**

假如我变了一朵金色花，为了好玩，长在树的高枝上，笑嘻嘻地在空中摇摆，又在新叶上跳舞，妈妈，你会认识我吗？

你要是叫道："孩子，你在哪里呀？"我暗暗地在那里匿笑，却一声儿不响。

我要悄悄地开放花瓣儿，看着你工作。

当你沐浴后，湿发披在两肩，穿过金色花的林荫，走到做祷告的小庭院时，你会嗅到这花香，却不知道这香气是从我身上来的。

当你吃过午饭，坐在窗前读《罗摩衍那》，那棵树的阴影落在你的头发与膝上时，我便要将我小小的影子投在你的书页上，正投在你所读的地方。

但是你会猜得出这就是你孩子的小影子吗？

当你黄昏时拿了灯到牛棚里去，我便要突然地再落到地上来，又成了你的孩子，求你讲故事给我听。

"你到哪里去了，你这坏孩子？"

"我不告诉你，妈妈。"这就是你同我那时所要说的话了。

二、专事散文诗创作的散文诗作家

此处所谓专事散文诗创作，除了指部分专门写作散文诗的作家之外，也包括那些主要写作散文诗和以散文诗出名的作家，当代中国确实有一批散文诗作家专门写作散文诗，比如耿林莽、李耕、许淇、徐成淼、海梦、田景丰、刘虔等中老年散文诗诗人，以及中青代的灵焚、赵宏兴、亚楠、方文竹、崔国发、黄恩鹏、林登豪、韩嘉川、张道发、李松樟、丹菲、皇泯、莫独、向天笑、海叶、肖建新、周庆荣、陈劲松等，台湾省的苏绍连以惊心散文诗震动文坛，也是专门写作散文诗的名家，但是很多重要的散文诗作家，同时创作散文、小说或其他文体，比如柯蓝本来写小说，后半生将主要精力投入散文诗写作并取得了成功，郭风以散文诗出名，但是他也从事散文创作，邹岳汉先生、冯明德（皇泯）先生是当代著名散文诗作家，但是他们同时也是诗人、散文诗评论家和散文诗刊主持人，商禽是台湾省著名散文诗诗人，同时也是台湾省诗坛名宿，徐成淼是著名的散文诗作家，同时也是重要的散文诗理论家，方文竹是重要的散文诗作家，同时也是重要的散文诗批评家。

如果从世界范围内来看，专事散文诗创作的作家大多是写出了重要的散文诗作品，因而频频出现在各种散文诗选集和散文诗研究专著中的散文诗作家，波德莱尔是大诗人，他的《恶之花》比《巴黎的忧郁》更出名，但是在散文诗历史上，《巴黎的忧郁》为开山之作，所以波德莱尔是散文诗历史上的大作家，兰波、马拉美、瓦雷里都是当时的大诗人，但是他们都写作了重要的散文诗作品，所以他们都是散文诗历史上的重要作家。就笔者所知，散文诗出现以来，人们所熟知的专事散文诗创作的作家大约有数十位，除上述中国散文诗作家和几位法国散文诗作家之外，尚有纪德、雅可布、佩斯、彭热、米修、夏尔、阿佐林、希梅内斯、黑塞、尼采、里尔克、米沃什、博格扎、西曼佗、梅特林克、基兰德、屠格涅夫、梭罗古勃、柯罗连柯、斯米尔林斯基、高尔基、普里什文、邦达列夫、梭罗、惠特曼、杜波依斯、桑德堡、比肖普、布莱、金斯堡、玛丽·格里娜、阿舍贝利、布洛克、王尔德、史密斯、毛姆、伍尔芙、博尔赫斯、米斯特拉尔、帕斯、卢本·达里奥、塞萨·瓦叶霍、泰戈尔、纪伯伦、东山魁夷、德富芦花、大冈信等。

专事散文诗创作的散文诗作家，是散文诗这种文类的主干支撑力量，因为是这个群体在积极主动进行文体学意义上的探索和创新。美国当代的阿舍贝利专事散文诗写作，他的《诗三篇》因极具创新性，在当代文坛引起强烈关注，因此阿舍贝利和他的《诗三篇》就成为了当代散文诗文类建构必不可少的话语资源。苏绍连以惊心散文诗震动文坛，他的散文诗作品就成为当代汉语散文诗理论建构必不可少的话语资源。泰戈尔原来无意写散文诗，他将孟加拉语韵文作品《吉檀迦利》翻译成英文散文诗体，并以散文诗体的《吉檀迦利》获得诺贝尔文学奖，于是他成为了专事散文诗写作的散文诗大作家，尤其在中国，泰戈尔几乎与散文诗可以画上等号。黎巴嫩的卡里·纪伯伦（Kahlil Gibran，1883～1931）青年时代以小说写作为主，定居美国后以写散文诗为主，从上世纪20年代起，陆继发表散文诗集《先驱者》（1920）、《先知》（1922）《沙与沫》（1926）、《人之子耶稣》（1928）、《先知园》（1931）等，纪伯伦的《先知》、《沙与沫》等作品被译至中国，因为纪伯伦散文诗包含着的新宗教理念——爱、美与生命，暗含着苏菲主义思想隐秘、超验、人神合一等精神元素，与中国固有的文化理念相互发明，他的散文诗得到了几乎与泰戈尔的散文诗相同的中国认同，于是，纪伯伦成为现当代中国文学语境中的散文诗大家。散文诗鼻祖波德莱尔欧美现代主义先驱，在中国文坛他首先是被作象征主义大诗人的，但是在中国散文诗文坛，波德莱尔是散文诗诗人，此外，圣·琼·佩斯也是中国人眼中专事散文诗写作的散文诗诗人。

中国当代专事散文诗创作的一批中青年散文诗诗人，或以自己的创新作品证明散文诗的独特魅力，或撰写文章参与散文诗的学术活动，推进散文诗独立运动。一般来讲，专事散文诗写作的散文诗诗人深解散文诗的写作难度，不肯轻易下笔，这与初试者或兼事散文诗写作者，形成较大的反差，初试牛刀者或阅读量有限，或思想文字水平有限，误以为散文剪短、诗歌稀释就是散文诗，因此下笔勤奋，败笔累累而不自知。兼事散文诗写作者可能思想文字水平可观，可是大多阅读有限，考量不及，虽或偶出佳作（如鲁迅、何其芳、昌耀），但是散文诗历史以及大量的散文诗选集中的作品说明，虽然散文诗欢迎越界写作——散文诗本来就是越界（跨界）写作的开花结果，但是，散文诗的主力军是专事散文诗创作的散文诗诗人。世界散文诗同心圆的圆心是专门写作散文诗的作家、主要写作散文诗的作家和以散文诗出名的作家，在这个圆心的外围，是兼事散文诗写作者包括那些写出了有影响力散文诗作品的小说家、散文家、剧作者、哲学家、画家等。

我们又必须注意，在所有文类的建构史诗上，作品总是大于作者，宋代词人可以说无不精通诗文写作，如苏、辛、秦、柳等，元曲大家关、马、王、白情形仿佛，可是，当他们在那个时代所兴起的新文体谱系里贡献出了特别重要的、具有创新价值的作品时，他们就会改换身份，变成新文体的代表作家，苏东坡位列唐宋八大家之一，苏诗在有宋一代有名分有地位，但是苏东坡在文学史的最重要的价值还要落实到宋词豪放派的星座之内，因此，不管是专事散文诗写作者还是兼事散文诗写作者，散文诗作家的身份认定还是要看他（她）是否创作了举足轻重的散文诗作品。痖弦作为台湾省现代派诗人的重要代表，一生写作散文诗目前只见一篇《盐》，但是众多选家无法试图忽视它以及它的创作者的存在。

三、兼事散文诗创作的散文诗作家

这是一个庞大的群体。叶维廉在《散文诗——为“单面人”而设的诗的引桥》一文中指出，自从波德莱尔在其集子发出那个著名的序言之后，散文诗 Poeme en Prose 这一个文类，作为一种刻意追求的表现形式，便不胫而走，被全世界的诗人应用着发挥着。[1] 实际上因为散文诗文体界限较为模糊，外国各选家在编选散文诗选集时，往往根据自己的标准加以界定，有时候他们甚至

① 叶维廉：《散文诗——为“单面人”而设的诗的引桥》，载楼肇明天波编：《世界散文诗宝典》，杭州：浙江文艺出版社，1995，页 595～610。

只根据自己的直觉加以判断，[①] 所以很多散文家、寓言作家、微型小说作家的作品被选编入各种各样的散文诗集，笔者粗略翻阅几种较为流行的当代汉语散文诗集，包括楼肇明、天波编《世界散文诗宝典》、许淇主编《中外散文鉴赏大观》、张吉武、秦兆基主编《中外散文诗经典作品评赏》、王光明、孙玉石主编《20 世纪中国经典散文诗》等，发现很多小说家、散文家、剧作家、画家的作品被选入散文诗集，许淇主编《中外散文鉴赏大观 外国卷》里，出现雨果、乔治·桑、罗曼·罗兰、毕加索、布勒东、歌德、尼采、梅特林克、卡夫卡、米沃什、托尔斯泰、契诃夫、高尔基、毛姆、伍尔夫、梭罗、惠特曼、金斯堡、博尔赫斯、聂鲁达、德富芦花、川端康成、大冈信。楼肇明、天波编《世界散文诗宝典》出现马克·吐温、布莱希特（剧作家）、施特里马特、福克纳。张吉武、秦兆基主编《中外散文诗经典作品评赏》出现意大利的邓南遮、波兰的显克维奇、美国的德莱赛等散文家和小说家的散文诗作品。以选编较为学术化的王光明、孙玉石主编的《20 世纪中国经典散文诗》为例，[②] 入选的作家里面鲁迅、周作人、郭沫若、许地山、徐志摩、矛盾、宗白华、朱自清、瞿秋白、李金发、冰心、胡风、朱湘、巴金、戴望舒、艾青、何其芳、唐弢、徐迟、纪弦、陈敬容、邵燕祥、刘湛秋、昌耀、许达然、张晓风、刘再复、雷抒雁、舒婷、叶梦等都不是以散文诗著称文坛，2007 年王幅明主编的《90 年中国散文诗》入选的一些作家也不是专事散文诗创作的，如汪静之、覃子豪、丁芒、张诗剑、王宗仁、龙彼得、蓝海文、周涛、林清玄等或专门写诗，或专门写散文，著名小说家王蒙的散文诗也赫然在列，试看王蒙的散文诗《海》：

海是渺茫的吗？烟波浩渺，令人迷失，令船迷失，令罗盘和电脑迷失。

海是狡猾的吗？瞬息万变，了无痕迹。

海是庸俗付钱的吗？肮脏泡沫，泛起沉渣，承纳着所有的污染，飘起各样的腐腥气……

海是愁苦的吗？尝一尝它的味道吧。

海是洋洋得意的吗？吞吐日月，万道金光，浪涛拍岸，所向无敌。

海是软弱的吗？连固定的形状都没有。

海是伟大的吗？伟大是骗人的？还是残酷的吗？残酷是无心的吗？海是主

---

① 有些选编家只根据个人的直觉判断一篇散文诗是不是诗，认为一篇散文诗的诗性特征不是存在于散文诗本身，而决定于我们的判断。参见 Monte Steven, Invisible fences: prose poetry as a genre in French and American literature. The University of Nebraska Press, 2000, p. 139. p. 230.

② 参见王光明、孙玉石主编：《20 世纪中国经典散文诗》，武汉：长江文艺出版社，2005。

体？海是载体？海已经老了？海已经死了？海已经不适合鱼的生存？海水应该淡化？海应该被填成陆地？

都是的。微风吹来，海水漫上沙滩，它这样说。你听见了吗？

这篇散文诗精彩之处在于用排比问句的形式，将作者的情感的细微之处层层推出，犹如一排一排的海浪从远方列队而来，当海浪般的情感和思绪随着海漫上沙滩，作者的心灵世界得到了一次莫名其妙的洗礼和升华，在这里人与海，主体与客体，一切对立的元素和性质都被一种伟大的“统一性”所统一，同时它仍然强烈地折射出作者的现代性情绪体验，“海已经老了？海已经死了？海已经不适合鱼的生存？海水应该淡化？海应该被填成陆地？”这是在质疑现代化的“伟大与神圣”，所以毫无疑问，这篇散文诗从审美风格、语言形式、题材范畴、诗的形式化要求等各个方面来看，完全符合现代散文诗的文体范式，并且有意承续战国诗人屈原《天问》笔法一问到底，气势磅礴，既承袭传统而在意象营造和思想意蕴上有所拓进，因此，我们绝不能因为王蒙是小说家而轻视他的散文诗创作能力，以及其散文诗所达到的审美高度。

中外散文诗作家以大海作为题材进行创作的可谓前赴后继，不绝如缕，邹岳汉先生主编：《爱的沼泽地——散文诗刊作品精选 1986～1992》一书中，辟有“永恒的海”专章发表中国青年一代诗咏大海的散文诗，① 挪威作家亚历山大·基兰德（Alexander Keith Johnston，1849～1906）写诗、小说，也应该算是一位兼事散文诗创作的散文诗作家，我们很少看到他的散文诗作品，但是他的散文诗作品《大海》却非同凡响，亚历山大·基兰德笔下的《大海》具有高度的概括性，虽说他本人是挪威人，但是散文诗《大海》中的大海是亘古以至永远人类面对的一种精神性存在，基兰德笔下的大海读来令人深深地陶醉，因为这个大海超越了文化时空同时由于每个人类个体的感受性水乳交融，这个大海是有着一颗“巨大的心”的超越性的精神实体，大海神秘莫测，一旦人类的情感沟通了大海的情感，那么人与海相与一体，同呼共吸，须臾不可分离，这时候海就是人，人既是海，人海茫茫，渺小的个体人类得以进入永恒的

① 收入的作家有顾玉龙《老船长》、《航标灯》、《老渔夫》，肖敏《江的归宿》、《在海边》，雷金刚《海浴》、《海葬》，王威《海之诗》，颜波《海恋》、《红蜻蜓》，李海峰《海歌》、《海声》、《海路》、《海途》，喻敏《梦游大海》，房华《靠海的小屋》，蒋金龙《海边的女人》，许秀高《出海》，赵秀杰《海恋》，金山《我也写海》，谭清友《航》，黄大星《沉船》，鲁默《无韵的潮声》，盛景华《礁》。参见邹岳汉先生主编的《爱的沼泽地——散文诗刊作品精选 1986～1992》，桂林：漓江出版社，1993，页 102～126。

平静之中，而得到大欢喜，那个海滨居民逃离绝美的食物和十分柔软的卧铺，翻山越岭，返回大海的身边，当碧蓝的海面出现在眼前，他一句话说不出来，又好像说出了无数句话……

大海

［挪威］亚历山大·基兰德

世界上，最宏大的是海，最有耐心的也是海。海，像一只驯良的大象，把地球不足道的人驮在宽阔的背上，而浩瀚渊深的、绿绿苍苍的海水，却在吞噬大地上的一切灾难。如果说海是狡诈的，那可不正确，因为它从来不许诺什么。它那颗巨大的心，——在苦难深重的世界上，这是唯一健康的心，——既没有什么奢望，也没有任何留恋，总在平静而自由地跳动。

人们在海浪上航行的时候，大海唱着它那古老的歌儿。许多人根本不懂得这些歌儿，不过，对于听到这种歌声的人来说，感觉是各不相同的，因为大海对每一个迎面相逢的人，用的是各种特殊的语言。

对于正在捕捉螃蟹的赤足孩子，绿波闪闪的大海露出一副笑脸；在轮船前面，大海涌起蓝色的狂涛，把清凉的、咸味的飞沫抛上甲板；在海岸边，浓浊的灰色的巨浪碰得粉碎；人们困乏的眼睛久久地望着岸旁灰白色的碎浪时，长条的浪花却像灿烂的彩虹，正在冲刷平坦的沙滩。在惊涛拍岸的隆隆声中，有一种神秘的意味，每一个人都想着自己的心事，肯定地点一点头，似乎认为海是他的朋友——这位朋友什么都知道，什么都记得。

然而谁也不明白，对于海边的居民来说，海究竟是什么，——他们从来没有谈到过这一点，尽管在海的面前过了一辈子。海既是他们的人类社会，也是他们的顾问；海既是他们的朋友，又是他们的敌人；海既是他们的劳动场所，又是他们的坟墓。因此，他们都是沉默寡言的。海的态度起了变化，他们的神色也跟着变化，——时而平静，时而惊慌，时而执拗。

可是，让这样一个海滨居民迁到山里或者异常美妙的峡谷里，给他最好的食物和十分柔软的卧铺——他是不肯尝这种食物，也不愿睡这种卧铺的。他会不由自主地从一座山岗攀上另一座山岗，直到很远很远的地平线上露出一种熟悉的、蓝色的东西。那时候，他的心会愉快地跳动起来，他会盯住远处一条亮闪闪的蓝色带子，直到这条带子扩大成为碧蓝的海面。

但是，他一句话也不说……

亚历山大·基兰德不是专事散文诗创作的作家，但是凭着这篇精品力作，他完全可以跻身散文诗作家之列。英国作家嘉本特（Edward Carpenter 1844～

1929）主要从事哲学、社会学研究和写作，嘉本特是同性恋者并且与他的同性爱人生活在一起，① 或许同性爱取向让这个迷恋印度神秘主义的哲人发现了另外一种大海——性的海，这个性的大海不是男性的性感受之海，也不是女性的性感受之海，也不是男女和合交欢的性感受之海，而是第三种性感受之海（A third sex）、（The intermediate sex）——同性和合交欢的性感受之海，显然这个大海不同于亚历山大·基兰德以散文诗描写出来的大海，亚历山大·基兰德的《大海》是大自然中大海，嘉本特的“大海”是人类的性海，犹如东方佛家所说的真如本体，这个真如本体深藏在人类的内宇宙的核心，人类可以通过物我深层交流互感的方式（亚历山大·基兰德的《大海》）取得与自然的同一性，人类复可以通过性交欢深层感觉的方式取得与自然的同一性，一个大海处于我们的身体之外作为被感受和认知的客体，一个大海处于我们的身体之内本来与主体合而为一，可是人类的文明进化生造出来的种种规训如同一层层的衣服包裹着我们的自性，只有在性爱尤其是同性性爱的巅峰状态，人类的直觉感受才有可能穿透层层的障碍，直达本体真如境界并与其合而为一。嘉本特这篇散文诗因真切揭示敞开了这个大海，因而可以深深地感动着读者，沿着他的极其敏锐的性爱感受，迅速进入那奇妙的瞬间永恒和永恒瞬间，在这奇妙的瞬间，当“我与你（性本体）化合成一体”，我这个被分离出来的弱小的、微不足道的个体与你取得了同一性，我是你，你是我，你（性本体）既是人类产生的终极原因，也是宇宙万物产生的终极原因——“我知道你在我的里面，我与你化合成一体时，我方才感悟我这渺小的个体的来源即是天地与光阴无可稽核的来源。”

性的海（The Ocean of Sex）②

［英］爱德华·嘉本特　徐志摩译

要包涵在你的身体里，静定的不露痕迹，那大海，那（男、女）性的大海，推着来，涌着去，那海里的波涛，冲动压着这身体边沿，挑逗着至爱的性能的官器，震荡着，汹涌着，直到星辉似的恋情的神光在所有人类的睛球中闪

① 参见有关嘉本特的评述，http：//en.wikipedia.org/wiki/Edward_ Carpenter。

② 参见许淇主编：《中外散文鉴赏大观 外国卷》，桂林：漓江出版社，1992，页389～390。徐志摩将“Ocean”译成“海”，而不是“性的洋”，很有意味，“海”为仄声，听声辨貌“海”不仅广大而且深邃，“海”字的视觉形象，也与性爱相吻合，而“洋”为平声，从听视觉两个角度来看，“洋”只是个广大无涯的意象符号，无有深邃状貌，其视觉形象与性爱了无关涉。由此可见徐氏做诗译诗的良苦用心和他的情感直觉能力。

亮，反映着天堂与一切的生物——这是何等的神奇！

不见一个人影，没有一个男子或是女子露面，只是一阵的颤震在这海面上飘着。

比如在一个湖边的山岩上有人在那里动着：水的深处也就发生了相当的反应。

所以，这深沉海水也感应着海边的动静。

人的形体永远是庄严的：即使淡淡的呈露着单纯的形廓，在树荫下或在海滩过，他也感受着无穷的往迹的震荡。但海岸是强固的坚定的，不是轻易可以超越的；

到了时候，只要一个人的眼光的摄力，或是他的迫近的踪迹，或是他的些微的接触，这海水就狂也似的冲了出去：再也不容攀挽。

神奇的性的海呀，在一个人的身子里包含着这万万的，万万的细小的种子似的人形的大海，这宇宙本体的照镜，各个身体的圣庙与神龛，河海永远的流着，在人道的躯干与枝干是永远的流着，所有的男女只是叶苗似的从这里面迸射成形的现象！

海呀，我们这样神奇的包容着你（如其我们真的包容你），但是包容着我们的也只是你！

有时我觉着，我知道你在我的里面，我与你化合成一体时，我方才感悟我这渺小的个体的来源即是天地与光阴无可稽核的来源。

此诗发表于1924年11月27日，《晨报副镌》

爱德华·嘉本特不是专事散文诗创作的作家，但是凭着这篇精品力作，他完全可以跻身散文诗作家之列。众所周知，高尔基是苏联时代大作家，除了散文和散文诗，他主要创作小说，自传体三部曲《童年》、《在人间》、《我的大学》在中国拥有广泛的读者群，散文诗《海燕》（又名《海燕之歌》）原本是散文《春天的旋律》的结尾部分，由于高尔基写作这篇散文诗的时候，参加过彼得堡学生游行示威活动（1901年3月），也确实想用文学作品表达他对于现实的判断，表达他的思想感情，也即是说《海燕》原本来自作者的生活体验，可是我们今天走出革命时代之后再来读《海燕》，或者说没有接受过革命教育的80、90后读《海燕》，依然会觉得这是一篇激情洋溢的诗化文本——一阙狂想曲（相对于《海燕》前边部分的诙谐曲而言），我们可以将它作为一篇不可多得的励志文辞来读，我们甚至可以从生态文学角度解读它的另外一种含义，总之，由于戈宝权杰出的翻译，朗诵家（直至今日）不断在广播、舞台上进行广泛的传播，几代青年从教科书上接受它的熏陶，它成为了一个时代中国家喻户晓的文学作品，而且教科书上说明它是一篇散文诗，于是在一段时间里，高尔基的《海燕》成为中国读者心目中的散文诗范文。可是，如果我们对照阿得林·万勒（Adrian Wanner）的论文《从颠覆到确认：作为俄罗斯一种文类的散文诗》，则《海燕》是不是散文诗都是个问题。如果我们用阿得林·万勒论文中所定出的标准来看高尔基的《海燕》则可能不是散文诗。阿得林·万勒的散文诗标准：第一，散文形式。不分行，格律诗排列成散文也不能成为散文诗。第二，简洁。除了语言的简练、凝聚、事件和场景的单一等特征之外，散文诗的篇幅不超过 1～2 页，即篇幅精短。第三，自主性。散文诗不应该是大叙事散文的一部分，也不是小说文本中的一部分，但是可以成系列或成套组合。实际的情形是：高尔基《春天的旋律》写出来之后，遭到沙皇检察机关的否决，当时没有正式发表，仅以油印本和胶印本在读者中秘密流传。《海燕之歌》本来是它的结尾部分，由于检察机关疏忽大意，竟然“漏审”才得以单独发表，两篇作品，原本是一篇。① 原来《海燕》是短篇小说

---

① 《海燕》写于 1901 年，正是俄国第一次革命（1905 年革命）的前夜。它以象征和对比的手法塑造了海燕的艺术形象，热情地歌颂了俄国无产阶级革命先驱者坚强无畏和乐观战斗的精神，号召人民群众跟沙皇专制制度进行决战。由于高度集中地表现了当时俄国革命群众的斗争要求，这首诗发表后立即引起了强烈的反响，作者高尔基也因此被誉为“俄国革命的海燕”和“反抗的群众的天才表现者”。

散文诗《海燕》不止是反映了 1901 年前后俄国革命力量和沙皇专制进行斗争的情形，从某种意义上说，它也是整整的一个历史时期——从 1895 年开始到 1905 年俄国第一次革命为止的无产阶级革命的发动期——革命运动的艺术概括。在这一时期，欧洲的工业危机波及俄国，工厂纷纷倒闭，大批工人失业，再加上沙皇统治日趋黑暗，人民群众无法忍受，反抗情绪日益高涨。1893 年列宁来到彼得堡（当时俄国的首都）进行革命活动。两年后，他把彼得堡二十个左右的马克思主义工人小组联合在一起，建立了“工人阶级解放斗争协会”。在列宁和这个协会的领导下，工人开始从经济罢工转到政治罢工，举行示威游行，跟武装警察直接对抗的事件也经常发生。据不完全统计，从 1895 年到 1899 年，参加罢工的工人已不少于 221000 人。1901 年初，斗争发展到一个新的高潮，成为全国性的斗争，在彼得堡、莫斯科、基辅、哈尔科夫、雅罗斯拉夫里、托姆斯克等地接连不断地发生学生罢课和工人罢工，到处举行示威游行，喊出了“打倒沙皇专制”的口号。

高尔基在这革命斗争的新高潮中，于 1901 年 2 月 19 日从故乡尼日尼·诺夫戈罗德（现名高尔基城）来到彼得堡，参加俄国作家协会为纪念农奴解放 40 周年而举行的特别会议，发表了抨击沙皇政府的演说。3 月 4 日，几千名大学生和工人为抗议沙皇政府把 183 名大学生送去当兵，在彼得堡喀山广场举行示威，遭到残酷镇压，有些人被打死，许多人受了伤。高尔基参加了这次示威，目睹了沙皇政府的暴行，极为愤慨。3 月 12 日他回到故乡后，根据当时的斗争形势和参加示威的感受，写成了短篇小说《春天的旋律》，《海燕》就是它的尾声。小说先投寄莫斯科的《信使报》，后又投寄彼得堡的《生活》杂志。愚蠢的审查官禁止发表这篇小说，却认为它的尾声是一篇写景的文字。这样，《海燕》就被作为一篇独立的作品在《生活》杂志 1901 年 4 月号上发表了出来。高尔基写的这篇作品把鸟儿加以“人格化”，而且对其中某些鸟儿加上官衔和称号，用来讽刺俄国社会各阶级的代表人物和抨击沙皇统治，在当时是无法发表的。高尔基原想在莫斯科的《信使报》上发表，但遭到审查当局的否决。高尔基又立即把这篇小说寄给彼得堡的《生活》杂志，也同样遭到审查当局的否决。但其结尾《海燕之歌》却被单独发表在当年四月号的《生活》杂志上。这是由于沙皇审查当局“漏审的疏忽”。《生活》杂志主编波塞曾这样回忆说：“《海燕》是经过审查官叶拉庚事先审查后发表的，但他没有看出它有什么革命性的东西。”审查当局不久就发现“漏审的疏忽”所造成的严重错误，下令查封了《生活》杂志。参见 http：//zhidao. baidu. com /question/46401115。

《春天的旋律》中的一部分，当然不具有自主性。可是阿得林·万勒又指出：在具有颠覆性的整个欧洲的现代散文诗的视野之内，俄罗斯散文诗的变体造成了一种特殊的反常现象，而这并不意味着20世纪的俄罗斯文学文本中找不出接近西方现代主义散文诗的散文诗文本，如果我们认为散文诗只不过由特定的具有解释权的社群所给予的一种“标签”式的命名，那么，我们可以毫不犹豫地将散文诗这一名号赋予20世纪俄罗斯文学中更多的文学文本。① 因此，阿得林·万勒认为俄罗斯散文诗以屠格涅夫为同心圆圆心，在它的外围的轨道上演绎着不同风格的散文诗文本。无论如何，高尔基的《海燕》通过俄罗斯文学话语尤其中国现当代文学话语，逐步建构其散文诗的文类形象，《海燕》过去、现在以至将来，都会被作为独立的卓越的散文诗文本加以认定，高尔基和中国的鲁迅一样，兼事散文诗创作，但都因为创作了散文诗历史上的重要作品，成为散文诗历史上的重要作家。

四、散文诗创作主体的文化品格和人文水准

文如其人，散文诗亦复如是。散文诗本身就是文坛闯将勇于“破体”的开花结果，贝特朗、波德莱尔都是创新型作家，胡适、鲁迅、何其芳是勇于挑战旧文学模式的创新者，惠特曼、金斯堡、阿舍贝利、布莱是披荆斩棘开创新路的拓荒者，泰戈尔、纪伯伦以散文诗为祖国赢得世界声誉，博尔赫斯、瓦叶霍、帕斯以散文诗向世人展示拉丁美洲文化的别样魅力，基兰德、嘉本特、高尔基以单篇散文诗享誉世界，泰戈尔更是以散文诗获得诺贝尔文学奖，鲁迅以《野草》竖立他本人创作生涯中的一座特别的丰碑，郭风、柯蓝在新中国鲜花的早晨，以散文诗表达了一个特殊年代的集体情绪，因而成为经典，散文诗历史上重要作品的横空出世，绝非偶然，除了历史机遇、生活环境、偶发因素等外部缘由之外，散文诗作家个体的文化品格和人文水准，作为内在因素对于散文诗创作成功与否，发生关键作用。散文诗历史上固然出现个别天才诗人，其人文知识储备未必丰厚，却创作了传世之作，诗人兰波（1854~1891），17岁便创作惊世之作《醉舟》，19创作散文诗《地狱一季》。但是通览散文诗历史，绝大多成就卓著的散文诗作家都具有较高的文化素养，有些哲学家如尼采就是以散文诗笔法表达他的哲学理念，所以散文诗变体里面出现“哲理玄思散文诗”和“格言警句散文诗”，莎士比亚不是散文诗作家，但是他的剧作里

① Adrian Wanner：From subversion to Affirmation：The Prose Poem as a Russian Genre. http：//www. jstor. org.

面大量幽默智慧格言警句，单独来读就是“格言警句散文诗”，试看：

青春的特征乃是动不动就要背叛自己，即使身旁没有诱惑的力量。

名字有什么关系？把玫瑰花叫作别的名称，它还是照样芳香。

时间正像一个趋炎附势的主人，对于一个临去的客人不过和他略微握握手，对于一个新来的客人，却伸开了两臂，飞也似的过去抱住他；欢迎是永远含笑的，告别总是带着叹息。

文化与生俱来，是说一个人生下来之后，生长在父母的教育关怀之中，慢慢从一个天真未凿的孩童变成了具有文明习惯的文化人。可以设想，无论父母有没有读过书，父母都已经在所属的文化模式中变成了被“文”所“化”的文化人，父母复以该文化模式的文化理念、文化仪轨、文化气息教育感化孩子，使他（她）的“野性”（动物性）逐渐脱落，或者说，逐渐以人性、文化规约来驯化（她）的“野性”（动物性），散文诗作家的文化品格大约有这么几个构成部分：民族文化品格；地域（乡土）文化品格；习得文化品格。

民族文化品格与种族、地理环境及民族文化积累、教化有关，在这三者之中，民族文化积累、教化最为重要，民族文化积累、教化可以克服种族、地理环境的缺陷，培育出独特的民族文化品格，美国现当代散文诗与法国、俄罗斯、拉丁美洲散文诗风格上差别既与种族、地理环境有关，同时也与文化传统有关，虽然西方人认为泰戈尔的作品成为了西方文学的一部分，但那只是表面上的似曾相识，泰戈尔散文诗《吉檀迦利》里面的泛神论色彩，实则与一神论的上帝信仰之间存在着极大的文化差异，散文诗本来是用来揭示现代人的精神痛楚的，可是到了极讲究温柔敦厚的文化中国，又被很多现当代的中国散文诗诗人作为美文曼舞风花雪月，到了俄罗斯屠格涅夫、普里什文、邦达列夫笔下，成为描写风土人情和批判现实的小散文，虽然当代散文诗已进入后现代写作状态（如阿舍贝利等），可是无论怎么先锋、前卫的散文诗文本在意象呈现方面都带有民族文化的印记。塞萨·瓦叶霍身为印第安人，青年时代因故流亡法国、西班牙，并成为一名虔诚的天主教徒，可是当他写作散文诗《时间的暴力》的时候，他表达的是对于时间的另外一种价值判断。当时间（历史）里突然涌入现代生活场景（神父、洋铁场、左轮手枪、乐谱、单簧管），作为诗人的塞萨·瓦叶霍面对它们，就会产生类似于鲁迅当年面对五四前后中国文化危机所产生的荒诞意识——时间 = 人的生活 = 死亡，时间、空间和人类的生活感受性是一而三、三而一的异构同质性存在，正如上文所指出的，显然这种荒诞意识不同于上帝已死的西方荒诞意识，它是从一种历史悠久的文化根源

（南美洲思维习性）之处所生发、冲撞出来的现代反叛精神和文化反思、重构欲望。①

地域（乡土）文化品格是指在民族国家范围内，某一地域的泥风土俗影响作家，化为作家内在的感觉方式和外在的语言风格。散文诗里面所表现出来的这种语言风格成为凸显个性，展示魅力的主要缘由，当代哈尼族散文诗诗人莫独虽然用汉语写作，但是却被称为“用母语行走的诗人”,② 试看他的《山寨姑娘节》：

一

山寨还是昔日的山寨，村庄永远是当初的村庄。

而你已不是过去的你。

生长了翅膀学会了飞翔的鸟儿，不在满足于在寨头的枝头上跳跃；清新的啁啾，洗濯城市灰色的丛林。

今夜，你沿着母亲的指纹，回到最初的那句啼声里。

回到一个母性的习俗里。

……

四

鼓声响起，你用舞蹈在山寨的胸膛上点燃一丛篝火。

山歌响起，你用年轻在篝火的中央纵情青春。

这是爱情的枝头，今夜让那些聚会的情歌筑巢。

这是母性的颂歌，今夜为一双成熟的手掌梳妆。

鼓声属于你、掌声属于你、歌声属于你、舞蹈属于你。

而你属于爱情。

你期待的目光，在比火还炽烈的喝彩里绽放。

你滚烫的歌声，在比水还清澈的激情中流淌。

五

推开竹篱笆，入眼的都是土生土长的风情。

打开糯米包，扑鼻的全是土色土香的问候。

吃罢蛋拌糯米饭，你将背离一段盛情，背离迷人的花季，去耕种一份实实在在的季节。

---

① 卢本·达里奥等著，陈实译：《拉丁美洲散文诗选》，广州：花城出版社，2007，页19～36。

② 莫独：《在春天出门》，昆明：云南美术出版社，2006，页7。

你纤细的手，将拄着爱情的拐杖，叩打婚姻的门坎；

你将把明天那份新娘的笑靥，提前灿烂在今夜的天空。

一个多么令人心动又留恋的夜晚哟！

月亮瘦去，爱情丰满。

今夜，所有的祝福为你而盛开。

莫独的语言紧贴着哈尼人的乡土情怀，情是第一位的，语言的调配跟着感觉走，这就跟一些为文造情、无病呻吟、矫情滥情泛情无情之作拉开了距离，哈尼人依然保存着一份浑朴天真，一份与万物同情互感的胸怀，因此，接受了大学本科正规教育的哈尼诗人莫独，既是使用非常西化了现代汉语，也能做到妙手回春，为情造文，感人至深。安徽散文诗诗人张道发的散文诗在选词择句，运筹行与行、段与段之间的节奏时，也是紧贴着一方人民的特殊感受性，让听觉、视觉、嗅觉、味觉、触觉、意识、前意识、潜意识贴着略带土腥味的安徽肥东丘陵方言汉语自由翻飞，试看他的作品《木梁上的乳燕》：①

雨下着，木梁上的一窝乳燕在叫唤，门口吹进的雨气裹着凉意，身上顿觉清爽多了。

刚打下的新麦堆满墙角，湿湿的麦香盈满陈旧的屋子。

父亲常坐的那把竹椅空着，他到隔壁家搓麻将去了。我送他的半包纸烟搁在椅子上，淡淡飘过来的烟气，让我感觉沉默的父亲仍坐在那儿。

自家的狗望着木梁上的乳燕，目光怜爱，与人相处久了，狗也通了人性。我忍不住抚摸它光滑的背，叫出它的人名。

一只老燕从雨中归来，嘴里衔着杨树上的虫蚁，油亮的羽毛滴着雨水。

乳燕兴奋地叽喳成团，就像受了委屈的孩子见到娘亲一样。

我不由想起自己出门在外的孩子，心中掠过一抹柔软的情愫。

走到墙角，抄起一把麦粒，将其中的一粒放进嘴里咀嚼。

雨在下。回声很大，像起伏在我心里的事情。

这篇散文诗与上文莫独的散文诗一样，都是运用跳跃性的语感和直觉，娓娓诉说发生在日常生活中的一个特别的情景，作家在那一时刻对这个场景具有特别的感触，并将此时此刻激烈高涨起来的情感，移置到眼前心下的诸物象之上，经由心言心语的娓娓诉说，热切道来，于是一切景语皆情语（王国维

① 赵宏兴主编：《2009年中国当代散文诗》，长春：时代文艺出版社，2009，页129。

《人间词话》)，写的是生活中的普通场景，但在诗情滋润之下，普通的生活场景，普通的散文叙述过程飞腾升华为散文诗，这是耿林莽所说的“化散文”,[①]我们注意到，“乳燕在叫唤”，“叽喳成团”，“心里的事情”这几个词语都是江淮丘陵地带方言土语，让它们穿插在散文诗的机体之中，一下子凸显出一方人民对于生命和世界的特殊感觉方式。“走到墙角，抄起一把麦粒，将其中的一粒放进嘴里咀嚼”，这也是江淮丘陵地带农民排遣苦闷、释放心事的一种方式，湖南或广东的农民不可能这样来释放心事，湖广一带不种麦子，生活在湖广的散文诗诗人不可能将这个“最有表现力的典型细节”[②]，化入诗境，起到画龙点睛的作用。

习得文化品格是指作家在后天的教育环境中，接受了不同于先前的价值观(尤其是异质性的文化价值观)，改变了生活态度，从而将某种后天习得的价值理念涵容于散文诗文本中，众所周知，西川既是一个中国文化土壤孕育出来的一个知识分子，同时又是一个经由后天教育（北京大学英文系、美国艾奥瓦大学2002年访问学者）逐步改变本土价值观和生活态度的诗人，虽然有很多人研究西川（如他的长诗《致敬》、《巨兽》），并认为两诗是散文诗，但是西川不以为然，试看《巨兽》中的一段：

那巨兽，我看见了。那巨兽，毛发粗硬，牙齿锋利，双眼几乎失明。那巨兽，喘着粗气，嘟囔着厄运，而脚下没有声响。那巨兽，缺乏幽默感，像竭力掩盖其贫贱出身的人，像被使命所毁掉的人，没有摇篮可资回忆，没有目的地可资向往，没有足够的谎言来为自我辩护。它拍打树干，收集婴儿；它活着，像一块岩石，死去，像一场雪崩。

乌鸦在稻草人中间寻找同伙。

那巨兽，痛恨我的发型，痛恨我的气味，痛恨我的遗憾和拘谨。一句话，痛恨我把幸福打扮得珠光宝气。它挤进我的房门，命令我站立在墙角，不由分说坐垮我的椅子，打碎我的镜子，撕烂我的窗帘和一切属于我个人的灵魂屏障。我哀求它：“在我口渴的时候别拿走我的茶杯!”它就地掘出泉水。算是对我的回答。

---

① “根据具体作品内容的表达需要，将散文性的因素，融入其诗性肌体之中。‘融散文于诗’，走‘化散文’的路子。无论是情节素材、描述手段、语言韵味，都要‘细碎化’地融入散文诗的整体意境，而不是照搬散文的那一套，那样做的结果，便是‘散文化’了。”参见耿林莽：《散文诗并不“易写”》，参见中国诗苑网：http：//chinasy. 5d6d. com/viewthread。

② 参见耿林莽：《散文诗并不“易写”》，参见中国诗苑网：http：//chinasy. 5d6d. com/viewthread。

一吨鹦鹉，一吨鹦鹉的废话！

……

一个熟读《论语》的人把另一个熟读《论语》的人驳得体无完肤。

杜甫得到了太多的赞誉，所以另一个杜甫肯定一无所获。

在黑暗的房间，我奉承过一个死人，他不是我的祖先而是我的邻居，我为他

编造出辉煌的一生，他铁青的脸上泛出红晕，多年以后，我在他孙子的家中饱餐一顿。

在黑暗的房间，我虚构出一个女孩的肖像。一位友人说他认识这画上的女孩：她家

住东城区春草胡同35号。我找到那里，她的邻居说她刚刚出了远门。

通观西川的长诗和他近来发表的散文诗（《出行日记》），我们都能感受到一个后天接受并大致认同西方文化价值观的当代中国诗人，对于本土文化和本土价值观的失望情绪和调侃冲动，这种失望情绪和调侃冲动以及对于另一种文化价值的膜拜在他的名诗《在哈尔盖仰望星空》表露无遗，此诗出现的“神秘的力量，射出光来”、“祭坛”、”领取圣餐”等意象，一再提醒我们，西川通过后天的学习，已经断然与东方宇宙观、泛神论思想分道扬镳。在西川看来，神以及所谓理性的光辉高高在上，是高悬在青藏高原上哈尔盖的天空之上的永不可企及的精神存在，人只能向上（不可能向下）诉求最终归属于上帝，因而人神之间天人之际存在着一道永不可逾越的鸿沟，人神之间天人之际的关系是紧张的、分裂的。与其相对，中国文化中儒、释、道三家之道体预设与人类的存在场域不即不离，这个道体的存在场域并不高高在上，它与日常生活、社会变迁、生命律动相与周旋，我们仰视、平视甚至俯视、下视皆见道的亲切面容，但是西川诗歌里面表现出来是后天习得西方式的文化品格。

在哈尔盖仰望星空

西川

有一种神秘无法驾驭
你只能充当旁观者的角色
听凭那神秘的力量
从遥远的地方发出信号
射出光来，穿透你的心
像今夜，在哈尔盖

在这个远离城市的荒凉的
地方，在这青藏高原上的
一个蚕豆般大小的火车站旁
我抬起头来眺望星空
这时河汉无声，鸟翼稀薄
青草向群星疯狂地生长
马群忘记了飞翔
风吹着空旷的风也吹着我
风吹着未来也吹着过去
我成为某个人，某间
点着油灯的陋室
而这陋室冰凉的屋顶
被群星的亿万只脚踩成祭坛
我像一个领取圣餐的孩子
放大了胆子，但屏住呼吸

人文水准也即人文修养达到的高度。汉语中“人文”一词，最早出现在《易经》中贲卦的彖辞中：“刚柔交错，天文也。文明以止，人文也。观乎天文以察时变；观乎人文以化成天下。”《北齐书·文苑传序》：“圣达立言，化成天下，人文也。”宋程颐《伊川易传》卷二对《易经》贲卦的彖辞做出说明：“天文，天之理也；人文，人之道也。天文，谓日月星辰之错列，寒暑阴阳之代变，观其运行，以察四时之速改也。人文，人理之伦序，观人文以教化天下，天下成其礼俗，乃圣人用贲之道也”。中国古人认为“天文”与“人文”异质而同构，“天文”与“人文”若合符节相互印证，悟透“人文”之道的人是圣人（圣达），所以只有圣人（圣达），才有资格“立言”而教化天下民众。从这个意义上看，中国古代的文学艺术家并不是人文水准最高的人，确实如此，李白崇尚道家，号“谪仙人”，但是他在道教哲学思辨领域远没有老庄出名，杜甫伤时忧国，称其纯儒恐不为过，可是他的老祖师是孔孟，有时候人文水准与文学艺术创作水准恰成反比，人文水准越高，创作水平越低，思想限制、压制了情感的自由发挥，导致理盛于辞，文章变成八股，乾隆皇帝一生作诗四万多首，没有一首堪称脍炙人口，但是人文水准和情感世界平衡较好的欧阳修却写出《醉翁亭记》、《秋声赋》这样的好文章，曹雪芹人文水准（传统文化修养）很高，情感能力超强，所以写出惊世骇俗之作《红楼梦》。

西方的人文（Humanity）一词的内涵：人的本性、人的本源、人和大自然的关系、人和神的关系、人和人的关系。所谓人文关怀也即将人作为类来思考，因此这种思考、关怀超越具体人伦事功，超越有限存在。可见东西方的“人文”都可以理解为关于人性的道理（人之道）①，以人为本，然后推而广之涉及人类自身以外的客观存在的存在之道，不过东方东方用“天”这个理念与人相对待，西方一“神（人格神）”这个理念与人相对待，基本上可以认为，东方人的人文关怀的范围要比西方人更为广漠。

当下我们所谓的人文水准，是指一种综合素养，对于散文诗作家来讲，是指他（她）内外兼修，内在情感丰沛充盈，外在生活阅历丰富，诗穷而后工，历经磨难、困顿、挫折，具有在文学、艺术、美学、哲学、宗教、历史、神话、人类学、心理学、伦理学、法律、政治、经济、军事、科学等人文社会学科方面的知识储备和学养内敛。散文诗是诗性文本，散文诗作家第一要素是情感能力，目前散文诗诗人中情感丰富充实者很多，我们常见在一个自然景观或人文景观之前，“来来往往一首诗”② 的散文诗和散文诗诗人比比皆是，而写出才情、个性，写出民族精神、时代群体感受、文化关怀、终极关怀和宇宙意识的杰作并不多见，上文所举王蒙、基兰德、嘉本特都写海，高尔基、泰戈尔、纪伯伦都写海，但是每个人的“海”都是不同的，这其中各位大家的人文素养在发挥着坚如磐石的奠基作用。鲁迅在人文修养臻至成熟的中年时代写作《野草》，《野草》之所以取得了成功，其原因是多方面的，但是，任何读者都得承认，《野草》的背后“彷徨”、“呐喊”（《〈野草〉题辞》：我将大笑，我将歌唱）着一个学问广博、思想沉潜、感情丰富激烈的中年鲁迅，鲁迅先生的文化品格和他的人文修养高度也是《野草》取得突破的一个非常重要的因素。细察《野草》，一方面是非常西方化的，据李鸥梵考证，将鲁迅的《野草》在某种意义上也是实现厨川百村（《苦闷的象征》）③ 艺术理论的试验，是非常西方化的，其原因为：

第一，艺术观点上对弗洛伊德“心理创伤”论的重视，表现在《野草》里用了近三分之一的篇幅写梦境，将个人经验的原料创造性调整为象征的结

① http：//baike. baidu. com/view。

②（明）梅之涣：《题李白墓》——采石江边一堆土，李白诗名高千古，来来往往一首诗，鲁班门前弄大斧。

③《苦闷的象征》是日人厨川百村在接受了弗洛伊德的性心理学和柏格森的直觉主义理论之后，稍加捏合而成的文艺理论著作，有不少误读的成分。参见《中国散文诗研究》，页58。

构，以艺术方式的意象扭曲投射出内在心里被压抑的创伤，例如利用梦境召唤出一系列受折磨的形象，徘徊在二难境地而作虚无的搏击，这些形象和感受，散发着现代的光华，独立地远离了中国的传统。

第二，《野草》创造了前所未见的一系列诗的意象，如“红影无数，纠结如珊瑚网”的凝固的火焰《死火》，从“魔鬼的光辉”中看见的“惨白可怜”的“地狱小花”（《失掉的好地狱》），“包藏着火焰的大雾”（《雪》），“脸上都绝不显哀乐之状，但蒙蒙如烟然”的“死尸”（《墓碣文》），老妇身躯如“颓败线之颤动”（《颓败线之颤动》），它们成功地变幻出一种恐怖和焦虑，一种我们可称之为现代性的经验。

第三，文体的创新意义，他用了只能如此包含他哲学沉思的语言——散文诗的语言以及结合进《野草》里的一些现代小说的手法，如性格刻画、对话、视觉变换，多重叙述等。①

另一方面，《野草》又是非常东方化的，《野草》中的名篇《死火》、《失掉的好地狱》里，杂错连缀禅佛意象如：大乐、三界、剑树、曼陀罗花、火宅、火聚、牛首阿旁等，说明鲁迅熟读佛经，并进行了自我消化，《过客》这篇散文诗中那个“约三四十岁，状态困顿倔强，眼光阴沉，黑须，乱发，黑色短衣裤皆破碎，赤足著破鞋，胁下挂一个口袋，支着等身的竹杖”的散文诗主体，状似乞丐，实际上可以看作生活中彷徨于两极之地、决意寻求新的生路的真实鲁迅的化身，这个外表颇为难堪，精神充足饱满的“行者”拒绝小女孩一小片布的施舍：

倘使我得到了谁的布施，我就要像兀鹰看见死尸一样，在四近徘徊，祝愿她的灭亡，给我亲自看见；或者咒诅她以外的一切全都灭亡，连我自己，因为我就应该得到咒诅。但是我还没有这样的力量；即使有这力量，我也不愿意她有这样的境遇，因为她们大概总不愿意有这样的境遇。我想，这最稳当。〔向女孩，〕姑娘，你这布片太好，可是太小一点了，还了你罢。（《过客》）

这一段话看似交代拒绝布施的原因，实则人文内涵深潜，“布施”为佛家六波罗蜜（波罗蜜意度到彼岸）之首——布施、持戒、忍辱、精进、禅定和智慧，鲁迅熟悉佛教理念，布施的含义了然心中，他憎恶布施，实际上是在某种程度上拒绝信仰佛家哲学，泰戈尔首次访华（1924，《野草》写作于1924至1926年之间）之后，鲁迅极尽冷嘲热讽之能事，由此可见一斑，小女孩

① 李欧梵：《铁屋中的呐喊》，香港：三联书店，1991，第97页。

“一小片布”也不是佛家六波罗蜜里面所谓的“财施、法施、无畏施”，而是沾溉着古国五千年文化传统的精神元素，这里面既有“儒释道”三家汇通凝聚而成的混合文化，同时主要的还是儒家的道统精神元素，鲁迅斥其为“死尸”，“祝愿她灭亡”，“她以外的一切灭亡”，“连我自己”，因为我自己也是不由自主的身带古国文化传承的文化主体，我目前没有力量让她灭亡，但是我在寻找一条出路走出绝境，并借以灭亡这个文化（传统文化）。但是在现实中，对于一个懵懂无知的女童的“一小片布”的布施，从人性这个角度实在不忍拂逆，只得谢过好意，还给小姑娘，可是“女孩惊惧，敛手，要躲进土屋里去”，这又是一层否定的意味，古国文化精粹还给小姑娘最终还是会祸害她终生一世，祥林嫂就是一个例证，《过客》的结尾，这片“布”过客是带上了，但是随手就被抛在坟地里，或挂在野百合野蔷薇上了。从一小片“布”，联想到“布施”，从“布施”又逗引出这一片锦绣文章，这中间没有作者的人文修养的内在激发，那是不可思议的。波德莱尔也是一个人文修养很好的散文诗作家，试看《恶之花》和《巴黎的忧郁》，里面处处显露出波氏族的读书功底和生活阅历，波德莱尔散文诗《钟表》：

中国人从猫的眼睛里看时间。

有一天，一位传教士在南京郊区散步，发现忘记了戴表，就问旁边一个小男孩：

什么时间了。

那天朝之子先是踌躇了一下，接着便改变了主意，回答说：“我这就告诉您。”过了一会儿，那孩子出来了。手里抱着一只肥大的狸猫。他就像人们讲的那样，死盯着猫眼看了看，毫不犹豫地说：“现在还没到正午呢。”

确实是如此。

波德莱尔虽然没有来过中国，但是这篇散文诗提示我们他读过很过西方人写作的关于中国的书籍，能够感悟到与西方截然不同的另外一种文化，并且，这个文化对于宇宙、时间、生命、死亡、爱欲等的看法不同于西方，《钟表》所揭示的中国时间观念是：绝对静止——永远不变的时间，郑玄《易论》解释“易”之三义——简易、变易、不易，中国人认为宇宙法则（时间、空间、人类社会演化的规律）简易拙朴，变化是常态，轮回流转的法则恒常不变（不易），这种时空观与西方明确将时空定向加以确认的知识论态度，形成文化意义上的巨大反差。波德莱尔由猫的眼睛，联想到美丽的费利娜的眼睛，最后由我的眼睛做出结论“是的，我看到了时间：那就是永恒！”使得全诗思想境界实现了文化上的跨越，虽然波氏的超常的想象力和悟性发挥了作用，但是读书思考沉潜思维所得到的人文修养高度自然不可忽视。

但是，学问好，经历丰富，也未必一定能写出精品杰作，有时候学问越好，人文修养很丰厚，反而成了艺术创作的桎梏。通常来讲，学问修养对于散文家、小说家、戏剧作家显得更为重要，因为散文、小说、戏剧篇幅较大，具有较大的空间容纳作者的思想、历史典故、文化价值观、意象符号、语言技巧、结构匠心等等，但是散文诗通常来说，篇幅不大（中长篇、联组散文诗除外），在方寸之内腾挪乾坤，做到举重若轻，以四两拨千斤，绝非易事，近年来中国散文诗界有识之士提出散文诗“难度写作”、“散文诗打假”等理论、批评命题，都是从反面说明当代散文诗文本中独出新意、别出个性、特出风格的作品寥若星辰，放眼未来，散文诗创新必须依靠新人撑起局面，年轻人生命力度、情感强度绝非中老年人可比，因此对于青年人来说，人文修养并不是第一要素，年轻人应该充分甚至绝对信仰自己的情感直觉能力，当年金斯堡信仰个体的感情直觉，他创作了惊世骇俗《嚎叫》，中国当代的郑小琼信仰自己的情感直觉，创作了骇世惊俗《人行天桥》。作者在检阅《爱的沼泽地——散文诗刊作品精选 1986 ~ 1992》这本邹岳汉坚信是“一部有价值”的书的时候，发现十几、二十岁左右的青年根据自身的亲切体会写出的散文诗同样惊心动魄，试看云梦（曾芳）的《爱的花环》其中一段文字：

……

列车在呐喊，宣告是我们该挥手的时候了。你捏着车票的手猛然的一下颤栗。我发觉你的眼睛渐渐发亮。噢，别哭！军人的眼泪会将离别装饰得更加悲壮，真的，我害怕那样。来，你叼上一支香烟吧，我为你点燃……

我可以想象出，当你的身边没有了我的温柔，你会想念我的，就会用口琴呼唤我的名字，你就会点燃这样的一棵相思草，并且会用你的那股憨劲，将这相思草吸得通红，通红……

积聚所有的情感，再作一次脉脉的凝视。

别了 My dear……

你丢落的那颗烟头还在燃烧，你刚才登上列车的那回眸一笑分明是你的痛楚在燃烧！

呵，别伤心，我的爱人，远去的军人。

虽然，你我远离，但万水千山隔不断思念，我的思念会在你的头顶，凝固成一个爱的花环。①

梁准的《秘密》：

那时候我们没有秘密。我们手拉着手，并肩走在春天的原野上。

春天没有秘密。春天的我们没有秘密。我们的笑语洒落在地上，绽放为铺满大地的万紫千红。我们的凝望中有着坦荡的五湖四海。太阳像红色箫，被地平线的巨唇吹奏着。天空广阔得很遥远。但天空没有秘密。哦，天空下的我们没有秘密。

但是秘密出现了！先是在你晚风般轻轻低拂的睫毛里囚锁着，然后我又在你眼的池塘里看见丛生的水草。最后，你的嘴唇阖上了，你的心的小红门对我关闭。

那是一个什么秘密？竟使挚爱中的人们猜疑了。于是，我暗暗追查。在没有得到答案之前，我对你沉默。啊！我发现我也有了秘密！象脖子上生了一个大疱疮，并且日渐溃烂，一直烂到天堂的边缘；最后，烂到心里。

于是，我们都有了秘密。我的秘密我知道；你的秘密是什么，我却不知道。

永远也不知道——你带着你的秘密离开了我。我只有一个人留在原野上，看地平线衔着落日之箫凄婉地吹奏一阕黄昏；而黄昏像柔和的雾慢慢慢慢在我眼前张开，仿佛，仿佛遮掩着那一个秘密……②

郭向阳《人群中的你》：

人海中，你是一块不能融解于冰的美人礁，把我的目光掀成一朵朵白莲花般的浪花。

人林中，你是一枚燃在绿叶中的果子，不时对我闪烁诱惑的光泽。

我的眼睛是一双不会伤害你的枪筒；人群再深，你也无法逃出我的射程。

但那篱笆似的人群，会不会挡住你的目光，使你始终无法体味到墙外行人那羡慕而寂寞的心情？

人海茫茫，真担心你会被海雾迷住眼睛，而委身于近旁鄙陋的小岛！

因为岛屿星呈，因为路途坚远，曾有多少美丽的故事，未能泊进理想的港

① 邹岳汉主编：《爱的沼泽地——散文诗刊作品精选 1986～1992》，桂林：漓江出版社，1993，页 92。

② 邹岳汉主编：《爱的沼泽地——散文诗刊作品精选 1986～1992》，桂林：漓江出版社，1993，页 91。

湾……①

因为生命力度、情感强度不及青年，中老年散文诗诗人当然借助学问修养、学识见解、人文素养来强化散文诗的文化品味，痖弦的《盐》很短，三个小自然段，里面的人文内涵多重叠合，但是《盐》这篇散文诗里同样奔涌着作者的最深挚的同情、悲悯、荒诞、茫然等情感成分，也就是说，对于人文修养较为高深的中老年散文诗作家来说，要想写出精品，必须情理并茂，相与冲和，理念有时候不可能不走向偏执、荒谬甚至邪恶，这时候，情感的直觉把握之手，就会帮助我们调整航标。以情动人，以至永恒；以理服人，所信服、折服、屈服的永远只是一部分人。

五、散文诗作家的才胆识力和文化机遇

才胆识力，是中国清代诗人、诗论家叶燮在《原诗》中，提出的创作主体论理念，《原诗》是中国继《文心雕龙》之后另一部独具体系完整性的诗学著作，在中国诗学史上具有独立不移的学术价值。我们认为以叶燮提出的才胆识力四要素来观察历史上的散文诗大家，可谓互为圆照，因果明晰，以叶燮提出的才胆识力四要素评论当代诸家，则判断不致失衡，以叶燮提出的才胆识力四要素提醒、警示青年散文诗作家，则可以呼唤人才，开启未来。叶燮认为创作是主客观因素的相与融合、生发和创化，创作主体不外四要素，也就是每个诗人内在的才、胆、识、力，创作所要表现的对象有三者，曰理、曰事、曰情——理、事、情：

譬之一木一草，其能发生者，理也；其既发生，则事也；既发生之后，夭矫滋植，情状万千，咸有自得之趣，则情也。

以在我者四，衡在物者三，合而为作者之文章。

这与刘勰《文心雕龙·原道》篇中所说的“心生而言立，言立而文明”文章生成方式同一旨趣，刘勰认为天地人（三才）统一于道之文，人类群体中的圣人（才胆识力超出众人之上的圣贤豪杰），辨察天文、人文，傍及万品，“然后能经纬区宇，弥纶彝宪，发挥事业，彪炳辞义”②。从创作主体这方面来讲，诗人人品、学问、见识、意志力形共同构成诗品诗格，《原诗》：“大凡人无才，则心思不出；无胆，则笔墨畏缩；无识，则不能取舍；无力，则不

① 邹岳汉主编：《爱的沼泽地——散文诗刊作品精选 1986～1992》，桂林：漓江出版社，1993，页 95。

② 周振甫：《文心雕龙今译》，北京：中华书局，1996，页 14。

能自成一家。”

看起来好像“才”（天生才能，才情，文学艺术的顿悟能力和表现能力）最为重要，居第一，可是紧接着叶燮又明确指出“识”最为紧要——要在先之以识：

四者无缓急，而要在先之以识；使无识则三者俱无所托。无识而有胆，则为妄，为鲁莽，为无知，其言背理叛道，蔑如也；无识而有才，虽议论纵横，思致挥霍，而是非淆乱，黑白颠倒，才反为累矣；无识而有力，则坚僻妄诞之辞，足以误人而惑世，为害甚烈。

所谓“四者无缓急”，是说四者都很紧要，而且交相为济，不可缺一，否则不能登作者之坛。叶燮在创作主体论方面拈出“才、胆、识、力”四者，将“才”置第一，是从生命发生学和诗歌教育学视角来看待诗歌创作的，人之初，不可能识见超迈，有的人天生颖悟，胆气过人，可是高超的见识必待后天的读书学习和阅历积累，才可以有所成就，所谓“积学以储宝，酌理以富才，研阅以穷照”（《文心雕龙·神思》），“力”——突破前人的想象力、大胆冲破禁区的颠覆力、别开生面的创化能力，必须以前三力为基础，没有前三力为奠基，则这个力可能就是区区体能而已。就诗歌本体论而言，“理、事、情”与刘勰“道之文”统一旨趣，“理”对应于“道”，“事”、“情”对应于“文”，文章诗歌暗含“道”、“理”，可是绝不是几条光杆道理而已，“道”、“理”要在“事貌”、“情状”——“文章”里面至虚而实、至渺而近，冥漠恍惚而又真切如在眼前。① 就创作主体而言，“识”固然经纬“才、识、力”三者，可是“识”有所经纬的前提是能写出来——有心思，能表达出来，否则仅有其“识”，几条光杆道理罗列出来，就变成了哲学教条，而绝不是诗文（近年格言警句散文诗遭到质疑原因即在于此），对照文坛大家、名家包括散文诗大家、名家的创作情形，此言不虚，大作家大诗人才情超人，可是成熟之作大都成就于中年、壮年或晚年，中年、壮年或晚年，思想见识已然升华，可以对天生才情进行必要的平衡冲和，达到刘勰所说的？“情动而言形，理发而文见”（《文心雕龙·体性》）的情理互济并茂的理想境界，叶燮将这种境界描述为“幽渺以为理，想象以为事，惝恍以为情”，“理至、事至、情至”。莎士比亚重要作品成就于中、晚年（1590~1612），曹雪芹晚年著《红楼梦》卓绝

① 黄南珊：《情依于理，情理交至——叶燮理性美学观新解》，载《上海大学学报》，1999 年 5 期。

寰宇，泰戈尔《园丁集》、《新月集》、《吉檀迦利》成就于中年之后，纪伯伦的《先知》、《先知园》成就于中年之后，鲁迅壮年写作《野草》成为中国散文诗一座丰碑。被韩作荣称为“诗人中的诗人”、“用榔头一样古老的汉字，敲击未曾泯灭的诗心”的昌耀（王昌耀）①，晚年创作了一批掷地有声的散文诗，在他晚年出版的《昌耀的诗》的后记中，谈及诗的分行与否，他写道：

我并不贬斥分行，只是想留予分行以更多珍惜与真实感。就是说，务使压缩的文字更具情韵与诗的张力。随着岁月的递增，对世事道德洞明、了悟，激情每会呈沉潜趋势，写作也会变得理由不足——固然内质涵容并不一定变得更单薄。在这种情况下，写作“不分行”的文字会是诗人更为方便、乐意的选择。但我仍要说，无论以诗的形式写作，我还是渴望激情——永不衰竭的激情，此于诗人不只意味着色彩、线条、旋律与主动投入，亦是精力、活力、青春健美的象征，而“了悟”或“世事洞明”既可能是智性成熟的果实，也有可能是意志蜕变的前因，导向冷漠、惰性、无可无不可。我希望自己尚未走到这样一个岔路口。②

昌耀认为他晚年创作不分行的文字（散文诗），完全是见识增长，情感沉潜之后的自然选择，虽然晚年理性力量有压倒感情活力的趋势，但是“永不衰竭的激情”相对于“了悟”或“世事洞明”来说，更具有决定性的意义，昌耀这儿所说的“永不衰竭的激情”实际上相当于叶燮所说的才胆识力之“才”（才情、天分），昌耀晚年的散文诗境界高远，存在主义式的悲剧意识笼天罩地，沉潜着诗人历经苦难、洞明世事之后的一番“了悟”，但是，他的这些不分行的文字，绝不徒为说理，文本里涨溢着情感的激流，生动的意象和依然鲜活的想象触角，试看《划过欲海的夜鸟》：

我被憨厚的一声鸟鸣唤醒。这是高远的夜天中一只独飞的夜鸟。我为这发现喜悦之极。如果描摹那声息，似可写作“嚯尔——，嚯尔——”有一种低音铜管乐器发出的亮丽。同时，让我不无感觉滑稽的是在听到的每一声啼鸣之后，必有地面某处棚户煞有介事地两声朝天的狗吠附丽，像是从善如流的对答。我品味着这鸟兽的歌吟。说实话，我一向敏于捕捉这纯然的天籁。在听腻了歇斯底里的人声喧嚣之后，这样充溢着天趣的音响，让人产生一种认同感。但是，我已隐隐感觉到凌晨早班车的胶轮正碾压过附近的街市，城市的局部正

① 韩作荣：《诗人中的诗人》，载昌耀：《昌耀的诗》，北京：人民文学出版社，1998，页3。
② 昌耀：《昌耀的诗》，北京：人民文学出版社，1998，页423。

在重新启动。我同时惊异地发现凌飞于这片欲海之上的大鸟已正确感受到这种信息，悄然噤声，小心地远去了。而那狗吠也随之哑然。我闭拢双眼，追思划过欲海的夜鸟如此神异通灵好生奇怪。复又感受到袭来的倦意并意识到自己雷霆大作的鼾声，最终也未明白自己是否有过昏睡中的短暂苏醒。

这篇散文诗中的中心意象“夜鸟”具备多重象征寓意，首先它飞过现代都市的上空，让读者直接联想到夜航班机，但是它是憨厚的，所以这个裹挟着现代意识的夜航班机，在广大的时空背景之下，超越了现代都市感受——尖锐、焦虑、烦躁，这是一个安静下来的老人对于现实的超越性感受，经过了人生多重磨难，连苦难以及连接着苦难的现实，都显得不怎么清晰和尖锐了。这只夜鸟当然可以看作诗人昌耀的化身，庄生梦蝶，昌耀梦见自己化为夜航机，庄生向往自由梦蝶翩飞，昌耀品味孤独梦见夜航机独飞夜空。这只飞鸟当然也让人联想到鲁迅散文诗《秋夜》里面“哇的一声，夜游的恶鸟飞过了”那只恶鸟，狗吠附丽，从善如流的对答，都具有多重象征意义，看出诗人对于他们以及其关系的判断完全超越了二分式思维模式，如认为恶鸟叫声和狗吠附丽充溢天趣，犹如天籁，最后充满激情的想象落实为意识清醒过来的昏睡酣眠，鼾声大作，复又沉入宇宙混沌般得潜意识深处，整个“事件”的经过（叶燮所说的理、事、情三者之中的事）涵容着宇宙“闭—合—闭”的自然逻辑，整篇诗章表达作者经过人生的忧患之后对于生命、历史、宇宙和个体命运的无可奈何的“洞察”和“省悟”。

可是我们丝毫不觉得它是在告诉我们一个什么高深的见解，它的感情自始至终回旋激荡在散文语句的节奏、语气、音韵和旋律之中，使我们读者欲罢不能，必须读至最后一个音节，方才如释重负，因此“理、事、情”三者混融为一，所谓“幽渺以为理，想象以为事，惝恍以为情”，所谓“理至、事至、情至”，唤叶燮于地下评读一番，亦当会心认同，引为知音，叶燮说：“不恨我不见古人，恨古人不见我。不恨臣无二王法，但恨二王无臣法。”（《原诗》）准之以昌耀的这篇散文诗，并无不妥。另外，隐含在这篇散文诗中诗人主体的“才”（天生才情，对于语言的直觉感受捕捉能力）、“胆”（破坏俗谛，树立正见的勇气）、“识”（对于本体性存在铁律的洞见和了悟）、“力”（雷霆大作的鼾声所体现出来的身体力量和意志力量）四善并举，相与周济圆活。耿林莽评昌耀的散文诗指出：“我觉得，他的经验，值得某些忽视内容，忽视生活体验与思想追索只在技巧上兜圈子的散文诗作者借鉴。他的经验，对于过分拘泥于散文诗的文体模式，固有规范的束缚，诸如抒情精品、轻型美文、空灵纤巧之类的“优势”等等，而不敢越雷池一步的作者，包括我自己在内，也是很有启发的。① 也是在说在为数众多的当代散文诗作家之中，缺少有胆有力的作手。

外国散文诗大家名家如波德莱尔、马拉美、纪德、雅可布、佩斯、彭热、米修、夏尔、阿佐林、希梅内斯、黑塞、尼采、里尔克、米沃什、博格扎、西曼佗、梅特林克、基兰德、屠格涅夫、梭罗古勃、柯罗连柯、斯米尔林斯基、高尔基、普里什文、邦达列夫、梭罗、惠特曼、杜波依斯、桑德堡、比肖普、布莱、金斯堡、玛丽·格里娜、斯苔茵、威廉姆斯、阿舍贝利、布洛克、王尔德、史密斯、毛姆、伍尔芙、博尔赫斯、米斯特拉尔、帕斯、卢本·达里奥、塞萨·瓦叶霍、泰戈尔、纪伯伦、东山魁夷、德富芦花、大冈信等，衡之以“才、胆、识、力”创作主体四要素，约之以“理、事、情”文本三要素，个个不堪示弱，典范文本篇篇周全，各逞其能，因而可以巍然独立于世界散文诗诗坛。

各民族文化在长期衍化的过程中形成了自己的文化模式（露丝·本尼迪克特），因此，文化具有相对的稳定性，② 但是文化又是一个广义上的生命实体，文化是一棵根茎叶脉俱全，含苞带蕾花果飘香的“通天树”，文化自产生之日起，便不断地依照自身的逻辑吸收阳光雨露，成长发育，每个民族的文化都是人类文化森林中的一棵树，常言独木不成林，人类文化森林因为林木众多，品类繁富，从而使得人类文化彼此不断竞争、互补、完善、完美，在人类的文化森林中，有些文化生命力强大持久，有些文化短命夭折，汤因比将人类文化（文明）的演化历史概括为挑战——应战过程，凡在异质文化的挑战之下，能够及时调整自身的结构肌理，以应对变动、变局、变化，并适时增强自身的创造能力的弱势文化，则可绝处逢生，处弱化强，反之，或死亡或夭折，四大文明古国，四存其二，巴比伦、埃及早已沦亡，中国、印度由强而弱，复由弱而强，印度文化以宇宙论淡化人生论、国族论，因此印度文化在西方文化的挑战之下，其自身的对接应变能力较为孱弱，中国文化立足人生论、国族论

① 耿林莽：《昌耀的散文诗》，载《散文诗》杂志，2008 年 1 期。

② 至今学术界依然肯定的最早的“文化”一词的定义是由英国文化人类学家泰勒在其 1871 年出版的《原始文化》一书中提出来的：“文化是一个复杂的整体（A Complex Whole），包括智识、信仰、艺术、道德、法律、风俗、以及人类在社会里所得的其它一切的能力（Capabilities）与习惯（Habits）。”参见黄永健：《艺术文化论——艺术在文化价值系统中的位置》，北京：文化艺术出版社，2008，页 43。

推而至于宇宙论，面对实用主义、人生主义的西方文化的强力挑战，以儒家积极入世，用世的一面容而纳之，以道、释超越自在的一面大而化之，因此，它由积弱积贫迅速崛起，发展速度总的来说超过印度，如此国际态势则早于文化胎迹中埋下了伏笔。

民族文化必须不断调适自己以适应人类文化大环境，文化（文明）内部每遇改朝换代、战争动乱、天灾人祸等重大事件发生时，新旧文化激烈交锋，文化必发生强烈震荡，文化（文明）与异质文化（文明）相遇，通常会引发生文化的强烈震荡，表现为由于外来影响所引发的新旧文化激烈交锋，本土文化与外来文化的激烈交锋，异质文化相与震荡的结果为文化涵化（Acculturation），文化变迁的涵化途径为：直接征服；间接威胁。两种涵化过程产生各种可能的结果——文化的结构性的变化，其中如果两种文化丧失了它们各自的认同而形成一种单一的文化，就发生了合并或融合。① 不管是文化自身发生深刻的结构性变化（如春秋战国、文艺复兴），还是文化因外来因素的影响产生深刻的结构性变化（如魏晋南北朝、晚晴五四），对于文学艺术家来说，都是一种文化机遇，春秋战国时代战争动乱频仍，出现诸子散文高峰，文艺复兴时代欧洲文化发生革命性的观念更新，出现“文坛三杰”但丁、彼特拉克、薄伽丘和“艺术三杰”列奥纳多·达·芬奇、米开朗基罗和拉斐尔。魏晋南北朝因佛教传入中国加之社会动荡不安，引发中国文化的观念变革，出现“建安七子”、“竹林七贤”、王羲之、顾恺之等文学艺术巨人，晚清五四西学国学相与激荡，王国维、梁启超、鲁迅、胡适、苏曼殊等文艺精英应运而生，引领一代风骚。

散文诗历史证实了这样一种现象，每当民族文化内部发生文化变革、革命之时，散文诗大家、散文诗精品应运而生的可能性远比和平年代要大，1901年前后俄国革命所带来的新旧文化、本土外来文化的激烈碰撞，在散文诗诗人高尔基的《海燕》里面找到了观念和情感的突破口，《海燕》一举成功成为散文诗历史上脍炙人口的精品杰作，后人评价《海燕》，认为《海燕》不止是反映了1901年前后俄国革命力量和沙皇专制进行斗争的情形，从某种意义上说，它也是整整的一个历史时期——从1895年开始到1905年俄国第一次革命为止的无产阶级革命的发动期——革命运动的艺术概括。金斯伯格幸逢20世纪60

① 黄永健：《艺术文化论——艺术在文化价值系统中的位置》，北京：文化艺术出版社，2008，页228。

年代美国的嬉皮士运动，嬉皮士运动以反抗颠覆当时美国主流价值为己任，当时的民主人权运动、环境保护运动、同性恋运动，奥秘哲学、东方宗教、另类宗教等生活方式，掀起不大不小的文化风潮，嬉皮士运动在才、胆、识、力俱优的金斯伯格以及其散文诗《嚎叫》里面找到了文化的宣泄出口，《嚎叫》一举成为美国历史上一个特殊时代的文化标本和观念能指，所以它经得住历史的淘洗挺立为美国以至世界散文诗中的经典作品。阿舍贝利生活于当代美国现代价值观和后现代价值观推换转移的文化过渡时代，现代价值与后现代价值的耳鬓厮磨，使得阿舍贝利欲罢不能，结果他用一种高度融合性的诗性文本《诗三篇》（包括《新精神》、《制度》、《诵诗》三个独立散文诗文本）揭示当代美国文化的精神底蕴，《诗三篇》广为传颂并得到批评界的强烈关注，成为当代美国散文诗的代表作。郭风、柯蓝生逢新中国乌托邦主义盛行一时的20世纪50年代，也是中国文化试图弃旧迎新的一个特殊时期，感受到了时代的脉搏激烈地跳动，他们几乎同时挥笔为散文诗，《早霞短笛》、《叶笛集》、《鲜花的早晨》、《早霞短笛》取材生活，社会意识强烈，昂扬向上，欢乐纯真，成为一个时代的缩影，因此它们成为中国散文诗历史上的重要作品。

当异质文化狭路相遇，强烈的文化震荡同样引发作家思想情感的强烈震荡，西方人称泰戈尔诺奖作品《吉檀迦利》业已成为西方文学的一部分："由于他那至为敏锐、清新与优美的诗，这诗出之于高超的技巧，并由于他自己用英文表达出来，使他那充满诗意的思想业已成为西方文学的一部分。"实际上泰戈尔生前恰逢大英帝国殖民统治时期，泰戈尔信奉"梵我合一"的宇宙观和生命观，同时并不排斥西方的物质主义，他的散文诗里所表现出来的对于"神"的挚爱和膜拜确实有类于基督徒对于上帝的挚爱和膜拜，这当然与泰戈尔本人受到西方文化熏陶有关，但是泰戈尔的神又绝不是基督教的人格神，《吉檀迦利》里面的那个神既是人格神，也是物格神，人格神与物格神平起平坐，皆是诗人永生追慕的心象，因此他的诗是"用西方文学普遍接受的形式对于美丽而清新的东方思想之绝妙表达"①。表面上，泰戈尔的诗具有西方式的宗教狂迷情怀，但是内质是东方思想，泰戈尔是一个坚定的民族主义者，但是他又不是狭隘的民族主义者，他维护印度传统文化，但是又激烈抨击文化上的保守主义者，他的散文诗里激荡着一个孟加拉文化精英内在的思想矛盾和现代焦虑，试看《吉檀迦利》第102篇：

① 陈训明：《泰戈尔获得诺贝尔奖的前前后后》，载《中华读书报》，2000年7月5日。

我在人前夸说我认得你。在我的作品中，他们看到了你的画像，他们走来问："他是谁?"我不知道怎么回答。我说，"真的，我说不出来。"他们斥责我，轻蔑地走开了。你却坐在那里微笑。

我把你的事迹编成不朽的诗歌。秘密从我心中涌出。他们走来问我："把所有的意思都告诉我们罢。"我不知道怎样回答。我说："呵，谁知道那是什么意思!"他们哂笑了，鄙夷之极地走开。你却坐在那里微笑。

这里"鄙夷之极地走开"了的众人既可能是在殖民环境中丢失了文化之根的印度民众，更有可能是西方殖民者，因为文化的失落和文化的隔膜，泰戈尔向我们表达的是一个业已接受西方现代思想影响的印度文化精英的一份现代焦虑。

与泰戈尔并列，被称作"站在东西方文化桥梁的两位巨人"之一的纪伯伦（1883～1931），和泰戈尔一样，因为站在东西方文化的桥梁上，在两种异质文化的夹缝间生存感悟，从而产生了观照性的对比思维，运筹于散文诗文本建构，取得了举世瞩目的文学业绩。纪伯伦人生轨迹：1883 年生于黎巴嫩北部山乡卜舍里，天然传承了伊斯兰教的文化道统，12 岁随母去美国波士顿，两年后回到祖国，学习阿拉伯语、法文和绘画。学习期间，曾创办《真理》杂志，态度激进，1908 年发表小说《叛逆的灵魂》，激怒当局，作品遭到查禁焚毁，本人被逐，再次前往美国。后去法国，在巴黎艺术学院学习绘画和雕塑，曾得到艺术大师罗丹的奖掖。1911 年重返波士顿，次年迁往纽约从事文学艺术创作活动，直至逝世。当代专研纪伯伦的青年学者马征在《文化间性视野中的纪伯伦研究》一书中指出，纪伯伦在东西方宗教折冲迂回，最终创立他自己的"新宗教"，纪伯伦早年深受基督教救赎观的影响，创作中期明显地以语言消解各种文化和宗教的本质差别，后期的成熟作品中，纪伯伦以"无宗教"表达了他的宗教统一性思想，他的"新宗教"即是建立在感性基础上的"爱、美与生命"，这个新宗教没有一般宗教统一性的外壳，却包含了每一种宗教的实质——终极实在的超越性。纪伯伦在他的散文诗《人之歌》中激情表白：①

你们的思想称什么"犹太教、婆罗门教、佛教、基督教、伊斯兰教"。我的思想确认为："只有一个绝对抽象的宗教，它有多种表象，却一直是一种抽象。他的途径虽有分歧，却如同一只手掌伸出的五指。"

---

① 马征：《文化间性视野中的纪伯伦研究》，北京：中国社会科学出版社，2010，页 5。

我受过孔子的教诲；听过梵天的哲理；也曾坐在菩提树下，伴随过佛祖释迦牟尼……我曾在西奈山上看到过耶和华面谕摩西；曾在约旦河边见过基督显示的奇迹；还曾在麦地那听到过阿拉伯先知的教义……我记得降在印度的哲理、格言；能背诵出自阿拉伯半岛居民心中的诗篇；也懂得那些体现西方人情感的音乐……

人类划分成不同的民族，不同的集体，分属于不同的国家，不同的地区。而我认为自己却既不属于任何一国，又不属于任何一地。因为整个地球都是我的祖国，真个人类都是我的兄弟……

纪伯伦所谓的“绝对抽象的宗教”，实际上可以理解为人类的感性（性情、性海），不过这个感性本体蕴含着理性逻辑——它的多种表象，它（一只手掌），可以称之为“情意合一实相”，即以情为根，在情感的敞露过程中自然呈现理性光辉，情理浑融，相洽无间的一种抽象。① 这个感性本体是活的，又可以称之为“活感性”，当代学者王岳川在《艺术本体论》一书中，提出一个可以包举现代艺术和后现代艺术现象的新的艺术本体论——人的活感性（或人的活感性生成）。其立论的前提是：艺术与人类一样随着历史与文化的演化而演化，实践证明由哲学普遍性逻辑推理去把握艺术内在特性的做法在艺术新现实面前已然失效，因此必须寻绎出一种可以诠释从古典到后现代艺术的“超越性的本体论”，这就是人类的生成性活感性。“活感性”一词是王氏从德语和英语借用来的一个新范畴，（德文 Lebende Sensibilitat，英文 Live Sensibility），其中 Lebende 意即生命的，活力的，鲜活的，勃发的，Sensibilitat 既有感官、感觉、判断力之意，又有意识，观念、知觉、理性、意指等意思，是感觉和意识、感性和理性的整合。②

王氏所说的“感性”，“感性之根”有类于中国古代哲学里的“性情”，在人类本然的性情（自性）里裹挟着、蕴藏着宇宙的生成法则和自然秩序，谓之真如、法性、道体皆无不可，“感觉，是人的生命本身的能力表达性或表达能力，它比言说更根本、更本源。感觉不是思想，但是比思想更沉实，更混朴，更难以捉摸，因而内在于人的根本生存域，人靠这种此在自身的感受力，使那些根本说不出来的东西仿佛获得了一种自我显示性。”③ 虽然人的感性

---

① 黄永健：《艺术文化论——艺术在文化价值系统中的位置》，北京：文化艺术出版社，2008，页135。

② 王岳川：《艺术本体论》，上海：三联书店，1994，页143。

③ 王岳川：《艺术本体论》，上海：三联书店，1994，页124。

（自性、性情、感情、情绪）一直以来变化不大，但是人毕竟要随着文化的演变和环境的变迁自愿或非自愿地领受新的生活经验和新的意象刺激，这样人类的感性就不可能保持在原始自然的状态，人类的感性在不断接受新的意象刺激的过程中，变成了一种开放性的生成性的系统，这就是王氏所谓的“活感性”，尤其是在现代异化社会里，“活感性使人失落了的生命活动、节律、气韵回到个体，从而避免了物性和神性的异化，使人的感性有普遍必然性的历史社会的超生物素质，并不断生成完美的感觉和感性的反思”①。“活感性”又不是后现代主义的所谓“离散性”、“飘移性”，“活感性”依然是含蕴着真理和智慧的人类的自性，“因此，活感性与那种否定理性的纯感性本能的后现代艺术判然有别，它是生命总体升华中所达到的理性与感性的整合，是包括认识、情感、意志、想象、直觉等意识向度的总体结构。”②

纪伯伦折冲迂回于犹太教、婆罗门教、佛教、基督教、伊斯兰教之间，最终通过情感直觉将它们统一为一种新宗教——情感与爱、美、生命的复合体，这种复合体是理性与感性的整合，是包括认识、情感、意志、想象、直觉等意识向度的总体结构。马征指出，纪伯伦作品中建立在具体感性基础上的生命观，与西方现代生命观有相通之处，但二者也有根本不同。西方现代生命观强调“身体”与“感性”，纪伯伦的生命观强调的是神圣。西方现代审美是一种剥除了神圣内涵的审美观。而纪伯伦作品中的泛神论思想，却表现出神意统治下的宇宙万物的“普遍的和谐”，他作品中的“美”具有建立在普遍生命存在之上的绝对超越性，蕴涵着“神圣”的审美体验，这使他的作品与西方“语境化”的苏菲主义分道扬镳，形成了既不同于西方现代思想，又区别于“语境化”的苏菲主义的审美特质，③ 这是纪伯伦整个文学事业取得成功的原因，也是纪伯伦散文诗取得成功的原因。

---

① 王岳川：《艺术本体论》，上海：三联书店，1994，页125。

② 同上，页125。

③ 马征：《文化间性视野中的纪伯伦研究》，北京：中国社会科学出版社，2010，页270。

结　语

散文诗是被建构起来的一种新文类。一个多世纪以来，散文诗诗人、散文诗作品、散文诗读者、文学期刊（包括散文诗期刊）、文学理论家、散文诗集选编者、文学批评家，文学史论家包括诺贝尔文学奖共同参与了散文诗文体的建构工程，实际上现代以来许多亚文类、边缘文类如杂文、游记、报告文学、小小说、随笔等都是遵循现代科学分析理性而被建构起来的文学文类。散文诗的文体优势表现在两个方面：

其一，克服诗歌形式镣铐（节奏、韵律、音步、音节、体式等）对于人类自然情感的束缚，使诗歌这一表情达意的艺术形式从人类自己设计出来的诗歌模式中解脱出来，实行人类学意义上的回归。

其二，有力地张扬了审美现代性。散文诗创始人波德莱尔自称模仿贝特朗，波氏模仿其形，却变换其质，《巴黎的忧郁》阴郁、乖张、甚至显得有些精神裂变（如《把穷人打昏吧》、《恶劣的玻璃匠》），现代人在都市所遭遇的“震惊”、“失神”、“张皇无措”、“恶心”、“颓废无聊”、“犯罪冲动”等现代的喜、怒、哀、乐、爱、恶、欲和色、香、声、味、触、法（七情六欲），在波德莱尔的“小散文诗”里得到了经典性的表现。发生学意义上的散文诗便因为抒发现代之情（张扬审美现代性）而具有了其特殊的抒情内容和抒情风格，事实上直到今天世界散文诗的主流包括当代的后现代散文诗还是波德莱尔式的——内倾、反叛、矛盾、冷嘲热讽、忧伤不已。

散文诗倡导散文精神，以散文的形体舞蹈，在波德莱尔那儿，并没有字数、段数、音节、音调、押韵、对仗等形式上的规定，因此，这种短小的（相对长诗、散文、小说而言）、充满诗意的、乐曲般的、没有节律没有韵脚的散文，必然会在张扬散文精神的同时产生文类变体，也就是说散文诗这种由散文和诗歌糅合而成的，被偶然命名（波德莱尔）后来又不断被批评家“建构”起来的新文类，由于自身的包容性、可塑性而导致其外部形制和内部思想的多重演变。

一个多世纪以来的各国散文诗诗人共同努力，围绕审美现代性这个主题（Content/Subject），散文诗获得了一些属于它自身的结构上、风格上、内容上和技巧上的区别性标志，这些区别性标志大致可以分析为：

第一，由浓缩放射性的意义或复旨复音构成的诗的中心；

第二，内倾、反叛、矛盾、冷嘲热讽、忧伤不已的诗语风格；

第三，以现代情绪体验为主要表现内容 ；

第四，陌生化的语言表现技巧如象征、隐喻、比拟、通感、跳跃、蒙太奇、变形、悖谬、反讽、意识流、拼贴、深度意象等。

除了这种具有强烈的审美现代性的散文诗之外，散文诗还衍生出了一些并不具有审美现代性或审美现代性不太强烈的变体，如浪漫抒情式散文诗、哲理玄思散文诗和长篇散文诗等。

从时间维度来看，散文诗在东西方都随着历史的演进发生了文体上的历时性变化，在西方语境中主要表现为从现代审美风格向后现代审美风格的流变，在中国现代汉语语境中，散文诗文体的历时性变化大致可以描述为：第一，早期表现启蒙时代的情绪感受的现代性散文诗（20 世纪 20 年代）；第二，20 世纪 30、40 年代浪漫抒情散文诗；第三，20 世纪 50、60、70 年代（包括 1976 年的“四五”天安门诗歌运动）以欢快、明朗、坦诚为主要风格特征的抒情散文诗；第四，20 世纪 80、90 年代（包括新世纪）以审美现代性为主要内容的现代散文诗；第五，20 世纪 90 年代以至新世纪出现的后现代散文诗。

散文诗还产生了它的文化变体。各国文化背景、诗歌传统、人文心理结构以及诗歌意象系统的千差万别，使散文诗这种着重呈示近现代人类心灵图式的文体在各国产生不同的变体。

散文诗在德国、俄罗斯、美国、西班牙（希梅内斯）、英国、意大利（卡尔维诺）、加拿大、日本等国度都因为文化语境的变化产生新的变体。散文诗在泰戈尔、纪伯伦、东山魁夷、鲁迅、尼采、希梅内斯、里尔克、屠格涅夫、高尔基、王尔德、布莱、帕斯、博尔赫斯、惠特曼、桑德堡、金斯伯格、阿舍贝利这些著名的散文诗诗人那儿，表现出不同的文化风采和文化魅力。如惠特曼、桑德堡、金斯伯格的散文诗具有典型的美国文化印记，波德莱尔当年以散文诗揶揄都市文明，桑德堡在《摩天大楼》这篇散文诗中，用他那散漫、随便、硬朗的语句讴歌现代都市，表现美国文化中特有的自由乐观的一面。散文诗在印度和阿拉伯文化语境中同样发生文体变异，泰戈尔和纪伯伦两位世界级大诗人，用散文诗形式传达东方宗教情感，为东方文学赢得了世界声誉。拉丁美洲卢本·达里奥、塞萨·瓦叶霍、路易斯·博尔赫斯、巴勃罗·聂鲁达、奥克塔维奥·帕斯等散文诗诗人的作品总体上表现拉美风情，尤其是塞萨·瓦叶霍的散文诗，高度浓缩着印第安人的宇宙观、生命观和死亡意识，取得了极高的艺术成就。我国台湾散文诗诗人瓦历斯·诺干（泰雅族）的散文诗《Atayal》（《争战 1896 ~ 1930》），以原始思维和原始语言来想象、建构泰雅部落反抗日本殖民但最终被殖民地化的神秘野史，其高度凝练、变形的语言表现手法使得当代汉语散文诗得到更加出神入化的发挥。

散文诗传入中国之后极易被误以为是讲究形式美感的短篇散文或辞藻华丽的抒情小散文，因此在中国的散文诗文坛产生了一大批唯美浪漫带有古典人文情调的散文诗，但是中国散文诗的代表性文本是具有现代审美气派的创新之作。

散文诗一百几十年来确实如阿得林·万勒（Adrian Wanner）所说的那样形成了一个同心圆结构，位于圆心的是以法国象征主义诗人为代表的现代的、前卫的、先锋的、具有反叛颠覆意识的散文诗作品，而在圆心周围演化产生出大量的散文诗变体，它们可能是唯美浪漫之作，可能是偏于哲思玄理的篇章，可能是后现代的拼贴戏仿语言狂欢或语言游戏，可能是长篇巨制，可能是散文章句之中夹杂分行诗，可能是长篇分行新诗之中夹杂散文章句，可能是金斯伯格或中国的郑小琼式的长长诗句相互挤压、堆积、纠缠和呼应，乱而不乱，自成宇宙乾坤。因此才会出现关于散文诗文体一个较为宽泛的形式界定：

散文形式。不分行，格律诗排列成散文也不能成为散文诗。

简洁。除了语言的简练、凝聚、事件和场景的单一等特征之外，散文诗的篇幅不超过 1 ~ 2 页，即篇幅精短。

自主性。散文诗不应该是大叙事散文的一部分，也不是小说文本中的一部分，但是可以成系列或成套组合。

这个界定显然不能包举世界范围内的散文诗，但是作为散文诗的通行准则则应无异议。散文诗形式上是散文，但是他的语言、语感、意象和意境是诗歌的，它必然也必须与散文的清晰逻辑和畅达语意拉开距离，距离拉开越大，那么它就越是散文诗。

由于散文诗又是人类学意义上元诗歌的存在形态，因此，它在各国被误读（有意或无意）为短小精炼，诗意浓郁甚至长篇巨制诗意浓郁的诗化文本，又自在情理之中。虽则散文诗主要表现也最擅长表现现代都市情感——审美现代性内容，可是大而化之，推而广之，它可以穿着散文的外衣，舞动人类不同地域、不同文化、不同时期、不同阶层、不同趣味的诗的意象和意境，散文诗是散文和诗歌两种文类交叉融合的产物，但是既从它发生以后，在世界各国散文诗作家和诗人、作家的笔下，演化成不同的亚文类，虽然我们确实难以明确地统一散文诗的文体论，就像我们难以明确地统一散文、小说甚至小小说、美文、小品文、杂文等亚文类的文体论一样，但是我们只能认可：散文诗是迄今人类文学大家族中的已然性存在，是文学史无法忽略回避的一种文类形式，它形成了自己的文体的基本范式，具有文学史包括文学批评史的话语资源，放眼未来，散文诗必然还会滋生出新的亚文类，散文诗的文类再生也是合乎文体演变逻辑的人类文化现象。

中国的现代意识发端于晚清，狂飙突进的五四时期，西方思想堂而皇之登堂入室，开始颠覆、取代中国本土意识，一百多年来，中国在追求现代化的过程中，也在苦苦追求探索，试图建设一个未必等同于西方文化模式的中国现代文化模式，实际上，经过一百多年的努力和创化，中国文化脱胎换骨，已然形成一个中国现代文化主体和中国现代意识，当代学者张新颖将“中国现代意识”界定为：它接受西方现代意识的启迪和激发，同时它更是从自身处境中生成，从本国思想文化之“根源盛大处”求得，自我创造出的一个“依自不依他”的中国传统和中国主体。① 近年来对于“复数现代性”理念的讨论和确认，也可以看作一种文化自觉行为，中国学界对于中国现代文化主体建构历程和中国现代意识建构历程进行全局性和整体性的反思和梳理。所谓“复数现代性”可以看作20世纪发生在中国现代化语境中的数种中国现代文化价值取向，它们分别是：“轻性”现代性；世俗现代性或“中产阶级”的现代性；反现代性的现代性；被遮蔽的现代性或审美现代性；革命的现代性；多重现代性；“新现代性”②。“复数现代性”整体构成了中国现代文化主体和中国现代意识，中国散文诗文本里表现出来的“复数现代性”，总体可以看作中国人的

① 张新颖：《20世纪上半期中国文学的现代意识》，北京：三联书店，2001，页4~6。

② 张志忠：《现代性理论与中国现当代文学研究转型》，载《文艺争鸣》，2009年第1期。关于“复数现代性”内涵和外延，参见上文“散文诗中的中国现代性”。

个体无意识（弗洛伊德）、集体无意识（荣格）和社会无意识（弗洛姆）① 在各种外来思潮的冲击濡染之下所生发出来的“新感性”（马尔库塞），显然这种“新感性”比传统社会感性体系更加复杂，因为它掺杂混融着异质性的文化因子，散文诗尤其是波德莱尔式散文诗用于揭示敞开这种更为抽象的心灵真实较为得心应手，不过，中国早期表现启蒙时代的情绪感受的现代性散文诗，20 世纪 30、40 年代浪漫抒情散文诗，20 世纪 50、60 年代出现的郭风、柯蓝的《叶笛集》、《鲜花的早晨》、《早霞短笛》牧歌、颂歌散文诗，20 世纪 80、90 年代（包括新世纪）以审美现代性为主要内容的现代散文诗，20 世纪 90 年代以至新世纪出现的后现代散文诗，整体上都应被看作发端于法国波德莱尔的现代散文诗的中国变体，由于散文诗本身崇尚感情（感性）的自然敞开，在某种程度上实现了诗歌的人类学回归，因此，田园牧歌式、浪漫抒情式（包括革命浪漫主义）、新古典主义式以及女性主义散文诗都应该在人类学意义上和诗歌本体论意义上得到充分的肯定，除此之外，当代中国散文诗诗人尝试创作过的词牌散文诗（许淇）、词条释义散文诗（黄永玉）、绝句散文诗（李耕）、报告体散文诗、应用散文诗，即解说词散文诗、广告散文诗、序跋散文诗、书信散文诗以及手机散文诗等，都应该被看作散文诗文体的亚文类（可能性文类）。

中国散文诗理论研究成就斐然。近一个世纪以来，散文诗理论和散文诗批评成果，构成了汉语散文诗世界的重要组成部分，中国散文诗理论探索者不断从广度和深度两个维度，拓宽研究的触及面，中国号称诗歌大国，在散文诗研究方面后来居上，表现了诗歌中国的艺术秉性和应该具有的创造能力。

欧美散文诗研究专著比中国早出数十年，中国第一本散文诗理论专著《散文诗世界》出版于 1987 年，而西方早在 1929 年就有散文诗专著问世，前后相差 58 年。我们基本上可以断定，中外散文诗批评和散文诗理论都经历了先有批评后有理论的建构路径——散文诗问世之后首先是散文诗批评接踵而至，随着创作的继续和散文诗影响的递增，中外终于出现了融史论和文体论为

① 弗洛姆综合马克思主义、弗洛伊德以及荣格的学说，提出“社会无意识”概念，所谓“社会无意识”是指被语言、理性逻辑和社会禁忌所压抑的那些心理领域，是社会的过滤器，它和“无意识”（个人的潜意识性本能）、“集体无意识”（种族的记忆保存下来的原始意象）不同，后二者是个体的本能，而后者主要是通过文化塑型的集体性本能，弗洛姆的“社会无意识”相当于不同文化模式里的人的“价值无意识”或“价值无意识取向。”参见弗洛姆：《在幻想锁链的彼岸》，长沙：湖南人民出版社，1986，页 123。

一体的理论专著。从散文诗批评到散文诗理论出现，中间相隔半个多世纪，这种现象也是必然的，因为创作在先，随着创作的数量和质量的增加，批评的数量和质量的增加，必然出现系统的理论归纳，一个作家、一种流派、一种文类都必然经过这样的建构路径。根据斯蒂夫·蒙特的考证,① 早期的西方散文诗研究对象是法国散文诗，早在1920年代已经出现了Franz Rauhut散文诗理论专著《Das franzosische Prosagedicht》（1929），随后又有专研法国散文诗的散文理论专著出现，如Vista Clayton' s《十八世纪法国文学中的散文诗》（1936）、Albert Chere（1959）、Monique Parent（1960）等人主要探讨法国散文诗的理论专著。1959年约翰·西蒙（John·Simon）的博士论文《作为19世纪欧洲文学中的一个文类的散文诗》首次以比较文学的方法来研究散文诗，但是这篇博士论文迟至1987年才得以正式出版。

20世纪60年代至70年代是西方散文诗研究的空白点，当然，中间在相关的著作和研究论文中出现零星的研究论说，唯一的研究成果要数Ulrich Fulleborn专著“Das deutsche Prosagedicht”。70年代末至80年代，散文诗批评和理论研究重新启航，这以两本书为标志：其一，1979年巴巴拉·约翰逊出版了专著“Defigurations du langage poetique”，其二，Mary Ann Caws和Hermine Riffaterre 1983年选编的批评文集《法国散文诗：理论和操作》。

1983年以来，至少出现了5部以英语撰写的散文诗学术著作，它们分别是：

斯蒂芬·佛雷德曼（Stephen Frednman）1983年出版的《诗人散文：美国自由诗的危机》；

Stamos Metzidakis 1986年出版的《重复及符号学：散文诗诠释》；

Jonathan Monroe 1987年出版的《题材的贫乏：散文诗和文类政治》；

玛格丽特·墨费（Marguerìtte Murphy）1992年出版的《颠覆的传统：从王尔德到阿舍贝利的英语散文诗》；

Michel Delvill 1998年出版的《美国散文诗：诗歌形式及文类边界》。

斯蒂夫·蒙特在《看不见的篱笆——法国、美国文学中作为一种文类的散文诗》一书中，提出一个对于文类的反本质主义的看法，他反对从语言、

① 参照斯蒂夫·蒙特于2000年出版的《看不见的篱笆——法国、美国文学中作为一种文类的散文诗》一书的考证，据作者观察及普林斯顿大学安敏轩推荐，本书对西方散文诗研究成果详为搜罗，对各家说法进行对比辨证，可以说达到了目前西方散文诗研究的制高点。

文本自身来确定散文诗的内在的几个文类规定性，也反对从散文诗外在社会历史规定性来建构散文诗的几种文类规定性，或从内外两个方面来建构散文诗的若干个文类规定性，如在上文中我们所做的那样的努力，他认为："文类是在与其他文类的相互关联中，从反面确立起来的。文类不能指望仅用几个形式特征（形式标志）来加以确定，在阅读过程中我们只能确认若干文类特征，因此我们对于文类的意识是开放的无边界的，我们的文类意识随着阅读的推进，随着我们与不同文本的遭遇而变化无定。"①

斯蒂夫·蒙特在全书的结尾指出：文类是一个抽象物（相当于佛家的名相），文类是一个被阅读者预设了的解释框架，文类是一个看不见的篱笆，无论这个篱笆怎么被不断划界，在阅读的历程中这个边界还是存在的。就散文诗而言，它也是一个抽象物，当散文诗作为一个术语和理念进入文学话语圈子，它就可以吸引追随者和反对者，建构自己的历史和理论，引发批评话语，促成散文诗集诞生，尽管以散文诗名号所囊括的材料未必就是散文诗。

相对于正面界定，斯蒂夫·蒙特指出：

从反面对比着来进行文类界定似乎更加合理。散文诗的文类构成要素会随着历史语境和文化语境的演变而发生变化，散文诗文类构成要素还不能仅限于音步、篇幅、题材等，散文诗文类构成要素或许应包括外部条件如出版语境和接受语境等，譬如任何从阅读而来的概括性意见都可能潜在成为文类要素之一。因此确定散文诗文类标准，首先必须熟悉散文诗周边的文学形式和文类，采取"否定的区分法"不失为有效途径，在操作上这意味着必须熟悉文学历史语境，尤其是文学的、语言的和接受的历史，文类考量必须进入文学史视野，而不是退回到类型和形式特征层面。②

斯蒂夫·蒙特的结论给我们的启示是：

第一，散文诗文类标准不能定于一尊。如波德莱尔、本尼迪克特、理查德·特帝曼、Luc Decaune、阿得林·万勒等著名散文诗批评家对于散文诗的文类界定都是有限的理论解说，散文诗与非散文诗的边界（那堵看不见的篱笆）是活动的。实际上世界散文诗的历史确实也说明了这个道理，法国公推波德莱尔为本国散文诗的鼻祖（当然也有异议），俄国公推屠格涅夫为散文诗鼻祖，

---

① 斯蒂夫·蒙特：《看不见的篱笆——法国、美国文学中作为一种文类的散文诗》（《Invisible Fences: Prose Poetry as a Genre in French and American Literature》，2000，University of Nebraska Press. P. 10.

② 同上，页240。

可是屠格涅夫借用波德莱尔首倡的散文诗形式，抒发一个俄罗斯老人的乡土念旧情怀（如《玫瑰花，多么美丽，多么鲜艳》，王尔德借散文诗记述他的奇思妙想（与审美现代性了无瓜葛），泰戈尔、纪伯伦借散文诗抒发神秘主义的东方宗教情感，阿舍贝利借散文诗抒发后现代语境中的碎片感，鲁迅借散文诗抒发五四时代中国知识分子的文化荒诞情绪，东山魁夷借散文诗抒发日本人的自然观感（物之哀感），南美洲的瓦叶霍借散文诗抒发拉丁美洲的集体无意识，我国台湾的莫渝称只有诗人写出了散文诗，可是朱自清以散文家名世，他的《春》和《匆匆》却因为简洁、紧凑、语言诗化，而被众多散文诗选集界定为散文诗。

第二，散文诗从反面加以定义，即用排除法来界定散文诗似乎有说服力和可操作性。首先熟悉文学史的各种文类，将不好纳入诗、散文、小说、喜剧、小品、超短篇、美文、杂文等的文本纳入散文诗的范畴之内，当然这种界定依然留有众多的解释性纠葛。

第三，散文诗学术研究自有它的价值所在。无论如何，散文诗成为已然性的文类存在应是不可否认的事实，研究散文诗可以从一个侧面窥视文学史的真相，连带着透视历史文化演变的轨迹，以诗解史，以史说诗，散文诗作为现代化背景下出现的一种新文类，它的文体演变的过程既是人类文化演变过程的一个注脚，同时它有力地推动着人类文化朝着健康的、活泼的、自然的方向演进。

泰戈尔以散文诗《吉檀迦利》获得诺贝尔文学奖，诺贝尔获奖者中著名的散文诗诗人，如智利女诗人加·米斯特拉尔（1945 年获奖）、西班牙的希梅内斯（1956 年获奖）、法国的圣·琼·佩斯（1960 年获奖）、智利诗人聂鲁达（1971 年获奖）、波兰的切·米沃什（1980 年获奖）、墨西哥诗人帕斯（1990 年获奖），都对散文诗的发展起到了推波助澜的作用。专事、兼事散文诗写作的名家、大家群星灿烂，需要指出的是，专事散文诗创作的作家要比兼事散文诗写作的少得多，兼事散文诗写作的小说家、戏剧家、散文家，同样创作了令人惊叹的精品杰作，足以存之名山，传之后世。

人文水准至关重要。对于散文诗作家来讲，是指他（她）内外兼修，内在情感丰沛充盈，外在生活阅历丰富，诗穷而后工，历经磨难、困顿、挫折，具有在文学、艺术、美学、哲学、宗教、历史、神话、人类学、心理学、伦理学、法律、政治、经济、军事、科学等人文社会学科方面的知识储备和学养内涵。散文诗是诗性文本，散文诗作家第一要素是情感能力，目前散文诗诗人中情感丰富充实者很多，我们常见在一个自然景观或人文景观之前，“来来往往一首诗”的散文诗和散文诗诗人比比皆是，而写出才情、个性，写出民族精神、时代群体感受、文化关怀、终极关怀和宇宙意识的杰作并不多见，王蒙、基兰德、嘉本特都写海，高尔基、泰戈尔、纪伯伦都写海，但是每个人的“海”都是不同的，这其中各位大家的人文素养在发挥着坚如磐石的奠基作用。

另外，就创作主体而言，散文诗作家的才胆识力（叶燮）缺一不可，四能齐备，可望所有成就。散文诗诗人不可能为自己设计出文化机遇，文化机遇可遇而不可求也，散文诗历史证实了这样一种现象，每当民族文化内部发生文化变革、革命之时，散文诗大家、散文诗精品应运而生。当异质文化狭路相遇，强烈的文化震荡同样引发作家思想情感的强烈震荡，这时候，散文诗大家、散文诗精品应运而生，伟大的散文诗往往在文化危机时代横空出世。

总之，散文诗已然成为文学大家族里一个独立的文类，具有了自身的实质内涵和广泛外延，具有它的创作史、批评史、理论建构史和接受史，拥有一大批代表性作家，产生了足以影响人类心灵的精品杰作，散文诗进入了中外文学史的书写，尤为重要的是，散文诗的“元诗”精神①，其跨文类对话整合形态与后现代社会的生活现实同步共振，彼此呼应，协和关联，因此中外散文诗作家、作品、研究著作不断涌现。如今散文诗作品借助当代新媒体广泛传播，散文诗研究更加深入，中外散文诗交流更加频繁，可以相信，散文诗将一如既往甚至超越既往发挥它的功能作用，散文诗在人类文学史书写中，将进一步扩展它的话语空间和话语分量。

---

① 诗歌本来发自情性，随类赋形，诗歌节奏、韵律、轻重、顿缓、措辞、呈象、建行、段落、篇章本无定制，原始诗歌、人类的自然情感遵循“自由纯真”最高准则，“散文诗”之“散文”二字当然是说它外表像分段散文，可是“散文”二字容有自由、自然、散放、散畅、自由发挥的精神内涵，有人说散文诗是自由诗的再解放，不无道理，但是追根溯源，人类原始诗歌的散文诗的创作方式如此，诗歌的精神即散文诗精神，散文诗是人类的“元诗”，各种文化背景下的诗歌创作一旦过于形式化并桎梏了人类的“活感性”，这时候，散文诗自然复活。

后 记

今天是2013年元月5号，窗外阳光温暖，绿意浩荡，深南大道上车声呼呼，无休无止，腾讯大厦巍然耸立在蓝空下我的正对面，两个工人被悬吊在巍峨湛蓝的天空下贴着墙面高空作业，春节快到了，艰苦谋生的人啊，我们唯有致敬！

人生不易，硕士研究生统考正在举行，命运的搏斗也在挥汗如雨地上演着，而我刚刚参加了一个朋友的葬仪下午回到办公室，接到光明日报出版社曹美娜编辑发来的本书的封面样稿，必须写一个后记了，以结束这本书的出版事宜。

来如春梦！记得在2002至2003年写作《中国散文诗研究——现代汉语背景下一种新文体的理论建构》期间，某一晚独自散步围墙外面的偏僻小径时，竟然突发奇想，如果我突然死去，那么《中国散文诗研究》这本书就没有了，一棵未成年的树就此从宇宙消失，为此不禁凉气倒吸，无比茫然。在2006年写作博士论文期间也曾出现同样的悬想，2010至2012年间写作这本书时，又出现了这样的幻觉。其实，命运待我不薄，《中国散文诗研究》写出来出版了，博士论文写出来出版了，现在《中外散文诗比较研究》写出来也会出版，书号有了，出版费到位了，高校社科文库的学术认定当然令人有点开心，并且已经到了交后记的时刻，当初的念头到了要划上句号的时候，依然恍惚，人生恍惚的很——当年在华侨城雅兰居围墙外面的大排档里，朋友说黄老师你写完中国散文诗研究，再把世界散文诗研究一把，那就牛了，似真非假的，开玩笑似的，我们安徽老家有一句土话叫做"吹牛皮不打草稿"，我当时真的暗中发了一个愿，顺着酒后的一个牛皮就吹出来了：那当然，一定的。

生活中的很多所谓发狠许愿一跺脚就定下来，可是真真落实到位就不那么潇洒了，《中外散文诗比较研究》确实是一块处女地，一块冷僻的几乎无人想去碰她的江心石，我也知道她值得探究一番，从学术必须增砖添瓦角度来讲，从中外散文诗自身的魅惑来讲，我都似乎与她今生有缘，我知道很多人喜欢古诗和现代诗，很喜欢研究诗，但是到了新诗这块就打住了，看到散文诗，似乎想碰她又觉得可能讨没趣，就丢下她，顾左右而言他了，回过头来说散文诗不存在，散文诗不成体统，散文诗是垃圾、粗坯最多是小摆设，而写散文诗的人又愤青般地火冒三丈，说散文诗是结晶、是难以对付的硬骨头，不信你自己试试看……无论如何，能在人生中30到40多岁的青壮年生涯，发愿研究散文诗，坚持在这块荒岛上开垦几锄头，深挖几铲子，足以让我像抚摸自己的脚印一样，感觉在劳作着、坚挺着，感谢生命给予我的那些能量。

《中国散文诗研究》是深圳市哲学社会科学十五规划课题的成果，《中外散文诗比较研究》是广东省哲学社会科学十一五规划课题的成果，这项冷僻的研究得到国家哲学社会科学规划办的支持，本身就说明散文诗是当代文坛的一丛芳草，一畦园地，不容忽视，这个课题能否继续做下去，比如说拿到国家级课题来研究一番，恐怕也难说，至少最近我没有这个野心，盼望同道中有人接着往前走。

这些年来借着研究散文诗，认识了很多可爱可敬的朋友，有写散文诗的，有搞评论的，有学院的学者，有资深和年轻的散文诗杂志的编辑、报社的同志，还有喜欢读赏散文诗的普通读者，包括几次举办散文诗笔会的当地政府领导，第八届全国散文诗开到了北疆的八卦城——特克斯，第十届全国散文诗笔会开到了丹江口，还有贵州开阳的中外散文诗学会的国际性散文诗笔会，当然还有深圳市的多次散文诗雅集、香港的散文诗雅集等，我都有缘参与盛事，结识了一大批专业作家或业余的散文诗粉丝，在这世纪之交，中国正面崛起的十几年中，通过散文诗研究和散文诗交往，从一个侧面见证了诗歌大国诗魂常在的文学真谛，文化中国的精神命脉部分有赖于散文诗传承并加以光大，尤其是中国的“当代性”、“现代性”的文学呈现，又是先锋散文诗剑之所指的必然目标。

将这些年来散文诗同道朋友名单列出来，恐怕要整整一页的篇幅，但是又不得不说，是他们或从正面或从侧面或从反面推动了我的散文诗研究之旅，这其中包括散文诗前辈作家柯蓝、散文诗作家研究者许淇、耿林莽（至今尚未谋面）、散文诗资深作家研究者《散文诗》杂志创办人邹岳汉、《散文诗世界》创始人散文诗作家海梦、《散文诗》杂志现主编冯明德、《散文诗世界》现主编宓月，通过多次活动多次交往，让我有机会深入当代中国散文诗作家阵营，得以博观约取，左右逢源。大江南北的散文诗作家亚楠、叶梦、林登豪、方文竹、韩嘉川、莫独、喻子涵、赵宏兴、堆雪、李松璋、灵焚、语伞、喻子涵、郑小琼、周庆荣、黄恩鹏、张诗剑、傅天虹、秀实、孙重贵、蓝海文、天涯、丹菲、汪志鑫、肖志远、洪放、栾承舟、红杏、崔国发、雪漪、庄伟杰、唐朝晖、海叶、徐成森、王家新、张道发、许泽夫、王成钊、客人、李锦琼等，都曾给予朋友的温暖和鼓励。尤其要感谢的是，老中青三代散文诗研究者如谢冕、孙玉石、徐成森、孙绍振、张彦加、王幅明、秦兆基、王志清、王光明、蒋登科、李晶标、王珂、罗小凤以及港台海外学者陈巍仁、叶维廉、林以亮等的研究成果，他们的研究成果成为我的散文诗研究的基石和话语源泉，从他们的散文诗论著中所获得的智慧成为我有所拓进的出发点，特别要感谢美国普林斯顿大学东亚研究系的安敏轩（Nicholas Admussen）博士，缘分所致，他为我提供了西方散文诗理论研究的主要学术资源，没有他的鼎力相助，这本《中外散文诗比较研究》的写作只能搁浅。

最后，我要感谢深圳大学文学院和艺术设计学院给予我的研究平台，感谢深圳大学选修中国散文诗研究和中外散文诗欣赏两门课程的同学，深圳大学流风诗社，这些年来师生的文学交流和诗歌交流，使得这项研究平添了孤独中的几许温暖和慰藉，感谢深圳大学文化产业研究院和深圳大学大学生素质教育基地的李凤亮副校长和徐晨副校长，是他们鼎力相助推动拙著得以出版面世，感谢深圳市文艺评论家协会李华先生、深圳文联杨宏海先生，长期以来他们对于本项研究给予了无私的理解和真诚的帮助，一个篱笆三根桩，一个好汉三个帮，生命中有缘结识的文朋诗友，十几年来他们都是我的散文诗研究的精神给力者，无以为报，只能默存感念，深心涵咏。

作为中国散文诗理论领域比较文学研究的拓荒之作，拙著必然存在许多“软伤”和“硬伤”，希望散文诗同道、文学同道和诗歌同道不吝指正。

黄永健

写定于南山之麓怡涛阁30A紫藤山舍

2013年1月13日星期日10时